텔로스(Ⅱ)

변형과정에 있는 인류의 깨어남을 위해서

오릴리아 루이즈 존스 지음

목현 옮김 / 光率 監修

도서출판 은하문명

우리는 빛의 마스터로서 이제는 여러분이 보다 즐겁고 번영된 삶을 선택하기 바라며, 또한 자신들의 삶을 보다 용이하고 은총어린 방식으로 창조해내기 시작하라고 부탁드리는 바입니다. 이제 지상에는 길고 어두웠던 밤이 종말을 고하고 있습니다. 지금은 여러분 모두가 자기 자신과 행성을 위해서 새로운 꿈을 꾸어야 할 때입니다.

모든 제약과 슬픔, 그리고 두려움들을 놓아버리십시오. 여러분의 가슴에서 고동치는 신성(神性)의 존재함을 믿고, 삶의 모든 면에서 마법을 창조하세요. 우리는 가슴의 문을 활짝 열고 여러분을 기다리고 있는 믿을 수 없는 모든 가능성들에 눈을 뜨라고 격려하는 바입니다.

여러분이 들고 있는 빛의 횃불에 사랑과 평화, 깊은 지혜와 이해가 충만하기를 바라며, 자신들을 고향으로 데려다줄 의식(意識)을 받아들이기를 기원합니다. 여러분이 우리를 그리워하는 것만큼, 우리도 또한 당신들을 그리워하고 있습니다.

- 아다마, 갤라티아, 그리고 아나마르로부터 -

텔로스의 고위 사제 아다마(Adama) 대사 - 12명으로 구성된 <레무리아인 빛의 위원회>의 의장인 동시에 승천한 마스터(Ascended Master)이다. 현재 나이는 약 680세에 가까운 나이라고 하며, 손에 들고 있는 것은 수정(水晶)이다. 텔로스는 샤스타 산 지저 1마일(약 1.6km) 아래에 위치해 있다고 한다.

◆ 헌정서(dedication)

나는 아주 오래전에 근원의 사랑(Source Love)이 직접 창조한 의식(意識)으로서 이 행성에 실존했던 레무리아 의식이 성공적으로 부활하기를 바라는 마음으로 이 책을 쓰고 있습니다. 레무리아 인종을 구성했던 존재들이 이 지구에 실현했던 5차원의 깨달음으로 인해 이 지구는 수천 년간 더할 나위 없이 순수한 기쁨과 낙원의 상태에 있었습니다. 그리고 그 이후에 인류는 이 근원의 사랑으로부터 분리된다는 것이 어떠한 것인지를 체험해 보고자 선택했던 시기가 있었습니다.

이미 이러한 사랑으로 회귀할 준비가 되어있거나 마음을 기꺼이 열어놓고 있는 모든 사람들에게 레무리아의 의식과 가르침은 중요한 실마리와 도움을 제공하게 될 것입니다. 또한 이러한 것들은 우리 모두가 개인적이고 행성적인 면에서 진화를 이해하는 데에도 꼭 필요한 것들입니다.

나는 위대한 레무리아의 여신과 사랑하는 아다마 및 아나마르, 그리고 오랜 세월에 걸쳐 많은 사랑과 지원을 아끼지 않았던 텔로스의 고위 레무리아 위원회에게도 이 책을 바칩니다. 또한 지구의 진화라는 이 기나긴 여정을 나와 함께 한 영원한 친구들과 동료들에게도 나의 깊은 감사의 마음을 전하는 바입니다.

- 오릴리아 -

♥ 감사의 말씀(Acknowledgement)

나는 애정 어린 지원과 협조를 보내준 많은 친구들과 레무리아의 사명을 이 행성에 펼치기 위해 끊임없이 노력하고 있는 몬트리올에 있는 세계 텔로스 재단의 회원 여러분들에게도 깊은 감사를 드립니다. 또한 한결 같이 우정과 협조를 아끼지 않은 베스 아이리스(Beth Iris)와 크리스티나(Christina)에게도 감사를 전합니다. 그리고 독자 여러분에게도 나의 깊은 사랑과 감사를 드립니다.

우리가 다시 체험하고자 갈망하는 세상을 재창조하고 레무리아의 가족으로 복귀하기 위해 우리 모두는 다함께 하나씩, 한 번에 한 걸음씩 초석을 다지고 있는 것입니다.

■ 머리말(Preface)

셀레스티아, 아다마의 누이

우리는 오릴리아 루이즈가 레무리아의 역사와 에너지, 사명에 관한 또 한 권의 값진 책을 발간하게 된 것에 대해 큰 존경과 감사의 마음으로 축하를 보내는 바입니다. 오릴리아는 셀 수 없는 오랜 세월에 걸쳐 레무리아 에너지를 보존해온 수호자였습니다. 레무리아 가족에 대한 그녀의 헌신과 사랑은 이 물질계에서는 비길 데가 없습니다. 오늘날 그녀는 빛의 사절로서 레무리아인들의 사랑과 순수성 및 열정을 전 세계의 모든 사람들과 함께 나누고자 하는 열망으로 가득 차 있습니다. 그리고 우리가 이렇게 여러분과 접촉할 수 있게 된 것도 바로 그녀의 가슴을 통해서입니다.

나는 오늘 여러분이 이 책을 읽으면서 무한한 사랑과 영적교감의 정신으로 우리와 함께 하도록 초대하는 바입니다. 비록 보이지는 않지만 행간 사이에 담겨진 말을 통해 우리는 개별적으로 여러분의 가슴에 직접 말을 하게 될 것입니다. 그리하여 이 책에 쓰인 글들을 통해서 여러분은 신성한 깨어남에 관한 메시지를 접하게 될 것입니다. 이 행성의 전 역사를 통틀어서 아직까지 여러분 모두와 텔로스 및 기타 레무리아의 도시에 있는 우리 모두에게 이와 같이 새롭고도 경이로운 기회가 펼쳐지게 되는 영광스럽고 귀중한 순간을 맞이한 적이 한 번도 없었습니다. 여러분이 이 모든 사실들을 기억해낼 수 있는 시간이 임박해 있습니다. 또한 지금은 진정으로 우리가 여러분에게 축하와 감사를 표해야 할 시간이며, 오랫동안 기다려온 "재통합"의 시간이 목전에 다가와 있습니다.

인류가 깨어남의 상태로 가는 과정에서 우리는 여러분에게 멘토

(mentor)나 안내자로서의 역할을 수행하게 될 것입니다. 우리 모두는 이 책을 통해 여러분과 이야기하고 싶고, 꿈속이나 명상, 그리고 깨어있는 상태에서 여러분을 만나고 싶습니다. 우리 모두는 대가족의 일원들로서 여기에 존재하고 있으며, 여러분을 진실로 사랑하고 있습니다. 그리고 여러분의 여정이 어떤 형태로 진행된다고 하더라도 우리가 돕게 될 것이라는 것을 알아주시기 바랍니다.

(※멘토(mentor):우리를 안내하고 보호하며 우리가 아직 경험하지 못한 것을 체화한 사람이다. 멘토는 우리의 상상력을 고취시키고 욕망을 자극하고 우리가 원하는 사람이 되도록 기운을 북돋워준다. 멘토는 우리가 그를 필요로 할 때 나타나서 우리 삶을 풍요롭게 해주는 대부나 대모와 같다고 할 수 있다.)

진화의 과정에서 여러분은 깨달음의 매 단계마다 비할 데 없는 기쁨과 이해를 맛볼 기회를 가지게 될 것입니다. 이러한 기회를 통해 여러분이 완성의 경지에 이르게 될 뿐만 아니라 지구 자체를 깨어나게 함으로써 지구를 인도하고 있습니다. 그리하여 여러분도 끝없이 확장하고 있는 에너지 위원회의 한 좌석을 차지할 수 있게 될 것입니다.

우리는 아다마와 오릴리아 루이즈가 서로 맞잡은 손을 통해 우리의 마음을 여러분 모두에게 전합니다. 그리하여 양쪽 존재계의 한 단면으로 표현된 그들의 사랑은 여러분이 여정을 계속해 가는데 도움을 주게 될 것입니다. 아다마, 아나마르, 셀레스티아, 안젤리나, 기타 텔로스의 형제들, 그리고 이 행성에서 우리와 밀접하게 협력하고 있는 다른 왕국의 존재들도 우리들에 대한 기억을 떠올리게 해줄 것입니다. 또한 많은 가르침을 여러분에게 전해줄 것입니다. 우리는 이들의 웃음소리와 지구의 내부에 살고 있는 우리들의 체험과 삶을 통해 지상에서의 삶이 어떻게 변모해갈 수 있는지 그 미래상을 보여줌으로써 우리의 기쁨을 여러분과 함께 나누고자 합니다. 우리의 영혼의 중심으로부터, 그리고 사랑하는 레무리아의 가슴으로부터 나오는 커다란 축복을 여러분에게 전하는 바입니다.

지구 내부의 레무리아든, 지표면의 레무리아이든 여러분이 레무리아에서 육화하게 되면 태어날 때마다 하나의 사명을 선택하게 됩니다. 여러분은 존재하는 모든 것들에게 봉사하기 위해서 자기 스스로의 폭을 넓혀 왔습니다. 그리고 모든 것들 중에서도 "가장 위대한 여정"이자 "가장 위대한 사명"이 여러분의 이번의 생(生)에 주어져 있습니다.

그런데 지금처럼 여기에 모인 모든 사람들의 예상을 훨씬 초월한 선의(善意)가 인간 세상에 나타난 적이 한 번도 없었습니다. 또한 서로 혼합되어 만들어진 색채들과 같이 오늘날처럼 인류가 중첩되는 다양한 차원들의 주파수대를 접한 적도 없었습니다. 아울러 우리의 지저세계와 여러분의 지상세계 사이에 드리워진 장막이 지금처럼 엷어진 적도 없었습니다. 그리고 우리가 함께 나누고자 하고 또한 우리가 신성(神性)으로부터 체험한 사랑이 지금과 같이 이토록 대단했었던 적도 없었습니다.

우리는 여러분을 가슴속 깊이 간직할 것이며, 당신들과 협력하여 이제 새로운 세계를 창조하고 만들어갈 것입니다!

- 셀레스티아 -

■ 아다마의 서론과 인사말

사랑하는 형제자매 여러분! 안녕하세요! 나는 우리가 출판한 제2권의 책을 막 읽고 있을 여러분 모두에게 커다란 사랑과 다시 시작된 우정의 마음으로 인사를 드리는 바입니다.

레무리아와 텔로스에 사는 우리들은 제1권의 책이 발간되어 여러분의 가슴을 열게 하고, 또한 열렬히 성원을 보내주신 데 대해 매우 기쁘게 생각하고 있습니다. 방대한 레무리아 가족의 가장(家長)으로서 나는 사랑과 자비의 가슴을 가진 레무리아의 여신의 이름으로 진심으로 여러분 모두를 환영합니다.

텔로스에서 우리는 프랑스와 스페인 사람들은 고대의 유산으로 인해 우리가 보내는 정보를 아주 쉽게 받아들일 것이라는 사실을 잘 알고 있었습니다. 그럼에도 불구하고 우리가 준 정보들이 전달된 모든 곳에서 우리가 당초에 기대했던 것보다 훨씬 큰 반응들이 일어났습니다. 여러분이 보여준 뜨거운 사랑과 이해 덕분에 앞으로 우리는 다함께 긍정적이고도 경이로운 변형을 펼칠 수 있게 되었습니다. 우리의 가르침으로부터 얻게 되는 지혜는 다가오는 몇 년 내에 인류에게 커다란 도움이 될 것이며, 여러분의 진화도 가속화하게 것입니다.

여러분 가운데 많은 사람들이 가슴의 문을 스스로 열고 자신들의 고대 유산을 기억해내고 있으며, 의식의 변형이 이 행성에서 크게 있어날 수 있도록 스스로 앞장서고 있습니다. 또한 우리가 여러분 앞에 나타날 수 있도록 그 토대를 닦고 있기도 합니다.

우리는 여러분 중에 많은 이들이 여전히 우리가 언제 모습을 드러넬지에 대해 여러 형태로 낙담을 표출하기도 하고, 혹은 조바심을 내고 있다는 것을 잘 알고 있습니다. 오랫동안 기다려온 재결합을 몹시도 열망하고 있다는 것도 또한 잘 알고 있습니다. 우리는 여러분이 겪고 있는 것이 무엇인지 잘 이해하고 있으며, 제1권의 책을 읽으면서 많은 사람들이 눈물을 쏟았다는 것도 잘 압니다. 여러분이 눈물을 흘릴 때마다 우리가 여러분을 사랑으로 부축했으며, 또 꼭 포옹하고 있었다는 사실을 확신하시기 바랍니다.

우리도 여러 차례 여러분과 함께 울었지만, 우리가 흘린 눈물은 다가올 위대한 재결합을 기다리며 흘린 기쁨의 눈물이었습니다. 나는 오늘 여러분이 다시 한 번 기운을 내시기를 청합니다. 사실 우리가 모습을 드러낼 고귀한 순간은 벌써 시작되었습니다. 텔로스와 기타 레무리아의 도시에서 온 우리 쪽의 많은 사람들이 육체의 모습으로 여러분과 뒤섞여 살아가고 있으며, 그들은 남은 우리들이 나타날 수 있도록 길을 닦고 있는 것입니다.

아직도 여러분이 사는 세계에는 많은 불안과 폭력이 존재하고 있기 때문에 우리 측의 지상 근무요원들은 누구에게도 자신의 신분을 노출해서는 안 되도록 돼있습니다. 따라서 여러분 중에 몇 몇 사람들은 육체적인 모습을 하고 있는 우리 측의 지상요원들을 만났지만, 그들은 항상 "익명(匿名)"으로 활동하는 까닭에 그들을 알아보지 못하는 것뿐입니다.

나는 우리 측의 사람들이 여러분과 함께 어울려 살면서 서로 다른 몇 개의 국가에서 놀라운 일들을 진행하고 있으며, 여러분의 미래를 보다 용이하게 대비할 수 있도록 준비하고 있다는 것을 이 자리를 통해 밝혀드리는 바입니다. 곧 머지않아 우리가 지닌 거대한 빛이 방출될 것이며, 여러분도 이것을 모두 볼 수 있고 알게 될 것입니다. 또 이를 증거하고 고맙게 여기게 될 것입니다. 심지어 우리의 메시지를 전하고 있는 오릴리아조차도 몇 달 전에야 비로소 자신의 집에 2명의 우리 지상요원으로부터 익명의 방문을 받았으며, 또 다른 요원들은 그녀가 주관하는 대중 집회에 육체의 모습으로 비밀리에 나타났었다는 사실을 이제야 비로소 잘 알게 되었습니다. 친구들이여, 이러한 사실들은 우리가 정말로 지상에 모습을 드러내기 시작했다는 것을 뜻하는 것입니다. 그 때가 멀지 않았으니, 부디 실망하지 마시기 바랍니다! 기나긴 기다림의 시간은 거의 끝나가고 있습니다. 다시 말하면, 이는 우리들이 출현할 준비가 거의 마지막 단계에 접어들고 있다는 것을 뜻합니다.

한편 이 문제와 관련해서 여러분이 우리의 출현에 대해 갖고 있는 몇 가지 오해를 풀어드리고자 합니다. 여러분 가운데 많은 사람들이 우리가 한 날 한 시에 한꺼번에 나타나서 여러분에게 안식처를 찾게 해주고, 또 여러분과 함께 지내게 될 것이라고 기대하고 있습니다. 하지만 이는 막연한 생각에 불과하며, 여러분이 생각하는 것만큼 생산적인 방법도 아닙니다. 특수한 경우에 이렇게 될 수도 있겠지만, 극히 예외적인 경우에 한해서입니다. 무엇보다 우리는 3차원의 진동이 존재하는 곳에는 출현할 수 없다는 점을 확실히 알아두시기 바랍니다. 즉 우리가 모습을 드러낸 후에도 여러분의 진동이 충분히 상승하지 못하면, 우리를 볼 수 없을 것입니다.

여러분이 처한 제반 상황과 지상에 나타날 진동의 변화에 따라서 우리는 점진적인 방식으로 모습을 나타내게 될 것입니다. 인류와 이 행성이 진동이 높아질 때 물결이 일어나듯이 우리는 소규모적으로 출현하게 될 것입니다. 우리의 구성원들 중에서도 젊은이들이 먼저 모습을 보일 것이며, 우리와 같이 나이가 든 사람들은 나중에 나타나게 될 것입니다. 현 시점에서 우리가 언제 모습을 나타내게 될지에 대해서는 아직까지 밝힐 단계가 아니며, 앞으로 최소한 몇 년간은 비밀에 붙여지게 될 것입니다.

그러나 우리 측의 일부 사람들이 2005년 중반쯤에는 자신들의 정체를 밝히고, 여러분과 접촉할 수 있게 되기를 희망하고 있을 뿐입니다. 이러한 접촉은 소규모적인 은밀한 모임을 통해 보다 수준 높은 가르침을 전하기 위해서 이루어질 것입니다. 우리가 첫 번째로 접촉하게 될 사람들의 기준은 제1권의 책에서 밝힌 내용과 동일하며, 또한 접촉할 사람들 각 개개인이 지닌 신성한 계획 또는 사명과도 관련이 있습니다. 따라서 우리가 접촉한 사람들은 접촉했다는 사실을 공표해도 된다는 허락이 떨어질 때까지는 침묵을 지켜야만 합니다.

가장 먼저 우리가 접촉하게 될 사람들은 인류를 위한 봉사에 자신의 삶을 바친 사람들이 될 것입니다. 그들은 많은 시간과 돈을 들여서 우리가 모습을 드러낼 수 있도록 성공적으로 여건을 조성하고, 그 길을 미리 준비한 사람들입니다. 먼저 우리들과의 접촉은 "초대자에 한해서만" 이루어지게 될 것입니다. 따라서 마음이 열린 정도와 첫 번째 접촉 후보자들 중에서 매일 어느 정도의 사랑 / 빛의 진동을 유지하느냐에 따라 대상자가 결정될 것입니다. 그러나 나중에는 그 범위가 큰 규모로 점차 확대될 것이고, 마침내 많은 사람들이 우리들을 볼 수 있으며, 자연스럽게 대화도 할 수 있게 될 것입니다. 레무리아의 의식(意識)과 공명하는 사람들만이 언제나 우리를 볼 수 있고, 접촉하게 될 것입니다.

한편 여러분 스스로 사랑과 자비라는 신성한 본질을 향해 자신의 가슴의 문을 열어놓으시기 바랍니다. 우리가 여러분에게 제공하는 자료들도 공부하세요. 여러분이 영적 성장과 계발을 기할 수 있는 많은 지혜와 황금의 열쇠가 이 책에 들어있습니다. 여러분의 의식의 정원(庭園)에 씨앗을 뿌려야 할 곳이 어디이고, 비옥하게 만들어야 할 곳이 어디인지 찾아보십시오.

만약 여러분이 단순히 정보를 얻기 위해 이 책을 읽는다면 지식의 양을 늘리는 데에는 도움이 되겠지만, 전반적으로 여러분의 의식(意識)을 보다 높이 끌어올려 상승을 준비하도록 하는 데에는 그다지 큰 도움이 되지 못할 것입니다. 하지만 마음과 가슴의 문을 열고 깨인 의식(意識)으로 이 책을 공부해 간다면, 많은 개인적인 변형이 자신의 삶 속에 나타나게 될 것입니다. 여러분의 영혼의 진동을 정화하고 끌어올리겠다는 철저한 의도와 굳은 결심을 가지고 나가십시오. 그리고 일상적 삶 속에서 행하는 일들에다 이런 진주 같은 지혜들을 적용해 보십시오. 이러한 노력은 긍정적인 변화의 흐름을 창조하게 될 것입니다. 이 책에 담겨 있는 많은 자료들은 그다지 지식적 정보와 관련된 내용들이 아닙니다. 그러나 이 책 속에 숨겨진 궁극적인 변형에 관한 열쇠를 활용한다면, 그것이 여러분이 마스터로서 우리와 함께 살고 동행할 수 있도록 인도해줄 것입니다.

나는 여러분들의 영원한 선조(先祖)인 아다마(Adama)입니다.

∞ 목 차 ∞

제1부

아다마(Adama)로부터 온 메시지

여러분 각자의 내면에는 신성한 불꽃이 자리하고 있습니다.

그 신성한 불꽃을 가져와,

다시 한 번 여러분의 영혼의 불꽃에 점화시키세요.

고향으로 돌아가는 여정에서

각자의 가슴 속에 간직하고 있는 열정을 연료로 삼으십시오.

- 아다마 -

제1장

이 행성을 위해 새로운 세상을 꿈꾸며

다시 한 번 마음에서 마음으로 따뜻한 인사를 드립니다. 여러분과 이렇게 또 다시 이야기할 수 있게 된 것을 대단히 기쁘게 생각합니다. 이번에 선택한 주제는 나에게도 아주 소중한 것입니다. 나는 다음과 같은 사실을 독자 여러분에게, 특히 빛의 일꾼들에게 다시 한 번 강조하고자 합니다. 즉 이 행성의 모든 이들이 살고 싶어 하고 몸담고 싶어 하는 새 세상의 미래상을 여러분의 마음과 영혼 속에서 매우 의식적으로 만들어내기 시작하는 것은 대단히 중요하다는 것입니다. 그리고 여러분이 현재의 지상에서 겪는 넌더리나는 삶의 여건을 초월하여 더없이 행복하고 각성된 삶을 살고자 한다면, 이제는 오랜 세월에 걸쳐 당신들을 속박하고 고통을 안겨주었던 낡은 틀을 버려야 합니다.

"미래에 대한 비전(Vision)이 없을 때, 그 사람은 죽은 사람이나 마찬가지이다."라는 옛말을 들어보았을 것입니다. 지금 이 순간 이 인류와 행성이 맞이하고 있는 기로(岐路)에서 생각해보면, 이 격언은 참으로 의미 있는 말이며, 시의적절한 말이기도 합니다.

텔로스를 비롯한 지저(地底)의 도시들에 살고 있는 우리들은 여러분을 대신하여 오랫동안 새 세상에 대한 비전을 간직해왔습니다. 그러나 이 모든 것들을 우리가 여러분을 대신해서 다 해줄 수는 없다는 것을 이해해 주시기 바랍니다. 신성한 율법에 따라 지상에 살고 있는 여러분도 자신이 맡은 바 역할을 다 해야만 합니다. 이제는 여러분도 날마다 자신이 살아갈 미래의 세상을 의식적으로 그려보고 그러한 세상을 염원해야 하며, 또 생각하고 느끼며 갈망해야 합니다.

지난 세기 초에, 사랑하는 마스터인 성 저메인(St. Germain)은 큰 결심과 많은 헌신을 통해 강력한 조치를 취해줄 것을 신(神)과 빛의 은하연합에게 요청하였습니다. 그가 요청한 조치는 "자유의 불꽃(flame of freedom)"을 다시 한 번 더 이 지구에 내려달라는 것이었습니다. 신들의 여러 위원회와 태양계의 은하연합, 그리고 몇몇 행성 위원회들 사이에 많은 회의와 토의를 거친 후에, 마침내 자유의 불꽃을 보내주어도 좋다는 허락이 떨어지게 되었습니다. 자유라는 것은 "변형의 보라색 화염(Violet Flame of Transmutation)"이 가지고 있는 많은 속성들 가운데 하나입니다.

이 화염이 다시 이 지상에 되돌아오지 않고서는 현 상황에서 인류가 자유롭게 진화해갈 수 있는 방법은 전혀 없습니다.

보랏빛 화염이 귀환할 때까지 지상에 사는 사람들은 매우 오랫동안 자유의 불꽃과 이 불꽃에 수반되는 모든 지식과 지혜를 가지지 못하고 살아왔습니다. 이러한 자유의 불꽃을 상실하게 되면, 인류는 인간으로 육화해있는 동안 체험의 한계를 가질 수밖에 없습니다. 그리고 그것은 인류가 겪었던 고통에 대한 중요한 요인이 되어 왔습니다. 이 자유의 불꽃은 인간들이 저지른 카르마(Karma)와 과거 이 신성한 화염이 남용되었기 때문에 아틀란티스가 마지막으로 침몰할 당시에 회수되어 이 지상에서 사라지게 되었던 것입니다.

나는 여러분이 성 저메인이 인류에 대해 가졌던 끝없는 사랑을 마음속으로 느껴보시기 바라며, 마음의 문을 열어 그가 여러분 모두에게 행했던 끝없는 헌신과 봉사에 대해 감사한 마음을 가져주시기를 바랍니다. 인류를 위한 이러한 조치를 얻어내기 위해 성 저메인은 그동안 자신이 이룩한 모든 업적을 다 내려놓고, 인류가 이러한 불꽃을 또 다시 남용할 경우를 대비하여 신에게 자신의 영광스러운 면류관을 담보로 제공해야 했었습니다. 여러분 모두를 너무나 사랑한 나머지 그는 이 모든 위험을 기꺼이 감수했던 것입니다.

새로운 꿈을 창조하는 것은 여러분이 해야 할 일입니다. 당신들은 무엇을 창조하시겠습니까?

사랑하는 이들이여, 이 행성을 위해 적극적으로 꿈을 그려가는 것은 여러분이 마땅히 해야 하는 일입니다. 여러분이 살아가고자 하는 사회가 어떤 사회인지 그려보세요. 이제 자유의 빛이 풀려지게 되었으니, 여러분이 살아가고자 하는 새 세상을 창조하는 것은 여러분의 책임이고 선택인 것입니다. 이 지구에 건설될 지상천국의 모습을 그려보고, 또 그것이 어떻게 실현되었으면 좋겠는지를 잘 생각해보세요. 구체적으로 그려야 하며, 세부적인 면에서 놀라운 사항들이 포함된다 하더라도 망설여서는 안 됩니다. 여러분 모두는 공동 창조자로서의 신(神)들입니다. 지금 이 지구는 새로운 차원을 향해 움직여가고 있습니다. 여러분이 선택한다면 새로운 세상이 창조될 것이지만, 그렇지 않다면 새로운 세상이 완벽하게 건설되지 못할 것이며, 제한적일 수밖에 없습니다. 새로운 세상은 여러분이 이러한 창조 과정에 스스로 참여해주기를 기다리고 있습니다.

사람들마다 새 세상에 대해 다소 다른 견해를 가질 수가 있습니다. 따라서 모든 사람들이 각자 이러한 꿈을 그리게 되면, 에너지들이 함께 뒤섞여서 정말로 멋있는 새 세상을 이 행성에다 창조하게 될 것입니다. 중요한 것은 여러분이 이러한 일을 하는 데 있어서 빛의 세계에 있는 존재들과 텔로스에 사는 우리에게만 전적으로 맡겨놓아서는 안 된다는 것입니다. 우리는 우리의 천국을 창조했으며, 이미 그 속에 살고 있습니다. 지금은 여러분이 꿈꾸는 세상을 창조할 때입니다. 공동 창조자로서 여러분이 창조에 직접 참여하는 것이 매우 중요한 일입니다. 이렇게 하지 않는다면, 여러분이 완성에 이른 것으로 간주되지 않을 것이며, 자신들의 삶속에서 계속 한계를 체험해야만 할 것입니다.

명상을 할 때나 글을 쓸 때, 매일 일정한 시간을 할애하여 지상에 건설될 천국에 대해 생각하고 있는 것들을 구체적으로 묘사해보기 바랍니다. 지상천국이 여러분에게 무엇을 의미하는지 곰곰이 생각해보고, 그것을 마음으로 그리기 시작하세요. 저녁에 잠자리에 들면서도 이 새로운 지구에 대해서 상상해보고, 또 깨어 있는 동안에도 마찬가지로 새로운 지구에 대해서 생각해보세요. 상상은 여러분이 구현하고자 하는 것들을 실현시켜주는 창조의 불꽃(creative spark)과도 같은 것입니다. 상상은 유동적인 실체인 창조의 세계와 여러분을 연결시켜주는 것입니다.

여러분의 꿈에 구체적인 사항들을 더 많이 포함시키면 시킬수록, 그 만큼 더 많은 당신들의 꿈들이 자신의 삶속에서 실현될 것입니다. 최대한 창의적인 인간이 되도록 노력해보세요. 여러분이 이러한 비전을 현실로 더 많이 만들어갈수록, 그리고 자신의 에너지를 꿈에 더 많이 투자하여 마음속에 더 많이 접목해갈수록 지상천국을 건설하고자 하는 이러한 비전은 그 만큼 더 빨리 구현될 것입니다. 하지만 아직까지도 여러분의 대부분은 너무나 무관심한 편입니다.

여러분 중에는 별에서 온 형제들이나 지구 내부에 사는 사람들이 나타나서 여러분을 대신해 모든 신비스러운 것들을 창조해주기를 바라는 이들이 있습니다.

그런데 만일 우리가 모든 것을 다해준다면, 도대체 여러분은 무엇을 배울 수가 있겠습니까? 분명히 말해서 이런 식으로는 일이 진행되지 않을 것입니다. 우리가 여러분을 돕기는 하겠지만, 여러분이 해야 할 몫은 당신들에게 달려있습니다. 여러분의 의식을 진화시키고 스스로 더 높은 완성을 실현해가는 것은 여러분의 선택입니다. 당신들이 그렇게 하지 않는다면, 우리는 인간들이 볼 수 없는 비가시적인 영역에 남아 있는 수밖에 다른 도리가 없는 것입니다.

본질적으로 지상천국은 5차원의 세계입니다. 4차원에서의 삶이 3차원보다는 훨씬 편합니다. 4차원의 세계가 훨씬 더 밝고 더 유동적이기는 하지만, 지상천국의 모든 모습을 다 보여주지는 못합니다. 비록 5차원의 세계가 어떤 것인지 확신하지는 못한다고 하더라도, 여러분이 5차원의 세계에 있을 것이라고 짐작하는 것부터 시작하기를 바랍니다. 최선을 다하다 보면, 머지않아 여러분의 의식(意識)이 열려서 보다 많은 것들을 인식할 수 있게 될 것입니다.

의식적인 상상은 사고(思考)의 진보를 가져옵니다. 여러분이 허용한다면, 이것을 통해서 인류는 새로운 차원으로 진화해갈 것입니다. 무엇보다 중요한 것은 그 과정을 시작하는 것입니다. 어머니 지구는 자신의 꿈을 이미 그렸습니다. 또한 이제 그녀는 지금까지 인류가 갈망해온 모든 변화를 자신과 함께 꿈꾸고 마음속으로 그려갈 것을 요구하고 있습니다.

다음과 같은 질문을 자기 스스로에게 해 보십시오. 내가 원하는 삶은 어떤 형태인가? 내가 원하는 정부는 어떤 것인가? 그리고 어떤 형태의 몸을 지니고 살았으면 좋겠으며, 어떻게 보이면 좋겠는가?

여러분의 행성에서 교환수단이 어떤 형태로 발전해갔으면 좋겠다고 생각하십니까? 아직까지도 교환수단으로 화폐의 사용이 필요하다고 느끼십니까? 아니면 보다 진보된 교환수단이 있었으면 좋겠다고 생각하십니까? 새롭고도 멋진 교환수단으로 이전에 그 누구도 생각하지 못했던 어떤 것을 상상할 수 있습니까? 여러분의 관계가 미래에는 어떻게 될 것이라고 생각하십니까? 지구는 어떤 모습을 하고 있을 것이라고 생각하나요? 이상(理想)적인 기후는 어떤 것일까요? 동물들이 어떻게 보이고, 인간에 대한 동물들의 행동이 어떻게 바뀔 것이라고 생각하나요? 이러한 비전은 끝없이 펼칠 수가 있습니다. 이렇게 함으로써 여러분은 마음속으로 스스로 영화(映畵)를 만드는 기쁨을 맛볼 수도 있는 것입니다.

여러분의 상상은 영겁의 세월에 걸쳐 여러분이 존재했었던 모든 장소들과 수많은 세계에서 체험한 기억들을 저장하고 있는 거대한 연못에서 나오는 것입니다.

여러분이 상상할 수 있는 것들은 절대로 환상이 아닙니다. 대부분의 사람들에게 있어서 이러한 이미지(심상)들은 자신들이 과거에 체험한 것들을 질서정연하게, 또 때로는 무작위로 저장해둔 기억들인 것입니다. 이러한 이미지들을 자세히 살펴보고, 이런 것들의 전부나 일부를 새로운 현실에 대한 비전을 창조하는데 활용해 보세요. 그리고 여러분의 가장 깊은 곳에 자리하고 있는 열정과 오래 전에 사라져 묻혀버린 시간과 장소에 대한 기억들을 불러내세요. 자신의 의식을 모든 상대방에게 열게 되면, 아마 멋진 그림이 나올 것입니다. 또한 내면의 가장 깊숙한 곳에 자리하고 있는 자아에 도달하면, 이미지와 아이디어가 흘러넘치게 될 것입니다.

우주는 여러분에게 자신을 조건 없이 선사합니다.
그리고 여러분이 받는 이런 선물에는 늘 신성한 사랑이
함께 합니다.
여러분의 상상력은 이런 사랑을 인식하고 그것이 당신 존재
전체로 흘러들 수 있게 해주는 당신 영혼으로
뚫린 도랑입니다.

- 셀레스티아 -

제2장

이 행성에서의 마지막 전쟁, 희망의 촛불

사 랑하는 친구들이여, 안녕하십니까? 아다마입니다.

여러분과 다시 함께 할 수 있게 되어 대단히 기쁩니다. 오늘 저녁에 나는 여러분의 가슴에 "희망의 촛불"을 선물하고 싶습니다. 아울러 현재 지구상에서 일어나려 하거나 발생하고 있는 분쟁에 대해서 폭넓은 전망을 제공하고자 합니다. 내가 이야기 할 때 나와 함께 하고 있는 텔로스에서 온 많은 존재들이 있는데, 그들이 온 목적은 사랑과 평화, 보호라는 신비로운 담요로 여러분을 감싸기 위해서입니다.

인류에게 부정과 폭력을 유발시키는 잠재적인 사건들로 인해 지상에 사는 많은 사람들이 두려움과 고통 속에서 살아가고 있습니다. 사랑이 담긴 엄청난 성금과 기도, 명상, 그리고 이 행성에서 수백 만의 사람들이 평화의 행진을 시작하고 있는데도 불구하고 왜 이러한 갈등이 해소되지 않는지 의아하게 생각할 것입니다. 지구와 그녀의 소중한 자녀들을 안전하게 지키기 위해 많은 용감한 영혼들이 가진 모든 것을 다 쏟아 부어 노력하고 있는데도, 이것으로는 충분하지 않다는 것인지 여러분도 궁금하게 생각할 것입니다.

이것은 하나의 집단으로서 여러분이 충분히 행동하지 않았다는 뜻이 아닙니다. 내 말을 믿으세요! 여러분은 자신들이 할 수 있는 모든 것을 다했으며, 여러분의 창조주는 당신들이 기도하는 소리를 들었습니다. 창조주는 여러분이 도와달라고 울부짖으며 외치는 소리도 들었으며, 평화로운 행성에서 살고자 하는 여러분의 의도도 목격해서 잘 알고 있습니다.

이 지구 행성의 전 역사를 통틀어서 인류가 이와 같이 대규모로 단결하여 지구의 평화를 촉구한 적이 한 번도 없었습니다. 모든 천상계가 경외심을 가지고 지켜보고 있으며, 여러분의 노력을 찬양하고 에너지적으로 힘을 보태주고 있습니다. 또 여러분이 보여준 사랑과 결속은 많은 우주와 은하에 존재하는 수십억의 우주 형제들의 관심을 끌게 만들었으며, 그들도 여기에 와서 여러분을 지켜보고 있습니다. 하나의 거대한 집단으로서 이들도 이 행성에 평화를 창조하고자 하는 여러분의 노력에 "에너지적으로"함께 하고 있는 것입니다.

텔로스에 사는 우리들도 여러분과 같이 24시간 내내 철야로 기도하고 있습니다. 우리는 여러분이 진화과정의 다음 단계를 안전하게 통과해갈 수 있도록 도울 만반의 준비가 돼있으며, 이것이 여러분의 고통과 어려움, 그리고 걱정들을 완화시켜줄 것입니다.

그러나 이 행성에는 비록 소수의 집단이기는 하지만, 자신들이 "이 행성을 소유하고 있다."고 생각하는 자들도 있다는 것을 이해하시기 바랍니다. 이러한 사람들은 돈이 얼마가 들든지, 또는 인류

제1부 아다마로부터 온 메시지

와 지구가 얼마나 많은 고통을 받든지 상관하지 않고 오만하게도 자신들이 원하는 것이면 무슨 짓이든지 다 할 수 있다고 믿고 있는 자들입니다. 지금처럼 이들은 세상을 마음대로 통제하고 조종할 수 있는 상태를 유지하기 위해 어떤 식으로든 여러분을 노예상태로 만들어서 자기들 의도대로 하고자 합니다. 또한 이들은 자기들이 거머쥔 지구의 부(富)의 90%를 계속 소유하고 향유하고자 하며, 반면에 나머지 인류는 얼마 되지 않는 그 10%를 나누어 가질 수밖에 없는 것입니다.

사랑하는 이들이어, 지구를 지배하고 있는 자들은 하나의 사적인 계획을 가지고 있습니다. 이들이 원하는 것은 다름 아닌 세상의 분쟁(紛爭)인 것입니다.

권력을 향한 길은 참으로 이해할 수 없는 길입니다. 다른 이들을 지배하는 것을 목표로 삼거나 권력을 가진 자리를 찬양하거나, 또는 자원(資源)에 대해서 욕심을 내고 이를 남용하는 자들은 더 큰 선(善)을 이룰 수 있도록 자신을 인도하는 신(神)의 소리를 듣지 못합니다. 그리고 이러한 사람들의 행동은 하나로 통합된 마음에서 나오는 것이 아니라, 두려움과 분리에서 나옵니다.

한편 권력을 갖는 목적이 지각(知覺)의 폭을 넓히는 것이라고 생각하는 사람들은 신의 흐름과 함께 하는 사람들입니다. 이들은 존재하는 모든 것들을 더 잘 이해하고 인식할수록 창조주로부터 나오는 생명의 흐름에 그만큼 더 깊이 함께 하고 있다는 것을 알고 있는 사람들인 것입니다. 이들은 의식을 더 많이 진화시키면 시킬수록 그 만큼 자신의 신성한 참 자아를 더 많이 구현하게 된다는 것을 알고 있습니다. 그리고 진정한 마스터의 입장에서 본다하더라도 더 이상 전쟁은 배워야 할 가치가 없는 도구일뿐더러, 성장에 꼭 필요한 바람직한 것도 아닙니다.

궁극적으로 우리는 보다 확실한 방법으로 여러분과 합류하게 될 것이며, 그렇게 되면 우리와 분리되어 있었던 기나긴 어두운 밤도 끝나게 됩니다. 우리 모두는 다함께 힘을 합쳐 사랑과 은총만이 존재하는 놀라운 꿈의 새 세상을 창조하게 될 것입니다. 그리고 그동안 힘으로 이 행성을 지배해왔던 자들도 머지않아 완전히 사라지게 될 것입니다. 그 때가 멀지 않았습니다. 그들도 자신들이 지배하던 세상이 끝나가고 있음을 잘 알고 있습니다.

여러분의 창조주는 이 소중한 행성을 이미 자신의 팔로 껴안았으며, 따라서 지금 여러분은 대중심태양(Great Central Sun)의 관할 하에 놓여있습니다. 이러한 지상의 지배자들은 그들의 지배를 종식시키고자 하는 칙령이 대중심태양으로부터 내려왔다는 것도 이미 알고 있습니다. 그럼에도 그들은 이러한 절망의 상태에서 벗어나 세상을 다시 통제하고 지배하기 위해서 혹시라도 마지막 시도가 성공할지도 모른다는 실낱같은 희망을 안고 살아가고 있다는 사실을 깨달으시기 바랍니다.

어둠의 세력들은 자기들이 지배하는 이 세상을 조금이라도 더 연장시키기 위해 모든 위험을 감수할 준비가 돼있다는 사실도 잊어서는 안 됩니다.

그들은 범죄에 대한 증거를 없애고 자신들의 행위를 정당화하기 위해 여전히 다른 대상들을 비난하고 있습니다. 그리고 그들은 나머지 세상 사람들의 지지가 없더라도 자신들이 꾸며놓은 계획을 추진하려고 하고 있습니다.

사랑하는 친구들이여, 하지만 무자비한 우두머리가 지배하던 시대는 이제 종말을 맞이하고 있습니다. 머지않아 그러한 사람들은 자신들이 인류에게 저지른 행동에 대한 모든 책임을 지게 될 것입니다. 또한 그들이 느끼는 두려움은 여러분이 생각하고 있는 것 보다 훨씬 더 크다는 사실도 알아두시기 바랍니다. 이 때문에 그들이 "마지막 카드"를 꺼내기로 결심한 것입니다. "그들이 쓸 수 있는 마지막 카드" 말입니다. 왜냐하면 이 다음에 그들이 선택할 수 있는 대안은 아무 것도 없으니까요.

많은 정치 지도자들이 현재 자신들의 권력과 전횡이 현저히 줄어들고 있는 상황을 체험하고 있습니다. 신성한 섭리에 따라 "자유의지"를 방해하는 행위는 허용되지 않습니다. 지구영단(spiritual hierarchy)은 현재 진행되고 있는 과정에 따라 여러 사건들이 일어나는 것을 허용하고는 있지만, 때가 되면 신성한 개입이 필요한 시기가 올 것입니다. 이러한 개입은 인류가 낡은 틀을 계속 유지할 것인지, 아니면 새로운 틀을 받아들일 것인지를 선택해야 할 시점에서 이루어지게 될 것입니다.

만약 인류가 최종적으로 변화하게 되면, 도처에서 "기적"이 일어날 것입니다. 빛의 세계에서는 믿을 수 없을 만큼 놀라운 방식으로 여러분의 에너지를 돕기 위한 모든 준비가 다 돼있습니다. 그러니 단지 여러분이 결정하고 허용하기만 하면 됩니다.

전쟁 지도자들이 최종적으로 무슨 짓을 하든지 간에 더 이상 그들의 노력(전쟁)을 지탱할 힘이 없어지게 될 것입니다. 안심하세요. 그들이 획책하고 있는 전쟁계획은 세계적인 전쟁으로 확산되지는 않을 것입니다.

여러분은 우리가 희망했던 것보다 더 많은 의식의 변화를 가져올 초석을 이미 다져 놓았습니다. 많은 빛의 일꾼들이 매일 여러분의 대열에 동참하고 있습니다. 이들은 자신들의 진정한 본성을 점점 더 많이 깨달아가고 있으며, 결국에는 이 세상의 진실과 마주치게 될 것입니다. 세상에서 일어나고 있는 일들이 비록 그렇게 보이지 않는다 하더라도, 이미 여러분의 시간이 도래했습니다. 실망하지 마십시오. 모든 것들은 여러분과 여러분이 목표로 하고 있는 조화와 연결되어 있으니까요.

레무리아 시절에 아틀란티스와 레무리아 간에 오랜 전쟁을 겪으면서 우리도 비슷한 상황에 직면했던 적이 있었습니다.

당시 두 대륙이 파괴될지도 모르는 위협에 직면해 있으면서도 군사 지도자들은 전쟁을 멈추질 않았습니다. 그 이후의 이야기는 역사에 기록되어 있으며, 여러분도 무슨 일이 일어났는지 다 아실 것입니다. 아시다시피 승자는 없었습니다. 그리고 이 전쟁으로 두 대륙은 15,000년 후에 붕괴되어 사라질 정도로 그 기반이 취약해져 있었습니다. *아틀란티스와 레무리아 간에 최초로 전쟁을 일으키고 종국에는 파멸에 이르게 한 책임을 져야할 많은 영혼들은 현재 인간 사회에서 똑같은 사건을 획책하고 있는 영혼들과 동일한 자들입니다.*

그러나 지금은 상황이 다릅니다. 여러분의 어머니인 지구가 이제 상승할 시간이 되었으며, 그녀의 소망은 존중될 것입니다. 이 시간 이후부터 그녀는 자신을 정화하게 될 것입니다. 그녀는 자신의 몸과 소중한 자녀들이 학대당하는 것을 더 이상 용납하지 않을 것입니다. 여러분도 지구의 변화라는 과정을 통해 그녀(지구)가 스스로를 정화할 수 있도록 용인해 주시기 바랍니다. 3차원의 에너지가 결국에는 4차원으로 들어가게 될 것입니다. 오늘날 여러분이 알고 있는 것과 같은 3차원은 이 지구에 더 이상 존재하지 않게 될 것입니다. 여러분의 몸도 4차원의 몸으로 바뀌게 되고, 그 다음에는 다시 5차원의 몸으로 바뀌게 될 것입니다. 이러한 변화를 통하여 몸은 이전보다 훨씬 더 가벼워지지만, 육체적인 느낌은 이전과 동일할 것입니다. 여러분은 지금 사랑과 진정한 형제애가 넘치는 황금 시대의 여명기(黎明期)에 서 있습니다.

빛의 세계에 있는 우리는 현재 지구상에서 일어나고 있는 충돌들이 이 행성에서 벌어질 마지막 전쟁이 될 것이라고 보고 있습니다. 어둠의 세력들은 지금 자신들의 시대가 막바지에 다다르고 있다는 것을 이미 알고 있습니다. 꽤 오래 전부터 그들의 귓전에는 책임을 알리는 벨소리가 울리고 있습니다. 그들이 할 수 있는 선택이란 그들도 사랑의 의식(意識)에 보조를 맞추든지, 아니면 떠날 수밖에 없습니다. 그러나 "쥐도 궁지에 몰리면 고양이를 문다."라는 말을 들어보았을 것입니다.

미국을 비롯한 많은 나라에 살고 있는 빛의 일꾼들(Light Worker)이 인터넷이나 다른 수단을 이용하여 서로 단합하고 빛과 통합, 그리고 사랑의 그물망을 형성해나가고 있습니다. 그리고 어둠 속에 숨어서 자신들의 행동을 감추고 있는 자들도 이 행성의 둘레에 빛과 사랑이 서로 교차하면서 빛의 그물망이 형성되고 있다는 것을 인지하고 있습니다.

그들에게는 여러분이 지닌 빛이 커다란 두려움이 되고 있습니다.

그들이 바라는 것은 단지 지구의 석유자원을 지배하는 것이 아니라 여러분 모두가 함께 만들어가고 있는 빛과 사랑의 그물망을 파괴하는 것입니다. 그들이 추구하는 주요 목표는 이 행성을 개조하여 인류를 철저히 노예화하고 두려움에 떨게 하는 것입니다. 그들은 여러분이 영적으로 보잘것없는 존재가 되고, 살아남기 위해 감정적으로 몸부림치는 상태에 놓여있기를 원합니다. 지금까지는 그들의 계획이 어느 정도 성공적으로 진행되어 왔습니다. 현재 지상에서 살아가는 여러분의 삶은 그야말로 무척이나 고달픈 것입니다.

따라서 그들은 여러분을 완전한 두려움 속으로 몰아넣은 다음, 뒤에 숨어서 인류의 안전과 이익을 위한다는 구실로 당신들을 마음대로 조정할 수 있도록 몇 가지 공포적인 조치만 취하면 된다고 생각하고 있습니다.

그러나 부디 안심하시기 바랍니다. 몇 가지 좋은 소식을 전합니다. 여러분은 인간으로 태어나기 전에 창조주로부터 이번 생에 여러분의 참 자아와 신성을 완벽하게 구현해도 된다는 약속을 이미 받았습니다. 그러므로 이제 오랫동안 베일에 싸여 있던 여러분의 신성과 영적인 재능을 이번 생에 완전하게 구현할 수 있게 될 것입니다.

하지만 이 행성을 지배하고 있는 자들은 어떠한 대가를 치러서라도 이러한 깨달음에 이르지 못하도록 막고자 합니다. 왜냐하면 이러한 사실을 일반 사람들이 알게 되면, 이들이 지배하는 세상이 끝나버리기 때문입니다. 어둠의 세력들은 여러분과 이 행성을 노예상태로 몰아넣고 분리와 두려움에 떨게 하려고 애쓰고 있는 반면에 빛의 극성(極性)은 자각과 깨달음을 만들어내고 있습니다. 더군다나 이와 같은 커다란 의식의 변화가 순조롭게 이루어지도록 하늘의 행성들조차 이미 모든 배열이 완료된 상태입니다.

머지않아 새로운 정부와 단체를 구성하기로 예정된 존재들이 드러나게 될 것입니다. 이러한 날을 맞이하기 위해 그들은 그동안 준비를 해왔으며, 이미 여러분 가운데에 살고 있습니다. 너무 신랄하게 그들을 비난하지 말고, 기대도 하지마세요. 왜냐하면 전면에 나서는 사람들을 보고 놀라게 될지도 모르니까요. 이들 중에 많은 사람들이 후임자를 찾고 있는 집단 내에서조차 자신들의 정체를 숨기고 있습니다. 마음속으로 누가 새로운 지도자가 될 것인지 생각해보세요. 집단의 이익을 대변할 새로운 틀이 만들어지게 될 것이며, 이것이 최종적으로 인류를 위해 지원할 준비가 되어있는지 여부를 판단할 수 있는 하나의 중요한 열쇠가 될 것입니다. 진정한 변화를 지지하는 사람들이 모이는 것을 국가의 국경도 막지 못할 것입니다.

결국 이러한 갈등들이 지구 전체로 확산되는 결과를 낳게 될 것입니다. 이러한 변화와 갈등으로 인해 수백만의 사람들이 자신의 신성을 새로이 깨닫게 되고 삶의 가치기준이 무엇인지를 새로이 재고하게 될 것입니다. 그리고 많은 사람들이 자신들의 신성과 더 잘 어울리는 새로운 목표와 목적을 발견하게 될 것입니다. 이런 갈등들의 결과로서 수백만의 사람들이 빛의 일꾼의 대열에 합류하게 될 것이며, 서로 함께 단결하여 신성한 진리에 기초한 영원한 평화와 새로운 현실을 창조하게 될 것입니다.

또한 이러한 갈등들은 시대에 뒤떨어져 더 이상 도움이 되지 않는 부권(父權)중심의 조직구조를 와해시키게 될 것입니다. 슬픔과 아쉬움의 순간을 체험할 준비를 하세요. 그때 벌어질 고난의 진정한 목격자가 되십시오. 그로 인해 당신들의 가슴이 고차원으로 전환되는 데 요구되는 만큼 훨씬 크게 열릴 테니까요. 그리고 그동안 축적돼 있던 여러분의 많은 카르마(業)가 정화되고 새로운 질서를 수용할 공간이 확보될 것이며, 자신의 신성한 자아(Divine Self)를 최대로 인식하게 될 것입니다.

사랑하는 빛의 자녀들이여! 신(神)의 손이 마법을 부리도록 내버려두세요. 여러분의 창조주는 새로 맞이할 영광스러운 운명을 받아들이기 위해 이 지구와 이 지구에 머물고자 선택한 사람들을 매우 주의 깊게 지켜보면서 보호하고 있습니다. 두려움이나 절망, 무력감에 빠지지 말고, 마음속에 희망의 촛불을 간직하세요. 전쟁 너머에는 새 세상이 기다리고 있습니다. 여러분은 그저 기적을 움켜쥐기만 하면 됩니다. 여러분이 한 번도 경험해보지 못한 방식으로 창조주와 별의 가족(star family)들로부터 사랑과 은혜의 선물이 쏟아져 내려올 것입니다.

신(神)의 의치가 이기게 되고 반드시 승리한다는 것을 믿고, 확신의 촛불을 밝히시기 바랍니다.

수백만의 사람들이 이 행성 위에 함께 서서 평화를 바라는 자신들의 소망을 밝혀왔습니다. 그러므로 그렇게 될 것입니다. 여러분은 행성을 가로질러 행진하면서 평화를 요구하고 있습니다. 이 또한 그렇게 될 것입니다. 여러분이 세계 정부의 폭정에 항거하여, "이것은 너무 지나쳐! 그리고 더 이상은 안 돼! 너희들의 시대는 끝났어!"라고 외치며 사랑으로 의도적으로 용감하게 궐기하는 모습을 우리가 지켜보고 있듯이, 당신들은 이미 전 우주의 주요 관심사가 되었습니다. 그리고 창조주와 공동 창조자인 여러분의 모든 상위 존재들은 "드디어 이들이 깨어나고 있다. 지구에 평화가 있으라, 그리고 그리 될 것이다."라고 말하면서 미소 짓고 있습니다.

이 행성의 진동이 계속 증대됨에 따라 여러분의 책임도 그만큼 더 커지게 될 것입니다. 여러분의 레무리아 형제자매들인 우리도 이 지상에서 우리의 팀들을 모아 거대한 계획을 수행하고 있습니다. 이 지구의 구석구석에, 그리고 나라마다 많은 팀들이 존재하고 있습니다. 보다 고귀한 것들을 이루기 위해 봉사하고자 하는 사람들이 결국에는 기꺼이 우리와 함께 일하겠지만, 아무 것도 여러분에게 억지로 강요되지는 않을 것입니다. 그리고 우리와 함께 봉사하고자 하는 열망은 여러분의 가슴속에서 우러나오는 자발적인 욕구에 의해 점화돼야만 할 것입니다.

우리의 사명 수행에는 많은 사람들이 함께 해야 하기 때문에, 여러분이 봉사하고자만 한다면 기회는 얼마든지 있습니다. 우리와 나란히 협력하여 일하는 사람들에게는 많은 경이로운 것들을 체험할 수 있는 기회가 주어질 것입니다. 여러분은 길을 안내하는 자들이며, 여기 샤스타 산에서 우리가 양성하고, 포용하며, 소중히 여기는 많은 소그룹들 중의 핵심요원들입니다. 여러분이 기다리고 있는 기쁨의 시간이 구름 저 편에 있으며, 조작된 전쟁의 폭풍 바로 너머에 있습니다. 만약 여러분이 마지막 남은 이 환상의 게임을 끝내기 위해 이 구름과 폭풍을 허용할 수 있다면, 여러분은 결코 그것을 후회하지 않을 것입니다.

구름 저 너머에 기쁨과 안락함, 그리고 은총이 기다리고 있으니, 마음속에 희망의 촛불을 밝혀주시기 바랍니다.

바로 저 지평선 너머에 더 이상 폭력이 존재하지 않는 통합과 사랑으로 이루어진 새 세상이 도래하고 있습니다. 필요할 때마다 서로를 보살펴주세요. 여러분이 이미 알고 있는 내용들을 배울 기회를 갖지 못했던 사람들과도 여러분의 사랑과 안락함을 함께 나누세요.

두려움에 떨고 있는 사람들을 위해서 그들이 편히 기댈 수 있는 평화의 기둥이 되세요. 다른 사람들이 여러분에게 기대는 것처럼, 여러분도 힘과 지원이 필요할 때 우리에게 기대시기 바랍니다. 앞으로 우리는 여러분과 매우 가까이 있게 될 것이며, 많은 사랑과 지원을 제공하게 될 것입니다.

모든 것들은 신성하게 창조되었습니다.
사랑으로 가득 찬 가슴이 이것을 알고 있듯이,
숲속에 있는 모든 생명들도 이것을 알고 있으며,
지구도, 바다도, 구름도 알고 있습니다.

- 수녀 성 캐더린(St. Catherine of Siena) -

제3장

프랑스와 캐나다(특히 퀘벡), 그리고 브라질 사이의
연관성

아다마, 셀레스티아(Celestia), 텔로스의 고위위원회

*질문: 프랑스와 퀘벡, 브라질 사이에는 어떤 연관성이 있나요?

텔로스라는 지저도시가 존재하기 오래 전에, 어머니 지구의 에너지를 이루는 삼각형이 존재하고 있었는데, 그것이 바로 오늘날의 프랑스 지역과 캐나다의 퀘벡, 그리고 브라질을 연결하는 삼각주라고 밝혀졌습니다. 지구상의 거의 모든 지역은 나머지 두 개의 부분과 연결되어 삼각형(또는 삼위일체)의 한 부분을 형성합니다. 이러한 격자들은 신성한 계획의 일부이며, 지구 내부에서 우리도 지상의 진동들의 균형을 잡고 조화롭게 하는 것을 돕기 위해 이것을 이용합니다.

우리가 이 국가들을 지구의 내부처럼 언급하지는 않지만, 이들 각각의 3 국가들은 특정의 진동과 색채, 소리 고조파, 그리고 행성 적인 어떠한 암호(code)를 지니고 있습니다. 또한 이들 세 개의 나라는 공히 지구의 내부와 지상, 그리고 행성을 에워싸고 있는 에테르권의 격자 상태를 나타내는 표시로서의 새로운 진동과 색상을 만들어내고 있습니다. 이러한 신호를 인지하는 것은 대단히 중요합니다. 왜냐하면 특정 격자가 지닌 에너지를 이용하는데 도움이 되기 때문입니다. 또한 이러한 격자와 행성의 다른 격자가 지니고 있는 에너지를 조화시키는 데에도 도움을 줍니다. 이러한 격자망은 지구 자체의 자오선 체계와도 조화를 이루고 있습니다.

지구 내부에서 우리는 이러한 격자망(Network of grid)을 주의 깊게 고찰함으로써 현재 지상에서 나타나는 진동들에 의해 지구의 맥박을 파악할 수가 있습니다. 이러한 격자들은 우리가 지구 내부 도처의 다른 지역들에서 일어나는 결과들이 어떠한 지를 관찰하는 중요한 작업에도 도움을 줍니다. 지구의 내부에서 적절하게 에너지의 균형이 이루어지지 않을 경우 이로 인해 지상에서 발생하게 되는 잠재적인 대재앙들, 즉 인재 및 자연에 의한 재난들을 이러한 관찰을 통해서 피해가게 되는 것이지요.

지상에 있는 이들 3개 "국가들"의 에너지를 개별적으로 파악해보면, 이들 국가들이 지니고 있는 진동들은 다음과 같은 특징을 가지고 있습니다.

프랑스

프랑스는 매우 강렬한 핑크색을 방출하고 있는데, 가장자리는 거의 희게 보이며, 국가의 중심부인 파리지역은 따뜻한 느낌을 주는 핑크색을 띠고 있습니다. 이번 생에 프랑스에 태어나 있는 빛의 일꾼들은 행성의 변형이 이루어지는 기간 동안에 레무리아의 중심부에서 나오는 순수한 진동을 실어 나르게 됩니다. 행성의 전 지역에서 이와 동일한 진동을 지닌 사람들은 주인으로서의 대접을 받게 될 것이며, 이들 중에 많은 존재들이 이 시기에 맞추어 프랑스에서 인간으로 태어나기로 선택했던 것입니다. 또한 이들 중에 많은 존재들이 위에서 언급한 다른 두 나라에도 많이 태어나 있으며, 이들의 의식은 레무리아 여신의 자녀로서 레무리아의 마음과 사랑을 나타내게 됩니다. 이러한 선택을 하게 된 것은 프랑스의 정부형태를 영구히 바꾸어 놓을 만큼 지난 300년간에 걸쳐 프랑스를 몇몇 주요한 전쟁과 혁명으로 몰아넣었던 당시의 정신적인 상흔(傷痕) 때문인 측면도 없지는 않습니다.

특히 제2차 세계대전의 지속적인 여파로 유대인들의 에너지가 강한 이 지역은 에너지적인 면에서 많은 균형이 이루어져야 할 필요성이 대두되었습니다. 현재 전 세계 인류의 대다수가 유대인에 대하여 잘못된 이해를 가지고 있습니다.

처음으로 인류가 이 행성에 나타난 이래 유대인들은 지구의 의식 중에서 신성한 남성의 에너지를 지녀오고 있습니다. 이 말이 다른 인종들은 이 행성의 그리스도 에너지를 지니고 있지 않거나, 가져오지 않았다는 뜻은 아닙니다. 그러나 순수한 하나의 유전 혈통의 종(種)으로 유지되어온 유대 인종은 태초에 여성성에 최초로 신성한 남성성을 불어넣었던 그 남성성의 순수한 불꽃을 유지해오고 있습니다. 이런 점에서, 유대인종은 레무리아의 정체성을 유지하는데 긴요한 요소이며, 그들은 지구 내부가 신성한 원천으로서의 중심지가 된 이래 그 연결고리를 자기들의 문화 속에다 유지해오고 있는 것입니다.[1] 유대인들이 지니고 있는 진동을 왜곡하고자 여러 차례

1)여기서 언급하는 유대인들을 오늘날 세계를 배후에서 지배하고 조종하고 있는 대다수 어둠의 세력으로서의 유대인들, 즉 카자르 계열의 유대인들과 혼동해서는 안 된다. 여기서는 어디까지나 순수 유대인들을 의미하는 것으로서 이 양자는 명백히 구분돼야 한다. 카자르

의 시도가 천년에 걸쳐 진행되었음에도 불구하고, 본래의 모습을 그대로 유지하고 있다는 것을 우리는 잘 알고 있습니다. 그리고 이 것은 그 인종의 DNA 구조와 순수성을 유지하기 위해서는 혈통은 반드시 어머니를 통해서 이어져야 한다는 원칙적인 요건에 따라 달 성되었던 것입니다.[2]

지상에 있는 많은 종교들과 마찬가지로 유대교를 둘러싸고 커지 고 있는 오늘날의 종교 교리는 태초에 신성으로부터 나온 원래의 진동을 더 이상 지니고 있지 못합니다. 근원의 진동은 지구 어머니 의 의식 속에 간직되어 있으며, 어머니 자신의 정체성을 지속적으 로 나타내고 있는 것입니다. 또한 이와 같은 근원의 진동은 레무리 아와 아틀란티스 시대를 포함하여 인간으로 태어나서 유대인으로서 삶을 살았던 모든 사람들의 DNA 속에도 보존되어 있습니다. 그리 고 이러한 근원의 진동은 현재 이 행성에 태어나있는 대부분의 사 람들 속에도 어느 정도는 존재하고 있습니다. 또한 히브리어는 근 원의 에너지적인 진동을 많이 가지고 있으며, 최근에 다시 발견된 많은 가르침들이 히브리어로 기록되었고, 이의 전달수단으로서도 한몫을 해왔습니다. 이러한 고대의 가르침들은 현재 면밀하게 조사 가 진행되고 있으며, 세상 사람들에게 다시 이바지하게 될 것입니 다.

유대인들은 한마디로 말해 일종의 짝퉁 유대인이라고 할 수 있다. 그런데 레무리아의 유전 적 정체성을 이어받아 보존하고 있는 감추어진 또 다른 민족이 있으며, 바로 그것은 다름 아닌 우리 한민족이다. 정통성 측면에서 보자면 유대인보다도 오히려 한민족이 좀 더 가깝 다고 볼 수도 있다. 한민족에게는 봉인된 채 아직 풀리지 않은 무엇인가가 있으며, 아마도 이 비밀은 향후 점차 밝혀지게 될 것이다.(감수자 註)

2)유대민족은 전통적으로 '모친이 순수 유대인이어야만 자식도 유대인'이라는 모계혈통주의 를 따르고 있다. 즉 어머니만 순수 유대인이면, 아버지는 혼혈이 되었든, 유대인이 아니든 상관없다는 것이다. 모계혈통주의는 유대민족과 유대교 역사의 가장 근본적인 원칙으로서 모친이 순수 유대인이 아닐 경우는 아버지가 유대인이더라도 그 자식을 진정한 유대인으로 보지 않는 것이다.(감수자 주)

퀘벡

퀘벡도 이러한 진동과 깊은 관련이 있습니다. 퀘벡지역에서 방출되는 색상은 중심부에서 나오는 에메랄드 그린(선명한 진녹색)과 연분홍빛이 혼합되어서 나타납니다. 퀘벡의 중심부는 몬트리올 지역에 있으며, 몬트리올이 창조의 중심이 되어 레무리아의 가르침들과 치유기법을 널리 알릴 수 있도록 지금 이 시간에도 많은 것들이 이루어지고 있습니다.

프랑스어를 사용하고 있는 퀘벡 사람들은 프랑스의 중심부에서 나오는 진동을 가슴과 연결하는 수단으로 자신들의 언어를 활용하고 있습니다. 퀘벡은 원래 이러한 진동을 내보내는 전진기지로, 그리고 이 에너지를 행성의 북극으로 직접 전달하는 삼각형의 한 지점으로 만들어졌던 것입니다. 극(極)과의 연결은 격자가 가지고 있는 특성의 일부로서, 이러한 연결을 통해 지구의 내부에서 삼각지대로, 그리고 삼각지대에서 다른 모든 격자로 에너지의 전송이 가능해지게 되는 것입니다.

프랑스도 마찬가지지만, 이 지역에 사는 사람들은 주로 가톨릭을 믿고 있으며, 퀘벡, 특히 몬트리올은 유대인들과 중요한 연관성을 가지고 있습니다. 지난 세기에 유대인들이 물려받은 유산 때문에 독일에서 박해를 받았던 많은 존재들이 다시 인간으로 환생하여 태어나기로 선택한 곳이 바로 이곳입니다. 그리고 이들은 이곳에서 레무리아의 본질적인 진동과 연결할 수 있게 되었고, 이전에 독일에서 태어나서 겪었던 정신적인 충격을 피할 수 있게 되었습니다. 퀘벡 지역이 가진 치유의 에너지는 아주 탁월하며, 오랜 세월에 걸쳐 치유사나 이러한 치유기법을 가르치는 스승으로 활동했던 많은 존재들이 이제 이곳에 모여 이러한 지식들을 세계의 모든 사람들과 함께 공유하기 시작했습니다.

또한 퀘벡이 미국과 인접해있다는 것도 대단히 중요한 의미를 가지고 있습니다. 이들 3개의 국가 또는 삼각형의 한 쪽을 형성하고 있는 지역들은 국가 및 행정적인 여러 차원에서 과거로부터 엄청난 파괴와 폭력, 그리고 신성한 근원과 분리된 에너지를 지니고 있는 여타 국가들과 직접적으로 인접해있습니다.

프랑스는 독일과, 브라질은 아르헨티나와 접해 있습니다. 이러한 사례를 각 국가별로 살펴보면, 프랑스와 퀘벡(캐나다의 다른 지역도 마찬가지), 브라질이 지니고 있는 본질적인 여성 에너지는 미국과 독일, 아르헨티나의 왜곡된 가부장적인(우두머리 중심의) 정부형태가 여성에 대한 극도의 불신감을 나타냄으로써 그 균형이 맞춰지고 있는 것입니다.

제2차 세계대전 중에 독일에서 엄청난 폭력을 행사했던 많은 범인들이 처벌을 피하기 위해 미국과 아르헨티나로 도망을 쳤었습니다. 그들은 불신과 폭력, 혼란을 조장하는데 일조를 한 존재들입니다. 그리고 이러한 불신으로 말미암아 이른바 소위 반유대주의의 분위기가 이들 국가에서 형성되었던 것입니다. 반유대주의의 에너지와 반유대주의의 이름으로 그들이 자행한 행위들은 신성한 여성성을 두려워하는 존재들이 신성한 남성성을 공격한 것이나 다름이 없는 것입니다.

사실 이들 3개국(독일, 아르헨티나, 미국)도 자체적으로 에너지의 삼각지대를 형성하는데, 이것은 이들 국가들 내에 많은 불균형과 부조화가 생겨나 퍼져나가게 합니다. 하지만 이들 국가들은 프랑스, 퀘벡, 브라질의 격자를 활용함으로써 보다 손쉽게 레무리아의 본질적인 에너지와 다시 연결될 수 있었습니다. 또한 이러한 3개국의 격자는 이 지역에서 보다 큰 조화를 다시 만들어내는 데 활용이 가능한 우리의 가장 유용한 도구입니다.

유대인들에 대해 두드러지게 적대적인 에너지를 가지고 있는 미국과 독일, 아르헨티나에서 지금 이 시간에도 높은 수준의 균형이 이루어지고 있는 것을 보면 이를 알 수가 있습니다.

신성의 빛이 날이 갈수록 밝게 빛나는 만큼 불신의 정도가 아주 심한 사람들은 더 큰 두려움 속으로 빠져 들어가게 됩니다. 사실 현재는 유대인이 아니지만 지난 생(生)에서 유대인으로 태어난 적이 있는 사람들도 이러한 진동을 보유하고 있기 때문에 봉사하라는 부름을 받게 될 것입니다. 이것은 지구의 에너지를 다시 하나로 통합하기 위해 지구역사상 유례(類例)가 없는 방식으로 이 지구 여신의 에너지와 신성한 성령의 불꽃이 재결합하게 된다는 것을 뜻하는 것입니다.

브라질

브라질은 이 행성의 남극과 연결된 고리를 형성하고 있습니다. 이 나라에서 내뿜는 에너지의 색상은 아주 보기 좋으며, 노랑과 빨강, 파랑색이 혼합되어 있는데, 이 세 가지의 기본적인 색상이 어우러져서 지상의 모든 색상을 연출하고 있습니다. 이는 수정(水晶)이 지닌 본질적인 특성을 브라질이 아주 많이 가지고 있기 때문입니다.

사실 브라질은 빛을 발생시켜 이를 잘 분산하는 하나의 커다란 수정체와도 같은 곳입니다. 브라질은 프랑스와 퀘벡, 그리고 지구의 북반구에서 나오는 본질적이면서도 치유의 성질이 강한 에너지를 남반구로 전송하는 엔진의 역할을 하고 있습니다.

현재 이들 3개국에서 행해지고 있는 작업은 엄청나게 진화한 존재들이 이 시기에 맞추어 인간으로 많이 육화해있다는 것을 뜻합니다. 이들은 대단히 중요한 이러한 격자 에너지를 지니고 있을 뿐만 아니라 이러한 격자가 가진 목적에 봉사하고자 하는 것입니다. 레무리아의 본질적인 에너지들도 이러한 격자를 통해 이 에너지를 가장 많이 필요로 하는 지상의 여러 지역으로 보내져 현실적으로 나타나게 됩니다.

지구 내부의 사람들과 별의 형제들이 직접적으로 가장 먼저 접촉하게 될 장소가 이러한 지역들이 될 것이라고 많은 사람들이 생각하고 있는데, 이는 정말로 맞는 말입니다. 사실상 첫 단계의 출현은 이미 인간으로 태어나 있는 존재들, 또는 이러한 국가들에 "워크-인(Walk in)"한 다른 존재들로 인해 벌써 이루어졌습니다. 보다 큰 빛으로 드러나게 되는 것은 이러한 존재들이 단지 함께 모이기만 하면 됩니다.

여러분을 그토록 접촉하기를 원하는 존재들은 상이한 시간과 공간, 차원에 존재하고 있는 사실상 "여러분"의 또 다른 모습들입니다. 여러분 중에 많은 이들이 지구의 내부와 다른 은하 및 우주에 존재하고 있는 영혼들이 물리적으로 확장해있는 모습들인 것이지요. 다차원에 존재하고 있는 자신들의 다른 측면들과 여러분이 더 많이 소통하고 이를 하나로 통합하게 되면 될수록, 지상의 차원도 그 만큼 더 빨리 이를 인식하고 반영하게 될 것입니다.

우리는 이미 지금까지 논했던 격자의 진동과 행성 안팎의 가슴의 진동이라는 격자망 속에서 함께 하고 있습니다. 사실 이 격자의 에너지를 이용하면, 차원 간의 어떠한 구분도 없이 얼마든지 이동해갈 수 있습니다. 우리는 여러분 모두가 가능한 한 편하게, 그리고 자주 이러한 격자망에 연결하기를 바랍니다. 그렇게 되면 이 격자망이 마침내 여러분이 본래 가지고 있는 본성의 일부가 될 것입니다.

오늘날 인간으로 태어나고 있는 아이들은 그들의 DNA 속에 이러한 격자에 대한 열쇠를 지니고 있으며, 이러한 열쇠를 지상에 살고 있는 모든 사람들과 함께 나누고자 노력하게 될 것입니다. 그들이 하는 말을 잘 들어보고, 마음의 문을 열도록 하세요. 그 아이들은 여러분의 대다수가 상상하는 것보다 훨씬 더 고도로 진화한 미래의 모습을 그리고 있습니다. 우리가 여기에 있는 이유도 여러분이 일찍이 상상할 수 있었던 그 어떤 것보다 더 불가사의한 신성한 계획(Divine Plan)에 봉사하기 위해서입니다. 그리고 우리가 여러분을 위해 간직하고 있는 사랑은 항상 그러한 봉사의 길로만 매진할 것입니다.

여러분 모두에게 축복을 전하며, 여러분이 다음 단계에서 맞이하게 될 사랑과 자유의 여정에 기쁨이 가득하길 기원합니다.

우리 여정의 매 단계마다 서로에 대한

사랑의 빛과 신성이 흘러넘치지

않는다면,

세상은 훨씬 더 어둡게

보일 것입니다.

– 아나마르 –

제4장

자기격자(Magnetic Grid) 작업

*질문: 아다마, 당신은 격자와 관련된 일을 하고 있다고 밝혔습니다. 당신이 하는 격자 작업이 어떤 것인지, 그리고 그 격자 작업에서 어떤 역할을 하고 있는지에 대해서 알고 싶습니다.

마스터인 교사 여러분에게 축복이 있기를 바랍니다. 왜냐하면 여러분 모두는 이 거대한 실험에 함께 참여하고 있는 진정한 마스터들이기 때문입니다. 이 행성이 생성된 이래로 육체와 감정체, 정신체, 영체가 동시에 통합됨으로써 이런 방식으로 의식의 상승이 이루어지는 경우는 그야말로 이번이 처음입니다.

　나는 행성 내부에서 에너지 격자와 관련된 일을 하고 있으며, 이 격자는 지상에 있는 물리적인 수정체(水晶體)와 함께 작용하게 됩니다. 이 격자는 지구행성 자체와도 관련이 있습니다. 행성의 내부에서 나오는 이 격자에너지는 이 행성을 둘러싸고 있는 에테르 격자를 형성하게 되며, 진동적인 면에서 에너지가 상승하거나 행성 차원의 변화가 생기게 되면, 격자가 작동하게 됩니다. 그리고 이러한 작용은 점성학적으로 별들의 다양한 배열에 의해서도 영향을 받게 됩니다.

또한 이 격자는 쌍어궁시대의 에너지와 연결돼 있으며, 그리스도의 에너지를 간직하는 데에 사용되었습니다. 과거에 그것은 행성 격자의 에너지를 수용하는 데에 이용되곤 했었으나, 지금 이 격자는 물병자리 에너지로 전환되기 시작하는 시대를 맞이하여 한 단계 더 향상되었습니다. 우리의 의식(意識)이 상승하여 〈대중심태양(Great Central Sun)〉으로 되돌아갈 수 있게 됨에 따라 이곳에 수용되었던 과거의 에너지들은 더 이상 필요가 없게 되었습니다. 그러므로 이러한 에너지들은 지금 좀 더 여성적인 물병자리의 진동으로 바뀌고 있는 것입니다. 그렇다고 이 말이 남성성이 없어진다는 뜻은 아닙니다. 그 뜻은 두개의 극성(極性)이 다시 균형을 이루기 위해서 하나로 통합되고 있다는 말입니다.

레무리아, 특히 텔로스에서 나오는 진동은 그 자체가 에너지를 생산하는 큰 발전소와 같은 역할을 합니다. 왜냐하면 샤스타 산의 내부에 있는 텔로스의 위치가 이 행성에서 일종의 〈대중심태양〉을 구현하고 있는 것이기 때문입니다. 은하의 중심부와 은하수에서 행성 지구로 쏟아져 들어오는 모든 에너지들은 이 행성의 첫 번째 주요 출입 관문인 행성 격자에 부딪치게 되는데, 바로 이곳이 샤스타 산의 내부입니다. 이곳으로부터 단 몇 초 만에 다른 산의 정상에 위치해 있는 다른 모든 주요 행성격자 지점들과 연속하여 부딪치게 됩니다. 이 지점들로부터 행성의 나머지 격자들로 에너지가 분배되는 것입니다. 각각의 격자들은 다양한 입구와 출구를 가지고 있습니다. 그리고 출구는 다른 격자나 행성의 나머지 에너지 통로들로 에너지가 분배되는 지점에 해당되는 것이지요.

제1부 아다마로부터 온 메시지

레무리아의 의식에 의해 창조된 격자는 여러분 각자의 개체 속에도 반영되어 있습니다. 여러분이 신성한 목적을 이루기 위해서 좀 더 집중하고자 하는 마음을 가지게 되면, 이러한 격자는 여러분의 몸에 있는 신성한 기하학³⁾ 속으로 융합되어집니다. 그러나 현재는 개인의 의식(意識)과 지구 의식 사이에 에너지적인 구분이 이 행성에 존재하고 있습니다. 두 의식은 사실상 하나이고 똑같은 것이기는 하지만, 잠정적인 기간 동안은 두개의 개체성이 따로 존재하게 됩니다. 이렇게 됨으로써 각 개체별로 자유로운 선택에 의해 진동적인 변화가 일어나게 됩니다. '레무리아 고위위원회'는 이러한 방법을 통해 세포 수준에서 먼저 차원 변화가 일어나고, 그 다음에 인류의 집단의식으로 통합하는 것이 가장 좋은 방법이라는 결론에 이르게 되었습니다.

이러한 결정이 있기 전까지는 순서상 일련의 에너지적인 주입작업이 행성 자체에서 먼저 일어나고, 그 다음에 행성으로부터 여러분이 개별적으로 에너지를 받는 방식으로 세계적인 변화가 이루어질 것이라고 생각했었습니다. 행성의 몸체를 구성하는 세포에 해당하는 여러분은 개별적으로 이러한 진동들을 정착시키고 하나로 통합해야 합니다. 그렇게 함으로써 인류의식의 독특한 모든 변형에 대해 여러분 각자가 충분히 책임질 수 있게 되는 것입니다.

DNA 회로(혹은 수정격자)는 개인별로 약간 상이한 방법으로 변화될 것입니다. 그래야 DNA가 참다운 세계적인 변화에 꼭 필요한 진동을 폭넓게 가질 수 있게 됩니다. 개인적인 변화를 달성한 개인들이 모여 더 큰 그룹으로 발전하게 되면, 에너지적인 조화가 점점

---

3)신성 기하학: 겉으로 보기엔 무질서하게 보이는 자연의 이면에 완벽한 비율의 패턴과 숨겨진 기하학적 구조가 있으며, 이는 아주 미세한 결정구조에서부터 잎이 꽃을 향해 배열되는 방식, 그리고 천체의 운행에 이르기까지 매우 다양한 현상들을 통해 알 수 있다. 이러한 숨은 암호들에 내재된 기하학적 개념들은 수많은 문화권에서 신성한 건축물과 위대한 예술작품으로 재현되었다.(역주)

더 커지게 될 뿐만 아니라 점차 더 큰 파도를 이루며 세계적인 변화도 일어나게 될 것입니다.

이러한 변화가 일어날 때 수반되는 소리가 있습니다. 이 소리는 에테르계에서 나오는 소리로서 이 지구에는 들리지 않습니다. 우리는 이 소리를 "영혼의 노래"라고 부르고 있습니다. 하프나 플룻이라 하더라도 영혼에서 나오는 사랑의 파동을 지닌 이처럼 아름다운 소리를 만들어낼 수는 없을 것입니다. 그와 동시에 이 소리는 가슴이 지닌 본질적인 진동과 고막을 자극하게 됩니다. 텔로스에도 3개의 줄로 된 악기가 있는데, 이 악기는 줄을 퉁기기 보다는 집게손가락과 가운데 손가락으로 어루만지면서 연주하는 악기입니다. 이 악기에서 나오는 아름답고 영감어린 진동은 영혼이 노래하는 것과 같은 파동을 지니고 있습니다.

격자가 여러분 모두에게 일어나고 있는 DNA 회로의 변화를 가속화시킴으로써 당신들은 자신의 노래를 들을 수 있게 됩니다. 여러분 모두는 우리가 답례로 여러분에게 종종 들려주는 여러분 자신만의 독특한 노래에 공명하게 되는 것입니다. 이러한 노래들은 여러분이 서로 다른 직함(職銜)과 이름을 가지고 있듯이, 여러분이 누구인지를 진동으로 나타내는 것과 같습니다.

우리는 여러분이 자신의 노래를 다시 되찾을 수 있게 된 것을 진심으로 축하하고 있습니다. 여러분의 여정을 돕고 있는 노래 속에 들어있는 암시를 잘 활용해서 자신들의 꿈을 더욱 빛나게 하기 바랍니다. 모든 사람들의 은총을 위해 우리의 사랑도 여러분의 사랑과 함께 하고 있습니다.

*질문: 격자 작업을 하는데 있어서, 당신은 어떠한 역할을 맡고 있나요?

내가 하는 일은 점차 지구내부에서 외부로 이르게 된 4차원과 5차원의 에너지적인 진동을 이 격자에다 정착시키고 계속 공급하는 것과 관계가 있습니다. 우리는 에너지들이 지구 행성 자체를 통해 높아지도록 행성 내부에서 돕고 있습니다. 여러분이 지구와 연결되면, 이러한 에너지들이 물리적으로 또는 아주 미세하게 상승하고 있다는 것을 느낄 수가 있습니다. 우리는 또한 남극과 북극, 그리고 기타 주요지점을 통해서도 강화된 에너지들을 방출하고 있습니다.

내가 맡고 있는 역할은 관리자의 한 사람으로서 격자의 설계, 그리고 에너지의 주입과 방출에 관한 업무를 기획하는 것입니다. 격자 체계가 제자리를 찾음에 따라 나는 에너지의 흐름이 강화될 것에 대비해 격자에 대한 수정작업을 추가적으로 하게 될 것입니다. 격자는 지속적으로 향상되고 있는 중이며, 이에 따른 작업도 또한 계속 진행되고 있습니다!

격자와 관련된 일을 하고 있는 존재들은 대단히 많이 있습니다. 다른 격자들에 대해서도 할 말이 많이 있지만, 사실 이러한 작업들은 현재 진행되고 있는 거대하고도 광범위한 하나의 입체적이고 통합적인 작업의 일환으로 이루어지고 있는 것들입니다.

*질문: 크라이온(Kryon)[4] 격자 작업과 당신의 격자 작업 사이에는 어떤 차이가 있나요?

격자를 구성하고 있는 요소에 따라서 에너지는 서로 다르게 작용하게 됩니다. 크라이온은 기본적으로 자기 격자(Magnetic Grid)의 에너지를 취급하며, 우리는 수정 격자(Crystalline Grid)의 에너지를 다루고 있습니다. 이러한 작업은 오랜 기간에 걸쳐 이와 같은 에너

---

4)지구의 차원상승기를 맞이하여 필연적으로 요구되는 지구 격자의 재조정 작업을 하기 위해 지구에 온 우주의 전자기 담당의 마스터이다. 현재 미국의 채널러 리 캐롤(Lee Carroll)을 통해 주로 메시지를 전하고 있다.(편집자 註)

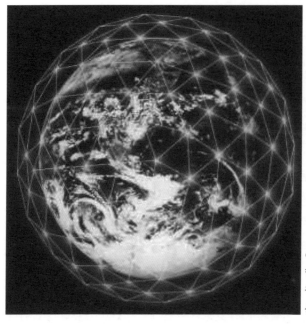

아름답기 그지없는
행성 지구와 그 주
위를 에워싸고 형
성되어 있는 격자망

지를 취급해온 서로 다른 여러 그룹들이 서로 협력해 이루어지며,
격자를 이루고 있는 서로 다른 요소들을 구성하는 데 각각의 그룹
들이 도움을 주게 됩니다.

　서로 다른 아주 많은 에너지체들, 즉 엘로힘, 아르크투루스인들,
플레이아데스인들, 안드로메다인들, 금성인들, 그리고 여러분의 잣
대로는 쉽게 파악하기 어려운 별의 에너지체들과 인종들이 여기에
참여하고 있습니다. 그 결과물로서 지금까지 새로운 격자들이 계속
만들어지고 있는 것입니다. 우리 모두는 전체를 이루는 부분들이기
때문에 지구 행성과 인류를 돕기 위한 하나의 단일체로서 협력하여
우리 모두가 사용할 수 있는 이러한 격자를 만들고 있는 셈입니다.

　현재 하나로 통합되고 있는 격자들의 내부에는 서로 다른 많은
입구와 출구들이 있습니다. 여러분이 각자 개체로서 자신이 관여하
고 있는 에너지들과 서로 결합하여 자신만의 독특한 것을 만들어내

듯이, 궁극적으로 이 격자도 지구에서, 또는 지구를 통해서 만들어지고 있는 멋진 에너지들을 수용하고 거두어들일 새로운 에너지 승강장(Platform)을 지구 주변에다 창조하고 있는 것입니다. 이러한 에너지들은 소리만 내는 단순한 전송체가 아니라, 진행과정에서 실제로 행성의 둘레에 형성되고 있고 계속 유지될 이런 에너지들을 일컫는 것입니다.

*질문: 그렇다면 이러한 에너지들이 이 행성을 원래의 완벽한 상태로, 또는 그 이상으로 복구하게 되나요?

우리가 상상할 수 있는 것보다 더 신비로운 것들이 이 행성에 창조될 것이라고 생각합니다. 그러나 실질적으로 이 행성이 어떻게 진화되고 있는지에 대해서는 여전히 하나의 의문이 남아있습니다. 모든 것은 인류의 의식이 집단적인 면에서 뿐만 아니라 개인적인 면에서 어떻게 변화해 가느냐에 달려있습니다.

당신들은 이 놀라운 계획을 어떻게 펼치고 싶으십니까? 또 얼마만큼 여러분이 우리와 협력할 수 있겠습니까? 지구상에서 여성에너지의 변화를 엄청나게 체험하게 될 때 얼마나 많은 저항에 부딪치게 될까요? 우리가 의욕적으로 재건하고 있는 것들을 여러분은 계속해서 파괴하시렵니까? 이런 점에 있어서 아직까지도 많은 것들이 미지수로 남아 있습니다.

이는 또한 여러분이 이러한 과정을 돕기 위해서 무엇을 선택하고 이 행성의 시민으로 살아가기 위해 어떤 선택을 하느냐 하는 문제이기도 합니다. 자기(磁氣) 격자는 바뀌었고, 수정(水晶)의 격자가 새로이 탄생하게 되었습니다. 이제 우리 모두는 바뀌어야 할 다음번 격자인 인간 의식(意識)이라는 거대한 격자를 가속화시키는 일만을 기다리고 있습니다. 어떤 다른 일을 진행하기에 앞서 인류에게서 우리가 보고자 기다려왔던 것이 바로 이것입니다. 에너지와 의식의 상승이라는 견지에서 보면, 앞으로 10년 내에 일어날 일들이 너무나 많습니다. 따라서 여러 사회가 서로 단결하여 지구를 돕는 데에 모든 역량을 다 쏟아야 하는 것이 그 무엇보다도 중요합니다.

*질문: 지구 내부의 사람들이 지상에 출현한다는 가정 하에 인류의 의식이 상당히 바뀔 때까지 여러분은 기다릴 생각인가요? 아니면 더 빨리 모습을 드러낼 예정인가요?

우리의 출현에 관계된 계획은 있으나, 현시점에서 밝힐 수는 없습니다. 여러 가지 잠재적 변수로 인해 우리가 가진 계획은 아직까지 유동적이며, 그 중에 실제로 나타날 가능성이 있는 한 가지는 인류가 어떻게 변화하느냐에 달려있습니다. 우리가 보고 싶은 것은 인류가 언제나 적극적으로 가슴에서 우러난 삶을 살아가는 모습을 보고 싶은 것이지, 이처럼 "기다리고, 사태를 관망하는" 태도를 보고 싶어 하지는 않습니다.

우리의 말을 들은 사람들 중에서도 자신들의 내면 깊은 곳에 내재된 진리를 찾기보다는 자신의 생각을 합리화하거나, 심지어 우리가 그들 앞에 나타나야 믿겠다는 사람들도 많이 있습니다. 우리가 출현하는 것은 최종적으로 모든 사람들이 사랑과 빛의 진동을 끌어올리고 가슴의 삶을 살아가느냐의 여하에 달려있습니다.

사람들의 마음이 보다 더 지속적으로 우리와 연결돼 있어야 우리도 지상에서 좀 더 계속 있을 수 있게 될 것입니다. 확실하게 말해서 관망적인 태도를 가진 사람들은 우리를 볼 수 있으려면 훨씬 더 오랜 시간을 기다려야 할 것입니다. 그리고 여러분이 육체적인 모습을 하고 우리들 가운데로 오는 것은 당분간 "초대자에 한해서만"

허용될 것입니다. 앞에서 설명했듯이, 3차원적인 진동 속에서는 이러한 만남이 이루어질 수 없습니다. 게다가 진동수를 끌어올리는 것은 여러분의 손에 달려있습니다.

지구상의 에너지적인 변화가 계속됨에 따라 이러한 진동의 변화로 인해 머지않아 여러분 중의 많은 이들이 이 책에 이끌리게 될 가능성이 높습니다. 이 책의 출간을 통해 우리는 지금 프랑스에서 책을 읽은 주민들이 마음이 많이 열리고 우리를 수용하여 진심으로 마음어린 환영을 하고 있다는 사실을 목격하게 되었습니다. 이것이 우리에게는 큰 희망을 주었습니다. 따라서 우리가 나타나는데 필요한 진동에 도달한 사람들과 조그마한 은밀한 모임을 조만간 시작할 수 있을 것 같습니다.

우리는 이제 여러분이 지닌 낡은 3차원의 왜곡된 에너지를 내려놓고 사랑과 기쁨의 새 에너지로 움직여가기를 요청합니다. 이것이 여러분에게는 하나의 열쇠가 될 것입니다.

자아 속에서만

진실한 신성(神性)을 찾을 수가 있습니다.

자신을 진정으로 사랑을 하게 되면,

가슴속에서 신성이 고동치게 됩니다.

– 아다마 –

]

제5장
영적계발을 목적으로 한 마약사용의 결과

※사례: 마리화나를 비롯한 마약(narcotic)성 물질. 동일한 원리가 그 외 술이나 담배와 같은 모든 중독성 물질에도 광범위하게 적용됩니다.

*질문: 아다마, 기분을 좋게 하거나 영적인 도구로서 마리화나 페이오티(선인장으로 만든 환각제)와 같은 마약성 물질을 탐닉하거 나 이러한 물질에 애착을 가지고 있는 집단의식체가 정말로 존 재하고 있는 것입니까? 그리고 이러한 물질들을 복용했을 때, 어떠한 영향을 받게 되는지에 대해서도 설명을 부탁드립니다.

먼저 향락성 약물의 일반적인 사용에 대해서 말씀드리겠습니다. 여러분이 좋다면, 그 설명에 앞서 이러한 약물이 생겨나게 된 역사 에 대해서 짧게 설명하도록 하겠습니다. 이러한 신성한 식물들이 천지 창조시에 처음으로 생겨났을 때, 이 식물들은 의식(意識)과 에너지를 고양시켜주는 훌륭한 목적을 지니고 있었습니다.

아주 오래 전에 이러한 식물을 사용하기 시작한 초기에는 의식을 변형시켜 주는 이와 같은 식물들은 인간이 마음의 문을 열어 자신이 지닌 신성한 본성과 신성(divine Presence), 그리고 창조주를 인식하게 하는데 도움을 주기도 했습니다. 또한 이러한 식물들은 천안통(天眼通), 천이통(天耳通), 사이코메트리(Psychometry). 그리고 기타 유사한 영적 능력들뿐만 아니라 텔레파시의 능력을 높이는 데에도 사용되곤 하였습니다.

(☛사이코메트리: 어떤 물건에 닿거나 다가감으로써 그 물건 소유자에 관한 사정을 꿰뚫어보는 능력)

사람들은 이러한 영적 개안(開眼)을 통해서 천사들의 왕국을 비롯한 자연의 정령들, 동물의 왕국과 장막 건너편의 존재들과도 직접적으로 연결될 수가 있었습니다. 또한 이러한 신성한 식물들을 사용하여 고양된 에너지를 얻음으로써 차원간의 여행을 보다 쉽게 할 수 있게 되었습니다. 이처럼 약초가 지닌 효능을 이용해 영적인 길을 개척해 가고자 했던 것이 약초를 사용하게 된 직접적인 계기가 되었던 것이지요. 이러한 방법은 비교적 창조의 초기상태에서 사용되었던 방법이며, 그 후 4번째 황금기를 맞이하게 되면서 그 시대 동안에 "의식의 타락(fall in consciousness)"이 일어나게 되었습니다.

4번째 황금기가 도래하기 전까지 수백만 년 동안, 이 본래의 신성한 식물들은 이 행성에서 삶을 영위했던 초기의 인류가 영적인 진화를 해갈 수 있도록 많은 도움을 주었습니다. 오랜 기간에 걸쳐 지구가 진화해오는 동안 사람들은 때때로 경외심과 신성한 마음을 지닌 채 이러한 식물들이 지닌 효능에 의도적으로 마음이 끌리곤 했습니다. 그리고 사람들은 자신이 체험하고자 하는 것이 어떤 것이냐에 따라 항상 살아 있는 나무에서 잎을 하나 직접 따서 조금씩 떼어 먹었습니다. 당시에 이런 효능을 지닌 나무들은 아주 많이 있었는데, 각각의 나무는 그 나무만이 지니고 있는 고유한 영적인 선물을 제공해주었습니다. 당시 이러한 식물이 오용되거나 그것을 사용함으로 인해 중독이 생기는 경우는 한 번도 없었습니다. 또한 이러한 식물들을 사용하는 법에 관해 아이들도 어렸을 때부터 아주 잘 이해하고 있었으므로 올바른 목적 외에 다른 용도로 이런 식물들을 사용할 여지는 전혀 없었습니다. 그리고 이런 신성한 식물들은 5차원의 진동과 그 이상의 진동을 가지고 있었습니다.

당시의 사람들은 오늘날 우리가 원래 식물의 대용품으로 하고 있는 것처럼 이러한 물질을 폐를 통해 들여 마시기 위해 연기를 피우지도 않았으며, 또 식물 자체도 지금의 것은 본래의 나무와는 전혀 다른 것입니다. 당시의 사람들은 식물의 종(種)에 따라 잎의 일부분이나 전체를 먹었으며, 먹는 양은 원하는 결과를 얻는 데 얼마만큼의 양이 필요한지에 전적으로 달려있었습니다. 사람들은 큰 경외심을 가지고 식물에 접근했고, 식물의 데바들(Davas)로부터 허가를 얻어 특정한 각각의 식물이 지니고 있는 특성을 함께 나누었습니다.

이러한 식물들은 여러 장소에서 풍부하게 자랐으며, 집집마다 뜰에 신성한 장소를 따로 마련하여 이러한 식물들을 몇 종씩 재배했습니다. 몸을 유지하는데 음식이 중요한 역할을 하듯이, 당시의 사람들은 영혼을 위한 음식도 필요하다고 생각했습니다. 그리고 당시 이런 신성한 식물들은 매우 높은 진동을 가지고 있었습니다. 따라서 이러한 물질을 섭취하면, 이 물질이 지니고 있는 진동적인 속성을 얻게 됨으로써 사람들은 자신의 몸을 고양시키고 의식을 열어 고차원적인 이해와 체험에 도달할 수 있게 되었던 것입니다.

하지만 현 세대의 사람들이 자신의 고차원적인 존재, 또는 다른 차원에 있는 실체들을 체험하기 위해 사용하거나 흡연하는 소위

"잡초"와 같은 것들은 영적인 목적으로 당초에 사용되던 본래의 식물과는 전혀 다른 것입니다. 그런 본래의 식물들은 여러분이 살고 있는 3차원의 세계에는 더 이상 존재하지 않으며, 그 중의 몇몇 종(種)만이 지구의 내부에 보존되어 있을 뿐입니다.

인간으로 태어나서 지금 흑마술을 부리고 있는 자들은 기원학적인 면에서 최초로 본래의 식물들을 다른 식물로 바꾸었던 사람들입니다.

오랫동안 인류가 자유롭게 사용해오던 이런 하늘의 선물에 어떤 일이 발생했는지를 알아보기 위해서는 어둠의 시대의 초기 역사로 거슬러 올라갈 필요가 있습니다. 어둠의 시대에는 사람들이 자신들의 힘을 그들의 본질인 신성(神性)이 아닌 저급한 진동이나 권능에다 내맡기던 때였습니다. 그리하여 이 행성의 문명들은 점차 신(神)과 일체화 돼있던 원래의 상태에서 이탈되어 그것을 하나 둘씩 망각하게 되었으며, 마침내 어둠의 에너지체들에 의해 스스로 조종 및 통제당하는 처지에 놓이게 되었습니다.

지구에 오기 전까지 다른 존재계에서 많은 지식을 습득하고 인간으로 태어난 흑마술의 존재들은 고대 시대에 검은 마법사가 되었습니다. 이들은 사람들의 권능과 지각능력을 흐리게 함으로써 보다 쉽게 사람들을 통제하기 위해 기원학적인 측면에서 최초로 본래의 식물들을 뿌리 채 바꾸어버린 존재들입니다. 이러한 일들이 오랜 기간에 걸쳐 이루어졌으며, 본래의 식물들은 점차적으로 파괴되거나 진동수가 갈수록 떨어지게 되었습니다. 오늘날 "기분을 좋게 하는 환각성 식물들"로 사용되고 있는 것들은 본래의 식물과는 아주 다르게 부정적으로 바뀐 진동을 지니고 있습니다.

이러한 물질들은 이 행성에 사는 많은 어른들뿐만 아니라 젊은이들까지도 중독에 빠지게 할 뿐더러 이를 사용하는 사람들을 낮은 수준의 아스트랄계로 데려가게 됩니다. 그리고 지구의 낮은 아스트랄계에는 살아남기 위해 이들의 에너지를 필요로 하는 아스트랄적 존재들이 이러한 물질을 사용한 사람들을 꼼짝 못하도록 결박하게 됨으로써 중독의 주요 원인이 생기게 되는 것입니다. 이러한 물질에 한번 빠지게 되면, 감정체를 비롯하여 다른 미세한 몸체들에 에너지의 왜곡현상을 끊임없이 만들어내게 됩니다.

이러한 왜곡현상을 일으키는 실체들은 여러분의 의식(意識) 속에 함께 존재하고 있습니다. 이것들은 실재(實在)하고 있고 살아있으며, 낮은 에너지체의 의식 속에서 살면서 중독자들의 에너지를 지배하고자 점점 더 공격성을 띠게 됩니다. 이러한 약물을 계속 복용하게 되면, 이러한 실체들은 시간이 지나가면서 주인(복용자)의 에너지장 속에서 숫자적으로 뿐만 아니라 세력적인 면에서도 힘을 점점 키워가게 되는 것입니다.

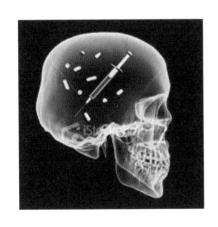

극히 낮은 진동을 지니고 있는 이러한 의식체들은 자체적으로는 빛과 에너지를 거의 가지고 있지 못합니다. 그렇기 때문에 이들은 "자발적으로" 약물을 복용하는 사람들을 중독시켜 "속박"하고자 하며, 또한 생존하기 위해서 이들의 감정체 속에 갈망이 생겨나도록 만들게 됩니다. 바로 이러한 갈망이 아스트랄계의 실체들이 만들어내는 중독의 근본적인 뿌리이며, 이러한 존재들은 살아남기 위한 수단으로서 기회만 있으면 여러분의 빛과 에너지를 빨아들이게 되는 것입니다. 즉 당신들의 중독이 그들에게는 살아남기 위한 해결책이 되는 셈이지요. 중독에도 여러 형태와 수준이 있다는 것을 사람들은 잘 모르고 있습니다. 만약 그런 것을 잘 알고 있다면, 여러분 중에 대중적으로 상품화된 평범한 담배나 술이 아닌 중독성이 강한 물질에 관심을 가지고 있는 사람들은 극소수에 불과하게 될 것입니다.

오랜 시간이 지남에 따라 그나마 얼마 남아있지 않던 식물들의 진동도 변했습니다. 그리고 오늘날까지 살아남아 있는 것들은 알다시피 몇 가지가 되지도 않으며, 진동수도 낮은 것들뿐입니다. 다차원의 여행을 하는 데 있어서 정상적인 사람들은 깨인 의식(意識)을 지닌 채 빛의 세계로 들어갑니다. 반면에 아직까지 남아있는 이런 변종 식물들에 의존해서 차원간의 여행을 하고자 하는 사람들은 이 식물이 가진 부정적인 속성으로 인해 낮은 아스트랄계로 들어갈 수밖에 없습니다. 이런 곳에는 빛이 아주 희미할 뿐만 아니라 의식도 매우 왜곡되어 있습니다. 그리고 검은 마법사들은 영혼 속에 격렬한 효과를 내게 하고 근원으로부터 더욱 멀어지게 하기 위해 본래의 식물이 지닌 진동을 현란하게 바꿔 놓았던 것입니다.

기분을 좋게 하는 향락성 약물을 복용하는 사람들은 대부분 의식적이든 무의식적이든 자신의 고등한 자아(Higher Self)와 연결이 끊어졌다고 인식하는 이들입니다. 이들은 감정적인 측면에서 찢겨진 자신의 대부분을 통합해줄 일종의 결합체를 찾고 있습니다. 이와 같은 자연발생적인 영혼의 열망 때문에 중독현상이 생기게 되는데, 이러한 결합체를 찾는다고 해서 영혼이 충족되는 것도 아닙니다. 약물을 복용하는 사람들은 본능적으로 느끼는 공허감과 공복감이 채워지기를 바라며, 또한 자신의 일부와 다시 연결되고 싶은 간절한 소망 때문에 의식을 변형시켜주는 물질을 점점 더 많이 흡입하거나 복용하게 되는 것입니다.

약물을 사용하는 행위는 사랑이라는 보석을 어리석게도 바깥에서 찾으려는 시도라고 말할 수 있습니다. 하지만 그것은 자아(Self)의 내면 속에서, 그리고 여러분의 가슴을 고동치게 하는 자기 사랑을 통해서만 찾을 수 있는 것입니다.

다시 한번 반복하건대, 일반적으로 지상에 존재하고 있는 마음과 영혼에 영향을 주는 물질들은 자아의 바깥에서 충족감을 찾고 있는 영혼들에게 공허감과 공복감, 그리고 고독감만 더 증폭시킨다는 사실입니다.

진동이 낮은 어떤 물질(약물)에 의존해서 변형상태에 이르고자 하거나 다시 신성과 연결되고자 하는 사람들은 결과적으로 점점 더 큰 환상과 자기기만 속으로 빠져들게 됩니다. 이 말을 이해하시겠습니까?

향정신성(向精神性) 약품에 사용할 목적으로 제조되는 화학적 물질들과 동일한 목적으로 재배되는 초목들은 영체와 육체, 정신체, 감정체와도 잘 어울리지 않는 부자연스러운 것들입니다. 이러한 물질들은 여러 몸체들(육체, 감정체, 정신체, 영체 등)을 왜곡시키게 되며, 이를 바로잡는 데에 아주 오랜 시간이 걸리게 됩니다. 심한 경우는 여러 생(生)이 소요되기도 합니다.

유전학적인 측면에서 이런 신성한 식물들은 창조의 본래 상태에서는 사랑과 순결함, 그리고 순수성을 지니고 있었습니다. 그러나 현재 약물에 관여하

는 영적 존재들로 이루어진 거대한 집단의식체(集團意識體) 속에는 일종의 부정성이 자리 잡고 있으며, 이러한 부정성은 그 자체의 생명 조직뿐만 아니라 의식(意識)에도 파괴적인 것입니다. 지금은 이러한 약물에 관련된 영적존재들이 가진 진동을 피해갈 곳은 그 어디에도 없습니다. 이것이 바로 어둠의 형제들이 가지고 있는 계획적 음모의 하나이며, 그들이 가진 목표는 이런 마약 같은 것을 통해 오로지 전 세계인들의 진화를 멈추게 하거나 지연시키는 것입니다. 여러분은 이러한 중독성 물질을 함께 흡입하거나 복용하기 위해 무리를 지어 스스로 "희생양"이 되고자 하는 큰 집단들을 어렵지 않게 찾아볼 수 있을 것입니다.

만일 여러분이 우리의 관점에서 보게 된다면, 이러한 중독물질에 빠져 있는 사람들은 자신과 유사한 영적 존재들을 많이 불러들이고 있는 것을 쉽게 볼 수 있을 것입니다. 이러한 존재들은 여러분에게 바짝 달라붙어서 감정적으로 여러분을 더욱 자극하여 점점 더 깊은 수렁으로 빠져들도록 부추기게 됩니다. 약물 중독자들은 "마약"을 구하기 위해 마치 서로 싸우고 있는 굶주린 흡혈귀와도 같습니다. 중독은 식물 그 자체의 성분 때문에 생기기도 하지만, 그보다는 오히려 인간으로 하여금 이러한 물질을 사용하도록 집착케 만드는 그 영적 존재들 때문에 생기게 되는 경우가 많습니다. 이것이 바로 중독의 고통을 야기하는 주요 요인이라 할 수 있습니다.

*질문: 이러한 영적 존재들은 어떤 모습을 하고 있나요?

이러한 존재들에 대해서 설명하겠습니다. 이들은 짙은 연기와 같으며, 길이는 6, 10, 12, 20피트(1.8m ~ 6m) 정도가 되며, 마치 뱀과 같은 형상을 하고 있습니다. 이들은 중독물질을 복용하는 사람들의 서로 다른 모든 몸체들, 즉 육체, 감정체, 정신체, 그리고 영체를 에너지로 감싸면서 점점 자라고 커지게 됩니다. 이들 4가지 몸체들 중에서 가장 많은 영향을 받는 것은 감정체로서, 아스트랄적 존재들은 이러한 감정체에다 약물에 대한 욕구가 생기도록 하는 진동을 각인시켜 놓음으로써 지속적으로 점점 더 많은 약물을 요구하게 만듭니다.

약물 사용자들은 대부분의 시간을 성격의 변화와 인격을 손상시키는데 쏟게 되며, 따라서 그들의 영혼은 인간으로 태어난 목적과 "참 자아(real self)"로부터 점점 단절되게 됩니다. 이와 같이 의식이 변형된 상태로 일생을 보낸 사람들은 약물사용 이전의 의식 상태로 되돌아가기 위해 몇 번의 육화를 더 해야 할지도 모릅니다. 이러한 사람들은 자신의 개인적인 진화에 있어서 퇴보를 맛보게 될 것만은 거의 확실합니다. 영적인 목적으로 약물을 사용한 사람들이 스스로 중독에 이르게 된 것에 대해 어떻게 생각하느냐와는 관계없이 그들이 엄청난 환상 속에 빠져있다는 것만은 분명히 말해두고자 합니다.

*질문: 약물의 사용이 오라장(Auric Field)뿐만 아니라 우리의 4가지 몸, 즉 육체, 감정체, 정신체 및 영체에 어떻게 영향을 미치는지 구체적으로 설명해주시겠습니까?.

감정체에 미치는 영향

4개의 몸체에 대해 어떻게 영향을 미치는 지에 관해서 설명하겠습니다. 가장 영향을 많이 받는 몸체는 감정체(Emotional body)입니다. 중독을 일으키는 영적 실체들은 중독물질을 갈구하는 미칠 것 같은 느낌을 주로 태양신경총(solar plexus)과 감정체에 만들어내어 중독에 빠지도록 유혹하게 됩니다. 이러한 물질을 복용하는 사람들을 통해 이미 입증된 바와 같이, 이들의 감정체가 성장 및 성숙해지는 데에는 일반인들보다 훨씬 더 많은 시간이 걸리게 됩니다.

이러한 사람들은 일반적으로 몇 년 동안, 또는 심한 경우는 생의 남은 기간 내내 감정적인 면에서 균형을 이루지 못하거나 미성숙한 상태로 남아있을 수도 있습니다. 만약 30대나 40대인 사람이 15살 이나 20살 정도의 지능을 가지고 있다면, 이런 사람들은 감정체의 성장을 멈추게 하는 그 무엇인가가 있다는 것을 알 수가 있습니다. 감정체는 이러한 중독물질을 섭취하기 시작하면서부터 성장이 멈추게 됩니다. 그래서 흔히 "저 사람은 나이가 43살인데, 지능은 16살 수준 밖에는 안 돼."라고 하는 소리를 듣게 되는 것입니다. 이해가 되십니까?

이런 감정체의 미성숙으로 인해 약물 사용자의 인격형성에도 여러 가지 결함을 초래하게 됩니다. 이러한 중독자들은 자기의 신성은 계발하지 않고 대신 마약을 살 돈을 마련하기 위해 온갖 종류의 속임수와 배신행위, 그리고 잘못된 편법을 동원하게 됩니다. 심한 경우에는 중독 상태를 계속 유지하고 마약을 살 돈을 구하기 위해 살인을 저지르거나 매춘행위를 일삼는 사람들도 있습니다. 약물에 의존하는 행위는 영혼의 본성을 파괴하고 손상시킬 뿐만 아니라 인간으로 육화한 목적에도 전혀 맞지 않습니다.

인간은 누구나 다 진화하여 신성한 존재가 되고자 하는 소망을 가지고 있습니다. 이것은 모든 사람들이 가진 본성이며, 타고난 권리이기도 합니다. 그런데 약물이나 유사한 중독물질을 복용하는 사람들은 오직 영혼의 깊숙한 내면에서만 찾을 수 있는 것을 외부에서 찾고 있는 셈입니다. 약물을 남용하는 것은 일상적인 삶을 통해 정상적인 배움이나 진화에 필요한 교훈을 배울 의지가 없다는 것을 여실히 보여주는 행위라 할 수 있습니다. 진실로 깨달음에 이르는 지름길은 외부에 존재하는 것이 아니라 오로지 자신들의 내면에서만 찾을 수 있는 것입니다.

행성 지구의 진동이 높아짐에 따라 세상의 젊은이들과 향락성 약물을 복용하는 사람들은 언젠가는 자신의 삶과 자신의 진화에 대해, 그리고 이미 결정되어 있는 육화의 목적에 대해 중대한 선택이나 약속을 해야 할 때가 올 것입니다. 머지않아 이들은 삶을 올바로 살든지, 아니면 현재 태어나 있는 몸을 떠나 지금까지 같이 놀았던 아스트랄계에 있는 에너지체들과 함께 시간을 보내게 될 상황에 직면하게 될 것입니다. 기본적으로 그들이 신성한 자신의 자아(Divine Selves)와 하나로 통합되어 상승의 파도를 타고자 원한다면, 이들도 다른 사람들과 마찬가지로 이러한 양자택일을 해야 하는 것입니다.

정신체에 미치는 영향

약물의 사용은 정신체 속에서 인격의 형성과 완성도에 영향을 미치게 되며, 또한 삶을 살아가는 동기(動機)마저도 왜곡시키게 됩니다. 중독자들은 고귀한 목적을 발전시키고 통합을 이루기 위해 삶을 살아가는 것이 아니라, 삶이 돈을 벌기 위한 경주로 변질돼 버립니다. 그리하여 가능한 모든 수단과 방법을 다 동원해 더 많은 중독물질을 구하고자 하는 강박관념에 사로잡혀 삶을 살아가게 되는 것입니다. 중독물질을 사용하면, 의식(意識)은 어느 정도 기분이 좋아지지만, 마음은 무디어지고 몽롱해지게 됩니다. 유전학적인 면에서도 약물의 사용은 2~3대에 걸쳐 후손에게도 영향을 미치게 되며, 이러한 후손들은 육체적, 감정적, 정신적인 면에서 허약함을 지니고 살아가게 됩니다.

유전적으로 이러한 문제를 안고 있는 가정에 태어난 아이들은 과거 생(生)에서 약물이나 다른 형태의 중독에 빠진 이후에 해결하지 못한 카르마(業)를 청산하기 위해 이러한 가정을 선택해 태어난 영혼일 수도 있습니다.

육체에 미치는 영향

육체적인 측면에서 약물과 중독물질은 모든 신체의 진동수를 낮게 떨어뜨리게 됩니다. 유전적으로 매우 강건하여 육체적인 영향을 받지 않는 것처럼 보이는 사람들도 있습니다. 그러나 많은 경우에 두뇌와 감정체가 가장 심한 영향을 받게 됩니다. 그럼에도 불구하고 오랫동안 향락성 약물에 중독돼 있거나 현생에 태어나면서 자신이 스스로 했던 약속을 제대로 이행하지 않는 사람들은 다음 생에 인간으로 태어날 때 건강하고 튼튼한 육체를 가질 수 있는 특권을 잃어버릴 가능성이 높다는 사실을 알아야 합니다. 여러분도 이것이 얼마나 고통스럽고 괴로운 것인지를 다 아실 것입니다.

의식적으로나 부주의해서거나 자신들의 몸을 함부로 남용해서는 절대로 안 되며, 인간으로 태어난 이상 다음에 육화할 때에도 또 다시 건강하고 튼튼한 몸을 가질 수 있는 특권을 계속 누려야 합니다. 또한 건강하고 튼튼한 몸을 받았으나 그 몸을 함부로 남용하게 되면, 신성한 율법에 따라서 그 카르마는 바로 다음 생에 고스란히 되돌아오게 되어있습니다.

건강상의 온갖 문제를 안고 태어나는 아이들을 보면서 여러분이 "왜 그럴까?"하고 궁금하게 생각했던 것이 바로 이러한 문제들 때문입니다. 그들이 도대체 무슨 짓을 하였기에 그러한 건강상의 문제를 안고 있는 것일까요? 전체의 내용을 인간적인 수준에서는 알 수가 없으므로 절대로 섣부르게 상식적으로 판단을 해서는 안 됩니다. 그리고 여러분들이 점성학이나 아카식 기록(Akashic Record)을 볼 수는 있다하더라도, 인간의 의식으로는 전체의 그림 중에서 일부분 밖에는 인지할 수가 없다는 사실을 알아야 합니다.

일반적으로 중독에 약한 습성을 지니고 있는 사람들은 신체의 균형을 이루고 활기차게 하는데 필요한 물질들을 몸에 공급하지 않는 경향이 있습니다. 중독자들이 자신의 습성을 바꾸고자 해도, 이러한 신체적인 불균형 때문에 잘 고쳐지지가 않습니다. 그러므로 이러한 사람들은 대개 영양실조에 걸려있는 경우가 많습니다. 몸에 규칙적이고 적절하게 영양분을 공급하지 않는 이런 행위는 중독자들에게서 흔히 나타나는 자기증오와 자기부정의 한 단편이기도 합니다. 이 말은 자신을 신성한 존재로 소중하게 생각하지 않으며, 이번 생에 자신에게 주어진 기회를 높게 평가하지 않는다는 뜻이기도 합니다. 가능한 한 생명력이 많이 담겨진 영양이 풍부하고 천연적인 음식을 하루에도 여러 차례 몸에 공급해주어야 합니다. 그리고 영양분이 거의 없는 패스트 푸드(Fast Food) 형태의 즉석 식품들은 대부분의 약물 사용자들이 즐겨먹는 주요 기호식품인 것입니다.

에테르체에 미치는 영향

에테르적인 측면에서는 영혼의 보호막이기도 한 미세한 몸체들이 약물의 사용으로 인해 상당부분 파괴되고 맙니다. 한 생(生)의 기간 내내, 마리화나(Marijuana)나 LSD(맥각(麥角)의 알칼로이드로 만든 강력한 환각제), 또는 기타 유사한 향정신성 마약류를 일정하게 복용하여 심각하게 중독된 사람들이 최초의 상태로 다시 원상회복되는 데에는 최소 3생(生)에서 5생 또는 그 이상의 생이 소요됩니다. 그리고 중독물질은 에테르체에도 엄청난 손상을 일으키게 됩니다. 육체적인 관점에서만 보게 되면, 보이지 않는 몸체가 얼마나 많이 손상이 되었는지를 결코 볼 수가 없습니다.

우리가 말하고 있는 사람들은 호기심에서 단순히 몇 번 약물을 복용해 보았으나 그 후에는 더 이상 복용하지 않은 사람들을 지칭하는 것이 아닙니다. 이러한 경우는 그렇게 심각한 손상을 입히지는 않습니다. 우리가 말하는 사람들은 장기간에 걸쳐 규칙적으로 복용하고 있는 사람들을 일컫는 것입니다.

여러분 중에서도 5년에서 10년 혹은 그 이상의 기간에 걸쳐 약물을 사용해오고 있는 사람들이 많이 있을 것입니다. 지금 천상에서 모든 인류에게 내려주고 있는 신성한 은총 때문에 모든 사람들이 중독에서 해방되어 영체와 감정체, 육체를 정화할 시간이 아직까지는 남아 있습니다. 또한 이 신성한 은총으로 모든 사람들이 엄청난 치유를 받을 수도 있습니다. 그러나 치유가 다 이루어지기도 전에 영혼이 이 육신을 떠나는 경우가 생기게 되면, 다음 생에 인간으로 태어날 때 그러한 손상을 지닌 채 태어날 수도 있습니다. 그 결과 이러한 사람들은 왜 이처럼 자신이 많은 육체적인 문제를 안고 태어나게 되었는지 완전히 자각하지는 못하게 될 것입니다.

*질문: 오라장(Auric Field)에는 어떠한 영향을 미치게 되나요?

사랑과 빛, 그리고 순결을 지닌 아이들을 우리의 관점에서 보게 되면, 그들의 오라장(Auric Field)[5]은 사랑이 지닌 모든 아름다운 색상, 즉 7가지의 무지개와 황금빛을 내뿜고 있는 것을 볼 수 있습니다. 이 빛은 서로 다른 강도의 색조로 방사되며, 이들의 오라장은 아름다운 고진동의 색상을 띠고 기하학적 형태를 이루고 있습니다. 이것은 아이들이 신(神)이 지닌 아름다운 색상을 무지개 형태로 완벽하게 표현해내고 있기 때문입니다.

---

5)보통 후광(後光), 광배(光背)라고도 하는데, 인체를 둘러싼 둥근 형태의 영적인 에너지 장(場)을 뜻한다. 오라장은 그 사람의 영적 상태나 수준에 따라 각기 다른 크기와 색채를 띠고 있다. (편집자 주)

마리화나(Marijuana)나 기타 약물을 사용하는 사람들의 오라장을 살펴보면, 화가 났을 때 나타나는 붉은 색과 조화와 사랑 속에서는 나타나지 않는 녹색이 보기 흉하게 왜곡되어 나타나는 것을 알 수가 있습니다. 그리고 오라(Aura)의 둘레에는 온통 얼룩 투성이의 검은 갈색의 점들이 많이 나타나 보이게 됩니다. 대개의 경우, 본래의 아름다운 기하학적인 패턴은 더 이상 찾아볼 수가 없습니다. 색상들은 매우 왜곡되어 있어서 색조가 선명하지도 않습니다. 그리고 몸의 대부분을 감싸고 있고, 또 마치 똬리를 틀고 있는 연기(Smoke)의 뱀과 같은 형상을 한 여러 무리의 영적 존재들을 볼 수 있을 것입니다. 이 사람들의 태양신경총(Solar Plexus)과 가슴에는 이러한 존재들과 이들이 지닌 낮은 진동의 에너지로 가득 차있습니다. 향정신성 약물을 복용하는 사람들의 에테르체와 오라장 역시도 보기에도 아주 흉합니다. 만약 약물을 복용하는 사람들이 위에 설명한 아이들의 오라장과 자신의 오라장을 서로 비교해볼 수 있다면, 아마도 이들 중에 90% 이상은 충격을 받고 당장 약물의 사용을 중단하게 될 것입니다.

*질문: 지구가 상승의 주파수 속으로 진입을 준비함에 따라 지금 우리의 DNA도 원래 12가닥인 빛의 몸과 그 이상으로 조정되고 있습니다. 우리가 진입하고 있는 인류 진화의 새로운 단계가 이러한 약물 사용자들에게 어떠한 영향을 미치게 되나요?

  불행하게도 그들은 긍정적인 방식으로 조정되고 있지 못합니다. 약물의 사용이 빛의 몸으로 가기 위한 긍정적인 조정 작업을 철저히 가로막고 있는 것입니다. 왜냐하면 세포 차원에서의 조정 작업이 이루어지려면 사랑의 진동과 각 개인들이 진동수를 높이려는 노력이 주요한 요소로 작용하기 때문입니다. 부정적인 실재들을 계속 만들어내고, 이를 키우고, 이들과 함께 즐기면서 어떻게 자신의 진동이 상승되기를 바랄 수가 있겠습니까?

약물 사용자들은 이러한 영적 실재들을 먹여 살리기 위한 사이클을 유지하기 위해 자신들의 진동을 지속적으로 낮추게 되는데, 일반 사람들이 생각할 때에는 이들의 행위가 그야말로 자신을 증오하는 행위라고 밖에는 말할 수 없을 것입니다. 약물 사용자들이 지닌 낮은 진동수는 스스로를 사랑과 빛의 주파수로 끌어올리는데 전혀 도움이 되지 못합니다. 뿐만 아니라 DNA의 조정을 통해 고차원의 진화 상태로 들어가는 데에도 도움을 주기는커녕 오히려 방해만 될 뿐입니다.

당신들이 유지하는 사랑과 빛의 비율이 자동적으로, 그리고 자연스럽게 자신의 DNA를 활성화시키는 결정적인 요소가 됩니다. 그러나 DNA가 활성화되었다고 해서 누군가에게 감사를 표하거나 대가를 지불할 필요는 없습니다. 왜냐하면 당사자 쪽에서 사랑과 빛의 주파수를 증가시키고 유지하고자 애쓰지 않는다면, 그다지 많은 활성화가 이루어지지 않기 때문입니다.

여러분이 매일 매일 유지할 수 있는 사랑과 빛의 양이 어느 정도이냐에 따라 빛의 몸이 활성화되는 정도가 결정되고, 또한 가속화되는 것입니다. 이러한 사랑에는 모든 형태의 사랑이 다 포함되며, 그 중에서도 특히 자아에 대한 사랑과 자신의 몸에 대한 사랑, 그리고 육화한 목적에 대한 사랑도 포함됩니다.

*질문: 어떤 특정 지역에서 마리화나를 불법화(不法化)하는 것이 그곳의 진동에 영향을 미치게 되나요? 예를 들어, 마리화나를 불법화하는 것을 두려워하는 의식체도 존재합니까?

네, 확실히 그렇습니다. 식물 그 자체로서의 마리화나는 적절하게

만 사용된다면, 긍정적으로 활용할 수 있는 곳이 많이 있습니다. 문제는 두려움과 중독에서 벗어나서 각각의 상황을 올바른 관점에서 바로 볼 수 있느냐 하는 것입니다. 이른바 마리화나는 여러 가지의 대마초(大麻草)를 일컫는 것입니다. 정부가 대마초를 불법으로 지정하고 있는데, 이것도 또한 사람들에게는 일종의 두려움이기도 합니다. 인류를 위해 대마초가 긍정적으로 사용될 수도 있습니다만, 문제는 주로 전 인류의 영적인 진화를 퇴보시키는 부정적인 방식으로 사용된다는 점입니다.

불법(不法)이라는 사실이 또한 더 많은 호기심을 자아내게 하며, 어른들뿐만 아니라 젊은이들까지도 마음을 끌게 만들고 있습니다. 불법이라는 사실이 두려움을 만들어내기도 하지만, 자기 내부와 지구상에 존재하는 두려움의 의식체/영적 실재들을 먹여 키우기도 하는 것입니다. 왜냐하면 무의식적으로 많은 두려움을 안고 살아가는 사람들은 두려운 그 무엇인가가 육체의 에너지 센터에 어떤 자극을 만들어내고 있고, 그것이 자아의 내면에 도사리고 있는 두려움의 에너지로 된 영적 실재를 자극하게 되어 정신적인 그릇된 환상과 감정적으로 오싹하는 스릴과 같은 잘못된 착각을 유발하기 때문입니다.

약물의 배후에서 서식하는 영적 존재들은 마약의 원료가 되는 변질된 식물의 진동을 먹고 자란다는 사실을 이해하기 바랍니다. 이와 마찬가지로 두려움의 영적 실재들도 두려움의 에너지를 먹고 자라며, 이것으로부터 에너지를 얻게 된다는 사실을 알아야 합니다. 또한 대부분의 사람들에게 있어 두려움 속에 있으면서 두려움의 진동을 만들어내는 것도 일종의 중독현상과 똑같은 결과가 됩니다. 왜 그렇게 많은 사람들이 공포 영화나 폭력 영화를 즐긴다고 생각하나요? 이러한 것들이 왜 그렇게 인기가 있다고 생각하십니까? 주된 이유는 그러한 장면을 봄으로써 생기는 감정이 두려움의 영적 실재들을 키우게 되며, 이러한 실재들은 내부적으로 프로그램화되어있는 것을 실행함으로써 사람들이 이러한 자극적인 장면을 보고 즐기도록 만들고 있는 것입니다. 자신의 마음 및 신성과 평화를 이루고 있지 못한 사람들은 사랑과 평화의 진정한 의미를 아직도 제대로 이해하지 못하고 있습니다.

이 행성에 사는 대다수의 사람들은 두려움에 의해 감정이 활성화되도록 프로그램화되어 있습니다. 이것은 아주 오래전에 프로그램화된 낡은 것으로 이제는 깨달음에 전념하고 있는 모든 사람들이 이 문제를 풀어야 합니다. 지금 이 시간, 인류와 이 행성이 높은 의식과 진화의 여정으로 진입하고 있는 새로운 세상에서는 이러한 저급한 진동들이 존재할 공간이 없게 될 것입니다. 아직도 자신들의 내면에 이러한 진동들을 계속 지니고 싶어 하는 사람들은 배워야 할 교훈을 다 배울 때까지 새로운 차원으로의 진입 자체가 제지되고, 거부될 것입니다. 누가 짐을 보냈건 관계없이, 5차원의 의식체들은 이러한 종류의 짐 보따리는 받지 않을 것입니다.

약물을 불법화한다고 해서 그렇게 간단히 이 문제가 해결되지는 않습니다. 약물을 사용하기로 결심한 사람들은 약물을 쉽게 구할 수 있기 때문에 어떻게든 약물을 확보할 수 있는 방안을 찾게 될 것입니다. 향정신성 약물을 은밀하게 거래하고, 또 이러한 거래가 불법이라는 사실이 또한 약물 사용자들로 하여금 자신과 타인들을 속이고 부정직한 인간이 될 수밖에 없도록 부추기고 있는 셈입니다. 그렇다고 정부를 비난하고 심판해서도 안 됩니다. 약물을 취급하는 요령은 정부 관계자들이 제일 잘 알고 있으니까요. 또한 약물 사용자들은 암암리에 움직이고, 사람들을 의심하며, 이중생활을 하는 습성도 가지고 있습니다. 이러한 습성은 고차원의 의식으로 상승하고 진화하는 데 없어서는 안 될 영혼의 고결한 인품과 인간으로서의 덕성(德性)을 형성하는 데에도 절대로 도움이 되지 않습니다.

빛의 아이, 사랑과 순수의 아이들은 어떤 것도 감출 것이 없습니다.

이 행성에서의 삶은 모든 것이 드러나고 투명해지는 의식(意識)을 향해 움직여가고 있으며, 이러한 의식 속에서는 모든 것을 알 수 있을 뿐만 아니라 어떤 것도 숨길 수가 없습니다. 고차원의 세계에서는 어느 누구도 다른 사람들 몰래 어떤 것을 감출 수가 없는 것입니다. 왜냐하면 여러분의 오라장과 음색을 통해 방출되는 진동과 색상으로 항상 모든 것들을 볼 수 있으며, 알 수가 있기 때문입니다. 우리가 사는 빛의 공동체 사회에서는 말할 것도 없고, 우리는 마음만 먹으면 지상에 사는 모든 사람들의 오라장을 통해 모든 것을 알 수가 있습니다. 그러므로 머지않아 이 지구의 어디에서도 더 이상 비밀이 발붙일 곳이 없게 될 것입니다.

자, 사랑하는 친구들이여, 여러분이 어떤 것을 정말로 비밀로 숨기는 것이 가능하다고 생각하세요? 답은 그럴 수가 없다는 것입니다. 여러분이 다른 사람들 몰래 어떤 것을 잠시 동안은 숨길 수 있을지는 몰라도, 빛의 세계에 있는 우리들이나 3차원의 의식을 뛰어넘는 세계에서는 어떠한 비밀이나 의도, 생각이나 느낌을 전혀 숨길 수가 없습니다.

심지어 나무나 동물들, 자연의 정령들조차도 여러분의 마음이나 의도, 그리고 과거와 미래를 쉽게 읽을 수가 있습니다. 만약 여러분이 충분한 텔레파시의 능력을 가지고 있거나 그들이 인간이 이해하는 언어로 말을 할 수 있다면, 그들이 가지고 있는 많은 지혜와 지식을 보고 당신들은 아마 깜짝 놀라게 될 것입니다. 하지만 여러분도 진화해감에 따라서 곧 그렇게 변화될 것입니다. 인류가 가슴의 문을 열어 다른 존재들을 조건 없이 사랑하고 받아들일 수 있게 되는 만큼 여러분도 모든 깨달은 존재들이 다른 생명체들과 의사소통하는 이런 방법을 똑같이 할 수 있게 될 것입니다. 마술과 같은 이러한 신비한 능력을 여러분도 엄청나게 가지게 될 것이며, 어떠한 것도 더 이상 두려워하지 않게 될 것입니다. 그때가 되어야 비로소 여러분이 그동안 느꼈던 두려움의 바로 밑에는 항상 평화가 존재하고 있었다는 사실을 이해하게 될 것입니다.

내가 하는 말이 여러분의 귀에 거슬리거나, 심지어 과장되게 들릴지도 모르겠습니다. 그러나 내 말을 믿으십시오. 지금까지 내가 말한 모든 것들을 앞으로 수많은 사랑하는 영혼들이 현실로 이루게 될 것입니다. 그러나 마리화나를 사용하는 사람들은 내가 말한 모든 것들을 체험하지 못할 것입니다. 지금까지 나는 여러분에게 인간이 태어난 목적과 부합되지 않는 삶을 살면서 계속 약물을 복용하게 되면, 궁극적으로 어떠한 결과가 초래되는지 그 길을 보여주고자 최선을 다했습니다.

*질문: 마리화나나 이와 유사한 물질의 남용을 스스로 치유할 수 있는 방법이 있습니까? 당신은 어떠한 치유방법을 추천하고 싶으신가요?

사랑하는 이들이여, 우리가 이 문제에 대해 어떠한 묘약이나 기적적인 해답을 가지고 있으면 정말로 좋겠습니다. 이러한 질병을 진동으로 치유하는 도구들이 나타나고 있는데, 앞으로 몇 년 내에 치유사들과 상담사들 사이에 이러한 방법들이 많이 유행하게 될 것입니다. 이러한 것들 중에 제한적이기는 해도 이미 사용되고 있는 것들도 있으며, 이러한 방법들은 에테르체를 정화하고 복구하는데 속도를 가속화시켜 치유기간을 상당히 단축시켜줍니다.

신성과 하나가 되어 있는 치료자들이 낡고 왜곡된 모든 에너지를 처리하고 정화하고자 원하는 사람들을 돕게 될 것입니다. 또한 이러한 치유사들은 지상 세계에 태어나서 지금 엄청난 스트레스를 받고 있는 아이들에게도 많은 도움을 줄 것입니다. 이런 아이들이 불법적인 향정신성 물질에 의존해서 살아가지는 않는다 하더라도, 의사들은 주의력결핍장애(Attention Deficit disorders)나 기타 정신적인 질환을 앓고 있다는 구실로 그들에게 이와 유사한 중독성 물질을 먹이고 있습니다.

불행히도 많은 국가들에서 어둠의 세력들이 인디고(Indigo)나 보라색 영혼(violet soul)으로 태어나 있는 아이들을 마음대로 조종하여 이러한 습관성 중독물질로 끌어들이거나, 중독에 빠뜨리는 경우를 자주 목격하게 됩니다. 이 사악한 계획은 아이들의 영혼을 묶어둠으로써 그들이 이 행성에 가져오기로 예정된 엄청난 지혜와 기여(寄與)가 실현되지 못하도록 저지할 뿐만 아니라 아이들 자체도 진화의 과정에서 상승하지 못하도록 막고자 하는 것입니다. 이것이 바로 이 세상의 수많은 젊은이들이 빠져들고 있는 함정인 것입니다. 이 소중한 영혼들은 거의 대부분이 지구의 변환기에 맞추어 커다란 사명을 수행할 목적으로 이 지구행성에 온 존재들입니다. 우리가 아는 바로는 이 소중한 아이들의 상당수가 적당한 시기에 맞추어 깨어나겠지만, 깨어나지 못하는 아이들은 약물의 사용과 중독으로 인해 이들의 의식(意識)은 떨어질 수밖에 없습니다. 또한 이것은 이들의 진화과정에 있어서도 주요한 걸림돌로 작용하게 될 것입니다

커다란 변화를 만들어내는 것은 진리에 대한 올바른 정보와 지식입니다. 여러분의 사회에서 또래 친구들의 압박은 매우 부정적인 영향을 미치게 됩니다. 이것은 "유별나게 보이는"것을 피하게 만들 뿐만 아니라 다른 사람들에게 일반적으로 "수용되는" 인간으로

느끼게 하기 위해서 그 사람이 가진 힘과 가치를 포기하게 만드는 행위인 것입니다. 하지만 나는 여러분에게 과감하게 보통 사람들과는 다른 존재가 되라고 말하고 싶습니다. 이것은 성숙과 주권의 표시입니다.

약물중독에 빠지지 않고 맑게 살아야 할 중요성을 다른 이들에게 확신시켜 주기 위해 약물을 사용하기 전의 사람만큼 효과적인 것도 없다는 사실을 깨달으시기 바랍니다.

의심할 바 없이 이 행성에 태어난 모든 영혼들은 "제정신으로 제대로 하든가", 아니면 현재의 육신을 떠나 진화를 계속하기 위해 다른 세계로 들어갈 것인지를 선택해야 하는 시간이 목전에 다가와 있습니다. 여기서 말하는 다른 세계란 필요한 교훈을 더 배우기 위해 가게 될 이곳보다 진화가 덜 된 세계를 지칭하는 것입니다. 또 최종적인 선택을 해야 하는 이러한 상황에 직면하게 될 때에 우리는 여러분이 올바른 선택을 해주기를 희망하고 있습니다. 당신들은 선택의 자유가 있는 진화해가고 있는 한 행성의 사회 속에서 살아가고 있습니다. 그렇습니다. 여러분은 자신의 선택에 따라 자유롭게 체험하고 실험할 수가 있습니다. 그러나 여러분이 매일 매일 선택하는 모든 것들과 가슴과 마음속에 지니고 있는 의도가 여러분의 현재와 미래에 대단히 중요한 결과를 초래하게 된다는 사실을 절대로 잊어서는 안 됩니다.

여러분에게 요청하건대, 부디 이 사랑스런 아이들을 위해서, 또 은총과 신성한 개입을 위해서 기도하시기 바랍니다. 이 책을 읽고 있거나 책에 관해 듣고 있는 사람들은 젊음을 세상에 펼쳐 사랑의 회오리 바람과 푸른색 화염과 보라색 화염의 소용돌이를 일으켜 이 아이들을 보호하기 바랍니다. 또한 대천사들에게도 그들을 보호해

달라고 요청하세요. 이러한 것들은 대단히 중요한 영적인 도구들입니다.

만약 약물을 복용하고 있는 사람들을 알고 있거나 또는 고차원의 의식에 대해 마음이 열려 있는 교사를 알고 있다면, 그들에게 이 정보를 주거나 아니면 여러분이 알고 있는 지식을 그들이 이해할 수 있는 것만큼 전해주세요. 여러분이 가지고 있는 지혜를 그들과 함께 나누십시오. 정보와 지식은 의식을 변형시키는데 가장 좋은 도구들입니다. 다른 사람들의 자유의지에 개입하고 싶지 않겠지만, 여러분이 가지고 있는 지식이라는 선물을 그들에게 제공할 수는 있지 않겠습니까? 이것이 아마도 그 사람에게는 처음으로 올바로 "깨인" 선택을 할 수 있는 기회가 될 지도 모릅니다.

약물을 복용함으로써 스스로 높은 영적인 길을 가고 있다고 잘못 이해하고 있는 사람들이 많이 있습니다.

왜곡되고 변형된 다른 세계를 체험함으로써 자신이 높은 영적인 길을 가고 있다고 믿는 약물 복용자들은 실상은 자신들이 낮은 수준의 아스트랄계를 체험하고 있다는 사실을 깨닫지 못하고 있습니다. 그들이 체험하고 있는 것은 고차원의 의식체들이 살고 있는 에테르계의 기쁨과 환희와는 거리가 아주 먼 것입니다. 아스트랄계와 빛의 세계와는 현격한 차이가 있습니다. 빛의 세계인 에테르계는 4차원에서도 어느 정도는 체험할 수 있으나, 충분한 체험을 하기 위해서는 5차원 이상이 되어야합니다.

지구의 아스트랄계는 이원성의 세계, 상대성의 세계, 그리고 영적인 무의식의 세계라고 할 수 있으며, 이러한 세계에는 빛이 거의 없거나, 전혀 없습니다. 또한 빛의 세계와 비교했을 때, 보고 지각하는 모든 것들이 왜곡되어있거나 조각나 있습니다. 아스트랄계에서는 진리나 신성(神性)이라는 것을 이해조차 할 수 없습니다. 게다가 이 아스트랄계는 하나의 감정적인 세계로서 신과 분리된 상태에서 인간에 의해 창조된 실현되지 못한 욕망과 부정적인 감정들로 가득 차있는 거대한 연못과도 같은 곳입니다. 아스트랄계는 이처럼 실현되지 못한 욕망이나 감정들을 거짓으로 실현된 것처럼 흉내 낼 수 있는 능력을 가지고 있기 때문에 이 아스트랄계를 거대한 환상의 세계라고 하는 것입니다. 아스트랄계는 대개 영혼들을 유혹할 만한 아름다움과 즐거움을 가진 환상적인 세계를 보여주기는 하지만, 장작 자신들이 가야 하는 영적인 길과 부합하지 못하고 있는 것입니다. 아스트랄계는 인간의 의식(意識) 속에 온갖 속임수를 투사하고 있고, 때로는 위장도 잘 합니다. 또 어떤 것을 실제보다 훨씬 더 좋게 보이도록 환상을 만들어내기도 합니다. 지구의 아스트랄계는 항상 삐뚤어져 있고, 왜곡되어 있으며, 신비롭고 매혹적이기는 하나 기만적인 것입니다.

아스트랄계도 수준이 높은 환상의 세계에서부터 "최악의 밑바닥"이라고 부르는 아주 낮은 단계에 이르기까지 여러 층들이 존재합니다. 인간이 지닌 부정성과 욕망, 감정이 아스트랄계에서 완전히 정화하기 전까지는 어느 누구도 높은 빛의 진동을 지닐 수 없으며, 더군다나 에테르계는 근처에도 가지 못할 것입니다. 따라서 올바른 진동을 지니고 있는 올바른 물질을 "적절히" 사용하지 않고 약물의 사용을 통해서는 빛을 체험할 수가 없습니다. 현재 여러분이 사는 지상의 세상에서는 예전의 식물을 더 이상 구할 수가 없습니다. 이러한 식물들은 지상에서 거의 멸종되었으며, 구하는 것도 쉽지 않습니다.

현 세대의 어린 아이들은 매우 총명하고 영적인 존재들입니다. 이들은 사실을 말하는 사람과 거짓을 말하는 사람을 구별할 줄도 압니다. 또한 이들은 여러분과는 다른 지각능력을 가지고 태어났습니다. 이러한 아이들이 이 책을 통해 우리가 전하는 정보를 읽게 되면, 그 내용이 사실이라는 것을 알 것이며, 충분히 납득할 것입니다. 그러나 불행하게도 영적인 면에서 약물의 남용이 어떠한 영향을 미치는지에 대해 쓰인 책이 별로 없습니다. 깨달음과 관련된 몇몇 서적들이 출간되기는 하였으나, 대부분의 정보들이 이해하기에 어렵거나, 진실이 숨겨져 있습니다.

세상에 사는 아이들과 젊은이들, 그리고 나이가 든 사람들을 막론하고 이러한 정보는 모두에게 필요한 것들입니다. 이러한 정보를 널리 전하시기 바랍니다. 이것이 가장 중요한 일입니다. 많은 부모들이 자녀들에 대해 너무 무관심할 뿐만 아니라 부모로서의 역할을 다할 준비도 되어있지 못합니다. 대개 부모들은 자신의 일과 살아가는데 필요한 일상적인 일들을 처리하느라 너무 바쁘게 살아가고 있습니다. 일반적으로 아이들이 인간으로 육화된 경험 속에서 신성한 존재로 성장하고 성숙하기 위해 어린 시절에 꼭 배워야 하는 영적인 지혜를 자신의 부모로부터 받지 못하고 있는 실정입니다.

진실한 지혜에 대한 올바른 가르침은 이 행성에서 완전히 자취를 감춰버렸습니다. 이러한 이유 때문에 지구 내부 및 많은 의식(意識)의 왕국에서뿐만 아니라 많은 차원들과 별세계(Star System)로부터 채널링이라는 수단을 통해 이토록 많은 정보들이 쏟아져 들어오고 있는 것입니다. 이것은 여러분이 이러한 정보들을 통해서 근원과 하나됨의 상태로 돌아가는 길을 찾을 수 있도록 하기 위해서입니다. 인류를 무지하게 만드는 데는 초기 기독교 시절에 〈알렉산드리아 도서관〉을 파괴한 것도 큰 역할을 하였습니다.[6] 이 도서관에는

---

6) 고대 시대에 가장 큰 도서관이자 박물관이었던 이 도서관은 이집트 알렉산드리아에 있었으며, 프톨레마이오스 왕조의 후원으로 발전해서 로마 시대까지 존속했었다. 기원전(B.C) 3세기 초에 건설되었고, 군주 프톨레마이오스 1세의 착안으로 개관되었다. 아테네에서 도서관 사업을 경험했던 디미트리오스 팔레오스가 이 도서관의 조직을 담당했는데, 박물관과 도서관은 모두 분과별로 조직되었고 관장사제(館長司祭)가 총감독했으며, 직원들의 급료는 왕이 지급했다고 한다. 약 70만권의 장서를 보관했던 이 도서관은 모든 그리스 문헌뿐만 아

400,000권이 넘는 책이 잘 보존되어 있었으며, 이들 책 속에는 무수한 세월에 걸쳐 축적된 지혜가 수록되어 있었는데, 이러한 책들은 인간을 계몽하기 위해 그곳에 신성하게 보관되었던 것입니다. 이 아름다운 도서관이 불에 타서 잿더미로 변한 후부터 인류는 수 세기에 걸쳐 지속된 또 다른 "어둠의 시기"를 겪어야만 했습니다.

이 행성을 위한 영적인 지혜와 지식을 담고 있던 귀중한 소장품들이 파괴되도록 조종한 자들은 처음에는 스스로 자부심을 느끼면서 행복해 했었습니다. 권력과 지배욕에 사로잡힌 이 자들은 권력의 초기에 자신들이 (이교도의 문화를 파괴함으로써) 인간들에게 자비로운 행위를 했다고 생각하였습니다. 하지만 이들은 사랑과 은총으로 충만한 삶을 살 수 있도록 길을 알려주고자 했던 이러한 가르침들을 인류로부터 박탈함으로써 이 행성의 빛을 흐리게 하고, 인류의 영혼을 노예화하고자 했습니다. 이 소중한 기록들이 파괴된 것은 그야말로 엄청난 손실이었으며, 지상에서의 진화에도 큰 걸림돌로 작용하게 되었습니다. 확실하게 말해서 이것은 절대로 신(神)의 행위가 아니었습니다. 이러한 보물들을 소멸시킨 책임이 있는 자들은 사악한 세력들의 앞잡이들로서 이들은 자신들이 저지른 행위로 인해 오늘날까지도 그 카르마(업보)를 치르고 있습니다.

*질문: 약물의 사용이 차크라(Chakra)에는 어떠한 영향을 미치

니라 지중해와 중동, 인도 등지의 다른 언어로 된 문헌을 그리스어로의 번역까지 망라하는 국제적 도서관으로서의 위상을 가지고 있었다. 즉 이곳은 문헌의 수집과 편찬 및 다양한 언어로의 번역이 이루어지는 일종의 종합연구기관이었다.

약 700년 가까이 존속했던 알렉산드리아 도서관이 입은 최악의 피해는 4세기 말경부터 시작된 기독교도들의 공격에 의한 것이었으며, 뒤에 기독교 시대에 들어와 이교문화(異敎文化)가 파괴되는 과정에서 A.D. 391년에 불타 없어졌다. 특히, 알렉산드리아 주교의 주도 아래 조직적으로 이루어진 이단 숙청 과정에서 히파티아를 비롯한 많은 학자들이 살해당하거나 국외로 망명했고, 이 시기에 알렉산드리아 도서관도 완전히 파괴되었다. 이와 같은 기독교의 만행으로 인해 인류의 위대한 보고(寶庫)이자 헬레니즘 학술의 귀중한 성과는 대부분 잿더미 속으로 사라졌던 것이다. (편집자 註 - 백과 참고)

게 되는지 설명해주시기 바랍니다. 약물을 사용하면, 정말로 차크라가 열리게 되나요?

약물이 차크라에 어떠한 영향을 미치는 지에 대해서는 명확하지가 않습니다. 실제로 차크라들이 빛에 막혀 있지만, 지금은 차단막이 벗겨지고 있는 중입니다.

그런데 약물을 계속 사용하게 되면, 점차적으로 차크라 체계가 약화되어 파괴되며, 올바른 정렬이 이루어지지 않을 가능성이 높습니다. 그렇게 되면 차크라들이 많은 빛을 더 이상 지닐 수 없게 되며, 부정성으로 물들게 됩니다. 그런 까닭에 내가 이러한 불균형을 치유하는데 10번 정도의 생(生)이 소요된다고 말하는 것입니다. 내 말은 모든 사람들이 10번 정도의 삶이 소요된다는 뜻이 아니라, 많은 경우에 그와 같은 시간이 걸린다는 뜻입니다. 아스트랄계에서 나오는 엄청난 부정성으로 차크라 체계가 오염되어 빛이 아주 희미해지면, 이러한 차크라 속에는 불균형을 치유할 수 있는 치유력이 더 이상 존재할 수 없게 됩니다.

그러므로 이러한 영혼들은 육체적, 감정적인 면에서 다음 생에 태어날 몇 번의 육화에서 심각한 불균형을 가지고 태어나게 됩니다. 인간으로 태어날 때마다 계속해서 스스로 개선하고자 하는 올바른 행동과 자기사랑 및 의지를 지녀야만 차크라 속에 다시 빛이 생겨날 수 있으며, 궁극적으로 치유도 가능해지게 될 것입니다. 이러한 수많은 육화를 통해서만이 그 영혼은 언젠가는 진화과정의 출발지점으로 다시 복귀하게 될 것입니다. 이는 진화의 과정에서 마치 여러 단계를 후퇴했다가 또 다시 원래의 출발지점으로 돌아오는 것과 같은 것입니다. 따라서 이는 피해갈 수 있는 불필요한 지연이라고 할 수 있습니다.

한 영혼이 오늘날의 아이들이 가진 양 만큼의 빛을 가지고 태어났으나 스스로 빛을 흐리게 하여 육화한 목적을 저버리고 어떤 형태의 중독에 빠지게 된다면, 다음에 인간으로 태어날 때는 예전과 같은 은총이 다시 주어지지 않을 것입니다. 이러한 영혼들은 자신에게 필요한 교훈을 다 배울 때까지 지금 그들이 누리고 있는 아름다운 빛의 안락함을 여러 생(生)에 걸쳐 체험하지 못하게 될 것입니다. 이 때문에 약물중독에 빠진 영혼들은 다가올 미래의 많은 생에 고통스러운 여행을 하지 않으면 안 된다고 언급하는 것입니다.

*질문: 아다마, 지금은 지구에 사는 모든 사람들에게 엄청난 하늘의 은총이 내려오는 시기라고 했습니다. 이러한 약물로 인한 왜곡상태에서 벗어나 좀 더 빨리 빛 속으로 움직여가고자 하는 사람들에게는 어떠한 기회가 주어지나요?

여러분이 알다시피, 검은 세력의 음모에 의해 이 행성에서 처음으로 약물과 중독물질을 사용하게 되었습니다. 이러한 세력들은 빛의 확산을 막고 가능한 한 많은 영혼들이 이번 생에 쉽게 상승의 문을 통과하지 못하도록 저지하기 위해 예전보다도 더욱 확고한 의지를 드러내고 있습니다. 이 사랑스러운 소중한 아이들이 이 상승의 문을 보다 쉽게, 그리고 고통스럽지 않게 통과하도록 해야 하지 않겠습니까! 이러한 아이들은 많은 은총과 더불어 영적인 자유와 깨달음을 쉽고 떳떳하게 성취하는 데 필요한 모든 도구들을 지니고 태어났습니다.

현재 약물에 중독된 많은 아이들이 각성된 어른들로부터 전례가 없는 지원을 필요로 하고 있으며, 이러한 어른들은 한 세대 전체의 특별한 존재들이 중독문제로 위기에 처해 있다는 사실을 잘 알고 있습니다.

약물에 중독된 의식체(意識體)들은 지금 지구로 흘러들고 있는 새로운 에너지로 인해 더 이상 이 행성에 발붙일 곳이 없게 될 것입니다. 그리고 이런 아이들에게는 완벽한 치유와 다시 차크라를 정렬할 수 있는 기회와 은총이 주어지게 될 것이며, 나머지 인류와 더불어 새로운 세계로 들어가게 될 것입니다. 그러나 궁극적인 선택은 아이들 스스로가 해야 하며, 아무도 그러한 선택을 대신해줄 수가 없으므로 보다 잘 알고 있는 어른들의 지시에 따를 필요가 있습니다. 그리고 육신을 떠나기로 선택한 아이들은 베일의 장막 건너편으로 건너갈 때, 자신들이 엄청난 기회를 놓쳤다는 사실을 깨닫게 될 것입니다. 그들은 2012년으로 예정된 인류가 상승하는 거대한 축제에 참석하지 못할 뿐만 아니라 훨씬 더 많은 것들을 놓치게 될 것입니다.

사랑하는 이들이여, 지식과 이해는 지금 이 시간에 가장 큰 도구들입니다. 그러므로 아이들을 양육해야 할 책임이 있는 부모들로부터 이러한 지혜를 배우지 못한 아이들에게 이런 은혜가 주어지는 것은 그야말로 엄청난 사랑과 자비인 것입니다.

*질문: 원래의 고유한 식물들이 텔로스에 보존되어 있습니까? 그리고 그곳에서도 이러한 식물들을 활용하고 있는지에 대해 알고 싶습니다.

그렇습니다. 텔로스에는 본래의 고유한 식물들이 많이 보존되어 있을 뿐만 아니라 영적계발에 도움이 되는 기타 식물들도 많이 존재하고 있습니다. 물론 우리가 그러한 식물들을 담배 형태로 피우지는 않습니다. 또한 그럴 필요도 없고요. 우리의 현재의식은 이러한 식물이 우리에게 줄 수 있는 효능보다도 훨씬 넘어서 진화해 있습니다. 이러한 식물들의 상당수가 보기에도 아름답기 때문에 우리는 이런 식물들을 관상용으로 사용하고 있습니다. 다른 종의 식물들과 마찬가지로 우리는 단지 우아함과 아름다움 때문에 이러한 식물들을 재배하고 있습니다. 이러한 식물들은 5차원의 종(種)이 될 수 있는 자격을 갖추었다는 사실을 잊지 말기 바랍니다!

언젠가는 미래에 우리가 보존하고 있는 한 두 종(種)의 식물을 여러분에게 개방하여 올바르게 사용할 수 있도록 돕는 문제를 고려하게 될 것입니다. 하지만 분명히 말씀드려서 모든 사람들에게 개방되지는 않을 것입니다; 이러한 식물들은 시장에 판매할 목적으로 거래되지는 않을 것이며, 본래의 식물과 대체된 다른 식물들의 사용에 몰두해 있는 사람들에게도 개방되지 않을 것입니다.

한 세대 전체가 이러한 약물에 빠져있는 것은 분명히 이 행성의 슬픈 현실입니다. "영적으로" 이러한 세대들을 완전히 말살하고 가능한 한 많이 이런 세대들을 노예화시키는 것이 어둠의 세력들이 가지고 있는 최후의 계획이라는 사실을 아십시오. 여러분은 이런 일이 일어나도록 그저 방치하시겠습니까? 아니면 여러분이 누구이고, 여기 이 지구에 왜 와있는지에 대해서 눈을 뜨시겠습니까?

*질문: 최근에는 마리화나가 또 다른 용도로 사용되고 있는 경우가 있는데, 이는 의학적인 처방을 받아서 사용하는 것입니다. 마리화나를 어떻게 사용하느냐 하는 것이 그렇게 중요한가요? 또 마리화나가 늘 이러한 피해를 주는 것입니까?

마리화나를 의학적인 목적이나 지혜롭게 사용하는 경우에는 그다지 심각한 피해를 주지 않습니다. 몸에 심각한 손상을 입고 심한 고통을 받고 있는 환자들이 병원에는 많이 있습니다. 이들은 몰핀(Morphine)이나 데메롤(Demerol)과 같은 진정제를 복용하고 있는데, 이런 물질들도 고통을 멈추게 하거나 감소시켜주는 또 다른 형태의 물질입니다. 그런데 이런 물질들도 습관성을 가지고 있으며, 향정신성입니다. 더욱이 이를 복용한 사람들의 진동수를 아스트랄계와 일치하는 수준으로 떨어뜨리게 됩니다. 마리화나가 위에서 언급한 몰핀과 물질들보다 더 해롭다고 할 수는 없으며, 오히려 덜 해로운 편으로 잠시 고통을 줄이는 데에 효과적으로 사용할 수 있는 것입니다.

인간으로 태어난 모든 영혼들은 진화해가면서 결국에는 스스로를 치유하는 법을 반드시 배워야 합니다. 이것은 여러분이 이 지구에 와서 습득해야 하는 "완성에 이르는 교과과정"의 일부인 것입니다. 하지만 스스로를 치유할 어떠한 방안도 마련하지 않고 다가오는 몇 년 내에 자신의 육체를 떠나기로 선택하게 될 영혼들이 많이 있을 것입니다. 이들은 진화를 계속하기 위해 다른 행성으로 가서 자신들의 불균형이 치유될 때까지 그곳에서 머물 가능성이 아주 높습니다. 이러한 영혼들을 받아들이고자 하는 행성이 몇 군데 있으며, 그들은 그곳에서 이번 생(生)에 배우고 싶어 하지 않았던 것들을 다른 방식으로 배우게 될 것입니다. 그들에게는 이것이 최적의 조건인 것입니다. 왜냐하면 그들도 또한 자신이 원하는 방식대로 진화해갈 수 있는 영원성을 지닌 불멸의 존재이기 때문입니다. 그들의 자유로운 선택은 항상 존중되는 것입니다.

고통을 줄이기 위해서 의학적인 처방에 따라 짧은 기간 동안 - 이를테면 외과수술을 한 후에 2주 정도 - 마리화나를 사용하는 경우에는 위에서 말한 바와 같은 손상을 일으키지는 않습니다. 우리가 말하는 것은 생활의 수단이나 육화할 때 배우고자 선택했던 교훈이나 책임, 도전을 회피하기 위한 수단으로 수년간에 걸쳐 불필요한 약물을 복용하는 것을 지칭하는 것입니다. 태어나서 수 년 동안 약물을 복용해왔지만, 현재는 이를 끊고 스스로 치유하고 있는 사람들도 있습니다. 이런 사람들에게는 많은 은총이 주어지게 될 것이며,

그들도 잘 해낼 것이라고 믿습니다.

＊질문: 어떻게 자기 자신을 스스로 치유할 수 있는지에 대해서 설명해 주시기 바랍니다.

약물을 복용했던 사람들 중에는 더 이상 중독에 빠지지 않으려고 약물의 사용을 갑자기 중단하는 사람들도 있는데, 이들은 스스로를 치유하고자 하는 확고한 의지와 결의를 가지고 있는 사람들입니다. 이들도 하늘로부터 많은 은총과 지원을 받고 있는 사람들입니다. 그들은 자신들의 영혼을 치유할 수 있도록 치유의 빛을 간절히 갈구해야 하며, 자신의 불멸의 자아(Eternal Self)인 위대한 참나(眞我)와 다시 연결되는 것이 대단히 중요합니다. 좀 더 많은 균형을 유지하기 위해 건강에 좋은 천연의 식단으로 돌아가는 것도 바람직한 방법이며, 회복과정도 크게 줄여줄 것입니다. 열심히 명상을 하면서 7가지의 신성한 치유의 화염을 사용하면 스스로의 삶에도 커다란 자비와 은총이 있게 될 것입니다.

지금 이 순간 이 행성에서 전심전력을 다해 성실하게 자신을 치유하고자 전념하고 있는 모든 사람들에게도 특별한 방법으로 은총이 하사되도록 되어있습니다. 한 때는 수년 동안 약물을 복용해왔지만 이제는 삶에 헌신하겠다고 확고한 약속을 하고 청결을 유지하기만 하면, 신성한 은총을 지닌 천사들이 그들의 옆에서 도와줄 것입니다.

현재 지구에 있는 여러분은 문자 그대로 시간이 "촉박"합니다. 다음 질문을 스스로에게 해보세요. "나는 앞으로 10번의 생(生), 혹은 더 많은 생을 지구 이외의 다른 곳에서 태어나서 진정한 자아(Self)와 분리된 채 고통 속에 살아가며 3차원적인 도전과 교훈들을 정말로 더 배우고 싶은가? 아니면 이 행성과 나머지 인류와 더불어 상승하여 내 삶의 체험을 영원히 변화시킬 기쁨과 조화(造化) 속에서 영광스런 영적인 자유를 체험할 것인가?"

여러분은 이것을 지금 당장 실천하겠습니까? 아니면 다른 행성에서 지금보다 훨씬 더 불확실한 상황 속에서 10,000년 후에나 있게 될 다음 번의 상승주기를 기다리시겠습니까?

*질문: 직접 흡연을 하지 않는 사람들은 어떻습니까?

자신의 폐를 통해 이러한 에너지를 직접 들이마시지는 않지만, 친분 때문에 어쩔 수 없이 약물에 취해서 행하는 의식(儀式)에 동참하여 그러한 진동 속에서 함께 놀아난 사람들은 최소한 잠시라 하더라도 자신의 진동수가 떨어질 수밖에 없게 될 것입니다.

여러분이 자신의 어두운 그림자와 마주하고 앉아 많은 노력을 기울여 스스로를 치유하고자 시도해보게 되면, 스스로 치유한다는 것이 얼마나 어렵고 힘이 드는 일인지 알게 될 것입니다. 지금까지 여러분은 자신들이 안고 있는 과제와 불균형을 치유하기 위해 열심히 노력해왔으며, 이제야 마주쳐온 어려움들을 이해하게 되었습니다. 대부분의 사람들과 비교해 보았을 때 그래도 당신들의 짐은 적은 편입니다. 또한 여러분은 자신의 진동수를 훌륭한 방식으로 증가시키고 있으며, 스스로 가슴의 문을 열고 있는 중입니다. 또한 여러분이 지닌 의도가 순수하고 집중돼 있기 때문에 여러분의 DNA도 진화해가고 있는 중입니다.

　이것을 통해 보면, 현재 육화해 있는 동안 달성하기로 예정돼 있는 목적과 운명을 부정하고 있는 사람들에게 어떤 형태의 자기치유가 필요한지를 미루어 짐작할 수 있지 않겠습니까?

*질문: 우리가 현재 진입하고 있는 신성한 상승 에너지에 정렬하는 것이 왜 중요하며, 마리화나를 사용하면 신성 계발에 어떠한 악영향을 미치게 되는지에 대해 설명해 주시겠습니까?

　약물을 사용하면 가슴이 좀 더 빨리 열리고 더 큰 영적 진보를 이룰 수 있다고 믿는 사람들은 완전히 환상 속을 헤매고 있는 이들입니다. 그중에는 약물을 사용하여 부분적으로 〈제3의 눈〉을 뜬 사람도 있기는 합니다. 그러나 이것이 상승이나 깨달음의 과정에서 영적인 훈련을 통해 얻은 진정한 천리안(千里眼)의 능력이라고 말할 수는 없습니다. 형제들이여, 지름길은 없으며 예외도 없기 때문에 모든 사람들은 사랑과 빛의 진동 속에서 스스로가 지닌 영적인 숙제를 풀기 위해서 매진해야 합니다. 아울러 자신이 안고 있는 감정적인 과제와 두 사람 간에 형성된 카르마적인 짐도 청산하지 않으면 안 됩니다.

　약물의 사용으로 어떠한 심령적인 지각능력을 얻은 사람들은 머지않아 이러한 능력이 폐쇄되는 것을 감수하지 않으면 안 될 것입니다. 왜냐하면 그러한 능력이 진정한 천리안의 능력에서 나온 것이라기보다는 낮은 진동 속에서 찾아낸 것에 불과하기 때문입니다. 여러분이 준비돼 있거나 그런 능력이 미리 예정된 여정의 일부일 때만 이러한 능력들은 자신의 신성한 자아(Divine Self)의 은총을 받아서 정상적인 방법을 통해 주어지게 되는 것입니다.

　신통력을 가진 사람들의 거의 50% 이상이 신성한 약속에 의해 주어진 재능이 아닙니다. 따라서 많은 경우에 그들이 가진 기술들은 더 큰 분리와 환상을 만들어내게 된다는 사실을 확실하게 언급하고자 합니다.

이 책을 읽고 있는 사람들은 조심스럽게 자신들의 분별력을 사용하기 바랍니다. 함정에 속지 마세요. 영적인 능력계발에 도달하기 위해 전적으로 외적인 수단에 의지하게 되면, 그 결과로서 얻게 되는 것은 진정한 영적인 찬란함이 아니라 신성한 가슴속에 숨겨져 있는 "진실"의 어두운 그림자일 뿐입니다.

*질문: 더 하실 말씀이 있으십니까?

천상(天上)의 개입이 없고 지금처럼 이토록 찬란하고 아름다운 빛이 이 행성에 아낌없이 쏟아 부어지지 않는다면, 지구와 인류는 지금과는 전혀 다른 상황에 직면하게 될 것입니다. 아마도 현 세대는 영적으로 완전히 전멸될 수도 있으며, 이 지구도 운명적으로 또 한 번의 엄청난 파괴와 중대한 퇴보를 맞보게 될 것입니다. 이 때문에 채널을 통해서 이렇게 많은 책들이 새로이 집필되고 있고, 메시지를 받을 수 있는 곳이면 장소를 불문하고 전파되고 있는 것입니다. 헌신적인 빛의 일꾼들(Light Workers)이 자신의 가슴에서 우러나온 많은 정보들을 기꺼이 다른 사람들과 무료로 함께 나누기 위해 개설된 사이트들만 해도 인터넷에 넘쳐나고 있는 실정입니다.

자신이 짊어진 짐을 풀어놓지도 않은 채, 무조건적으로 모든 사람들이 차원 상승할 것이라고 믿고 있는 사람들이 아직도 존재하고 있습니다.

분명히 말해서, 그와 같이 되지는 않을 것입니다. 궁극적인 면에서 모든 사람들이 언젠가 상승하게 될 것이라는 말은 맞지만, 다만 상승의 시기가 이번 생이 아니거나, 이 행성이 아닐 수도 있는 것입니다. 나는 다시 한 번 세상의 젊은이들뿐만 아니라 나이가 든 사람들에게 다음과 같은 중요한 메시지를 반복하여 전하고자 합니다. *"일을 하려면 제대로 하든가, 아니면 지구를 떠나야 합니다. 관대하게 봐줄 수 있는 시기는 이미 지났습니다."*

술이나 담배와 같이 중독성이 있는 물질뿐만 아니라 약물의 사용으로 자신의 운명을 저버리고 자신의 차크라를 갈기갈기 찢어놓아 건강과 아름다운 빛을 손상시킨 사람들은 그 책임을 면할 길이 없습니다. 그러나 지금이라도 스스로 치유하고자 선택한다면, 아직까지는 시간이 있습니다. 지금 이 시간에도 신성한 은총은 여러분에게 어마 어마한 기회의 창을 열어놓고 있습니다.

우리 모두가 추구하고자 하는 본질은 아픔과 고통을 통해 얻게 되는 신성한 사랑과 자유입니다. 자기 자신을 벗처럼 사랑하게 되면 훨씬 더 수월하게 온전함에 이르게 될 것입니다. 여러분이 보내주신 배려와 사랑에 대해 다시 한 번 깊은 감사를 드립니다. 오늘 당신들과 교감을 할 수 있게 되어 정말로 즐거웠습니다. 진심으로 여러분 모두를 사랑합니다.

여러분에게 평안과 지지를 보내며 …
나는 아다마입니다.

영혼은 어둠을 태워버리는
하나의 초와 같으며,
우리는 오직 영광스러운 사랑의 의무만을
가지고 있습니다.
영혼은 장막을 태워버릴
하나의 초와 같아서,
내가 영광스럽게 짊어지고 있는 것은
오직 빛에 대한 의무를 다하는 것뿐입니다.

- 십자가의 성 요한 (St. John of the Cross) -

제6장

신의 의지, 첫 번째 광선의 기능

엘 모리야(El Morya)대사와 아다마

※아다마는 우리에게 신의 의지를 나타내는 광선인 푸른 광선/화염에 대하여 이야기하고 있습니다. 그는 신의 의지에 내맡김(surrender)으로써 얻게 되는 영적인 혜택이 어떤 것인지 잘 설명해주고 있으며, 훌륭한 명상방법을 통해 내맡김을 보다 잘 이해할 수 있도록 해주고 있습니다.

오릴리아 루이즈

나는 마음속으로 큰 흥분을 느끼고 있습니다. 왜냐하면 이 행성에서 큰 무엇인가가 이루어지고 있다는 것을 알고 있기 때문입니다. 내가 알기로는 에너지가 아주 빠르게 변화하고 있으며, 차원 간에 존재하고 있던 분리의 장벽도 점차 얇아지고 있습니다.

개인적인 차원에서 상승한 대사(大師)들은 과거 수천 년 동안의 그 어느 때보다도 우리와의 접촉을 보다 더 긴밀하고도 빈번하게 시도하고 있습니다. 내가 어렸을 때와 20살 때, 그리고 지금과 비교해 보았을 때, 분명히 한 줄기의 희망이 보입니다. 먹구름이 완전히 사라진 것은 아니라 하더라도 누구든지 변화를 뚜렷이 느끼고 있습니다. 이것이 바로 내가 여러분과 함께 나누고 싶어 하는 것입니다.

우리가 이러한 변화들이 펼쳐지도록 허용하고 이 모든 단계들을 수용하게 되면, 마법적인 신비들이 그 속에 많이 존재하게 될 것입니다. 예전에는 나도 이러한 현상을 잠시 동안만 보고 느꼈을 뿐인데, 이제는 이것을 정말로 느끼고 있고 확실히 알게 되었습니다. 우리들 중에는 교사로서 이곳에 온 존재들도 있으며, 이들은 장막의 저 편에서 온 존재들과 직접 같이 일하고 있습니다. 뿐만 아니라 그들은 우리가 성장하고 익숙해 있는 이 세상을 보다 좋은 세상으로 창조하고자 애쓰고 있는 사람들에게 그 길을 보여주고 있기도 합니다. 그러나 궁극적으로 여러분의 삶은 자기 스스로의 여정이며, 얼마나 많은 지원을 받느냐는 것과는 관계없이 자신들의 여정을 그 누구도 대신할 수는 없는 것입니다.

앞으로의 10년은 여러분이 이제까지 이 행성에서 살아왔던 것 중에서도 가장 중요하고도 결정적인 해들이 될 것입니다. 이 기간에 당신들은 곧 맞이할 우주적인 미래에서 자신이 어떤 존재가 되고, 어디로 갈 것인지, 또 어디에 있을 것인지도 결정짓게 될 것입니다.

이 행성과 인류는 이제 거대한 우주적 순환주기의 끝에 도달해있습니다. 지구에 함께 남기로 선택한 인류와 더불어 지구는 지금 각성된 새로운 주기(週期)의 진화 과정 속으로 움직여가고 있는 중입니다. 지구의 몸 위에서 진화해가고 있는 하나의 영혼으로서 여러분은 일찍이 한 번도 경험해본 적이 없는 가장 중요한 선택을 해야 할 기로에 직면해 있습니다.

이제 당신들은 빛과 사랑이 충만한 새 세계로 지구와 함께 갈 것인지, 아니면 이 3차원에 계속 남아 또 다른 긴 주기 동안 육화를 거듭할 것인지 결정해야 합니다. 새로운 세계를 체험할 것인지, 아니면 다른 우주에 있는 3차원의 다른 행성으로 가서 삶을 계속할 것인지는 오로지 여러분의 손에 달려있으며, 그 길은 바로 지금 여기 이 3차원의 삶이 제공하는 모든 한계와 도전 속에 존재하고 있는 것입니다.

참으로 지구는 영광스러운 상승을 맞이할 충분한 자격을 갖추고 있습니다. 지구는 지금 자신이 한 주기를 마감하고 새로운 우주적 순환주기로 진입하고 있음을 알리는 벨소리를 울리고 있습니다. 어쨌든 지구는 인류에게 무한한 사랑과 관용을 베풀어 왔지만, 인류는 지구에게 조금도 감사한 마음을 표하지 않았습니다. 이제까지 그녀는 인류에게 자신의 몸을 조건 없이 제공하여 인류가 자유의지를 가지고 마음대로 실험해볼 수 있는 기회를 갖게 하였습니다.

이제 다음과 같은 질문을 스스로에게 해보십시오. 과연 나는 지구와 함께 다음 단계로 옮겨 갈 것인가? 아니면 뒤에 처질 것인가? 그리고 얼마 남지 않은 몇 년이라는 짧은 기간 내에 진정으로 어떠한 현실을 창조하고 수용해 갈 것인가?

나는 사람들이 일상생활에 너무 매여 있다 보니 스스로의 진화를 위해 영적인 작업과 치유작업을 하고는 싶지만, 항상 다른 시기에 하겠다고 계속 미루게 된다는 이야기를 듣고 있습니다. 즉 "그래, 내일 아니면 다음 달에 하면 되지, 상황이 조금 바뀐 후 내년에 하면 되지. 아니면 삶이 좀 더 한가해지면 하면 되지 뭐 … 그때 가서 좀 더 많은 시간을 내서 영적인 치유작업을 하면 될 거야."라고 생각하고 있는 것입니다. 그러나 시간은 누구도 기다려주지 않으며, 우리는 지금 중요한 변화의 문턱을 지나고 있다는 것을 잊어서는 안 됩니다.

상승한 대사들과 아다마(Adama), 사난다(예수), 마이트레야(彌勒佛), 대천사 미카엘, 성 저메인, 그리고 기타 마스터들이 한결같이 우리에게 공통적으로 말하고 있는 것이 있습니다. *그것은 바로 지금 이 시간에 영적으로 개인적인 치유작업을 하는 것보다 더 시급하고 중요한 것은 아무 것도 없다는 것입니다.* 이 목적 이외의 모든 것들은 여러분이 이곳에 인간으로 태어난 "진정한 목적"과 분리시키려는 방해물에 불과한 것입니다.

여러분이 그토록 동경하고 있는 긍정적인 변화들이 이러한 작업의 결과로서 자신의 현실적 삶 속에 나타나게 될 것입니다. 결론부터 말하자면, 그 외에 달리 방법이 없습니다. 그러므로 여러분 스스로가 그것을 변화시키지 않는다면, 여러분의 삶에 어떠한 변화도 일어나지 않을 것입니다. 이것이 바로 여러분이 이곳 지구에 와서 이번 생(生)에 해야 하는 일입니다. 그리고 만약 여러분이 이러한 영적인 치유작업을 하고 싶지 않다고 해서 당신들을 대신하여 그것을 해줄 사람은 아무도 없습니다.

그렇습니다, 우리가 일상생활 속에서 많은 일들을 처리해야 하는 것도 사실입니다. 그러나 궁극적인 면에서 보면, 정말로 가치 있는 것이 무엇이겠습니까? 향후 몇 년 내에 여러분을 크게 변화하도록 만드는 것은 얼마나 많은 일을 했느냐가 아니라 실제로 어떤 존재가 되어 있느냐 하는 것입니다!

이 점에 대해서 다시 한 번 깊이 숙고해보시기 바랍니다. 시간이 지남에 따라 우리가 하고 있는 일들은 이리 저리 변화합니다. 하지만 신성한 존재로서 우리가 인간 체험을 통해 자신의 신성을 받아들여 이룩한 것은 영원히 우리와 함께 남아 있습니다.

아! … 아다마가 여기에 있군요. 그는 내 말이 끝나기만을 끈기 있게 기다리고 있습니다. 아마도 그는 오늘 여기에 연사로 초대받은 사람이 자신인지 나인지 궁금해 할 겁니다.(웃음!)

아다마(Adama)

사랑하는 친구 여러분, 안녕하세요! 오늘 나는 텔로스에 있는 멋있는 나의 집에서 여러분에게 이야기하고 있지만, 동시에 여러분 모두와 함께 하고 있기도 합니다. 오늘 우리가 함께하고 있는 이 뜻 깊은 자리를 빛내주기 위해서 사랑하는 친구인 엘 모리야(El Morya) 대사가 이 자리에 함께 참석하여 조용히 옆에 앉아 있습니다. 그리고 이러한 나눔의 모임을 통해 우리의 가슴과 연결된 모든 사람들에게도 우리의 깊은 사랑을 전하는 바입니다.

나는 오늘 "내맡김(surrender)"의 길인 신의 의지에 대해서 이야기하고자 합니다. 여러분도 아시다시피 신의 뜻이 없다고 한다면, 아마도 당신들은 지금과는 아주 다른 진화의 과정을 겪고 있을 것입니다. 바로 이 신의 뜻이 모든 다른 진화의 단계를 밟아가기 앞서서 여러분이 가장 먼저 깨달아야 하는 첫 단계이며, 시발점이기도 합니다. 여러분의 "더 큰 의지", 즉 당신들 자신이기도한 "신성한 근원"의 의지에 자신을 내맡기지 않는다면, 어떻게 여러분이 자신의 새로운 고향을 알 수가 있겠습니까? 또한 만약 여러분을 고향으로, 신성의 완벽함으로, 기쁨과 축복, 무한함과 잃어버린 낙원으로 데려다주고자 애쓰는 신의 의지에 내맡기지 않는다면, 어떻게 여러분이 그곳에 닿을 수 있을 것이라고 기대할 수 있겠습니까?

신(神)의 뜻이라는 것은 반드시 여러분의 바깥에 존재하고 있는 어떤 신에게 있는 것이 아닙니다. 비록 육체적인 인간으로 육화할 때마다 여러분이 일시적으로 잊어버리기는 하지만, 당신들이 바로 현재 그 신(神)이며, 지금까지 신이었던 것입니다. 여러분이 지닌 신성은 전지전능(全知全能)하고, 어디에나 존재하며, 당신들의 모든 소망을 충족시킬 수도 있습니다. 여러분은 자신들이 인간으로서의 체험을 위해 육화해있는 위대한 신성(神性), 또는 진아(眞我)의 표현이라는 것을 잠시 잊고 있을 뿐입니다. 당신들은 영혼의 완성을 이루고 이 신성이 지닌 능력과 지혜를 능수능란하게 다룰 수 있을 때까지 최대로 의식을 확장하기 위한 과제를 안고 이 땅에 태어난 것입니다. 여러분은 이곳에서 더 진보된 깨달음과 완전한 영적자유를 추구하고 있습니다. 그리고 여러분은 모든 존재계에 두루 거하는 무한한 신(神)이 되기 위해 이곳 지구에 왔습니다.

이것은 자아(自我)에 대한 사랑과도 관련된 과제로서, 이 자아란 다름 아닌 바로 "여러분"인 것입니다. 여러분은 여전히 세속적인 일에 너무 매달려 있는 나머지 당초에 인간으로 육화한 목적을 달성하려 애쓰지 않고 있습니다. 결국 영혼의 길과 영적인 진화라는 과제는 많은 사람들에게 있어 자신이 지닌 많은 과제 중에서 맨 나중에나 돌아볼 무관심한 과제가 돼버리고 말았습니다.

친구들이여, 일장춘몽(一場春夢)과 같은 일시적이고 인간적인 것들을 추구하기 위해 자신이 육화한 진정한 목적을 의식적으로 외면한다면, 여러분이 육화하기 전에 체험하고자 계획했던 애초의 삶은 이곳에서 계획과는 아주 다른 형태로 나타나게 될 것입니다. 만약 여러분이 장막의 저편으로 돌아가서 방금 떠나온 지구에서의 삶을 되돌아보게 된다면, 아마 깊은 후회에 빠지게 될 것입니다. 그때가 되면 이 생(生)에 있을 때에 거부했던 모든 영적인 소망들을 다시 이루기 위해 또 한 번의 육화할 기회를 갖고 싶어 하는 깊은 욕망에 사로잡히게 될 것입니다.

끝없이 순환하는 회전목마와 같이 영혼의 육화는 몇 번이고 되풀이하여 환생을 거듭하며 반복하게 되는 것입니다. 여러분의 신성은 커다란 인내심과 연민을 가지고 여러분에게 수천, 수만 번의 이러한 기회를 주었습니다. 그러나 여러분 중에 많은 이들이 이곳에 인간으로 태어나서는 정작 자신들이 이곳에 온 이유를 외면하고 맙니다.

여러 생을 거듭하면서도 여러분은 자신이 미리 설정한 목적을 충족시키지 못했습니다. 이 때문에 여러분이 빛의 세계에서 축복을 즐기지 못하고, 이곳에서 많은 도전에 직면해 있는 것입니다. 여러분은 자신의 영혼이 갈망하는 대로 온전히 내맡기게 될 때까지 계속 반복해서 되돌아오게 될 것입니다.

여러분의 신성(Divine Presence)은 당신들이 많은 생을 살아가면서 끝임 없이 고통을 받으며, 찾고 일하는 모습을 지켜보았습니다. 또한 여러분이 느끼는 고통과 체념, 절망, 두려움, 눈물, 의심, 수치심과 공포도 보아왔습니다. 하지만 바로 이러한 육화를 통해서 개인뿐만 아니라 창조계 전체가 커다란 지혜를 얻게 되는 것입니다. 그리고 이제 여러분의 신성은 여러분이 고향으로 돌아와서 자유와 사랑, 완성, 하나됨, 그리고 신성한 존재로서 여러분 자신이기도 한 이 모든 것들을 실현하기를 애타게 바라고 있습니다.

여러분의 신성은 여러분이 고향으로 돌아오기를 간절히 바라고 있기는 하지만, 그렇다고 강요할 수는 없습니다. 자신의 의사에 따라서 자발적으로 스스로 협조해주기만을 기다리고 있습니다. 또한 많은 인간으로서 삶을 사는 과정에서 당신들이 내팽개치고 미워했던 자신의 모든 부분들을 다시 받아들이기를 원하고 있습니다. 여러분의 신적 자아(GodSelf)는 사랑과 믿음을 가지고 날마다 여러분 앞에 놓여있는 여정에 당신들 스스로를 온전히 "내맡기기"만을 바라고 있습니다. 한 걸음 한 걸음, 이러한 애정어린 내맡김을 통해 여러분은 "자기 존재의 태양(your sun of your being)", 즉 완벽한 신성(神性)으로 돌아가는 길을 보게 될 것입니다.

이런 이유로 여러분 자신의 신성의 뜻에다 내맡기는 것이 바

로 자기 스스로에게 부여하는 성스러운 은총인 것입니다.

이러한 은총의 최대 수혜자가 될 것은 바로 "여러분"입니다. 결국 "고향"으로 돌아오는데 왜 이토록 오랜 세월을 기다렸는지 여러분도 언젠가는 궁금해 할 것입니다. 또한 정말로 그러한 고통을 겪을 필요도 없었다는 것도 깨닫게 될 것입니다: 그것은 바로 여러분의 선택이었습니다. 그리고 그것은 여러분 자신이기도 한 사랑에 대한 저항이었으며, 오랜 세월 동안 그토록 체험해온 모든 고통과 교훈들을 창조해낸 것도 다름 아닌 이 저항이었던 것입니다. 이제는 여러분을 왜소하게 만드는 삶의 방식이 아니라, 자신의 모든 것들을 성장시키고 포용하는 삶의 방식을 받아들일 때입니다.

여러분이 이처럼 내맡기게 될 때, 점차적으로 신성한 본래의 의식(意識)으로 변형되는 것은 "왜곡되고 변조된 자아(自我)"라고 알려져 있는 인간의 에고(Ego)입니다. 여러분이 분별심과 두려움이 없이 절대적인 믿음을 가지고 정화와 치유의 과정에 자신을 내맡기게 되면, 보다 빨리 이러한 과정을 통과해갈 수 있습니다. 당신들이 이러한 정화와 치유과정에 대해 일일이 저항하며 고통을 느끼기보다는 온전히 내맡겼을 때, 훨씬 더 수월하게 이 과정을 통과해 갈 수 있는 것입니다. 무엇이든 첫 단계는 언제나 가장 어렵고 힘이 드는 법입니다. 여러분도 이제 그 첫 걸음을 내디뎠으니 나머지 부분은 좀 더 쉬워질 것이라 믿으시기 바랍니다.

최선의 길을 마다하고 여러분이 계속 저항하게 되면, 영혼은 잠시 동안 당신들이 하고자 하는 대로 내버려두겠지만, 결국 때가 되면 더 이상은 참지 않을 것입니다. 시간이 영적인 면에서 본질적인 것은 아니라 하더라도, 여러분은 이미 이 행성에서 충분할 만큼 오랫동안 고통을 받아왔다는 사실을 빛의 마스터들인 우리들도 잘 알고 있습니다. 따라서 이제는 여러분이 보다 더 즐겁고 기쁜 운명을 추구하기를 권하는 바입니다.

이곳 텔로스에서 우리는 제1권의 책을 통해 우리가 준 정보를 접한 많은 사람들이 어떠한 반응을 보이는지 큰 관심을 가지고 지켜보았습니다. 전부는 아니라 하더라도 많은 사람들의 가슴이 크게 열리는 것을 보았습니다. 여러분이 지닌 태고의 기억들이 되살아나고 있는 것입니다. 텔로스와 레무리아에 있는 우리의 삶에 관한 책을 읽으면서 거의 모든 사람들이 느꼈던 희망과 그리움의 눈물을 우리는 지켜보았습니다. 이제 여러분도 이 행성에 다른 형태의 생명체가 존재하고 있을 뿐만 아니라 자기사랑(self-love)과 영적인 지혜를 통해서도 그러한 변형이 이루어진다는 것을 이해할 수 있게 되었습니다.

이것이 바로 우리의 협력 하에 여러분이 오늘날 풀어가야 하는 과제인 것입니다. 우리는 이미 그 길을 걸어왔으며, 여러분이 우리의 손을 잡고 우리가 걸어간 발자국을 따라 걸어갈 수 있도록 길을 열어주고 있는 것입니다. 지금은 우리가 여러분과 함께 하고 있기 때문에 당신들은 우리가 처음 그 길을 걸어갈 때보다 훨씬 더 쉽게 그 길을 갈 수 있을 것입니다. 우리와 함께 하고자 하고 우리 같은 삶의 형태를 함께 누리고자 갈망하는 모든 사람들에게 사랑과 내맡김의 길은 고향으로 돌아가는 중요한 열쇠입니다.

오래 전에 우리 또한 모든 것을 오직 신성한 의지에 "내맡겼기" 때문에, 오늘날 우리의 삶 속에서 체험하고 있는 것과 같이 성스러운 은총을 누릴 수 있는 수준에 이르게 되었습니다. 우리의 삶이 점차적으로 변형된 것처럼, 여러분의 삶도 신성한 의지에 내맡김으로써 앞으로 그렇게 될 것입니다.

우리는 현재 여러분이 겪고 있는 것보다 훨씬 더 어렵고 고통스러운 여건 속에서 우리가 해야만 하는 일을 했었습니다. 그러면 12,000년 전에 우리가 빛으로 가게 된 과정에 대해서 짧게 설명하도록 하겠습니다. 우리가 살던 대륙이 파괴된 후, 여러분이 지금 이 시기에 해야 하는 것처럼 우리도 자신의 문제를 스스로 해결하지 않으면 안 되었다는 사실을 알게 된다면, 아마 당신들도 놀랄 것입니다. 우리는 우리가 소유했던 모든 것들과 레무리아에 살았다는 것을 증명할 모든 것들을 하룻밤 사이에 잃어버렸습니다. 또한 사랑하는 모든 사람들과 갑작스럽게 헤어져야 하는 가슴 아픈 일들을 겪어야 했다는 것을 한 번 생각해보세요. 레무리아의 모든 아름다움과 모든 업적들, 하루하루의 삶 속에서 일어났던 모든 것들이 하루아침에 이슬처럼 사라지고 말았던 것입니다.

남겨진 것이라고는 "우리 자신들" 뿐이었는데, 즉 결국 우리가 창조주로부터 "모든 것"을 다시 받기 위해서는 자아의 신성한 측면들에다 우리 자신을 내맡겨야만 했던 것입니다.

당시의 텔로스는 개발의 초기 단계에 있었으며, 지금과 같이 눈부시게 아름다운 도시가 아니었습니다. 이 샤스타 산의 내부에는 하나의 거대한 공동(空洞)이 있었는데, 우리는 이 곳을 하나의 도시로 복구하여 생존한 주민들의 일부가 거주하고, 또한 남아 있던 문화를 보존할 공간으로 활용하고자 계획했습니다. 당시의 텔로스라는 도시는 지상에 실제로 존재했던 텔로스의 아름다움이나 편안함과 비교했을 때, 그리고 현재의 도시와 비교했을 때에 그야말로 원시상태나 다름이 없었습니다.

우리는 불과 하루 밤사이에 아주 다른 삶의 기준에 따라 우리의 생명을 내맡기지 않으면 안 되었다는 것을 이해해주기 바랍니다. 아주 힘들었지만 우리의 힘만으로 착실하게 전진해가야 했었습니다. 커다란 용기와 결단력을 가지고 우리는 우리 자신을 위해서 뿐만 아니라 레무리아 문화가 살아 숨 쉬는 이곳에 태어날 미래의 세대들의 삶의 터전으로 도시들을 계속 건설했습니다. 비록 우리 자신을 제외하고 모든 것들을 잃었지만, 우리는 수 세기 동안 매우 열심히 일했으며, 모든 것을 잃어버린 상처를 치유하고 보다 새롭고 영구적인 것들을 착실하게 만들어갔습니다. 아마도 우리가 직면했던 모든 어려움들을 다 이야기하자면, 몇 권의 책이 더 필요할 것입니다.

사랑하는 친구들이여, 아주 오래 전에 우리가 고향으로 귀환했던 과정은 여러분이 상상하는 것처럼 그렇게 간단하지가 않았습니다. 우리가 극복했던 어려움에 비하면, 지금 여러분은 "쉬운 길"에 서 있는 편입니다. 따라서 여러분이 자신의 삶에서 겪고 있는 일들로 인해 낙심하지 않기를 바랍니다. 그렇게 하기보다는 차라리 그 과정에다 모든 것을 내맡기기 바랍니다. 여러분의 행성에서 일어날 사건들을 "기꺼이 받아들이면서", 자신을 온전히 하늘의 뜻에다 내맡기세요. 이러한 사건들은 여러분이 스스로 만들어 놓은 족쇄에서 당신들을 해방시키려는 목적으로 일어날 것입니다. 단지 여러분은 마음의 문을 열어 사랑을 실천하고 빛의 향한 자신의 여정을 "신뢰"하기만 됩니다. 하지만 우리가 그랬던 것처럼, 깨인 의식으로 지속적인 노력을 기울이지 않는다면, 빛으로 가는 통로는 열리지 않을 것입니다. 그리고 끝까지 참고 인내하는 사람들에게 주어지는 보상은 그야말로 엄청날 것이라는 것을 확신하시기 바랍니다.

신의 의지는 제1 광선의 기능으로 알려져 있으며, 푸른 진동을 방사하고 있습니다.

이것의 색상은 마치 감청색을 띠고 있는 아름다운 공작(孔雀)과도 같습니다. 그 광선의 주파수는 진동하면서 살아 있으며, 정화의 기능도 지니고 있습니다. 또한 이것은 우리가 "다이아몬드 하트 (Heart)"라고 부르는 것과도 연관되어있습니다. 다이아몬드와 마찬가지로 신성의 의지에 내맡기는 것도 여러 가지 다양한 면(面)들을 가지고 있습니다. 미카엘 대천사는 푸른 광선의 천사(a Blue Ray Angel)이며, 마스터 엘 모리야도 푸른 광선을 수호하는 마스터 (Master)로서 신의 의지를 나타내는 다이아몬드 하트의 수호자이기도 합니다.

푸른 광선은 힘과 리더쉽을 상징하는 광선으로서 말이나 침묵을 통해서도 그 힘이 전달되기도 합니다. 바로 이것 때문에 푸른 광선이 목 차크라와 연결되어 있다고 말하는 것입니다. 또한 이 푸른 광선은 인류가 가장 많이 남용한 광선이기도 합니다. 사랑과 연민이 담기지 않은 말을 할 때마다, 여러분은 이 광선의 에너지를 남용하고 있는 것입니다. 여러분이 자기 마음대로 하기 위해 어떤 것을 통제하거나 조정하고자 할 때에도, 여러분은 이 푸른 광선의 에너지를 오용하고 있는 것입니다. 그리고 이러한 에너지의 오용은 대개 지각할 수 없을 정도로 미묘한 방법으로 이루어진다는 것을 알아두시기 바랍니다. 사실 너무나 미묘하여 여러분이 행하는 모든 말과 행동, 의도를 여러분의 가슴으로 계속 감시하고 관찰하지 않고는 눈치조차 챌 수 없습니다.

내가 하는 말이 무슨 뜻인지 이해가 될 것입니다. 이 광선은 다른 마스터들과 접촉하는데 반드시 지녀야 하는 의식(意識)에 도달할 수 있도록 여러분을 이끌어주게 됩니다. 마스터 엘 모리야는 엄격한 영적 교사로 알려져 있으며, 그가 하는 훈련을 보면 그가 여러분 모두를 엄청나게 사랑하고 있다는 사실을 알 수 있을 것입니다.

진화의 현 단계에서 광선에 관한 내용들은 여러분이 기본적으로 습득해야 하는 교과과정의 일부입니다. 여러분은 7개 광선이 지닌 신(神)의 속성들을 다 습득해야 하며, 그 외에 나머지 5개 광선에 대해서도 알아야 합니다. 이들 광선들 사이에는 다른 광선에 비해 더 중요하다거나 덜한 광선은 없으며 똑같이 다 중요합니다. 여러분은 이러한 광선들을 똑같이 숙달해야 하고, 균형을 유지하고 이해해야 합니다.[7]

생(生)을 달리하여 태어날 때마다 항상 똑같은 광선만을 사용하는 것은 아닙니다. 여러분은 모든 광선들을 하나로 통합하고 이들 광선들이 지닌 지혜를 얻기 위해 노력하고 있는 것입니다. 여러분은 원래 이러한 광선들 중에 어느 하나의 광선으로부터 창조되었으며, 이 광선은 여러분에게 영원히 남아있는데, 이것을 모나드 광선 (the monadic ray)이라고 부릅니다. 그러나 예를 들어 여러분이 원래 푸른색 광선이나 노란색 광선, 혹은 녹색의 광선으로 창조되었다고 해서 매 생애마다 타고난 그 하나의 광선만을 사용하여 일을 하는 것은 아닙니다. 여러분은 매 생(生)을 살면서 항상 이들 광선

---

[7]여기서 광선이라 함은 우주에 존재하는 근원적인 7가지 속성의 신(神)의 영적 에너지를 뜻한다. 흔히 요가철학 말하는 "프라나(氣)"라는 것은 물리적, 육체적인 에너지이나, 이 "포하트(Fohat)"라는 우주선(宇宙線)은 정신적, 영적 에너지에 해당되는데, 여기에는 과학적으로 아직 밝혀지지 않은 7종류가 있다고 한다. 이 7가지의 빛에너지의 흐름은 광선의 형태로서 각기 독특한 특성과 색채, 기능을 지니고 있다고 하며, 인체의 7 차크라 및 내분비선에 대응된다고 언급되고 있다.

모든 인간의 영혼들은 바로 이 7가지 광선 가운데 하나의 광선에 속해서 그러한 특성을 지닌 채 발전하고 진화한다고 하고, 부차적으로 또 다른 광선의 성향을 가질 수가 있다고 한다. 하지만 궁극적으로는 모든 광선의 특성에 통달해야 한다는 것이다. 7대 광선의 본질적 특성 및 현재 지구영단 내에서 7대 광선을 각각 수호하는 마스터들은 다음과 같다. 과거와는 달리 약간의 변동이 있다.(감수자 註)

1)제1광선(힘, 의지, 용기, 지도력) / 푸른색 - 엘 모리야(El Morya) 대사
2)제2광선(지혜, 교육, 자애심) / 황색 - 란토(Lanto) 대사
3)제3광선(활동, 적응, 철학, 지성, 관념) / 핑크색 - 폴 베네치안(Paul Venetian) 대사
4)제4광선(조화, 예술, 아름다움) / 흰색 - 세라피스 베이(Serapis Bey) 대사
5)제5광선(과학, 지식, 에너지사용) / 녹색 - 힐라리온(Hilarion) 대사
6)제6광선(사랑, 헌신, 봉사) / 자주색과 황금색 - 레이디 나다(Nada) 대사
7)제7광선(자유, 변형, 우주원리와 법칙, 백마술) / 보라색 - 성 저메인(St. Germain) 대사

들 중에서 2개 광선에 대한 완성도를 높이게 되고, 새로 익힌 것들을 기존의 것과 하나로 합쳐서 균형을 이루고자 애쓰고 있는 것입니다. 모든 광선들을 점점 더 깊이 숙달하여 균형을 유지하고 상승에 필요한 비전 입문과정을 통과할 때까지, 여러분은 계속하여 이러한 과정을 밟아가게 되는 것입니다.

여기 이 지구에 사람들이 태어나는 목적은 영적인 완성을 이루기 위해서입니다.

저절로 영적인 완성이 이루어지지는 않기 때문에 당신들은 이러한 완성을 이루기 위해 부지런히 노력하지 않으면 안 됩니다. 여러분이 수없이 인간으로 태어나는 것도 바로 이것 때문입니다. 단순히 원한다고 해서, 또는 공동단체에 의해서 신성이 완성되지는 않습니다. 일이 저절로는 절대로 이루어지지 않습니다. 영혼의 완성과 정화는 3차원에 태어나는 일련의 육화과정을 통해서 달성되는 것입니다.

여러분 중에 혹시라도 우주의 형제들이 여러분을 구하러 올 것이고, 그러면 자신의 의식(意識)도 올라가게 되어 영적인 작업을 하지 않아도 될 것이라고 착각 속에 살아가고 있는 이가 있다면, 그러한 사람들은 나중에 크나큰 절망감을 맛보게 될 것입니다. 무조건적으로 빛의 세계로 들어갈 수 있다고 생각하는 사람들에게 나는 감히 그러한 생각들을 바꾸기를 권하는 바입니다. 우주의 형제들이라 하더라도 이곳에 와서 여러분을 구원할 권한은 부여되어 있지 않습니다. 그리고 구원할 이유도 없습니다. 왜냐하면 명백히 말해서 영혼의 성장을 위해 현재 여러분이 살고 있는 생을 창조한 것은 다름 아닌 바로 당신들 자신이니까요.

여러분이 매 생(生)마다 지상으로 되돌아와 인간으로 육화하는 것은 여러분 스스로가 개인적인 선택에 의해 그렇게 하는 것입니다. 그 어떤 존재도 여러분에게 이 지구상으로 돌아가라고 강요하지는 않습니다.

영적의식을 향상시키고 보다 큰 영적인 완성을 이루기 위해 매번 인간으로 태어날 때마다 삶의 목적과 체험해야 할 것들을 여러분 스스로가 선택하게 됩니다. 육화와 육화 사이, 즉 저 세상에 있으면서 영혼은 자기가 인간으로 마지막으로 태어나 있는 동안 못 다 이룬 것들이 무엇인지를 깨닫게 됩니다. 그리하여 못다 이룬 것들을 마저 이루기 위해 여러분은 다시 지구로 돌아가기를 원하게 되며, 또한 선택하게 되는 것입니다. 이때 여러분은 자신들이 충족시키지 못한 목적들에 부합되는 삶을 살고 싶어 하며, 이를 달성하고자 간절히 바라게 됩니다. 이리하여 또 한 번의 기회를 요청하게 되는 것입니다. 그리고 또 한 번 말이지요. 이처럼 현 진화 단계를 완성했다고 느낄 때까지 거듭하여 육화의 기회를 요청하게 되는 것입니다.

그리고 여러분이 육신의 몸을 가지고 이곳에 태어날 때마다 다시 망각의 베일이 드리워지게 되고, 덫에 걸린 것처럼 단절된 느낌을 가지게 되어 또 다시 완전한 환상 속에 빠져들고 마는 것입니다. 이 행성에서의 삶은 인류에게 고난의 삶의 주기(週期)들로 알려져 있습니다. 이는 이 지상의 인간들의 의식 수준이 아주 낮은 수준으로 떨어져 있고 이곳의 밀도도 높으며, 모든 것이 왜곡돼 있을 뿐만 아니라 신성한 원리와도 분리되어 있기 때문입니다. 이 행성에 살고 있는 인류는 아주 깊은 분리 속에 빠져 있습니다. 하지만 이러한 분리를 통해 배운 교훈과 습득한 체험, 지식들은 전체(the whole)에 합쳐져서 실로 놀라운 것이 되는 것입니다.

이제 이 행성은 빛의 세계로부터, 우주의 형제들로부터, 지구 내부 문명으로부터 전례가 없었던 엄청난 지원 속에 점차적으로 변해가고 있습니다. 인류가 3차원 속으로 들어가 분리를 체험하는 것은 신(神)과 철저하게 단절되었을 때 영혼들이 어떠한 반응을 보이게 되는지를 파악하기 위한 하나의 실험이었습니다. 이 지구에서 육신을 지니고 있는 여러분 모두는 이러한 우주적 계획에 동참하기로 자원한 존재들입니다. 그렇지 않다면, 당신들이 이곳에 있을 이유가 없을 것입니다.

여러분은 너무 설레는 마음으로 이 실험에 자발적으로 참여했으며, 모두가 다양한 세계와 우주에서 왔습니다. 이 거대한 실험은 수백만 년 전에 생긴 초기의 시간 틀(Time frame)과 마지막 시간 틀을 가지고 있었습니다. 이 거대한 실험은 지구에 사는 사람들이 더 강해지고 용기 있는 영혼이 되는데 도움을 주기도 하였습니다. 이들의 크나큰 희생으로 말미암아 지구에 사는 많은 영혼들이 보다 큰 영광 속으로 현재 상승되고 있으며, 스스로를 위해 장대한 운명을 개척하도록 재촉을 받고 있는 것입니다. 여러분은 이 우주의 모델인 진열장이 되어야 할 운명이며, 또한 새로 태어나는 문명세계에서 교사로서의 역할을 수행해야 하는 운명을 띠고 있는 것입니다.

내맡김을 통해 신의 의지와 일치해감에 따라 여러분은 이 우주에서 뿐만 아니라 다른 모든 우주를 통틀어서 가장 "인기 있는" 영혼들 가운데 하나가 될 것입니다. 이 지구 행성은 엄청난 어둠과 고통을 체험했으며, 머지않아 사랑과 빛이 충만한 상태로 상승하게 될 것입니다. 아울러 지구는 다른 존재들도 이를 본받아 배울 수 있도록 길을 안내하게 될 것입니다.

진실로 지구와 같은 곳은 어디에도 없습니다. 그러므로 이 행성의 시민이라는 것을 자랑스럽게 여기고 희망을 가지시기 바랍니다.

여러분은 오랫동안 충분할 만큼 고통을 겪어왔으며 이제는 모두가 고향으로 돌아갈 시간입니다. 우리는 이러한 기대를 가지고 여러분을 맞이할 준비를 하고 있으며, 우리의 품속으로 여러분을 감싸 안게 될 것입니다. 여러분이 사랑의 계곡으로 돌아오게 된 것을 진심으로 환영하며, 떠날 때는 눈물의 계곡이었던 이곳이 이제는 기쁨의 계곡으로 변하게 되었습니다.

과거에서부터 겹겹이 축적된 상처와 정신적인 충격을 하나씩 벗겨낼 때, 많은 사람들이 그동안 신(神)과 영(靈)에 대한 신뢰가 부족했었다는 사실을 깨닫게 될 것입니다. 신성한 의지에 "내맡기라는 것"이 여러분에게는 두려운 제안이 될 수도 있습니다.

이번 생에서 뿐만 아니라 지나온 과거 생(生)들에서 여러분은 배신당했고 버림받았으며 무서운 세계로 들어간다는 느낌을 가졌습니다. 이것이 바로 의식(意識)의 타락이 최초로 생겨나게 된 핵심적인 요인입니다. 자신이 신성과 분리되어 있다는 최초의 생각이 고통을 만들어내게 되었으며, 이러한 고통으로부터 여러분이 살고 있는 현재의 세상을 창조하게 된 것입니다. 이러한 분리를 통해 모든 존재들은 이 행성에서 각자가 원하는 체험을 하는데 필요한 모든 것들을 개별적으로 실현할 수 있게 된 것입니다.

신(神)이 무엇인지에 대한 인식도 없이 어떻게 참으로 신과 자아에 대해 알 수가 있겠습니까? 처음에는 조그마한 두려움과 의심에서 시작된 것이 결국에는 신과 자신에 대한 신뢰의 부족으로 나타나게 되었습니다.

이러한 실험을 통해 여러분은 다시 신성을 신뢰할 수 있게 될 것이며, 그토록 오랫동안 신과 분리시켜 놓았던 의식을 다시 되돌릴 수 있게 될 것입니다. 우주는 사랑스럽고 자애로운 공간으로 여러 분이 신뢰하기만 하면 모든 것을 여러분에게 제공해줄 것입니다. 인간으로 태어났던 몇몇 영혼들이 신이 변함없이 모든 것을 계속 제공해줄 것인지에 대해 의문을 가지게 되면서부터 점차적으로 의식이 타락하기 시작했습니다. 여러분의 창조주가 모든 사람들에게 수백만 년 동안 필요한 모든 것들을 차질 없이 제공하였으나, 많은 사람들이 이러한 공급이 갑자기 중단되면 어떻게 될 것인지에 대해 곰곰이 생각하게 되었습니다. 그리하여 만약 신이 이러한 제공을 중단한다면 그들은 스스로 이러한 것들을 충당하지 않으면 안 된다는 생각에 이르게 되었습니다. 처음에는 단지 소수의 몇몇 사람들만이 이러한 잘못된 생각을 가졌으나, 나중에는 대다수의 일반 대중들마저도 이러한 생각을 가지게 된 것입니다.

신뢰의 부족을 낳게 한 두려움은 그 후 점차 커져 갔으며, 마침내 전 인류가 타고난 신성한 권리를 거의 완전히 포기할 지경에 이르게 되었습니다. 이 이후의 나머지 부분은 여러분의 역사에 기록되어 있습니다.

신의 뜻에 모든 것을 내맡기게 되면 여러분 각자는 타고난 신성한 권리를 되찾고자 시도하게 되고, 또한 그러한 권리를 회복할 기회를 가지게 됩니다. 이제 여러분이 치유해야 할 것은 "신뢰의 부족", 바로 이것입니다. 치유될 수 있도록 용기를 가지고 책임감 있게 추진해보세요. 부두에서 뛰어내려 미지의 깊고 고요한 바닷물 속으로 들어갈 수 있는 것도 궁극에는 신뢰하기 때문에 할 수 있는 행동인 것입니다. 영혼이 부르는 소리를 가슴으로 들으세요. 그러면 지금 선택해야 하는 것이 무엇인지를 알게 될 것입니다. 급속도로 진화하는 이 시기에 맞추어 여러분이 이 행성에 존재하는 이유도 알게 될 것입니다.

  설사 여러분이 "신뢰하지 않는" 쪽을 선택한다 해도 신은 이러한 선택에 따른 결과를 당신들이 체험할 수 있도록 허용할 것입니다. 그리고 인간은 이러한 체험을 통해서 지혜를 배우게 될 것입니다. 그런데 신을 믿는 사람들이 가진 두려움이 오히려 그들로 하여금 스스로를 극복하고 상승을 성취하여 귀향하고 싶다고 자신의 고등한 자아(Higher Self)에게 약속을 하게 만든다는 사실입니다. 그리고 이렇게 하기 위해서는 여러분이 지니고 있는 모든 문제들을 청산해야만 합니다. 이 과정에서 고등한 자아는 지금까지 살아온 모든 삶을 통해서 여러분이 창조한 어둡고 그늘진 모든 부분들을 스스로 체험케 할 것입니다. 이러한 문제들은 여러분에게 두려움을 주기 위해서 라기 보다는 사랑과 신뢰 속에서 새로운 선택을 할 수 있는 기회를 주기 위해 일어나게 됩니다.

  균형이 잡혀져야 되고 이해되어야 할 모든 문제들뿐만 아니라 정화돼야 하는 남아 있는 카르마(Karma)들이 여러분의 현실 속에 나타나게 되며, 스스로 이것을 체험케 되는 것입니다. 이러한 상황들에 직면하게 되는 것이 일시적으로는 힘이 들 수도 있습니다. "내가 신을 신뢰하기로 약속했는데, 오히려 삶은 점점 더 고달파지는 것 같아."라고 여러분이 생각할 수도 있습니다. 그리고는 다시 불신(不信)의 늪으로 빠져들게 됩니다. 이를 피할 수 있는 방법은 여러분에게 주어지는 것이 어떠한 것이라 하더라도 이를 허용하고, 잠시 힘들더라도 이를 지켜보는 것입니다.

  삶에 어떠한 일이 일어나든지 상관하지 마십시오. 그리고 비록 삶이 잠시 더 어려워진다 해도 자신이 새로운 길에 들어서 있으며 결국에는 에너지도 변하게 될 것이라는 믿음을 가지시기 바랍니다. 여러분이 자신의 창조주에게 수백만 년 동안 보여주었던 불신에 비하면 진정한 참나(眞我)인 고향으로 가는 길이 이보다는 훨씬 빨리 실현될 것입니다.

성경 속에 나오는 욥(Job)을 한 번 생각해보세요. 그는 엄청난 시험을 당했지만 끝까지 신에 대한 신뢰를 잃지 않았습니다. 비록 시험을 통해서 자신이 가지고 있던 모든 것들, 즉 부(富)와 아내, 그리고 자녀들을 포함한 모든 것을 잃었으나, 신에게 자신의 변함 없는 신뢰를 증명할 수 있게 되었을 때 그는 잃었던 모든 것들을 되찾았을 뿐만 아니라 오히려 더 많은 것들을 얻게 되었습니다. 그 러나 처음에는 그도 영혼의 어두운 밤을 지나 여행을 해야만 했다 는 것을 잊지 마시기 바랍니다. 여러분도 그렇게 될 것입니다.

이러한 어두운 밤을 스스로 통과해가도록 허용하세요. 어떠한 판 단이나 집착도 갖지 말고 그토록 오랫동안 어두운 곳에 숨어있던 모든 것들과 직접 마주치세요. 왜냐하면 여러분의 타고난 재능을 이러한 어두움 속에서 찾을 수가 있기 때문입니다. 타고난 권리인 신성한 속성이 무엇인지도 알게 될 것이며, 여러분이 지닌 에너지 도 최대로 회복하게 될 것입니다. 이제 여러분의 창조주를 다시 신 뢰하게 될 것이며, 완전한 사랑 속에 자신을 내맡기는 것이 실망이 아니라 오히려 스스로를 구원하는 길임을 알게 될 것입니다.

모든 인류는 기본적으로 똑같은 진화의 길을 체험하고 있습니다. 따라서 모든 사람들이 동일한 문제를 지니고 있기 때문에 이를 수 치스럽거나 부끄럽게 생각할 필요는 없습니다. 지금 여러분이 체험 하고 있는 것들이 서로 간에 다르게 보일 수도 있겠지만, 모든 사 람들은 동일한 길을 향해 가고 있습니다. 근원으로부터의 분리와 신뢰의 부족으로 인해 이처럼 기나긴 고통의 여정이 만들어지게 된 것입니다. 이제는 사랑과 신뢰를 통하여 여러분 스스로가 완전히 부활해야 할 시기입니다.

여러분이 스스로 "나는 내가 가진 오해와 두려움을 다 내려놓고, 그 과정이 아무리 힘들다 하더라도 이를 끝까지 신뢰할거야."라고

제1부 아다마로부터 온 메시지

최종적으로 말할 수 있을 때, 비로소 가장 어려운 첫걸음을 내딛게 되는 것입니다. 이렇게 되면 아무리 비통한 상황이나 노여움에 직면한다 하더라도 그것들이 생각했던 것보다 그렇게 고통스럽지가 않을 것입니다. 허용하기만 하면, 이러한 과정을 통해 여러분은 고향으로 돌아갈 수 있으며, 마침내 모든 고통과 결핍도 끝나게 되는 것을 체험하게 될 것입니다. 새로운 연민과 관대한 마음으로 우주와 여러분의 삶을 새로이 이해하게 될 것이고, 자신들의 삶을 지배해왔던 투쟁도 줄어들게 될 것입니다.

이러한 두려움을 정복하기만 하면, 여러분은 모든 것들을 이용할 수 있을 뿐만 아니라 무제한으로 가질 수도 있습니다.

여러분이 할 수 없는 것이라고는 아무 것도 없습니다. 여러분이 오랫동안 그토록 두려워했던 이 우주가 자신이 원하는 것과 필요로 하는 모든 것들을 아낌없이 제공해준다는 사실을 확실하게 알게 될 것입니다. 여러분이 원죄(原罪)라고 부르는 것, 차라리 나는 이것을 신에 대한 믿음이 최초로 깨어진 것이라고 말하고 싶습니다만, 기본적으로 이것은 여러분이 언젠가는 극복해야 하는 마지막 과제이기도 한 것입니다.

이 원죄는 아담과 이브의 이야기와 연관이 있는데. 이는 분리를 일으켰던 신에 대한 신뢰의 부족을 은유적으로 표현한 것입니다. 그렇습니다. 아담과 이브의 이야기는 내용을 잘 알지 못하고 기록한 것입니다. 성서 속에 기록된 상징적인 이야기들이 사실인 것도 어느 정도 있지만, 확실히 말해서 그런 식의 사건은 일어나지 않았습니다. 아담과 이브의 이야기와 하나님의 은총을 잃고 인간이 타락하게 되는 이야기는 매우 복잡합니다. 인류도 언젠가는 모든 참된 기록들을 알게 될 것이며, 이로부터 많은 것들을 이해하고 배우게 될 것입니다. 성경 속에 나오는 이야기는 일어났던 사실만을 단순히 표현한 것에 불과하며, 또한 정확하지도 않습니다.

아담과 이브의 이야기가 뜻하는 것은 사람들이 자신들의 창조주를 신뢰하지 않고 두려움 속으로 빠져들게 되었다는 것을 나타내고자 했던 것입니다. 오릴리아가 소장하고 있는 책들 가운데 크리스틴 머서(Christine Mercer)가 쓴 "신의 아들들(The Sons of God)"이라는 소책자가 있습니다. 이 책은 자신에게 무슨 일이 일어나든지 상관하지 않고 신을 믿기로 결심한 어느 여인에 관한 이야기입니다.

그런데 그녀는 자신의 믿음에 대해서 극도의 시험을 받게 됩니다. 하지만 이러한 힘든 시험에도 불구하고 그녀는 어떠한 것도 절대로 불평하지 않겠다고 결연한 결심을 하게 됩니다. 그리고 그녀는 어떠한 고통이 주어지더라도 굴하지 않고 계속해서 믿음을 지켰습니다. 하지만 자기 자신을 온전히 "내맡긴다고" 하는 굳은 약속에도 불구하고 그녀는 아주 심한 극한의 시험을 당했습니다. 최종적으로 이 이야기는 해피엔딩(Happy Ending)으로 끝나게 되는데, 시험을 이겨냄으로써 그녀의 삶에 기적에 기적이 겹쳐 일어나면서 그동안 쌓인 엄청난 카르마(業)를 아주 짧은 시간에 갚게 되었다는 이야기입니다. 그리고 나중에 그녀는 잃어버렸던 모든 것들을 백배로 보상받게 되었던 것입니다.

시험을 당하면서도 그녀는 오히려 자신이 겪고 있는 어려움을 준신(神)께 감사했습니다. 왜냐하면 이러한 시련이 더 크고 더 위대한 어떤 것으로 자신을 인도하고 있다는 것을 그녀가 알고 있었기 때문입니다. 확실히 그러했습니다! 그리고 결국 몇 년 후에 그녀의 몸은 육체적으로 상승을 성취하게 되었던 것입니다. 그 당시에 이 행성에서 그와 같은 상승을 한 사람은 아무도 없었으며, 이 행성의 에너지도 지금처럼 상승을 도와주지도 않던 시기였습니다.

제1부 아다마로부터 온 메시지

이 소책자는 오릴리아에게 깊은 감명을 주었고, 오릴리아도 당시 다소 어려운 상황을 겪고 있었습니다. 그녀는 중고서점에서 이 책을 2달러를 주고 사서, 밤을 새워가며 이 책을 처음부터 끝까지 다 읽었습니다. 오릴리아의 반응은 … 어땠을까요. 그녀는 속으로 "내 여건이 그 여인만큼 힘들지는 않으니까 이 책에 나오는 여인처럼 나도 이 원리를 똑같이 활용한다면, 어쩌면 상황이 쉽게 개선될 수도 있겠다."라고 생각했습니다. 오릴리아는 자신의 삶에 대한 태도를 되돌아보았습니다. 그리고 자기 같으면 크리스틴처럼 어려운 상황 속에서도 약속을 지키려 애쓰고 감사해 하기는커녕 아마 분개했을 것이라고 생각하며 마음속으로 크게 반성했습니다.

오릴리아는 이 책을 두 번 읽고 나서, 생활 속에서 적용할 수 있는 최상의 원리로서 "감사하는 마음가짐"을 갖기로 결심했습니다. 그런데 그 후 얼마 지나지 않아서, 오릴리아가 처해 있던 상황은 거의 회복되었고, 몇 달이 지나자 예전보다도 더 행복하게 되었습니다. 그녀의 마음은 한결 자유로워졌으며, 재정상황도 많이 개선되었습니다. 크리스틴이 쓴 책은 그녀가 어떻게 이 모든 두려움을 극복할 수 있었는지를 잘 보여주고 있는 대단히 귀중한 책입니다. 이 여인이 혼자의 힘으로 자신의 삶 속에서 두려움을 극복한 방법은 모든 사람이 배워야 할 하나의 귀감이 될 것입니다.

*질문: 시험에 들게 되는 목적이 무엇인지 설명해 주시기 바랍니다.

신(神) 또는 우주가 악의적으로 여러분을 놀래게 하려고 직접적으로 시험을 걸지는 않는다는 점을 이해하기 바랍니다. 영적인 자유를 되찾고자 여러분이 스스로 마음의 문을 열고 자신을 "내맡기게" 되면, 여러분을 방해하거나 불편하게 하는 어떠한 외적인 힘을 체험하지 않아도 될 것입니다. 시험은 과거에 여러분이 스스로 생성한 부정성을 정화하고 카르마의 균형을 잡기 위해 여러분 스스로가 불러들인 성장의 기회입니다. 여러분은 이제 영적 성장을 위한 치유를 선택하게 되며, "영혼의 양식"으로 제공된 이러한 경험들을 통해 치유작업이 일어나게 되는 것입니다.

여러분이 완전한 믿음의 상태에 있게 되면, 우주는 즉각적으로 반응할 뿐만 아니라 공급도 즉시 시작하게 됩니다.

사실, 신은 여러분을 시험하고 싶어 하지 않습니다. 신은 사랑이며, 그가 하는 사랑에는 조건이 없습니다. 여러분이 마음의 문을 열어 우리가 이야기하고 있는 내맡김의 상태로 들어가게 되면, 이 우주는 여러분이 안고 있는 모든 문제들을 바로 잡아 영원히 치유될 수 있도록 모든 상황과 기회를 제공해 줄 것입니다. 신의 뜻에 맞추기만 하면 여러분의 요청에 우주가 얼마나 빨리 반응하는지 알게 될 것이며, 아마 당신들은 놀라게 될 것입니다.

명상을 하기에 앞서 한 가지 사항을 더 일러두고자 합니다. 여러분이 정말로 일관되게 변화와 변형의 과정을 자신의 신성(God Presence)에게 내맡기겠다고 약속하면, 여러분의 신성은 바라는 목적을 달성할 수 있도록 가장 빠르고도 순조로운 방법을 안내해 줄 것이며, 모든 것들과 통하는 문도 열어줄 것입니다.

신의 뜻을 향해 문을 열게 하는 것은 바로 이 내맡김을 통해서입니다. 신(神)의 의지는 여러분을 은총의 근원인 고향으로 데려다 주는 속성을 지니고 있습니다. 이 지구에 사는 영혼들이 특정한 마스터를 찾아가서 입문해 배우기에 앞서 엘 모리야(El Morya) 대사의 테스트를 먼저 통과해야 하는데, 그는 먼저 그 사람이 신성한 의지에다 내맡기는지의 여부를 시험하게 될 것입니다.

여러분이 진정으로 상승과 영적인 여정을 계속하겠다는 약속을 할 수 있다면, "내맡김"의 시험을 통과하지 않고서 어떻게 다른 시험들을 통과할 수 있겠습니까? 푸른 광선이 지닌 여러 가지 측면들을 완전히 이해하기 전까지는 다른 어떤 마스터들도 여러분과 함께 일할 수 없을 것입니다. 여러분이 이 푸른 광선의 여러 측면들을 완전히 이해하고 난 후에, 그리고 다른 마스터를 받아들일 준비가 다 되었을 때, 비로소 "추천"과 함께 자연스럽게 그 마스터에게 인도되는 것입니다.

"내맡김"과 관련해서 이 말을 여러분에게 꼭 전하고 싶습니다. 지금 이 시간에 가장 절실하게 필요한 것은 이 "내맡김"입니다. 이 "내맡김"은 두려움을 극복하는 열쇠이기도 합니다. 점점 더 많은 사람들이 자신이 지닌 두려움을 내려놓게 되었을 때, 다른 사람들도 그렇게 하는 것이 그 만큼 더 쉬워지게 되는 것입니다. 정말로 이 행성을 도울 방법을 알고 싶다면, 가장 먼저 해야 할 중요한 일은 자신이 가진 두려움을 내려놓고, 모든 판단을 버리고, 존재하는 모든 것에다 사랑으로 자신을 온전히 내맡기는 것입니다. 여러분이 이러한 연습을 좀 더 자주, 그리고 계속 진행해가면서 다른 사람들에게도 용기를 주어 똑같이 행하게 하면 할수록 여러분은 자신과 나머지 인류를 위해 그 만큼 더 큰 길을 펼치고 있는 것이 됩니다. 그리고 여러분이 이 행성을 위해 할 수 있는 최선의 봉사는 우선 자기 자신부터 먼저 정화하는 것이라고 할 수 있습니다.

명상(Meditation)

- 텔로스에 있는 신의 뜻을 간직한 신전으로의 여행 -

텔로스에는 신의 의지에 봉헌된 신전이 하나 있습니다. 또한 티

벳 근처인 인도의 다르질링(Darjeeling)이라는 곳에도 이와 같은 신전이 있습니다.

다르질링과 샤스타 산, 두 곳은 신의 의지가 은둔되어 있는 곳으로 마스터 엘 모리야가 수호하고 있습니다. 제1광선인 신의 뜻에 내맡기는 법을 배우기 위해 여러분도 밤에 그곳(다르질링)으로 가거나, 이곳 텔로스에 올 수도 있습니다. 다르질링은 신의 의지를 담고 있는 최초의 신전으로 우리가 이곳 텔로스에다 이와 유사한 신전을 짓기 수백만 년 전부터 존재하고 있었습니다. 이 두 개의 신전은 5차원의 파동을 지니고 있으며, 따라서 여러분의 눈에는 보이지 않습니다. 오늘 나는 여러분을 의식(意識)을 지닌 상태로 텔로스에 있는 신의 신전으로 데려가고자 합니다.

가슴에다 마음을 집중하고, 몇 차례 심호흡을 해보세요. 그리고 여러분의 신성이나 고등한 자아에게 우리와 함께 텔로스로 여행을 할 수 있도록 의식적으로 요청하시기 바랍니다.

여러분의 영적 가이드들 중에 한 명이 동행하게 되며, 개인용 메르카바를 타고 이 신전에 도착하는 장면을 연상하세요. 아름다운 오팔색으로 빛나는 아주 거대한 푸른 구조물을 눈여겨보아 주세요. 이 구조물은 높이도 아주 높을 뿐더러 6각형의 피라미드 형태를 가지고 있습니다. 가까이 다가감에 따라 주위에 있는 모든 것들이 매우 상쾌하고 마음을 안정시켜주는 푸른색의 아름다운 에너지를 방출하고 있습니다.

진주로 된 계단을 따라 신전의 입구로 걸어서 올라가세요. 신전의 주위에는 높이가 다양한 분수에서 푸른색의 안개가 웅장하게 분출되는데, 이 모습을 바라보면서 이것을 직접 느껴보세요. 분수의 주위에는 희고 황금색을 띤 상자들이 놓여 있으며, 여기에는 수선화를 비롯한 푸른색을 띠는 갖가지 형태의 꽃들이 다양하고도 풍성하게 자라고 있습니다. 이제 입구를 지나 앞으로 계속 걸어가면, 3명의 푸른색 화염의 천사들이 기다리고 있다가 여러분을 반갑게 맞이하며 안내를 해주고 있습니다.

넓은 복도를 따라 걸어가면 중앙에 하나의 투명한 방이 하나 보이는데, 이 방에는 푸른빛을 발하는 거대한 다이아몬드가 들어 있습니다. 이 다이아몬드는 여러분이 한 번도 본 적이 없을 정도로 크며, 그 높이가 15피트(약4m 50cm)에서 18피트(5m 40cm)나 됩니다. 여러분의 가이드가 이 신성한 방으로 당신들을 안내합니다. 다이아몬드에는 수천 개의 단면들이 있으며, 각각의 단면은 신의 의지(Divine Will)인 다이아몬드 하트가 지니고 있는 서로 다른 여러 측면들을 나타내고 있습니다. 이 다이아몬드는 여러분의 가슴속에 살아 있는 다이아몬드와 그다지 다르지 않습니다. 그리고 때가 되면 여러분의 가슴속에 살아 있는 이 다이아몬드 하트의 놀라운 단면들도 완벽하게 복원되고 활성화될 것입니다. 여러분의 가슴속에 있는 다이아몬드 하트와 신성한 가슴은 하나이며 똑같은 것입니다; 다이아몬드 하트와 신성한 가슴은 서로가 상대방을 구성하는 요소가 됩니다. 이것들은 무수한 방으로 이루어져 있는데, 각각의 방은 여러분의 다이아몬드가 가지고 있는 하나의 단면에 해당합니다.

여러분이 신의 의지가 보존된 그 신성한 방으로 들어가면, 마스터 엘 모리야가 당신들을 맞이할 것입니다. 그는 키가 크고, 갈색의 눈을 지녔으며, 마치 '선(禪)의 대가(大家)'처럼 보이기도 합니다. 또한 푸른색의 길고 헐거운 겉옷을 입고 있으며, 어깨에는 밝게 빛나는 흰색의 망토를 걸치고 있고, 머리에는 푸르스름한 백금색의 터번을 두르고 있습니다. 그는

엘 모리야 대사

여러분을 진심으로 환영하며 맞이하여 "푸른빛(blue-flame)"을 띠고 있는 쿠션이 좋은 좌석으로 안내합니다.

이제 그는 여러분이 다이아몬드 하트의 에너지에 집중하고 그 에너지들을 들이마시도록 인도할 것입니다. 이렇게 함으로써 여러분이 각자의 육체로 되돌아갈 때, 이러한 에너지를 가능한 한 많이 가지고 갈 수가 있는 것입니다. 이 푸른 광선은 사랑의 광선에 힘을 부여하는 광선입니다. 모든 광선들은 각 광선마다 독특한 속성을 가지고 있을 뿐만 아니라 사랑도 지니고 있습니다.

이러한 다이아몬드의 존재 안에서야 비로소 두려움으로 가득 찬 여러분의 다이아몬드 하트가 가진 아주 작은 단면들을 모두 열 수 있고, 두려움들도 제거할 수가 있는 것입니다. 이 거대한 다이아몬드가 지닌 에너지는 자석(磁石)과 같이 여러분의 두려움을 모두 빨아들임으로써 여러분이 두려움을 해소하고 치유될 수 있도록 도와줍니다. 여러분의 가슴에서 이러한 두려움들이 방출됨에 따라 여러분은 엄청난 치유를 받게 되는 것입니다.

그러나 여러분이 지니고 있는 두려움과 모든 짐들을 이곳에 한 번 방문한다고 해서 다 해소할 수는 없습니다. 따라서 여러분이 보다 더 깊은 치유를 받고 싶은 만큼 더 자주 텔로스나 다르질링에 있는 이러한 신전을 방문하라고 권하는 것입니다. 여러분이 완벽해질 때까지 내적인 치유작업은 계속되어야 합니다. 장막(베일)이 걷혀질 때까지 여러분이 기울이는 노력을 깨달음으로 가기 위한 하나의 작업이라고 생각하고, 이러한 과정 속에 기꺼이 머무시기 바랍니다. 여러분이 완전해졌다는 것을 알게 되는 것은 그 다음의 문제입니다.

이제 여러분의 바로 위에 있는 자신의 고등한 자아(Higher Self)와 연결하세요. 참된 자신이며, 무한한 존재인 여러분의 위대한 신적진아(神的眞我)는 여러분이 모든 두려움을 털어버리고 치유되기만을 기다리고 있습니다. 이러한 신성과 연결되고 난 후 스스로 준비가 되었다고 느껴지면, 여러분을 그토록 고통스럽게 만들었던 모든 두려움들을 내맡기겠다고 약속하세요. 그렇게 하면 완전함을 회복할 수 있게 될 것입니다.

자신의 삶에 무슨 일이 일어나든 상관하지 마세요. 그것들은 아직도 여러분의 내면 속에 자리 잡고 있는 두려움이나 낡은 믿음이 투영되어 나타나는 것에 불과하며, 이러한 것들은 해체되어야 하고 기꺼이 껴안아야 하는 것들입니다. 그렇게 하고 나면 두려움 그 자체가 가진 환상을 제외하고는 아무 것도 두려워 할 것이 없게 될 것입니다.

이 훌륭한 푸른색 화염을 여러분의 폐와 가슴으로 가능한 한 많이 호흡하시기 바랍니다. 이러한 호흡을 의식적으로 해야 합니다. 왜냐하면 이러한 에너지를 자신의 육체 속으로 가져가야 하기 때문입니다. 그리고 다차원적인 여러분의 모든 존재들뿐만 아니라 빛의 세계에 있는 모든 존재들도 여러분이 신의 은총인 고향으로 돌아가는 여정을 돕고 있다는 사실을 잊어서는 안 됩니다. 고향으로 돌아가는 것은 여러분 혼자만의 여정이 아니며, 많은 사랑과 지원을 받고 있다는 것을 알아야 합니다. 따라서 선택만 하면 고향으로 돌아갈 수 있다는 자신감을 가지시기 바랍니다.

푸른색 화염이 가지고 있는 마음을 가라앉히는 작용도 느껴보세요. 이 푸른색 화염은 편안함을 느끼게 하고 모든 고통을 줄여주는 기능도 가지고 있습니다.

엘 모리야 대사와 나는 신전의 다이아몬드 앞에 앉아 있는 여러분 각자에게 나누어줄 선물을 하나씩 마련했습니다. 완벽함을 지닌 에테르로 만들어진 작은 다이아몬드를 여러분의 가슴 속 신성한 방 안에다, 즉 여러분의 신성한 가슴에너지 속에 포개 놓을 텐데, 이 다이아몬드는 푸른색이 지닌 본질적인 특성을 방사하게 될 것입니다.

여러분이 얻고자 애쓰고 있는 다이아몬드 하트의 신성한 완벽성을 이 다이아몬드가 보여주게 될 것입니다. 이러한 선물을 받고 난 후 여러분이 이 선물을 활용하고자 하는 한, 다이아몬드 하트의 완벽성은 언제나 여러분에게 비춰지게 될 것입니다. 명상을 하면서 매일 이 에너지를 들이마시고 자신들에게 가장 잘 어울리는 방법으로 이 에너지를 적극적으로 활용하시기 바랍니다.

명상을 하는 동안에 자신의 고등한 자아에게 다이아몬드의 어떤 단면들이 아직도 고통을 안고 있는지, 그리고 사고방식에서 균형을 이루지 못하여 치유돼야 하거나 정렬되어야 하는 것들이 어떤 것들인지 보여 달라고 요청하세요. 지금 방금 받은 다이아몬드는 여러분의 가슴을 완전히 열어젖혀 치유하는데 필요한 것들이 무엇인지를 계속 보여주게 될 것입니다. 또한 이 다이아몬드는 기쁨과 은혜 속에서 여러분을 내맡김의 길로 안내할 것입니다. 이 다이아몬드는 살아있으며 진동하고 있습니다. 이 다이아몬드의 색상은 빛나는 피코크 블루(Peacock Blue:푸른색의 공작) 색을 띠고 있습니다.

무엇이 존재하든 허용하고 그 존재하는 것에 내맡겨둔 채, 여러분은 계속해서 이 에너지를 호흡하십시오. 이 길을 가는데 있어 굳은 결의를 가지시기 바라며, 또 자신의 가이드와도 자유롭게 대화하시기 바랍니다. 그리고 잠시 이 에너지와 함께 머물면서 방금 선물을 받게 된 은총에 대해 감사한 마음을 가지세요.

자신의 육신으로 돌아갈 준비가 다 되었으면, 이 소중한 보물을 가슴에 안고 자신의 몸으로 돌아가시기 바랍니다. 여러분이 다이아몬드 하트를 의식적으로 더 많이 활용하면 할수록, 이 에너지는 그만큼 더 많이 증폭되어 여러분의 삶을 축복하게 될 것입니다. 이것이 우리가 여러분에게 주는 하나의 선물이자 도구이지만, 여러분이 이것을 활용하지 않는다면 별 도움이 되지 못할 것입니다. 사용하

지 않으면 없어진다는 것을 꼭 명심하기 바랍니다. 또한 이 다이아
몬드 하트는 자신감을 나타내는 진동도 가지고 있습니다. 이 자신
감의 에너지를 활용하여 여러분이 지닌 두려움을 떨쳐내도록 하십
시오. 두려움을 제거하고 나면 여러분이 하고자 하는 내맡김이 보
다 수월하게 이루어질 수 있을 것입니다.

　현재 여러분은 모든 푸른 광선의 마스터들을 활용할 수 있으며,
그들의 도움을 받을 수도 있습니다. 준비가 되었으면, 눈을 뜨도록
하세요. 여러분이 이 치유의 신전에 자주 찾아와서 신의 뜻이 깃들
어 있는 이곳에서 우리와 함께 명상하며 영적 자유를 향한 커다란
발걸음을 내딛기를 바랍니다. 그렇게 될 것입니다, 사랑하는 신성으
로부터 …

언젠가는 여러분이 이룩한 경이로운 일들에 대해

모든 존재들이 보내는

갈채 소리를 듣게 될 것입니다.

이것은 신성한 사명의 수행에 감탄하여

모든 생명체들이 보내는 박수소리입니다.

여러분에게 드리워진 장막이 걷히고 나면, 여러분은

자신들이 신성한 존재라는 것을

알게 될 것입니다.

– 마이스터 에크하르트 [Meister Eckhart, 1260~1327] –

제7장

자유와 변형의 보라색 화염

아다마 및 성 저메인(St. Germain)

※성 저메인과 함께 아다마가 변형의 광선인 보라색 광선에 대해 우리에게 이야기해주고 있습니다. 멋진 명상을 통해 완성으로 가는 개인적인 여정에서 이 보라색 화염이 어떻게 사용되는지를 가르쳐 줄 것입니다.

오릴리아

보라색 화염은 변화, 연금술, 자유의 에너지를 나타냅니다. 나는 지금 이 시간에 독자 여러분이 아다마 및 성 저메인과 마음으로 흉금을 터놓고 교감하시기를 바랍니다.

아다마는 마음을 치유하는 의사이며 성 저메인도 마찬가지입니다. 그가 말을 하면서 여러분의 가슴에다 직접 말을 건네고 치유를 하게 될 것입니다. 아다마가 하고 싶어 하는 것이 바로 이 일입니다. 또한 그는 한 가지 이상의 방법으로 여러분을 텔로스와 연결할 수 있는 사람이기도 합니다. 나는 지금 나의 왼쪽과 오른쪽에 아다마와 성 저메인(St. Germain)이 와있다는 것을 강하게 느끼고 있습니다. 그들의 에너지체들과 채널링 작업을 시작해야 할 시간입니다.

*질문: 연금술의 마스터들에 관해 잘 알지 못하는 사람들을 위해서 성 저메인이 누구인지에 대해 설명해 주시겠습니까?

현재 성 저메인은 보라색 화염(Violet Flame)의 수호자이며, 또한 오랫동안 이 일을 해오고 있습니다. 지구영단 내에서 그는 제7광선의 초한(Chohan)이라는 지위를 가지고 있습니다. 이 말은 그가 이 행성에서 자유와 변형의 속성을 가지고 있는 보라색 화염의 수호자라는 뜻이며, 이 자유와 변형은 제7광선이 지니고 있는 기능인 것입니다. 그는 지난 많은 삶들 중에서 한 번은 2,000년 전에 태어났던 예수의 아버지인 성 요셉(Joseph)이기도 하였습니다. 또한 전생(前生)에 구약의 예언자 사무엘(Samuel)로, 크리스토퍼 콜럼버스(Christopher Columbus)로, 세익스피어 희곡의 실제 작가인 프랜시스 베이컨(Francis Bacon)으로 살기도 했습니다. 그는 자기가 쓴 희곡 작품을 자신의 이름으로 발표하지 않고 세익스피어에게 주었는데, 나중에 그 이유에 대한 질문을 받고는 "카르마의 균형을 맞추기 위해서"라고 대답한 적이 있습니다.

끝으로 중요한 말을 좀 더 언급하자면, 사실은 그의 가장 잘 알려진 삶으로는 프랑스 혁명 이전과 혁명 기간 중에 살았던 성 저메인(St. Germain) 백작으로서 삶입니다. 이 불멸의 존재는 300년 이상을 살았는데, 일정한 기간마다 많은 사람들이 그를 목격하기도 했으며, 항상 40세 정도의 남성의 모습을 하고 있었습니다. 그는 "유럽의 경이로운 남성(The Wonder Man of Europe)"으로 불렸으

제1부 아다마로부터 온 메시지

프랑스의 성 저메인 (St. Germain) 백작의 모습 - 유럽의 중세와 근대에 걸쳐 연금술의 대가이자 신출귀몰하는 불로불사(不老不死)의 존재로 널리 알려져 있다.

며, 많은 언어와 악기를 연주할 줄 알았을 뿐만 아니라 친구들 앞에서 여러 가지 연금술을 증명해보이기도 했습니다. 그는 한 장소에서 자신을 물질화하였다가 잠깐 사이에 비물질화하고는 몇 분 후에 수백 마일 떨어진 곳에 다시 나타나기도 했었지요. 그는 뛰어난 유머 감각도 지니고 있었는데, 특히 영어로 낱말을 연관시키는 재주가 뛰어났습니다. 내가 이 사랑스런 존재와 접촉하거나 대화를 할 때마다 성 저메인은 항상 나에게 큰 기쁨을 가져다주었습니다. 그의 이름을 듣거나 말하기만 해도 내 가슴은 기쁨으로 흘러넘칩니다.

위대한 마스터인 성 저메인은 이 행성을 위해서 70,000년 이상 자유의 불꽃을 유지하고 있습니다. 그는 아주 멋지며, 사랑스러운 마스터입니다. 마스터 예수가 쌍어궁 시대를 담당하는 위대한 마스터였다면, 지금 우리가 들어서고 있는 새 2,000년간의 물병자리(보병궁) 시대에는 그가 그 시대를 맡는 위대한 마스터가 될 것입니다.

그는 예수/사난다와 텔로스에 사는 우리 레무리아 가족들뿐만 아니라 이 행성과 이 은하, 그리고 우주의 영적 하이어라키(영단)로부터도 지지를 받고 있습니다. 대사들은 일정기간 동안 어떠한 직책을 맡게 되는데, 그 기간이 지나면 다른 직책으로 옮겨가게 됩니다. 즉 이전에 가지고 있던 직책은 자격을 갖춘 다른 존재에게 넘겨주고 새로운 분야에서 이 행성을 돕고 봉사하기 위해 스스로 훈련을 받기도 합니다.

*질문: 그가 카멜롯 왕국의 위대한 마법사 멀린(Merlin)으로 태어난 적도 있나요?

그렇습니다. 그는 영국의 카멜롯(Camelot) 시대에 멀린이었습니다. 멀린은 숭고한 마법사였으며, 평범한 속임수를 쓰지 않는 연금술(鍊金術)의 대가이기도 했습니다. 불행히도 잘 알지도 못하는 사람들의 손에 의해 멀린은 많은 영화나 책 속에서 요술쟁이로 묘사되었으며 모호한 평판을 받고 있기도 합니다. 하지만 그것은 멀린의 참모습이 아닙니다. 멀린은 시대를 통틀어서 가장 위대한 연금술사 중에 한명이었습니다. 그리고 성 저메인은 이 행성의 초기부터 이 행성을 위해 봉사해온 가장 위대한 마스터 중의 한명이기도 합니다.

다른 모든 마스터들도 그가 보라색 화염을 사용하여 그동안 이 행성을 위해 헌신해온 봉사에 대해 대단히 존경스럽게 생각하고 있습니다. 보라색 화염은 구원과 변형, 그리고 자유를 얻게 하는 데 없어서는 안 될 가장 중요한 요소 중의 하나입니다. 이것은 정화의 기능을 가지고 있는 사랑의 불꽃과도 같은 것입니다. 보라색 화염에 관해 하루 24시간, 한 달 내내, 일주일에 7일을 이야기한다고 해도 이 화염이 지니고 있는 혜택에 대해 다 설명할 수 없을 정도라고 성 저메인이 말한 적이 있습니다. 이제 아다마의 이야기를 들어봅시다. 그는 자신에게 말할 수 있는 기회가 주어지기만을 기다리고 있습니다.

아다마

사랑하는 친구들이여, 안녕하세요. 나는 텔로스에 있는 아다마입니다. 늘 그랬던 것처럼, 오늘 저녁에도 나와 한 팀인 12명의 마스터들과 함께 하고 있습니다. 또한 이 자리에 성 저메인께서 참석해주셔서 대단히 기쁘게 생각합니다.

말은 내가 오릴리아를 통해서 하지만, 거기에는 성 저메인의 에너지도 같이 혼합되어 있습니다. 이런 기회가 주어져서 우리에게는 큰 영광입니다. 왜냐하면 성 저메인은 이 지구 내부세계에 대해 깊은 사랑을 가지고 있을 뿐만 아니라 전 우주의 모든 사람들로부터도 깊은 존경을 받고 있는 존재이기 때문입니다. 그는 우리와 함께 이 텔로스에서 많은 시간을 함께 보내고 있으며, 이 행성과 인류를 위해 상승에너지를 생성해내기 위해 우리 모두는 서로 협력하고 있습니다.

오늘 저녁에 나는 제7광선에 대하여 설명을 드리고자 합니다. 설명 도중에 의문이 있으면, 서슴지 말고 말씀해주시기 바랍니다. 그래야 대화를 더 진행할 수가 있습니다.

보라색 화염은 푸른색의 광선과 핑크색의 광선이 혼합된 것입니다. 이것은 놀라운 영적 연금술 작업으로 신성한 여성의 에너지에다 신성한 남성의 에너지를 통합함으로써 힘을 상징하는 푸른색과 사랑을 상징하는 핑크색이 조화롭게 화합된 것입니다. 보라색 화염이 가지는 주요한 기능은 '변형'이며, 이는 '긍정적인 변화'를 뜻하는 연금술적인 용어입니다. 예를 들어 보라색 화염을 염원한다든지 이를 활용하게 되면, 이번 생에서나 지난 생에서 생성한 엄청난 카르마나 잘못된 에너지를 변화시킬 수가 있습니다. 그리고 일단 에너지가 변형되고 나면, 현생에서 이러한 에너지를 더 이상 다룰 필요가 없게 됩니다. 왜냐하면 이런 에너지가 완전히 제거되었을 뿐만 아니라 여러분이 의도적으로 보라색 화염을 간절히 염원함으로써 사랑과 기쁨으로 용서를 받았기 때문입니다.

여러분의 가슴에서 나오는 사랑과 불꽃의 에너지로 일을 하면 보라색 광선의 에너지가 여러분의 의식과 잠재의식, 그리고 무의식뿐만 아니라 에너지장 속에 들어있는 불안정한 에너지들을 제거하거나 용해하게 됩니다. 또한 이 보라색 화염은 여러분의 삶에 나타나는 많은 상황들을 치유하기도 합니다.

여러분이 살아가면서 겪었던 모든 체험과 생성했던 에너지의 형태들을 충분히 이해하고 난 후 보라색 화염을 사용하여 이러한 카르마를 녹일 수도 있습니다. 또한 이 보라색 화염이 힘과 사랑의 에너지로 구성되어 있기 때문에 이 에너지를 활용하여 놀랄만한 아름다움을 창출할 수도 있습니다. 용서와 연민도 보라색 광선이 가지는 기능에 포함되는데, 이러한 기능들은 여러분의 삶을 조화롭게 현실로 구현해낼 수 있도록 이끌어주기도 합니다.

보라색 화염이 지니는 또 다른 속성으로는 마음을 편안하게 하고 사교나 각종 의식(儀式)에도 사용할 수 있다는 것입니다. 이러한 것들도 모두 제7광선이 가지고 있는 기능들입니다. 여러분이 편안함을 창출하고자 할 때, 그 편안함이 어떤 형태이건 상관없이 여러분은 제7광선이 가진 기능과 연관되게 되는 것입니다. 우리는 이 보라색 화염을 '자유와 사랑의 화염'이라고도 부릅니다.

우리가 말하는 자유가 어떤 것인지 아십니까? 우리가 말하는 자유란 영적인 자유를 말하는 것입니다. 영적인 자유를 얻게 되면 여

제1부 아다마로부터 온 메시지

러분은 한계가 없는 존재가 되며, 자신들의 신성이 지닌 모든 속성들을 마음대로 사용할 수 있게 됩니다. 이것이 바로 여러분이 갈망하는 자유이며, 어떤 하나로부터의 자유가 아니라 무제한의 자유를 일컫는 것입니다. 그러므로 여러분이 영적인 진보와 진화를 이루어 나가는 데 있어서 이 보라색 화염이 결정적인 도구가 될 것입니다.

*질문: 당신이 말하는 영적인 깨어남의 과정이라는 것이 정확히 무엇을 뜻하는 것인가요? 우리와 우리의 삶을 치유하는 데 이 보라색 화염을 어떻게 사용하면 됩니까?

제7광선이 가지고 있는 본질이 삶의 에너지와 실제적인 삶의 내용들을 정화하는 데에도 도움을 줄 수 있다는 것을 알아야 합니다. 이 보라색 화염을 건설적으로, 그리고 효과적으로 사용할 수 있는 방법들은 많이 있습니다. 기도나 기원을 할 때에도 사용할 수 있습니다. 명상을 할 때 이것을 시각화하고, 이 에너지를 존재의 모든 몸체(육체, 감정체, 정신체, 영체)로 받겠다는 목표를 정하기 바랍니다.

몸의 모든 세포와 원자 및 전자를 통해서도 이 에너지를 흡입할 수 있습니다. 또한 여러분들의 오라장(Auric Field) 속에 있는 모든 생각과 느낌들을 깨끗이 청소하고 정화할 수도 있습니다.

보다 창조적인 인간이 되어 자신만의 기도문이나 기원문도 만들어보세요. 이렇게 자신이 직접 쓴 기도문이 다른 사람이 써준 것을 읽는 것보다, 또 자신의 가슴의 불꽃에서 나왔을 때가 훨씬 강력한 에너지를 가지게 되는 법입니다. 다른 사람이 써준 기도문은 그것을 쓴 사람에게 가장 잘 맞는 기도문인 것입니다. 매일 이러한 에너지를 활용하고, 여러분의 삶에 사랑의 기적을 만들어 내시기 바랍니다.

보라색 화염을 위한 기원문

기원문의 실례(實例)를 하나 들도록 하겠습니다.

"나는 나의 위대한 진아(眞我)의 이름으로, 그리고 신(神)의 이름으로 태양신경총 차크라를 비롯한 모든 차크라에 들어있는 사념과 감정을 깨끗이 정화하기 위해 지금 변형과 연민, 그리고 용서의 보라색 화염을 나의 오라장 속으로 불러들이고자 합니다. 과거에서부터 현재에 이르기까지 오해로 인해 나의 에너지장 속에 생성된 모든 왜곡된 것들을 치유하기 위해 지금 이 시간, 매일 매일, 하루 24시간 내내, 일주일 내내, 이 보라색 불꽃의 기능이 내 몸의 모든 세포와 원자 및 전자 속으로 스며들기를 요청합니다. 그리고 보라색 불꽃의 에너지가 나의 육체와 감정체, 정신체 속에 들어있는 모든 왜곡된 것들을 치유하기를 바랍니다. 나는 감사한 마음으로 보라색 불꽃이 나의 에너지장 속에서 최대로 작용되어 이루어지기를 요청합니다. 고로 그렇게 될 지어다."

위의 기원문을 참고로 하여, 자신에게 잘 맞는 기원문을 작성해 보세요. 조용히 앉아서 이 보라색 화염을 시각화하고 이 화염을 들이마시세요. 의식적이고 지속적으로 호흡하게 되면, 이 화염이 보다 명확하고도 창의적인 방식으로 여러분의 오라장 속에 체화(體化)하게 됩니다. 그 다음에는 틈나는 대로 이러한 작용이 유지되도록 노력하고, 이것이 잘 되면 일상생활을 하면서도 그 기능이 계속 유지될 것입니다.

여러분이 조화로운 상태에 있는 한은 방해받지 않고 그 기능이 계속 유지될 것입니다. 또 여러분이 부조화한 느낌에 빠지지 않는 한은 신의 불꽃을 염원하고 그 힘이 계속 유지되도록 요청할 때마다 이러한 기능은 계속 유지될 것입니다. 하지만 여러분의 내면에 평화가 유지되지 않으면 그 진동은 멈추게 됩니다. 이때에는 다시 이 화염을 불러오세요. 따라서 여러분이 조화로운 사고와 느낌을 유지하는 한, 그 화염은 계속 작용하게 됩니다. 만약 조화롭지 못한 상황에 처하게 되면, 감정적인 면에서 다시 균형을 유지하고 한 번 더 이 화염을 간절히 염원하면 됩니다,

그 화염을 시각화하면 할수록, 그리고 명상을 하면서 이 화염과 더불어 오래 머물면 머물수록 그 만큼 더 많은 화염이 작용하게 되는 것입니다. 이와 같은 특별한 은전(恩典)이 지난 세기에도 베풀어진 적이 있었지만, 당시의 사람들은 별로 명상을 하고자 하지 않았습니다. 그래서 우리는 일련의 규율을 만들어 발표하게 되었는데, 이에 따라서 많은 사람들이 매일, 또는 때에 따라서 몇 시간씩 보라색 화염이나 다른 광선들을 불러들일 수 있게 되었습니다. 그러나 불행하게도 이러한 기도는 여러분의 가슴 속에서 우러나오는 참된 열정이 결여돼 있는 단순히 머릿속으로만 행하는 종교적인 의식(儀式)이 되고 말았습니다.

머릿속으로 기도하는 사람들이 비록 선하고 성실하기는 하지만, 가장 좋은 방법은 오직 가슴에서 우러나오는 열정으로 한 번이라도 더 디크리(Decree)[8]나 기도문을 읽는 것입니다. 또한 사랑의 연금술을 만드는 데에는 시간이 필요하다는 것도 잊어서는 안 됩니다. 그리고 기원문이나 기도문을 작성할 때, 이러한 에너지를 가슴으로 충분히 느껴야 하며, 자신의 가슴을 사랑으로 채워야 합니다. 그래야 에너지가 완벽하게 작동하게 됩니다.

과거에도 수년간에 걸쳐 보라색 화염을 간절히 기원함으로써 상승을 이룬 사람들이 수천 명이나 됩니다. 이런 사람들은 가슴에 사

---

8)일종의 만트라(Mantra), 진언문(眞言文)을 의미한다. 예컨대 이것은 빛의 힘을 불러일으키기 위해서 긍정적으로 발언, 또는 확언함으로써 그 내용대로 발현되도록 명령하는 것이다.
(감수자 註)

랑과 열정을 가득 채워 간절히 보라색 화염을 염원했으며, 당시에
는 이러한 염원을 통해서 자신들이 변형되고 있다는 사실을 전혀
알지 못했습니다. 이들도 자신이 지닌 어두운 그늘진 면들을 자각
할 수 있도록 드러나게 허용했고, 어떠한 판단도 하지 않고 드러난
면들이 지닌 에너지들을 이 보라색 화염으로 말끔히 씻어냈던 것입
니다.

그 당시에 살았던 이러한 사랑스런 영혼들은 현재 여러분이 가지
고 있는 모든 도구들과 정보들에는 접근조차 하지를 못했습니다.
인간으로서 마지막 숨이 끊어질 때까지 그들이 이러한 작업을 지속
할 수 있었던 것은 다름 아닌 믿음과 언행(言行)이 일치된 일관성
뿐이었습니다. 이와 같은 점진적인 과정을 통해 그들은 현생(現生)
과 지난 생에서 쌓은 모든 부정성들을 액상(液狀)의 순수한 황금빛
으로 조금씩 변화시켰던 것이지요. 그리고 장막의 저편으로 건너가
자마자, 그들은 지체 없이 영광스러운 상승을 맞이할 수 있게 되었
던 것입니다. 오늘날 그들은 빛의 옷을 입고 모든 5차원의 영광을
만끽하면서 우리와 함께 하고 있습니다.

***질문: 우리가 변형되고 있다는 사실을 의식적으로 자각하고 있
어야 하나요?**

항상 그렇지는 않습니다. 어떤 경우에는 알고 있는 것이 좋을 때
도 있지만, 여러분이 변형에 사랑을 쏟고 있는 동안에는 꼭 알고
있어야 할 필요는 없습니다. 어떤 것을 보다 좋은 상황으로 바꾸기
위해서 쏟아 부어야 하는 것은 언제나 사랑과 용서, 그리고 연민입
니다. 그리고 이러한 사랑과 용서, 연민은 부정적인 상황을 긍정적
으로 바꾸어주기도 하며, 여러분에게 지혜를 가져다주기도 합니다.
만약 어떤 사람과 무슨 문제를 가지고 있다면, 그 사람에게 보라색

화염의 파동을 계속 보내세요. 여러분이 어떤 상황에 사랑과 연민, 용서와 축복의 파동을 보내게 되면, 그러한 상황이 계속 변하지 않고 똑같은 상황으로 계속해서 존재하기란 불가능합니다. 우주의 법칙에 따라, 사랑과 축복을 받는 것은 그것이 무엇이든지 간에 반드시 해결되어야 합니다.

축복을 하는 행위도 제7광선이 지닌 변형 기능의 일종입니다.

여러분의 삶에서 불완전하게 나타난 모든 것들을 축복하는 행위는 부정적으로 보이는 상황을 훨씬 더 긍정적인 것으로 바꾸어 이를 변형시키는 행위와 같은 것입니다. 즉, 이는 신성한 해결방안을 모색하는 행위이며, 궁극적으로는 모든 사람들에게 이익이 되는 상황이 되도록 만드는 것입니다. 이것이 바로 변형이 하는 기능입니다; 그러므로 축복은 모든 사람들이 승리자가 될 수 있도록 변형을 창조하는 행위인 것입니다.

*질문: 배우자와 어떤 문제를 안고 있거나 상사, 또는 누군가와 반감이나 부정적인 감정을 가지고 있는 사람들이 이러한 상황을 변형시키거나 치유하고자 할 때, 이 보라색 화염을 어떻게 사용하면 되나요?

무엇보다도 먼저 결과에 대하여 초연해야 합니다. 여러분이 변화되기를 원하거나 특정한 결과를 바라는 것에서부터 출발하게 되면, 대부분의 경우 실패할 가능성이 높습니다. 왜냐하면 신성이 완벽하게 해결해주기를 요청하는 편이 언제나 더 현명한 방법이기 때문입니다. 만약 특정한 결과를 얻고자 한다면, 기도문이나 취지문에 다른 결과가 일어날 수도 있는 여지를 허용하는 문구를 꼭 삽입해야 합니다.

예를 들면, "신의 뜻에 따라서 이것이 아니면 어떤 더 좋은 것"과 같은 표현이지요. 고등한 자아는 여러분에게는 보이지 않은 더 큰 그림을 보고 있으며, 또한 알고 있습니다. 가령 (기원했음에도 불구하고) 결혼 생활이 끝날 것처럼 보인다고 합시다. 그 때 여러분은 아마 이렇게 말할 수도 있을 것입니다. "아니, 세상에! 이런 상황에서 보라색 화염을 보내달라고 그렇게 기도하고 애원했는데 이게 뭐야! 애정과 연민을 가지고 최선을 다했는데, 그리고 사랑과 용서로 잘 처리해 달라고 그토록 요청했는데도 결과는 이전보다 더 안 좋아 진 것 같아."

이제 이 점에 대하여 깊이 생각해 보세요; 결혼 생활이 끝나게 된 것이 실패인지, 아니면 영적인 승리인지 자신에게 물어보십시오. 최선을 다했는데도 불구하고 바라지 않는 방향으로 일이 종결된다면, 아마도 카르마적인 관계가 끝났기 때문에 그러한 상황이 일어났을 가능성이 높습니다. 이제 고등한 자아는 비로소 여러분에게 훨씬 더 잘 어울리는 길과 행복한 삶을 펼칠 수 있도록 해줄 준비가 된 것입니다. 영적인 면에서 보면, 결혼생활의 종결은 확실히 성공한 것이며 실패한 것이 아닙니다. 내적인 작업이 잘 마무리됨에 따라 좀 더 충만감을 가져다줄 어떠한 상황으로 이동해갈 권리를 얻게 된 셈입니다. 상실감이나 실패의식은 일시적으로 인간이 가지는 환상에 불과한 것입니다.

2년 쯤 지난 후에는 여러분이 아주 멋진 새로운 관계 속에서 살아가고 있는 모습을 보게 될 것이며, 이러한 관계 속에서 여러분은 예전보다 훨씬 더 행복하고 친근하며 조화도 더 잘 이루어지고 있을 것입니다. 그때에 가서 여러분이 간절히 기도하여 새로운 삶의 길을 찾게 해준 이 보라색 불꽃을 기억할 수 있겠습니까? 카르마적인 상황이 종료되는 때가 있는데, 이때가 다음 단계로 넘어가는 때입니다. 이것이 바로 기도하는 사람이 응답을 받은 방법이기도 합니다. 즉 끝난 관계 속에 계속 남아있는 것이 아니라 좀 더 나은 체험을 하기 위하여 현재는 "자유롭다"는 것을 뜻합니다.

대개의 경우에 여러분에게 더 이상 도움이 되지 않는 상황은 내려놓는 것이 좋습니다. 늘 그런 것은 아니지만, 신성한 해결이 처음에는 여러분이 원하는 것이 아닌 것처럼 보일 수도 있습니다. 하지만 결과가 어떠하든 그 결과는 항상 영적인 진보를 이루기 위해 생기는 것이며, 언제나 최선의 결과를 가져다주게 됩니다. 또한 보라색 화염은 "기적을 낳는 것"으로도 알려져 있습니다.

여러분이 어떤 문제를 가지고 있는 사람들, 가령 배우자든, 이웃이든, 상사든, 또 같은 작업환경에 있는 사람이든, 친척이든, 그들을 축복해줄 때는 그 사람들을 사랑과 변형의 보라색 화염으로 깨끗이 씻어내는 것을 시각화하도록 하세요. 상대방도 자신의 짐을 덜고 깨어나서 그들이 지닌 잠재력을 최대한 발휘할 수 있는 자유를 가지고 있다는 것을 인정해야 합니다. 그리고 이와 같이 보라색 화염으로 정화하는 작업을 시각화할 때에는 반드시 자비심과 용서하는 마음을 가져야 합니다.

다른 사람들과 의사소통을 하는 문제와 관련해서는 이 화염을 사교적으로 사용해 보세요. 이것도 제7광선이 지닌 많은 기능들 중의 일부입니다. 만약 많은 속성을 지닌 이 제7광선을 사용하여 신성한 의지에 따라 주어지는 최선의 결과를 바라는 것 외에 어떠한 개인적인 소망도 가지고 있지 않다면, 여러분과 주위의 다른 사람들의 삶에서 기적들이 일어나는 것을 보고 매우 놀라게 될 것입니다. 이것이 바로 이 지구에 평화를 이루는 방법이기도 합니다!

개인적인 목적을 가지지 않는다는 것이 매우 힘 드는 일이라고 느끼는 사람들이 많이 있습니다. 왜냐하면 이런 사람들은

자기 방식으로 목적을 이루려 하기 때문입니다.

대부분의 사람들이 바라는 최종 결과에만 관심을 너무 집중한 나
머지 내면의 신이 완벽한 작업을 할 수 있도록 자신의 것들 중에
무엇을 내려놓아 방출해야 되는지도 이해하지 못하는 경향이 있습
니다. 신이 가진 다양한 모든 화염에는 신성한 지능, 또는 의식(意
識)도 포함되어 있습니다. 이러한 신성한 의식들은 보다 더 큰 그
림을 자각하고 있으며, 어떤 것이 여러분에게 최선인지도 잘 알고
있습니다. 이러한 하나하나의 화염을 다루는 마스터들은 문자 그대
로 수만 또는 수백만이나 존재하고 있고, 이들은 이러한 화염의 수
호자이기도 합니다.

어떤 것을 자기 방식대로 원한다고 하는 것은 마치, "신이시여,
나는 이것을 원합니다. 하지만 궁극적으로 그것이 나에게 최고의
선(善)이 되지 않는다 할지라도 내 방식대로 그것을 갖기를 원합니
다."라고 말하는 것과 똑같은 것입니다. 여러분이 계속 고집을 부려
서 설사 그것을 얻게 된다고 하더라도 놀라지 마세요. 신은 항상
여러분의 가슴이 바라는 것을 주고자 하기 때문에 여러분들이 얻게
된 바로 그것이 애초부터 필요치 않았던 것이라는 사실을 머지않아
깨닫게 될 것입니다. 이 화염들은 여러분의 삶에서 가장 훌륭한 결
과를 가져다주고 싶어 하지만, 여러분이 확고하게 자기 방식대로
그 결과를 갖고자 한다면 자신이 원하는 방식대로 실현되는 경우도
종종 있습니다. 이처럼 여러분이 확고하게 자기 방식대로 그 결과
를 갖고자 하면, 우주는 여러분이 원하는 결과를 가져다줄 것입니
다. 하지만 6개월이나 몇 년도 채 지나지 않아 아마 당신들은 훨씬
더 좋아 질 수 있었던 어떤 기회를 놓쳤다는 사실을 뒤늦게 깨닫게
될 것입니다.

우리는 이 행성에서 이런 일들이 줄곧 일어나고 있는 것을 지켜

보고 있으며, 사람들은 자신이 가진 개인적인 의도를 내려놓고 고 등한 자아에게 지혜를 구하는 것을 몹시 두려워하고 있습니다. 그들은 신을 믿는 것도 두렵게 생각하고 있고, 마스터들은 아예 믿으려고도 하지 않습니다. 또한 그들은 고차원적인 지성을 신뢰하기보다는 왜곡된 인간의 에고를 신뢰하는 편이 더 편하다고 느끼고 있습니다.

　신뢰의 부족은 최초로 인간의 의식을 타락하게 만든 바로 그 에너지이며, 그 동안 신뢰의 부족으로 인해 겪은 체험은 그야말로 너무나 고통스러웠다는 것을 기억하시기 바랍니다. 지구에 존재하고 있는 것들을 그냥 있도록 내버려두는 것이 아니라, 그것들을 관장해야 한다는 의식이 지금까지 많은 부조화를 조장해왔습니다. "여러분"의 상위 존재는 전적으로 여러분을 사랑하고 여러분이 행복해지는 것 외에는 어떠한 것도 바라지 않으며, 여러분을 깨달음과 완성, 즉 고향으로 데려다 주고자 할 따름입니다. 또한 이 상위의 존재는 어떻게 해야 삶에서 당신들을 "모든 것들로 통하는 문"이 활짝 열릴 그런 상황으로 인도하는 지도 정확히 알고 있습니다.

　여러분이 가는 길에 놓인 두려움이라는 큰 돌을 치우지 않고 계속 저항하는 것은 마치 처음부터 자기 옆에 경이로운 출입문이 활짝 열려있는 데도 이를 인식하지 못하고 눈가리개를 하고 있는 것과 같은 것입니다. 사랑하는 친구들이여, 비록 영혼의 어두운 밤을 통과해가야만 하더라도 신성한 의지에 내맡기시기 바랍니다. 두려움을 내려놓고 그 과정을 신뢰하도록 하세요.

　사람들은 대개 자신이 창조한 어두운 측면들을 체험하고 싶어 하지 않는 것 같습니다. 애초부터 인간을 어려움에 처하게 만든 것은 바로 이 신뢰의 부족이었습니다. 사람들이 신(神)이 하루 3끼를 먹여준다는 것을 믿지 않고 자신들이 스스로 끼니를 해결해야 한다고 생각했을 때, 바로 그 때에 신과의 불일치가 생겨나게 되었던 것입니다. 자신의 영(靈)이 말하는 소리를 듣지 않으면서부터 이러한 사람들과 신성의 흐름 사이에는 분리가 생겨나게 되었습니다. 수천 번의 삶을 거듭하면서 이제는 신성한 영(靈)과 의지 사이에 통합이 이루어져야 한다는 믿음이 없어지게 되었으며, 거의 모든 사람들이 믿음이 결여된 채 두려움 속에서 살아가고 있는 것입니다. 이제는 "겉으로 보이는 것"만을 믿지 말고, 체험과 수용을 통해 이러한 신뢰의 에너지를 되찾고 다시 배워야 할 때입니다. 의도와 풀어놓음, 그리고 존재하는 모든 것들을 허용함으로써 모든 것들에 이르는 길을 가로막고 있는 스스로 창조한 이러한 암초들을 제거하여 자유롭게 그 문으로 들어갈 수 있어야 할 것입니다. 그리하여 결국에는 고향으로 돌아오게 될 것입니다.

*질문: 결론은 우리의 마음과 영혼에 치유가 필요하다는 말인가요?

그렇습니다. 인류는 머지않아 훨씬 더 큰 방식을 통해 자신들이 습득해야 할 교훈들을 배우게 될 것입니다. 많은 사건들이 이 행성에서 일어날 것이며, 사람들은 큰 선택, 아니 지난 모든 생(生)을 통틀어서 가장 커다란 선택을 하지 않으면 안 될 것입니다. 여러분의 어머니인 이 지구는 자신의 몸인 이곳에 더 이상 분리가 생기는 것을 용납하지 않을 것이며, 사람들은 제대로 적응하든가, 아니면 떠나야 할 것입니다. 이 행성에 존재하게 될 새로운 "세계적인 질서"는 세계의 지도자들이 추진하고 있는 질서가 아니라, 신적인 자아(GodSelf)와 창조주(Creator)가 완벽하게 합일돼 있는 삶의 형태가 될 것입니다. 머지않아 이 행성에는 신성한 질서가 다시 부활하게 될 것입니다.

부당하거나 불공평해 보이는 사건들이 일어나는 것은 곧 사람들의 의식 속에 그러한 불공평한 것들을 지니고 있다는 것을 거울처럼 비춰주고 있는 것입니다. 그러한 사건들은 항상 "집단의식(集團意識)"이 가지고 있는 에너지로 만들어지게 됩니다. 예를 들어 여러분이 살고 있는 나라에서 많은 시민들이 자신들의 정부를 지지하지 않는다면, 이들은 어떠한 정치적인 활동에도 관여하고 싶어 하지 않습니다. 왜냐하면 정치를 아주 부정적인 것이라고 보기 때문입니다. 이미 정부의 잘못과 부패상을 잘 파헤쳐서 알려주고 있는 많은 서적과 웹사이트들이 존재하고 있습니다.

비록 일반 대중들에게 정부의 부패상이 낱낱이 공개되고 기록된 내용들이 사실이라 하더라도 정부의 모습은 시민들의 "의식(意識)"을 비춰주는 거울이라는 사실을 잊어서는 안 됩니다. 시민들이 집단적으로 고차원적인 통합된 의식 상태로 끌어올려지게 되면, 지금과 같은 정부는 더 이상 관심을 끌지 못하게 됩니다. 이것은 비단 미국에서 뿐만 아니라 이 행성에 존재하는 대다수의 국가에서도 마찬가지입니다.

지구의 대격변이 오는 것도 똑같은 이치입니다. 지구의 격변은 집단의식에 의해 창조된 불균형과 독소를 자연이 정화(淨化)하는 것에 지나지 않는 것입니다. 여러분은 지금 지구를 존중하지도 않습니다. 당신들은 지구 어머니의 몸을 망가뜨리고 심각하게 오염시켰으며, 지구의 자원을 현명하게 사용하지도 못했습니다. 그렇게 하는 과정에서 여러분은 균형을 이루지 못한 거대한 에너지의 웅덩이를 만들게 되었고, 이러한 에너지들은 조만간 이 행성에서 자주 경험하게 될 자연의 이변을 통해 해소되고 정화될 것입니다.

이러한 대격변이 발생하고 나면 에너지적인 면에서 많은 균형이 이루어지게 되는데, 이 지구는 이러한 격변을 통해 신(神)이 가진 정화의 불꽃인 보라색 화염으로 자신을 가득히 충전하게 되는 것입니다. 전쟁이 일어난 후에도 개인적, 그리고 행성적인 엄청난 양의

카르마가 상쇄되게 됩니다.

사람들의 자유의지를 통제하고자 애쓰는 자들의 눈에는 이러한 진리가 명백하게 보이지 않겠지만, 이제 여러분은 더 큰 진리를 이해하게 된 것입니다. 이 과정에서 많은 사람들이 고통을 당하는 것도 사실이지만, 그들도 또한 자신들의 개인적인 카르마를 상쇄하고 있는 것입니다. 제2차 세계대전 후에 이 행성에 존재했던 그 많은 카르마가 해소되었으며, 오늘날 여러분이 누리고 있는 것처럼 새로운 기술과 좀 더 편안하게 살 수 있는 확장의 길이 열리게 된 것입니다. 아직까지도 많은 사람들에게 있어 삶이 힘들기는 하지만, 최근 수천 년에 비해서는 좀 더 편해졌다고 생각하지 않으세요?

*질문: 당신의 말은 대부분의 개인적인 관계, 또는 하나의 사회나 문화, 그리고 국가로서 우리가 체험하고 있는 모든 것들은 거울처럼 자신과 집단의식을 반영하고 있다는 뜻입니까?

개인적으로나 세계적인 차원에서 일어나는 화산폭발이나, 지진, 도시의 소요사태, 전쟁과 같은 모든 것들은 곧 인간들의 내면에 가지고 있는 불균형적이고 억압된 에너지가 그런 형태로 표출되는 것입니다. 이것은 사람들이 영혼 속에 지니고 있는 분노나 두려움, 기만, 욕심, 인간적인 부당함, 고뇌 등등을 나타내고 있는 것이지요. 즉 그 모든 현상들은 인간 차원에서 정화되지 않고 해결되지 않은 것들을 그대로 반영하는 것에 불과합니다.

대부분의 사람들은 우리의 현실을 어떻게 창조해야 되는지를 모르고 있습니다. 만약 그들이 자신의 현실을 창조할 수만 있다면, 그들은 완벽한 몸과 멋있는 집, 그리고 좋은 배우자와 많은 돈을 벌고 싶다고 말을 합니다. 하지만 문제는 아직까지

도 자신의 현실을 어떻게 창조해야 되는지 이해하거나 알지 못하는 사람들이 있다는 것입니다.

그들이 말하는 창조는 이번 한 번의 생에 의해서 이루어지는 것은 아니며, 새로이 완벽하게 구현되려면 먼저 "카르마" 또는 "이해의 결핍"부터 해소돼야 합니다. 창조는 매 순간의 사고(思考)와 느낌, 말과 행동, 그리고 일하고 있는 동안에도 자신의 내면에서 일어나는 내적인 대화에 의해 지속적으로 이루어지고 있는 것입니다.

사람들이 완벽한 몸이나 멋있는 결혼을 바란다고 말은 하지만, 그들이 대부분의 시간에 실제로 가지고 있는 생각과 느낌은 그들이 소망하는 것과는 아주 다른 것입니다. 누군가가 그들에게 매순간 그들이 가진 생각과 느낌이 무엇이고 그러한 현실을 창조하는 데 그들이 얼마나 불균형을 이루고 있는지를 보여줄 수 있다면, 그들은 자신이 왜 건강하지 못하고 바라는 완벽한 몸을 갖지 못하는지, 또 완벽한 관계나 원하는 풍요를 누리지 못하는지 이해하게 될 것입니다.

사람들은 자신의 생각과 느낌, 말과 행동을 의식적으로 인식하고 있어야 합니다. 말은 대단히 강력한 힘을 가지고 있어서 여러분이 가지고 있는 느낌의 에너지를 지속적으로 강화시켜줍니다. 그러나 말이 여러분이 가지고 있는 느낌과 언제나 일치하지는 않습니다. 예를 들어 "나는 더 많은 돈을 갖고 싶어."라고 말은 하지만, 실제로 여러분의 내면에서는 "나는 가난해."라고 느끼고 있는 것입니다. 또한 사람들과 좀 더 좋은 관계를 갖고 싶다고 말은 하지만, 내면에서는 "그럴만한 가치가 없어."라고 느끼고 있으며, 완벽한 배우자를 만나고 싶다고 하면서도 자기 영혼의 정원에서 자라는 잡초는 제거하려 들지 않습니다. 아울러 완벽한 몸을 갖고 싶다고 말은 하지만 내면적으로는 자기 자신을 사랑하지도 않습니다. 여러분은 있는 그대로의 자기 몸도 사랑하지 않을 뿐더러 현재의 몸을 통해서 배우고 있는 교훈들도 받아들이려 하지 않습니다.

몸은 오직 사랑에만 반응합니다. 그러나 거의 대부분의 사람들이 텔로스에 있는 우리들처럼 자신의 몸을 사랑하거나 돌보지 않고 있습니다. 여러분 중에 적절하고도 지속적으로 자신과 자신의 몸에 영양분을 공급해줄 만큼 충분히 자신을 사랑하는 사람들은 아주 적은 숫자에 불과합니다. 대다수의 사람들은 원기를 회복하고 또 완벽한 건강미를 발산하는 데 필요한 영양분을 자신의 몸에 적절하게 공급해 주지도 않습니다. 그렇게 하고서야 어떻게 완벽한 몸이 창조되기를 바랄 수 있겠습니까? 따라서 당신들은 실제로는 원하지도 않는 것들만을 계속해서 끌어들여 재확인하고 있을 뿐입니다.

여러분은 거울로 만들어진 집에서 살고 있으며, 이 우주는 여러분의 생각과 느낌, 그리고 말을 통해서 창조하고 있는 것을 그대로 당신들에게 다시 되돌려줍니다. 만약에 여러분이 "나는 몸도 안 좋고, 만사가 다 귀찮아!"라고 말하는 것은 자신이 진술한 바로 그 에너지가 되돌아오라고 강력하게 말하고 있는 것이나 다름이 없는 것입니다. 다시 말해서 자신이 원치도 않은 것을 계속해서 확언하고 있다는 뜻입니다. 우주는 여러분이 말하는 것을 듣고 있으며, 여러분이 한 말을 존중한다는 것을 깨달아야 합니다. 만약에 어떤 사람이 강한 어조로 "나는 몸도 안 좋고 지쳤어!"라고 계속해서 말을 하게 되면, 진술한 바로 그것이 그 사람이 원하는 것이 될 수밖에 없습니다. 따라서 그 사람이 원하는 바로 그것이 주어지게 되는 것입니다. 그 외에 더 많은 것들도 이러한 방법을 통해 얻게 되는 것이며, 단지 이 우주는 단순한 거울로서 되돌려주기만 할 따름입니다.

*질문: 카르마(業)의 균형을 이루기 위해서 보라색 화염을 사용

하는 문제와 관련된 질문인데요. 우리가 카르마를 통해 교훈을 배워야 하는데, 만약 보라색 화염을 사용하여 카르마를 제거하게 된다면 우리가 어떻게 교훈을 배울 수 있겠습니까?

보라색 화염이 실제로 카르마(業)를 제거하지는 않습니다. 또한 이것이 보라색 화염이 지니고 있는 고유한 목적도 아닙니다. 보라색 화염은 단지 카르마의 균형을 맞추는데 도움을 줄뿐입니다. 즉 여러분이 카르마를 통해 필요한 교훈들을 배우는 데 있어서 이 화염이 좀 더 쉽고 부드럽게 배울 수 있도록 도와주게 됩니다.

만약 여러분이 어려운 역경을 통해 교훈과 이해를 배우지 않으려고 계속 저항한다면, 설사 보라색 화염을 사용한다 하더라도 원하는 결과를 얻지 못할 수도 있습니다. 궁극적인 면에서 카르마가 지닌 진정한 의미는 체험을 통해 지혜를 얻게 하는 것이므로, 이 보라색 화염이 체험과 지혜를 얻지 못하도록 방해하는 데 오용될 수는 없는 것입니다.

따라서 똑같은 이해에 도달하는 데 있어 부드럽게 교훈을 배우는 것과 아주 어려운 체험을 통해 이해를 얻게 되는 것과는 큰 차이가 있습니다. 그 차이가 무엇인지 아시겠습니까? 보라색 화염은 여러분에게 어떠한 공간을 제공해주는데, 이 공간 속에서 여러분은 매우 기분 좋게 부드러운 방식으로 자신에게 필요한 교훈들을 배울 수가 있으며, 게다가 똑같은 교훈을 편하고 품위 있게 배울 수가 있습니다. 교훈을 배우고자 현재 여러분이 선택하여 체험하고 있는 것처럼, 꼭 그렇게 고통스럽고 힘들게 할 필요가 없는 것입니다. 고차원적이고 편한 방법으로 교훈을 배울 수 있는 데도 불구하고 여러분이 계속 저항하는 것은 삶에 괴로움만 더해줄 뿐입니다.

보라색 화염을 위한 또 하나의 기원문

여러분의 주변세계에서 보라색 화염을 사용할 수 있는 또 다른 한 가지 방법을 여기에 소개하고자 합니다. 명확하게 기도문을 작성하고 다음과 같이 말하면 됩니다.

"나는 위대한 참나(眞我)의 이름으로 보라색 화염의 수호자인 사랑하는 성 저메인에게 이 세상을 수많은 보라색 불꽃의 파동으로 적셔 충만케 하기를 요청합니다. 또한 이 행성에 사는 모든 생명체와 모든 남성과 여성, 아이들에게도 보라색 화염을 불어넣어 이들을 보호하시고 깨어나게 하소서. 위의 모든 사항들이 완벽하게 이루어질 때까지 이러한 작용이 계속 유지되기를 요청합니다. 그렇게 될 지어다."

일상적인 기도문에 이러한 문구를 넣어 사용할 수도 있으며, 수백만의 보라색 화염의 천사들을 불러서 요청할 수도 있습니다. 이러한 천사들은 여러분이 일을 하겠다는 의향을 나타내 보이기만을 기다리고 있습니다. 세계 곳곳으로 이러한 천사들을 보내서 이 세상을 보라색 불꽃으로 가득 채워보세요. 아시다시피 천사들은 부름이 없는 한, 여러분의 세계에 관여할 수가 없습니다. 그들을 보내서 일하게 하세요. 그들은 여러분의 부름에 응답하고자 항상 대기하고 있습니다. 보라색 화염의 천사들은 글자 그대로 이 행성을 보라색 불꽃으로 흘러넘치게 할 수 있으며 많은 고통을 줄여줄 수도 있습니다. 일상생활 속에서 보라색 화염의 천사들에게 요청하여 자기 스스로의 세계도 보라색 화염의 에너지로 흘러넘치게 하세요.

거대한 산불이 나서 통제할 수 없을 정도로 불이 확산되어 거세게 휘몰아치게 되었을 때에도 몇몇 소수의 사람들이 보라색 화염에게 간절히 중재를 기원함으로써 산불이 진화된 적도 많이 있었습니다.

지구 행성에 사는 모든 남성과 여성, 그리고 아이들에게 진심으로 이러한 화염의 에너지를 보내서 지구에 이 에너지가 흘러넘치게 하는 것이 중요합니다. 그렇습니다, 동물과 나무, 원소의 정령들, 자연의 영들, 식물의 왕국에게도 이 에너지를 보내는 것을 잊지 말아야 합니다.

이 행성의 균형을 유지하는 데 원소의 정령들은 여러분의 협조와 사랑과 지원이 매우 자주 필요합니다. 뿐만 아니라 그들은 여러분이 보라색 화염을 염원해 주기를 간절히 바라고 있습니다. 변화하는 과도기를 맞이하여 이 원소의 정령들은 예전보다 더 많은 화염의 에너지를 필요로 하고 있고, 이 행성이 고차원적인 주파수대로 진화하게 하는 일을 돕고 있습니다. 여러분에게는 그들이 도우미인 셈입니다. 인류로부터 그들이 보라색 화염과 사랑을 더 많이 받으면 받을수록, 이 지구와 지구에 기대어 살아가는 모든 왕국들도 그만큼 더 부드럽게 이 과도기를 통과해갈 수 있는 것입니다.

*질문: 아다마, 텔로스에 사는 레무리아인들도 그곳에서 체험하고 있는 완벽함을 계속 유지하는 데 이 보라색 화염을 사용하고 있나요?

그렇습니다. 우리도 이 보라색 화염의 에너지를 지속적으로 사용하고 있습니다. 텔로스에 있는 여러 신전에서는 성직자와 많은 자원자들이 이 신성한 불꽃의 에너지를 끊임없이 기원하고 있습니다. 주된 신전인 〈마-라(Ma-Ra) 신전〉에는 신성한 주요 화염별로 따로 봉헌된 특별한 장소가 별도로 마련되어 있습니다. 그리고 24시간 내내 사람들이 번갈아 이러한 화염들을 지키고 보살피며 에너지를 공급하고 있습니다. 우리는 이러한 화염들이 가진 의식(意識)속에서 살아가고 있으며, 지속적으로 이러한 에너지들을 충분히 받고 있습니다. 교대로 우리는 이러한 화염을 통해 엄청나게 삶에 축복을 받고 있는 셈입니다.

텔로스의 외곽에는 5차원의 빛으로 된 레무리아의 수정(水晶) 도시들이 있는데, 이곳에도 하나하나의 주요 신성한 화염들마다 이에 봉헌된 신전들이 있습니다. 이러한 사원들은 대개 규모면에서도 상당히 크며, 〈마-라 신전〉과 마찬가지로 그 지역에 살고 있는 사람들이 24시간 내내 사랑과 헌신, 기원을 담아서 이러한 화염들을 돌보며 보살피게 됩니다. 5차원에 사는 사람들의 숫자도 대단히 많으며, 신전의 성직자들뿐만 아니라 신성한 불꽃의 마스터들이나 천사들도 교대로 이러한 화염이 지닌 본질과 특성들을 돌보고 있고, 기원을 하기도 합니다.

이런 사람들은 살아가는 자신의 삶속에서도 그렇게 실천하고 있을 뿐만 아니라 이 행성과 인류를 위해, 그리고 자신들이 살고 있는 차원을 완벽한 수준으로 끌어올리고 이를 유지하는데 필요한 에너지를 얻기 위해서도 그렇게 하고 있는 것입니다. 이러한 의식(儀式)은 다른 모든 차원에서도 동일하게 행해지는 의식입니다. 신성한 불꽃의 천사들과 다양한 천사단에서 온 천사들도 다 함께 참여하여 우리가 돌보고 있는 많은 신성한 화염들이 잘 유지될 수 있도록 도와주고 있습니다. 그리고 이러한 행동이 고차원을 그토록 아름답고 살기 좋은 놀라운 세계로 만들고 있는 것입니다. 또한 레무리아와 아틀란티스 시대, 이집트 시대, 그 이전의 모든 황금시대와 문명들에서도 모든 신전마다 이러한 의식과 활동들이 동일하게 시행되었습니다.

머지않아 아주 중요한 문제로 대두되는 것은 먼저 여러분의 내면에서부터, 그 다음에는 행성을 위해 여러분 스스로가 이러한 화염들을 보살피고 확장하는 데에 직접 관여하게 된다는 것입니다. 우리는 이 모든 일들을 우리 스스로를 위해, 그리고 여러분을 대신해서 오랫동안 해왔습니다. 지상에 사는 사람들 중에 상승하여 5차원으로 이동하고자 하는 사람들은 곧 영적으로 좀 더 성숙된 단계로 들어가지 않으면 안 됩니다. 개인적인 차원에서뿐만 아니라 자신과 인류, 행성을 위해서라도 이러한 화염들에 공헌을 해야 합니다. 5차원에서 살고자 하는 사람들에게 있어 이것은 꼭 해야 하는 필수적인 사항입니다. 그러면 지금부터 명상을 시작하겠습니다. 준비가 되셨나요?

명상
— 텔로스에 위치한 보라색 화염의 신전으로의 여행 —

이제 가슴의 중심에 집중하고 취지를 진술한 후, 여러분의 몸을 놀라운 신성의 에너지로 가득 채워지도록 요청하시기 바랍니다. 다음과 같은 방법으로 하면 됩니다.

"내 존재 안의 신(God)인 위대한 진아(眞我)의 이름으로 요청하오니, 이제 나는 나의 4가지 신체조직과 모든 정묘한 몸들을 이루는 모든 세포와 원자, 전자, 그리고 모든 차원들과 의식 속에 있는 나의 모든 생명의 소립자들이 자유의 사랑(Freedom's Love)인 경이롭고 기적적인 보라색 화염의 에너지로 가득히 채워지기를 바랍니다. 그리고 이러한 에너지가 날마다 24시간 내내 반복해서 계속 채워지기를 요청합니다. (이 에너지를 계속 들이 마시세요)

보라색 화염의 에너지가 채워짐과 동시에 자신의 고등한 자아와 함께 우리를 따라 텔로스에 있는 아름답고 경이로운 5차원의 보라색 화염의 신전으로 여행을 떠나겠다고 마음을 정하십시오. 이 신전은 에테르적인 5차원의 물리적 구조로 되어 있습니다. 우리 주민들은 이 신전을 언제든지 방문할 수 있는데, 그러므로 여러분도 빛의 몸으로 이곳을 갈 수가 있습니다.

이 신전에는 보라색 화염이 우리 주민들의 지속적인 사랑과 헌신에 의해 에너지를 공급받아 끊임없이 불타오르고 있으며, 이 화염은 모든 생명체들을 축복하고 인류와 이 행성의 행복을 기원하고 있습니다. 이곳은 마스터인 성 저메인이 자신의 쌍둥이 영혼(Twin Flame)인 포샤(Portia)와 함께 많은 시간을 보내고 있는 장소입니다. 그리고 여러 곳에서 온 다양한 모든 보라색 화염의 천사단들도 이곳에 들러서 지구를 위한 이 신의 경이로운 화염의 에너지를 재충전해가기도 하고, 이 에너지들을 보살피기도 합니다.

가능한 많은 에너지를 호흡하세요. 그래야 여러분이 명상을 끝내고 의식 상태로 되돌아갈 때, 이 에너지들을 자신의 육체적인 몸으로 가져갈 수가 있습니다.

이제 천장이 높은 원형의 거대한 방에 여러분이 서있는 모습을 그려보세요. 보라색 화염이 이 방에서 사방으로 보내지고 있습니다. 벽은 순수한 보라색의 자수정(紫水晶)으로 되어있으며, 바닥 역시 촉감이 부드러운 밝은 색을 띤 자수정으로 만들어져 있습니다. 자수정으로 된 벽 너머에는 보라색을 띤 수많은 불빛들이 보이며, 이 빛들은 마치 신비로운 별세계를 보는 것과 같은 느낌을 줍니다. 방 안은 아주 밝으며, 수십 개의 분수도 보이는데, 이 분수들은 크기와 형태가 다양합니다. 그리고 저마다 갖가지 농도의 보라빛 색상을 뿜어내며 신비로운 색채감을 연출하고 있습니다. 물의 요정들이 보라색 화염의 에너지를 가지고 재미있게 놀고 있습니다. 물의 요정들이 기뻐하며 즐겁게 놀고 있는 모습 좀 바라보세요. 꽃의 요정들도 이러한 빛의 에너지를 활용하여 농도가 다른 다양한 흰색, 황금색, 보라색의 꽃들을 만들면서 즐겁게 놀고 있네요. 그들이 여러분에게 축복과 환영의 표시로 몇 송이의 꽃을 던져줍니다. 그들과 함께 어울려 즐거움과 축복을 함께 나누어보세요. 또한 아주 많은 보라색 화염의 천사들이 경배와 사랑하는 마음으로 보라색 불꽃들을 보살피고 있는 모습도 보입니다.

사랑의 화염인 이 거대한 불꽃은 전혀 뜨겁지가 않습니다. 오히려 차가운 편입니다. 방안에는 몇 개의 의자가 놓여있는데, 가장 마음에 드는 의자에 가서 앉으시기 바랍니다. 의자가 아주 편할 것입니다. 이 의자들은 순수한 보라색 수정으로 만들어졌으며, 의자의 아래쪽에서 보라색 화염이 꼭 알맞은 높이만큼 올라와서 여러분을 포근하게 감싸줄 것입니다. 보라색 화염이 아래로부터 위로 타올라옴과 동시에 아래쪽에 있는 차크라를 통해 이 화염이 흘러들어와 몸의 구석구석으로 퍼지게 됩니다. 또 다른 화염은 위에서 아래로 내려오는데, 정수리 차크라를 통해 들어와 상부의 차크라들을 경유하여 몸의 모든 세포들로 흘러가게 됩니다.

이 화염을 의식적으로 가슴속으로 들이쉼에 따라 여러분의 몸은 이전과는 전혀 다른 자유의 보라색 화염으로 채워지게 됩니다. 여러분 각자를 둘러싸고 있는 여러 명의 보라색 화염의 천사들이 사랑과 보라색 화염을 컵에 가득히 채워서 치유가 필요한 여러분 생명의 다양한 복체들(감정체, 정신체, 영체)과 에너지장 속으로 쏟아 붓고 있습니다. 사람들마다 체험이 다르게 나타납니다. 에너지를 계속 들이마시세요. 이제 성 저메인과 그의 쌍둥이 영혼인 포샤, 그리고 자비와 연민의 여신(女神)인 관세음(觀世音) 보살을 만나보세요. 이들이 자신의 사랑을 여러분에게 가득 채워줄 것이며, 제7광선 에너지의 하나인 연민의 화염도 오라장 속으로 불어넣어줄 것입니다.

이제 여러분 각자가 마음의 문을 열어 더 큰 연민의 에너지를 받아들이시기 바랍니다. 그래야 자신뿐만 아니라 사랑하는 사람들을 치유할 수가 있는 것입니다. 여러분의 삶에서 치유해야 하는 것들이 무엇이든 연민과 용서의 에너지를 간절한 마음으로 염원하고, 원하는 변화가 일어나도록 허용하시기 바랍니다. 가능한 오랫동안 축복의 상태에 머물러 있으세요. 그리고 우리나 성 저메인, 관세음보살과도 이야기를 나눠보세요. 자신이 완벽하게 치유되고 있으며 또한 과거와 현재의 모든 정신적인 장애도 완전히 치유된다는 신념을 가지시기 바랍니다. 이 방은 경이로운 치유의 에너지로 가득 차 있기 때문에 여기에 앉아서 치유의 에너지를 호흡하기만 해도 여러분은 자신을 둘러싸고 있는 에너지장과 내면에 있는 어두운 에너지의 파동을 느낄 수가 있습니다. 정신적인 장애나 고통 혹은 문제가 어디에 있든, 이러한 장애를 일으킨 에너지들이 제거되고 사라지기 시작하는 것을 느껴보십시오.

밀도가 줄어드는 것도 느껴보세요. 훨씬 더 가벼워지고 있다는 느낌을 가지시기 바랍니다. 빛과 환희의 느낌이 여러분들의 존재 속으로 스며들어오는 것도 느껴보세요. 더 크게 기쁨을 느낄수록, 여러분이 짊어지고 있는 괴로움도 그만큼 줄어들게 됩니다. 이 빛과 아름다움, 그리고 이 에너지와 사랑이 모든 면에서 여러분을 보살필 수 있도록 허용하시기 바랍니다. 이 에너지를 계속 들이마시세요. 보라색 화염에게 여러분이 바라는 것을 할 수 있도록 의식적으로 요청하시기 바랍니다. 때로는 여러분이 요청하는 것과 충족되는 것 사이에 정화과정이 필요할 때도 있지만, 어쨌든 여러분은 승리를 향해 한 걸음씩 나아가고 있는 것입니다. 마음을 급하게 가지지 말고, 필요한 만큼만 하시기 바랍니다.

준비가 되었으면 주위를 한 번 둘러보세요. 궁금한 것이 있으면 여러분을 도와줄 안내자들과 마스터들, 그리고 천사들이 기꺼이 도와줄 것입니다. 천사들 중에서도 특히 인류와 함께 일하고 있는 천사들은 일주일에 몇 차례씩, 때로는 하루 단위로 이곳에 들러 보라색 화염의 진동을 재충전해갑니다. 이러한 천사들은 지구의 불균형적인 에너지로 인해 그들이 지니고 있는 에너지의 장이 오염되므로 이곳에 찾아와 스스로를 정화함으로써 다시 활력을 되찾고 있는 것입니다. 여러분도 이렇게 하도록 권고합니다. 여러분이 우리와 같이 이곳에서 원하는 만큼 머물고 난 후, 준비가 되었을 때 현재 의식으로 돌아가면 됩니다. 그리고 여러분이 이제 막 변화시킨 에너지들을 자신의 삶 속에서 생각과 느낌, 말을 통해 재생할 필요는 없다는 것을 염두에 두시기 바랍니다.

여러분이 원할 때는 언제든지 5차원에 있는 이 신전을 찾아주시기 바랍니다. 문은 언제든지 개방되어 있습니다. 위대한 마스터인 성 저메인이 항상 그곳에 있을 것이며, 그를 따르는 천사들도 항상 사랑으로 여러분을 맞이할 준비가 되어있습니다. 그들이 필요한 모든 방법을 동원해 여러분을 도와줄 것입니다. 그들에게는 언제나 남에게 도움을 주는 것이 커다란 즐거움이니까요.

오늘의 말을 끝맺으면서, 텔로스에 있는 우리들은 여러분이 마음의 문을 열어 사랑의 축복과 용기와 지혜를 내주신 데 대해 모두에게 경의를 표하는 바입니다. 또한 우리는 사랑하는 친구 성 저메인과 항상 함께 할 것이며, 성 저메인은 나중에라도 이 책을 읽는 모든 사람들의 가슴속에도 보라색 화염의 파동을 보내주기로 약속했습니다. 그러므로 그렇게 될 것입니다.

거대한 힘을 사용할 필요도 없으며,

또한 위대한 사람들을 알 필요도 없습니다.

개인적으로, 또는 행성적으로 상승에 필요한 모든 것들은

여러분의 가슴에서 나오는 진리를 깨닫는 것뿐이니까요.

– 아 다 마 –

제8장

죽음이라는 영적인 전환과 다가오는 시기의 사랑하는 사람과의 이별

- 아다마 -

이 행성은 머지않아 많은 변화를 겪게 될 것이기 때문에 아주 많은 존재들이 이미 영혼의 차원에서 의식적으로 자신의 육신을 떠나기로 선택했습니다. 그러므로 내가 알고 있기로는 여러분 중의 많은 이들이 한 명이나 또는 그 이상의 사랑하는 사람들이 육신을 버리고 떠나는 것을 지켜보게 될 것입니다. 이들은 자신의 진화 과정에서 그들 나름의 영적인 길을 가기 위해 지금 이 시점에서 여러분과는 다른 선택을 한 것뿐입니다. 그리고 나는 여러분이 "죽음"이라 부르는 영적인 전환 현상을 다른 각도로 바라보기를 촉구하고자 합니다.

여러분도 모두 알고 있듯이, 실질적인 죽음과 같은 것은 존재하지 않습니다. 다만 육체를 지니고 인간으로서 체험을 마친 영혼이

죽음이라고 알려진 다른 상태로 이동해가는 것뿐이며, 영혼의 입장
에서는 궁극적으로 단순한 전환에 불과한 것입니다.

대개 죽음은 기쁨과 해방, 자유의 시간이고, 자신의 또 다른 본질
과 재결합하는 시간이기도 합니다. 또 죽음은 해방의 시간이며, 지
나온 삶을 되돌아보고 새로운 시작을 준비하는 시간이기도 합니다.
따라서 비극적인 사건은 절대로 아닙니다. 이러한 죽음을 완전히
이해하고 나면, 여러분이 일정 기간 애도의 시간을 가지는 것도 이
해할만한 일입니다. 왜냐하면 이렇게 하는 것이 떠나간 사람(에너지
체)에 대한 존중의 예(禮)를 표하는 것이기 때문입니다. 그러나 떠
난 사람에 대해 절대로 "미안하다는 느낌"을 가져서는 안 됩니다.
장차 사랑하는 사람이 선택한 것을 여러분도 편안하게 받아들이고,
이를 충분히 수긍하게 될 것입니다.

당신들은 떠나간 사람들이 육화해있는 동안 자신과 함께 했던 시
간들에 대해 그들에게 감사해야 할 것입니다. 그리고 분리란 3차원
의 마음이 만들어낸 환상에 불과하다는 것을 마음속으로 충분히 이
해하고 새로운 체험을 위해 자신의 길을 가고 있는 그들을 축복해
야 할 것입니다. 언제 어느 때든지 여러분은 내면의 세계에서 그들
을 틀림없이 볼 수 있고 함께 할 수 있습니다. 아울러 사랑하는 사
람과의 연결은 영원토록 깨어질 수 없다는 것도 알게 될 것입니다.

인간으로 태어나서 서로를 깊이 사랑하는 사람들은 대개는 오랫
동안 이미 서로를 알고 있는 관계이고, 서로를 사랑하고 상호간의
삶의 체험 속에서 함께 육화해왔던 존재들입니다. 여러분은 상대방
이 육체적인 몸을 떠나가는 것을 누차 반복해서 경험해왔으며, 다
시 친구나 가족으로 만나 거듭 반복되는 삶을 살아가고 있는 것입
니다.

때때로 전환, 혹은 죽음이 사고나 범죄, 전쟁 또는 비극이라 부르
는 자연적인 재해에 의해 일어나는 것처럼 보이기도 합니다. 그러

　　　　　　　　　　제1부 아다마로부터 온 메시지

나 그것이 어떠한 형태로 일어나든, 모든 죽음들은 다른 차원에 있는 자신의 영혼에 의하여 이미 계획된 것입니다. 이러한 계획적 선택은 다양한 이유들로 인해 이루어지는데, 예컨대 그 영혼이 가야 하는 여정이나 카르마적인 균형을 잡기 위해 베일의 저편(영계)에서는 어떤 존재가 이승을 떠나는 것을 기꺼이 선택하게 됩니다. 영혼의 차원에서 보면, 떠나는 존재에게는 일반적으로 이러한 죽음이 매우 흥분되는 시간입니다. 그리고 이러한 존재들은 머뭇거릴 시간도 없이 "삶"이라 부르는 위대한 여정에서의 새로운 체험과 모험의 길에 들어서게 되는 것입니다.

교통사고로 하나 뿐인 아들을 잃은 우리가 잘 알고 있는 어느 여인의 이야기를 여기에 소개하고자 합니다. 그녀는 아들을 잃고 나서 완전히 절망 속에 빠졌고, 스스로 정상적인 감정 상태로 돌아올 수가 없었습니다. 그리고 그녀는 마지막으로 왜 자신이 이러한 비극적인 사건을 겪어야만 하는지 그 이유를 알고자 오릴리아를 통해나, 아다마와 영적교신을 하게 되었습니다. 그녀는 이 사건을 매우 부당한 것이라 생각하고 있었습니다. 그러므로 하나 뿐인 아들을 죽게 한 책임이 있다고 여기는 사람을 기소하여 법의 심판을 받게 하기를 원했습니다.

내가 채널을 통해 그녀에게 해준 대답은 아래의 내용과 같습니다. 또한 나는 내 대답이 그녀에게 큰 위안이 되고 가슴의 상처가 치유되었기를 바랍니다. 내가 답변을 해나가자 그녀는 생각보다 빨리 대부분의 고통과 슬픔들을 해소할 수 있게 되었습니다. 그녀는 자신의 아들이 잘 있으며 장막의 저편에서 살고 있다는 것을 알고는 새로운 기쁨과 희망을 가지고 자신의 삶을 다시 살펴볼 수 있게 되었습니다. 그리고 아들이 예전보다 어머니를 더 많이 사랑하고 있고, 아들이 당초에 다음 번에 하고자 했던 일을 지금 정확히 진행하고 있다는 사실도 알게 되었습니다.

　나는 여러분이 이 "죽음"이라고 부르는 변형과정에 대해 좀 더 깊이 있게 이해하는 것이 중요하다고 느끼고 있습니다. 우리는 여러분 중에 많은 이들이 조만간에 자신의 삶이나 주변 사람들의 삶 속에서 이와 유사한 상황에 마주치게 될 것이라고 알고 있습니다. 가슴으로, 그리고 영적으로 이런 점을 충분히 이해하고 있는 사람들은 삶에서 이와 유사한 상황에 직면한다 해도 그것을 충분히 인지하고 있으므로 안심이 될 것입니다. 육체적인 변형에 대해서 훤히 깨닫고 이해하는 것은 일종의 은총이기도 합니다. 또한 그런 이들은 이러한 은총을 아직까지도 받아들이지 못하고 있는 주위의 다른 사람들을 위로해줄 수도 있을 것입니다. 이제 이와 관련된 나의 이야기를 끝마치도록 하겠습니다.

아들의 사망과 관련하여 텔로스에서 아다마가 보내준 답변내용

　사랑하는 레무리아의 자매에게,
나는 당신의 오빠이자 친구인 아다마입니다. 오늘 마음과 마음으로 당신과 대화를 할 수 있게 되어서 대단히 기쁘게 생각합니다. 내가 당신에게 나의 마음을 여는 것처럼, 당신도 나와 진실한 자신의 존재에게 마음을 여시기 바랍니다.

　나는 사랑하는 아들을 잃은 당신의 깊은 슬픔과 고통을 똑같이 느끼고 있습니다. 이러한 슬픔은 어린 자식을 잃고 몹시 가슴 아파하는 어머니의 가슴에서 나오는 정상적인 반응입니다. 자신이 느끼는 고통과 슬픔을 부정하거나 억누르는 것은 육체적으로나 영적으로도 도움이 되지 않기 때문에 현재로서는 고통과 슬픔을 내버려두는 것이 좋습니다. 잠시 시간이 지난 후 준비가 되었을 때, 고통을 털어버리고 즐거운 상태로 옮겨가는 것이 더 좋은 방법입니다. 생

명은 절대로 끝나는 것이 아니기 때문에 어쨌든 앞으로 나아가지 않으면 안 됩니다.

사랑하는 자매여! 당신은 아름답고 열린 마음을 지니고 있으며, 사랑하는 아들을 잃은 고통이 당신의 마음을 더 크게 열 수 있도록 도와주는 촉매제와 같은 역할을 하고 있습니다. 당신도 알고 있듯이, 죽음과 같은 것은 존재하지 않습니다. 그것은 3차원의 인식으로 볼 때 나타나는 일종의 환상에 불과한 것입니다.

만약에 당신이 장막 너머 저 세상을 이해할 수 있다면, 아들이 살아서 잘 지내고 있으며 이전보다도 더 많은 것을 자각하고 있다는 것을 알게 될 것입니다. 아들은 당신에게 육체적인 표현을 하는데 있어 자신의 결점이 무엇인지를 이제 이해할 수 있는 능력을 가지게 되었습니다. 그리고 그가 지구에 살 때보다도 당신과 당신의 가슴에 더 가까이 다가갈 수 있는 열린 마음도 얻게 되었습니다. 이제 아들은 당신이 아들에 대해 가지고 있었던 깊고 진실한 사랑을 완전히 깨닫게 되었으며, 그의 가슴도 이전보다 훨씬 더 넓어지게 되었습니다. 또한 그는 자신이 할 수 있었는데도 불구하고 당신의 사랑에 대해 당신이 원했던 방식으로 보답하지 않았다는 것을 깨닫고 있습니다. 장막의 이편에서 있었던 이러한 죽음이 그에게는 큰 동기가 되었으며, 그로 하여금 다음의 육화에서 배워야 할 교훈이 무엇인지에 대해서도 진지하게 검토하도록 하고 있습니다.

당신의 진화 과정에서 당신은 이 행성에서 수천 번의 환생을 거듭했으며 수천 명의 자녀들도 가졌습니다. 이러한 자녀들과 함께 반복하여 인간으로 태어났었고, 당신과 마음으로 연결된 존재들은 실제로 그렇게 오래도록 분리된 채 살고 있지 않습니다. 당신의 아들은 이전에도 여러 차례 당신 삶의 일부였습니다. 특히 차원간의 베일이 훨씬 엷어짐에 따라서 앞으로 그가 다시 당신과 함께 하게 될 것입니다. 머지않은 장래에 베일이 완전히 걷히고 나면, 여러분은 서로 얼굴을 맞대고 사랑하는 사람들을 볼 수 있게 될 것입니다. 향후 여러분이 상승하고 나면, 물질세계를 떠났던 사랑하는 모든 사람들을 서로 얼굴을 맞대고 볼 수 있는 커다란 기쁨을 맛보게 될 것입니다. 또한 여러분이 육체적인 몸을 벗지 않고도 현실 속에서 그들과 함께 하게 될 것입니다. 이 거대한 재결합이 이루어지는 장관과 환희를 상상이나 할 수 있겠습니까! 친구여, 이것도 계획의 일부입니다. 사랑과 희망의 촛불이 타오르게 하세요.

당신의 주위에 아들이 존재하고 있음을 느껴보세요. 그리고 그가 보답으로 당신에게 보내는 사랑도 느껴보세요. 죽고 난 이후에 그는 육체를 가지고 살아 있는 동안에 자신에게 부족했던 것이 무엇이었는지 많은 것을 새로이 깨닫게 되었습니다. 아들은 당신의 옆에 자주 있을 수 있도록 허락해 달라는 탄원을 카르마 위원회에다 했으며, 당신이 다음 단계의 진화 상태로 들어갈 때 당신을 도와줄 가이드들 중의 한 명이 될 수 있는 허락을 얻게 되었습니다.

나, 아다마는 당신이 비극이라는 느낌을 지워버리기를 바랍니다. 아들의 문제에 관한 한, 그것은 보이는 것과는 달리 예정되어 있었던 사고가 운명적으로 작용한 것뿐입니다. 아들을 다치게 한 그 사람은 카르마적인 합의가 실현되도록 만든 도구에 불과했던 것입니다. 아들이 현재의 몸을 버리고 다음 단계로 넘어가는 문제에 대해 내적인 면에서 영혼의 선택이 없었다면, 그 사고는 일어나지 않았다는 것을 꼭 기억해주시기 바랍니다. 결론적으로 말해서 사고란 없었으며, 오직 다음 단계의 진화 상태로 넘어가고자 하는 영혼의 선택이 작용한 것뿐입니다.

영혼의 차원에서 보면, 그때는 당신의 자아가 선택한 것처럼 상승과정에 당신의 아들이 함께 할 시기는 아닙니다. 아직도 그는 다른 측면에서 풀어야 할 과제를 많이 가지고 있습니다. 그가 떠나온 육체를 가지고 이러한 과제들을 해결하기에는 너무 힘들었다는 사실을 알아주시기 바랍니다.

그가 이러한 기회에 자신의 몸을 떠나기로 선택함으로써 아들은 훨씬 더 많은 지혜와 이해를 지니고 다음번에 인간으로 태어나 자신이 해야 할 목표와 운명을 준비할 수 있는 기회를 가지게 된 것입니다. 그는 몇 년 내에 다시 돌아올 것이며, 그 때에는 이 행성을 빛내고 다른 사람들을 돕기 위해 "새 세상"의 놀라운 아이가 되어 태어날 것입니다. 그가 다음 번에 인간으로 육화할 때에는 자신의 꿈을 실현하기 위해서 감정적으로 훨씬 더 잘 준비돼 있을 것입니다. 그러므로 이번에 그가 할 수 있었던 것보다 훨씬 더 쉽게 영혼의 목적을 달성할 수 있게 될 것입니다.

지금 떠나기로 함으로써 그는 만약에 그가 이곳에 계속 머물렀었다면 이 시기에 직면하게 될 모든 고통과 어려움, 시련들을 겪지 않고 다음 생에 상승할 수 있게 되었다는 것을 알아야 합니다. 당신이 아들에 대해 가지고 있는 커다란 사랑으로 인해 그가 다음번에 육화할 때에 이와 같은 특별한 은혜를 받게 된 것이므로 결과적으로 당신이 이런 은혜를 받도록 도와준 셈이나 마찬가지입니다. 아들은 그가 육체적인 모습으로 살아 있을 때 당신이 베풀어준 조건 없는 사랑에 대해 대단히 고맙게 생각하고 있습니다. 또한 아들은 당신의 늘 한결 같은 사랑에 대하여 감사한 마음을 가지고 있습니다.

그는 이제 당신이 고향으로 돌아가는 길을 준비하도록 돕고 있습니다. 당신이 아들을 그토록 사랑하기 때문에 그는 망설이지 않고 다음 단계로 옮겨가는 선택을 할 수 있게 된 것입니다. 우리들의 관점에서 보거나 영혼의 목적에서 보게 되면, 그가 육신을 떠난 것이 그에게는 시기적절했으며 긍정적인 선택이었습니다. 아들도 당신을 너무나 사랑하며, 당신이 행복하고 즐겁게 사는 모습을 보고 싶어 합니다. 당신이 느끼는 슬픔을 아들이 부정하지 않는 것처럼,

그는 자신의 죽음도 이 시기에 그가 할 수 있었던 최선의 선택이었다는 것을 당신이 받아들이기를 원하고 있습니다.

지금 그는 다음과 같이 말하고 있습니다. "엄마, 나는 아직 살아 있어. 그리고 전에 보다 훨씬 더 좋아. 이곳의 삶은 너무 멋지고, 나는 다음 번에 물질적인 현실 속에서 엄마와 재회할 수 있도록 준비하고 있어. 그리 오래지 않아 우리는 얼굴을 맞대고 만날 수 있을 거야. 그러면 내가 정말로 떠나지 않았다는 것을 엄마도 알게 될거야. 엄마의 삶속에 내가 없는 것처럼 보인다 해도 여유를 가지고 자신을 더 많이 사랑하고 엄마의 본래 모습인 사랑이 되도록 하세요. 즐겁고 활기차게 지내시기를 바랄게요." 아들이 말해준 이것이 당신에게 주어진 다음번의 시험이고, 숙제입니다.

당신의 아들은 당신이 "죽음"이라고 불리는 생명의 경험 현상에 대해 여느 때보다 더 깊이 자신의 믿음체계를 다시 한 번 점검해보기를 바라고 있습니다. 이 죽음이란 사건은 다음 단계의 세계로 "옮겨감"에 따라 나타나는 결과로서 자아의 내면에서 의식이 새롭게 도약하기 위해 만들어지는 기회이기도 합니다. 자기 스스로에게 다음과 같이 물어보세요.

죽음과 같은 것이 정말로 존재하는가? 아니면 단순히 육체적인 체험으로부터 더 큰 세계로 이동해가는 것에 불과한 것인가? 아들이 정말로 나의 소유물인가? 아니면 여기 이 지구와 다른 곳에서 진화의 과정을 가고 있는 다른 모든 영혼들과 마찬가지로 아들도 신(神)의 소유물인가? 그리고 그 아이의 어머니로서의 나의 역할은 이 영혼이 잠시 인간으로 태어나서 지구의 체험을 할 수 있도록 후원하고 돕는 것인가? 이 때문에 우리가 영원토록 지속될 사랑의 유대관계를 형성해온 것인가? 나의 아들이 정말로 죽은 것인가? 아니면 다른 의식의 세계에서 이전보다 더 활기차게 살아 있는 것인가? 우리가 느끼는 분리가 영원한 것인가? 아니면 단지 일시적인 환상

인가? 지구에 아들이 없어도 나의 신성을 받아들이고 사랑의 마음으로 나의 삶을 즐겁게 보내며 계속 살아가는 길을 선택할 것인가? 아니면 초연하게 놓아버리지 못하고 더 큰 슬픔에 빠져 있을 것인가?

　사랑하는 자매여, 나는 당신의 마음을 이해하고 있으며 당신에게 나의 깊은 사랑을 표합니다. 나 아다마가 주는 이 사랑의 선물을 받으시고 즐겁게 지내시기 바랍니다. 아들의 육체적인 죽음을 애벌레가 행복한 나비로 새로이 탈바꿈하는 것이라고 생각하세요. 그리고 당신 스스로도 나비가 되어보세요. 그러면 당신들 둘은 머지않아 신(神)의 정원에서 함께 뛰어 놀며 흥겨워하고 웃고 있을 것입니다.

나는 아다마입니다.

제1부 아다마로부터 온 메시지

제2부

텔로스의 다양한 존재들로부터의 메시지

가슴으로 영혼이 부르는 소리를 들어보세요.
그러면 당신들이
삶을 체험하는 진정한 목적이
무엇인지 알 수 있습니다.

- 아다마 -

제9장

참나무의 형제단과 장미의 자매단, 안달과 빌리쿰

어머니 지구의 내부와 지상에 사는 모든 형제자매들에게 인사와 축복을 드립니다! 우리는 참나무 형제단의 안달(Andal)과 장미 자매단의 빌리쿰(Billicum)입니다.

오늘 우리 주민들의 사절로서 우리가 이 자리에 함께 한 목적은 이 행성에 존재하고 있지만 여러분이 거의 알지 못하고 있는 다른 생명 왕국에 대해서도 여러분의 의식을 좀 더 확장하기를 바라는 마음에서입니다.

우리는 인류의 의식이 확장되어 더 큰 규모로 사랑의 진동을 받아들일 때, 이 행성에는 인간과는 다른 미지의 생명 왕국들이 아직도 많이 존재하고 있음을 발견하게 될 것이라고 생각합니다. 그리고 당신들이 전혀 그 존재를 전혀 인식하지 못했던 이런 다른 왕국들을 발견하는 것은 당신들에게 많은 기쁨과 설레는 마음을 가져다 줄 것입니다.

우리는 아주 거대한 하나의 가족으로서 식물과 수정의 왕국(돌과 광물을 포함)을 대표하는 에너지의 집합체로 이루어져 있습니다. 말하자면, 우리는 탐구하는 존재들로 이루어진 종족으로서 지금까지 이들 왕국에서 찾을 수 있는 아름다움과 에너지들을 조사하고 저장해왔으며, 또한 그것을 충분히 방출시켜 분배해 왔습니다.

우리의 사명은 수천 년에 걸쳐 수행되며, 레무리아 시대 이후부터 우리도 이 행성의 역사에 적극적인 역할을 해왔습니다. 우리는 레무리아보다 앞서 존재하고 있었지만, 레무리아의 가슴이 깨어나고 난 이후에야 지구의 역사에 봉사해야겠다는 자각이 생기게 되었습니다.

우리는 레무리아의 사촌들보다도 키는 비록 작으나, 우리의 에너지적인 특성은 아주 길쭉합니다. 여러분들이 사는 세계에서 우리의 모습을 보고자 한다면, 참나무 형제단의 모습은 대중문학에 나오는 "호빗(Hobbit)"[1]과 아주 비슷합니다. 그리고 장미 자매단의 모습은 여러분이 묘사하고 있는 요정의 모습과 매우 흡사합니다. 그러나 에테르 차원에서 보면, 형제단의 모습은 매우 큰 키에 희미한 녹색의 빛을 발하지만 발산하는 에너지는 매우 강력하며, 이 에너지는 여러분의 3번째(태양신경총) 차크라와 연결되어 있습니다. 그래서 거기에서 아래로 하부의 차크라들을 거쳐 지구 속으로 들어가게 됩니다. 자매단의 모습은 장밋빛의 핑크색 에너지로 이루어진 마치 고동치는 둥근 공들처럼 보이며, 이 에너지는 여러분의 가슴 차크라(4번)를 통해 연결되는데, 그 다음에는 신성한 근원의 에너지와 이어지기 위해 7번째 차크라인 정수리로 흘러 올라갑니다.

---

[1]영국의 작가 J.R.R. Tolkien(1882-1973)의 작품 Hobbit 나오는 난쟁이 요정족(妖精族)

이와 더불어 우리는 여러분이 우리가 존재하는 자연의 세계 속으로 여행할 때마다 지상 인간들의 에너지를 보살펴주기도 합니다.

이러한 여행은 물질세계 또는 에테르세계에서도 가능합니다. 여러분의 부름이 있으면 언제든지 우리는 함께 할 준비가 되어있으며, 식물과 수정의 왕국이 지닌 빛을 여러분의 육체와 에테르체에 불어넣어 주게 될 것입니다. 우리와 접촉 및 의사소통을 하기 위해서는 단지 여러분의 에너지체 속으로 우리를 초대한다는 의사를 표시하기만 하면 됩니다. 이렇게 하면 우리는 여러분의 현재의 에너지 상태를 조사하여 에너지장의 균형을 유지하는데 필요한 모든 에너지들을 보내주게 될 것입니다. 우리는 여러분의 주변에서 자라는 식물이나 나무들의 에너지체들뿐만 아니라 모든 수정(광물)의 의식체들과도 아주 긴밀하게 협력하고 있습니다.

우리도 물질로 육화하여 이 행성에 존재하고 있는 식물과 수정의 생명체들이 각각의 종(種)마다 최대의 빛을 발할 수 있도록 탐구하고, 목록을 작성합니다. 또 그것들을 이해하고, 다양한 형태와 방법을 고안해내는 데 모든 시간을 쏟아 부었습니다. 개별적으로 각각의 종(種)들은 그것이 식물군이든, 동물군이든, 바위이든, 에테르이든 자신만의 색깔 및 빛의 스펙트럼과 거기에 해당하는 광선이 지닌 진동을 가지고 있습니다. 그러나 이러한 정해진 특성 내에서도 개별적인 다양성이 존재하는데, 예를 들어 장미의 경우 꽤 다양한 형태로 변종이 생기는 것과 마찬가지입니다. 우리는 이 모든 형태들을 탐구해왔으며, 체험한 모든 특성들을 기억할 수 있도록 저장해두었습니다. 따라서 사실상 우리는 식물과 수정 왕국의 살아 숨쉬는 도서관이라고 할 수 있습니다.

이런 점에서 우리는 식물과 수정의 왕국을 뒷받침하고자 창조된 환경과의 조화와 균형을 유지하기 위해 지구 내부에 있는 모든 존재들과도 긴밀히 협력하고 있습니다. 또한 우리의 에너지와 조화를 이룰 수 있는 지상에 있는 모든 존재들과도 함께 일하고 있습니다. 지구의 근대 역사에서 에드워드 배치(Edward Bach)[2]라는 인물을

잘 알고 있으리라 생각합니다. 꽃의 에센스와 관련된 그의 연구는 에테르계에 존재하는 우리와 서로 협력해서 만들어낸 것입니다. 영국에 있는 그의 정원과 숲은 식물왕국의 빛을 기원하기에 아주 좋은 장소였습니다.

다른 사람들도 그가 만든 꽃의 에센스 목록에 많은 에센스를 추가하게 되었으며, 이러한 에센스들의 출현으로 지상의 사람들을

에드워드 배치 박사

돕기 위해 식물 에너지와 이 에너지의 사용법이 다시 등장하게 되었습니다. 이런 에너지를 체험하고자 하거나 다루고자 하는 모든 사람들은 우리가 지니고 있는 이러한 에너지에 대한 지식을 언제든지 활용할 수가 있습니다. 여러분이 해야 할 일은 우리와 접촉하여 정보를 받기만 하면 됩니다. 사실, 앞으로는 에센스와 에너지의 이름만 불러도 이와 동일한 에너지를 언제든지 끌어당길 수 있게 될 것입니다. 수정과 광물 왕국의 에너지와 에센스에 대해서도 동일한 원리가 적용됩니다.

우리가 지구 내부의 보호자들과 함께 하고 있는 작업은 지상진화

---

2)(1886~1936) 영국의 의사이자 동종요법(同種療法) 연구가, 영적인 작가였다. 그는 대체의학의 일종인 <배치 꽃요법>의 창시자로 잘 알려져 있다. 대체요법으로 전환하기 이전에는 내과 의사였고, 대학병원의 보건소장으로 근무했다. 그는 동일한 병의 환자에게 같은 치료약이 항상 효과가 있는 것은 아니라는 데 한계를 느낀 나머지 1930년 나이 43세 때부터 새로운 치료법을 탐구하게 되었는데, 이 과정에서 영감을 통해 자연에서 해답을 얻어 개발하게 된 것이 야생화의 에센스를 이용한 치료법이었다.

이 요법은 38종의 꽃이 가진 치유 에너지를 인간의 내면적 성격, 감정, 기질에 맞춰 활용함으로써 병을 치료하는 방법이다. 에드워드 배치 박사는 인간의 병이란 내면의 조화가 깨져 에너지의 흐름이 막히는 데서 생긴다고 보았으며, 따라서 치유는 우리의 내면에서부터 시작되어야 한다고 주장했다.(편집자 주)

의 일부로서 발생하는 붕괴로부터 이러한 진동들을 보호하는 일입니다. 우리들 각자는 개별적으로 특정 진동을 보존할 수 있는 저장소의 기능을 가지고 있습니다. 이와 같이 우리는 태어날 때부터 이런 진동을 지니고 있고, 현재의 세계에서 다른 세계로 옮겨갈 때에는 보관하고 있던 정보를 다른 존재에게 넘겨주게 됩니다.

우리는 지구의 어디에나 존재하고 있습니다, 그리고 또한 지구의 의식(意識)이 생겨나기 시작한 초기부터 존재해 왔던 지구의 내부세계를 구성하는 조직망의 일원이기도 합니다.

우리는 이 모든 다른 세계와의 접촉을 유지하고 있습니다. 그리고 이러한 세계들을 탐구하고자 하는 모든 존재들에게 정보와 체험, 그리고 진동적인 느낌을 가르쳐주는 실질적인 대학교와 같은 형태를 취하고 있습니다.

우리는 대부분의 시간을 여러분보다 조금 높은 차원에서 지내고 있습니다. 우리가 여러분의 시야에서 벗어나 있지만, 이제 3차원이 4차원으로 이동해가면서 차원의 장막너머를 볼 수 있는 사람들은 우리를 쉽게 찾을 수 있습니다. 여러분의 차원에서도 비교적 쉽게 볼 수 있도록 우리가 진동수를 낮출 수도 있으나, 일반적으로는 그렇게 하지 않습니다. 왜냐하면 우리도 여러분의 진동수를 끌어올리도록 돕기 위해 일하고 있는 테스크포스팀(taskforce:특수임무부대)의 일원이기 때문입니다. 4차원/5차원에 있는 우리가 현재의 상태에서 인간 앞에 나타난다면, 여러분이 3차원을 초월하고자 하는 동기가 부여되지 않을 것입니다. 우리는 여러분에게 동기를 부여하고자 효과적으로 당근을 매달고 있는 것과 마찬가지입니다. 여러분 각자가 자신의 진동을 높이는 데 필요한 모든 조치를 취하여 우리가 있는 이곳 이상의 차원으로 상승하여 함께 할 수 있기를 바랍니다.

지구 자신도 우리와 긴밀히 협력하면서 우리가 하는 것과 똑같은 단계를 밟고 있습니다. 즉 지구도 최선을 다하여 자신과 인류를 다음 단계로, 그리고 궁극적으로는 완전한 상승의 상태로 끌어올리기 위해 모든 노력을 경주하고 있는 것입니다. 가장 중요한 점은 정말로 멋진 이 여정에서 우리 모두가 지구를 돕고자 하는 동일한 목적을 가지고 서로 협력하고 있다는 사실입니다.

여러분이 필요할 때는 언제든지 우리를 불러주세요.

여러분은 아무 꽃이나 나무의 에너지들을 불러서 우리 형제단의 구성원 중에서 필요한 특성을 가지고 있는 에너지체가 여러분 앞에 나타나도록 요청할 수도 있습니다. 어떤 수정의 에너지체에게도 식물의 에너지체와 똑같이 하면 됩니다. 단지 아무 에너지체라도 불러서 필요한 에너지를 지니고 있는 자매단의 구성원이 여러분 앞에 나타나도록 부탁하기만 하면 됩니다. 에테르계나 물질계에서도 이러한 요청을 할 수 있지만, 이는 이것을 받아들일 수 만큼 마음이 어느 정도 열려있느냐에 따라 다르게 나타나는데, 그러나 접촉이 이루어지는 것만은 분명합니다. 이러한 접촉을 하는 데 꽃과 수정의 에센스를 사용하면 많은 도움을 받을 수 있습니다. 왜냐하면 이러한 에센스가 여러분의 몸에 쉽게 알아볼 수 있는 특성을 제공하여 접촉에 필요한 주파수를 맞추게 하기 때문입니다.

또한 우리는 최근에 지상에 태어나고 있는 아이들의 DNA 속에다 이러한 진동을 지닌 일정한 특성들을 부여하기 시작하였습니다. 지금 이러한 진동을 가진 "크리스탈(Crystal)" 아이들이 지상에 태어나고 있으며, 사실상 이 각 아이들마다 하나의 특정 수정이 가진 진동을 지니고 있는 것입니다. 이들 이후의 세대들에게도 이와 같은 다양한 형태의 에너지가 계속해서 부여될 것이고, 결국에는 태어나있는 모든 사람들에게도 수정 왕국의 빛이 충분히 주어지게 될 것입니다. 이렇게 되면 머지않아 지상에 사는 사람들은 살아있는 수정 에너지의 모체가 될 것이며, 균형을 이룬 지구의 의식(意識)을 가지게 될 것입니다.

이 지상에는 "장미(Rose)"의 세대들이 벌써 인간으로 태어나고 있으며, 이들은 지구가 지닌 순수한 사랑의 에센스를 자신의 DNA 속에 가지고 있습니다. 이들은 지구의 감정체를 치유하기 위해서 태어나고 있는데, 이들이 지구가 가졌던 원래의 신성을 다시 지구에게 부여하게 될 것입니다. 이러한 치유를 통해서 인류는 그토록 갈망해왔던 지상의 낙원으로 돌아가게 되는 것입니다. 시간이 지나면서 현재 이 지구에 태어나 있는 모든 사람들이 이러한 진동이 가진 빛을 완벽하게 지니게 될 것이고, 이렇게 되면 우리가 이 행성에서 하고 있는 봉사도 끝이 나게 되는 것입니다.

지구의 내부에서 살고 있는 사람들은 오래 전부터 이러한 에너지

샤스타 산 상공의 신비한 렌즈 모양의 구름

를 지니고 있는데, 이를 활용해 수정 건축물을 비롯해 즐겁고 기쁨이 넘치는 다양한 생태계를 형성하고 있습니다. 뿐만 아니라 그들은 모든 환경 속에서 균형 잡힌 에너지를 창조하고 실현할 수 있게 되었습니다. 이러한 에너지가 충분히 체화되고 이해될 때. 비로소 지상 세계도 이와 같은 삶의 형태로 변모하게 될 것입니다. 왜냐하면 수정(水晶)이 지닌 진정한 본질은 신성한 근원의 에너지를 흡수하여 이를 보관하고, 또 이를 가장 순수하게 표현해내는 렌즈와 같은 구실을 하기 때문입니다. 또한 가슴이 지닌 참된 본성은 인간이 사랑하는 것을 창조해내는 것이고, 이렇게 창조된 것을 조건 없이 사랑하는 것입니다.

지구 내부에 살고 있는 형제자매들은 여러분이 가슴을 열어 최대한 진동을 높여갈 수 있도록 돕고자 애쓰고 있습니다, 또한 우리도 여러분을 깨우는 데 필요한 멋진 도구들을 제공하기 위해 다함께 협력하고 있습니다.

우리와 현재 텔로스에 거주하고 있는 시민들과의 관계는 여러 개의 학부를 가진 대학교와 비슷한 형태를 취하고 있습니다. 우리는 이곳에서 텔로스의 주민들이 지상의 진동과 조화할 수 있도록 돕고 있습니다. 이들이 지상의 진동에 조화할 수 있어야만 현재 샤스타 산과 지구 전역에 걸쳐 태어나 인간으로 살고 있는 많은 레무리아인들과 가까운 장래에 합류할 수가 있기 때문입니다.

우리는 부분적으로는 격자에다 특정에너지를 주입하는 일에도 도움을 주고 있는데, 격자는 이 특정 에너지를 텔로스에서부터 샤스타 산을 거쳐 지상으로 방출하게 됩니다. 아마다가 이 격자를 직접 관리하고 있으며, 샤스타 산과 행성 전역에 걸쳐 그리스도의 완전한 신성을 체화할 준비가 돼 있는 모든 사람들이 이 특정 에너지를

제2부 텔로스의 다양한 존재들로부터의 메시지

다시 여는 데 이 격자가 많은 도움을 주고 있습니다.

이 격자는 서로 다른 여러 수준의 에너지들과 많은 요소로 구성되어 있습니다. 아주 다양한 존재들이 이 일을 함께 하고 있으며, 이 격자를 통해 전송되는 모든 것들은 전적으로 아다마가 관장하고 있습니다. 격자 그 자체는 다차원적인 것이며, 사실 텔로스의 시민들도 이러한 격자에너지의 일부이고, 이들도 이 에너지에 의해 변형을 맞이하게 된 것입니다. 우리 각자는 훨씬 더 큰 목적을 달성하기 위한 일원들입니다. 그리고 현재 이 행성에서 많은 에너지들이 조화를 이루게 하는데 필요한 여러 방법들 중에서 이 격자도 그 하나에 해당되는 것입니다.

아다마와 텔로스에 있는 그의 팀은 지상의 짙은 밀도를 관통하는 데 필요한 고차원의 생명력을 지닌 격자의 씨를 뿌리고 있습니다. 그리고 그들은 이것을 이루기 위해 우리가 가진 지식과 여러 식물 및 수정들의 진동적인 특징을 기록한 자료들을 열람하고 있습니다. 우리는 각각의 특성에 따른 에너지 파동을 창출하여 격자를 통해 내보내고 있으며, 이 에너지가 지닌 파동의 강도는 현재 지상의 진동수 바로 위의 단계의 진동수와 조화가 잘 이루어지고 있습니다. 때로는 이러한 파동이 지상의 진동수보다 두 번째 위의 수준으로 보내지기도 합니다. 이런 경우는 좀 더 빨리 변형하고자 할 때이며, 상위의 두 단계는 우리가 보낼 수 있는 가장 높은 수준의 파동으로서 일반적으로 지상에 사는 대다수의 사람들이 이러한 파동을 통합할 수 있을 경우에만 내보내게 됩니다.

우리의 활동범위는 지구의 내부와 지각(地殼)의 중간층 뿐만 아니라 아갈타 조직망의 모든 도시들도 포함하고 있습니다. 더할 나위 없이 아름다운 이 텔로스를 창조하는 데 우리 식물과 수정의 왕국도 함께 참여하여 일조를 하였습니다. 이러한 도움에는 내부세계의 사람들이 우리가 가진 자료를 활용하는 것도 포함되는데, 그것은 주로 기술의 확장이나 다양한 수송수단의 개발, 그리고 사람과 동물들이 먹을 식량을 신속하게 개선하는데 필요한 기술의 개발 등에 적용되었습니다. 또한 우리는 멋있는 수정과 아름다운 돌을 생성하는 일에도 일조를 하고 있으며, 대부분의 신전(神殿)이나 사원(寺院)을 짓는데 이 수정들이 사용됩니다. 그리고 아름다운 돌은 집을 짓는데도 훌륭한 자재로 이용되고 있습니다. 우리는 지구 내부의 사람들과 밀접하게 협력하고 있고, *그들의 삶에 끊임없이 기적이 일어나도록 돕고 있는데, 이러한 기적이 일어나는 이유는 그들이 지닌 진동이 항상 사랑과 조화 속에 있기 때문입니다.*

텔로스의 형제자매들처럼 우리 식물과 수정의 왕국도 여러분의 여정에 필요한 사랑과 지원을 늘 함께 나누고 있습니다. 우리들 가운데에도 개인적으로 여러분을 만나기 위해 첫 번째 출현 대열에 포함되어 지구 내부의 빛의 세계로부터 나와 지상 여행을 하고 싶어 하는 존재들이 많이 있습니다.

친구들이여, 우리도 이렇게 되도록 계획하고 있으며 조만간 그렇게 되리라 희망하고 있습니다. 이 아름다운 행성에 거주하는 모든 존재들이 이제는 하나의 가족으로서 사랑과 형제/자매애로 함께 모여야 할 때입니다. 이미 에테르 차원에서는 그렇게 되었으며, 이제는 여러분의 세계에서 이루어져야 할 차례입니다. 그리고 이것을 이루는 데 필요한 것은 오직 여러분들의 인식과 자각뿐입니다.

우리는 마법과 같은 세계에서 살고 있습니다. 이 세계에는 유니콘(一角獸)과 용(龍)이 온갖 색상을 띠고 있는 숲 속을 거닐고 있으며, 새들의 노래 소리가 베개를 만들어내어 이것을 베고 공중에 떠있을 수도 있습니다. 우리는 구름들과도 자연스럽게 이야기할 수 있는데, 이 구름들이 여러분의 사랑을 모든 것들의 근원(the Source of All)에게 실어 날라줄 것입니다.

우리가 살고 있는 차원에서는 모든 존재들이 자신들의 타고난 본

제2부 텔로스의 다양한 존재들로부터의 메시지

성을 알고 신뢰하며, 우리의 사랑과 고조파(高調波:harmonics)로 창조된 빛은 짙은 에너지의 장막을 형성하여 우리 모두를 양육하고 있습니다. 여러분이 원할 때는 언제든지 이곳에 있는 우리를 방문해주기 바라며, 여러분도 매일 매일 자각 속에서 살아가는 이러한 의식의 세계로 진화해가기 바랍니다. 그리고 가슴속의 정원에 나무를 심고, 희망의 꽃을 가꾸십시오. 그리고 여러분이 뒤집어쓰고 있는 영혼의 덮개도 벗어버리기 바랍니다. 우리는 우리 모두의 숲속에 살고 있는 여러분의 생명나무를 존중합니다.

당신들이 사랑과 마법의 세계인 고향으로 안전하게 귀환할 수 있기 바라며, 많은 축복과 커다란 기쁨의 소망이 함께 하기를 기원합니다! 우리는 참나무 형제단과 장미 자매단의 에너지들을 여러분과 함께 나누고 있는 안달(Andal)과 빌리쿰(Billicum)입니다.

가슴은 신성한 본성을 가지고 있습니다.

그러나 이것은 자유로운 상태에 있어야 합니다.

- 아빌라의 성녀 테레사 수녀 (St. Teresa of Avila)-

제10장
우리는 크리스탈(Crystal)의 존재들입니다

- 빌리쿰(Billicum) -

수 정 에너지의 작업자들이 다른 많은 공동체에서 하고 있는 것처럼, 장미 자매단도 지구와 인류가 완전한 수정구조로 옮겨갈 수 있도록 하기 위해 존재하고 있습니다. 금년 초에 자기격자의 작업이 마무리됨에 따라 행성 내부에 있는 수정격자를 다시 활성화할 수 있게 되었습니다. 현재 이 수정격자는 다시 커지고 있는 중입니다.

구조적인 면에서 이 수정들은 추가로 덧붙여짐으로써 커지게 됩니다. 이 과정에는 불(火)과 흙(土), 물(水)의 요소들에 의해 변형된 에너지들도 포함되는데, 실제로 이러한 요소들이 서로 혼합되어 있으며, 남성 에너지와 여성 에너지가 결합된 것입니다. 따라서 순수한 수정의 형태는 이와 같은 혼합된 에너지를 전하는 전달자의 역할을 가지고 있습니다. 인간의 DNA 구조 속에도 똑같은 과정이 현재 전개되고 있습니다. 보다 순수하고 고차원적인 진동을 지니기 위해서 여러분은 자신이 가지고 있는 구조에 필요한 변형 에너지를 추가하고 있는 것입니다.

인류는 마음의 문을 활짝 열고 혼합된 남성과 여성의 에너지를 자신의 내부에서 융합하고 있는 중입니다. 인류는 에너지적인 차원에서 자신의 존재 내면과 행성 그 자체에 존재하는 이원성(二元性)이 실제로는 고조파(高調波:harmonics)의 전 범위를 나타내는 극성(極性)이라는 것을 이제 이해하기 시작했습니다. 인류는 이러한 양 극성을 기꺼이 받아들이려 하며, 새로운 발전단계에 들어서고 있는 것입니다.

이원성(二元性)의 개념과 경험을 초월한 지구의 진화가 시작되었습니다.

세도나(Sedona)와 샤스타 산과 같이 에너지가 뭉쳐 있는 곳으로 알려진 지구상의 많은 장소들이 이제 본래 지니고 있던 남성적 또는 여성적 진동에서 벗어나 신성한 불꽃(남성성)과 신성한 여성성(sacred feminine) 둘 다에 공명하는 혼합된 진동으로 바뀌었습니다. 여기에 맞추어 인류도 이미 이와 동일한 여정을 시작했습니다. 참나무 형제단의 짝으로서 우리 장미의 자매단도 전 행성에 걸친 봉사에 임하고 있는 존재들입니다.

우리 자매단의 행성 본부는 샤스타 산의 내부에 있으며, 우리는 레무리아의 에너지체들을 비롯해 지구 내부의 모든 주민들과도 아주 긴밀히 협력하고 있습니다. 우리의 앞길을 인도하고 있는 것은 다름 아닌 레무리아의 가슴(The Heart of Lemuria)으로 묘사된 레무리아의 에너지인데, 이것은 우리의 의식과 우리가 지구와 인류에

제2부 텔로스의 다양한 존재들로부터의 메시지

대한 커다란 봉사 및 "위대한 결합"을 준비 하도록 이끌고 있습니다. 우리는 지구의 내부와 지각(地殼)의 중간층에 있는 모든 문명들과 더불어 어머니 지구가 다시 자신의 신성과 결합하는 데 필요한 에너지 구조를 창조해내기 위해 모두 협력해서 일하고 있습니다. 그리고 한 때 지구상에 존재했던 사랑이 충만한 공동체 형태로 지구에서 살고 있는 모든 이들에게 힘을 쏟아붓고 있습니다.

요즘에 태어나는 아이들은 이와 같은 새로운 에너지 구조를 이미 가지고 있습니다. 이러한 아이들은 이원성을 초월한 세계를 이미 태어날 때부터 이해하고 있습니다. 그들은 남성과 여성의 융합된 힘을 이해함으로써 자기들끼리 서로 연결되어 있습니다. 이들이 인간의 체험을 돕고 있는 것처럼 우리도 이 아이들의 이러한 점들을 존중해야 할 것입니다.

이미 이 지구에 살고 있는 여러분은 대단히 큰, 그리고 어떤 의미에서는 가장 중요한 임무를 가지고 있습니다.

여러분은 현재의 지구 진동 수준에 맞추어 같이 공명하고 있고, 여러분의 인체는 최대한으로 그 주파수를 유지하고 있습니다. 이처럼 지구와 인간이 더불어 공명하는 까닭에, 지구가 고차원적인 자각의 단계로 진화 할 때 그녀가 자기 자신의 상태를 가장 잘 확인할 수 있는 것은 바로 여러분을 통해서입니다. 여러분이 이 시기에 맞추어 이 지구에 온 것도 바로 이와 같은 중대한 목적을 수행하기 위해서인 것이죠.

여러분 각자가 자신의 진동을 높일 때, 곧 이것이 지구의 진동을 높이게 됩니다. 왜냐하면 여러분과 지구는 한몸(一體)이니까요. 그러므로 여러분이 각자의 가슴과 의식의 문을 열어 지금 일어나고 있는 변화를 최대로 받아들이게 되면, 지구도 스스로 진화해갈 수 있는 원천적 동력(動力)을 그 만큼 많이 얻게 되는 것입니다.

여러분이 에테르적인 순수 수정 에너지를 지닌 우리 중의 누군가와 육체 상태에서 연결되는 것은 이런 동일한 에너지 구조를 물리적으로 표현하기 위한 것입니다. 따라서 우리가 이곳에서 그것을 여러분에게 조언해 주기는 하겠지만, 그렇다고 여러분을 위해 예언을 해주거나 이러한 여정에서 여러분이 가야할 길을 대신 선택할 수는 없습니다. 자신의 에너지와 가장 적합한 경로를 계획하고 선택하는 것은 각자에게 맡겨져 있습니다. 우리가 할 수 있고 또 해야 할 일은 여러분에게 존재하고 있는 모든 가능성들을 제공하여 여러분이 선택할 수 있는 폭을 넓혀주는 것뿐입니다.

그러나 가장 중요한 임무를 지고 있는 것은 바로 여러분이라는 사실을 결코 잊어서는 안 됩니다. 왜냐하면, 지구 행성이 진화하고 깨어나도록 돕는 데 있어서 가장 큰 변화가 일어나야 하는 곳이 바로 지구의 물질계이기 때문입니다.

여러분의 육체적인 몸에도 많은 변화가 일어나고 있다는 것을 느끼게 될 것입니다. 어떤 사람들에게는 여러 신체의 기관들이 적절하게 기능을 하지 않거나, 항상 안정되어 있던 에너지가 아주 다르게 느껴지기도 할 것입니다. 먹는 음식과 관련해서도 식단과 식사량을 즉시 바꿔야 할 필요성을 크게 느낄 수도 있습니다. 또한 생을 거듭하면서 감정체와 육체에 축적되어 있는 독소를 정화해야 하겠다는 강한 욕구를 느낄 수도 있습니다.

모든 이러한 육체적인 변화들은 반드시 존중돼야 하며, 자신의 육체를 돌봐야겠다는 욕구에도 관심을 기울여야 합니다. 상업사회에서 아주 대중화되어 있는 제품보다는 아주 깊은 차원에서 몸에 도움을 주는 제품들이 가까운 장래에 많이 출현하게 될 것입니다. 또 이미 모습을 드러낸 제품들도 있습니다. 중요한 것은 이러한 제품들을 찾아내고, 이러한 정보들을 여러분이 관여하고 있는 사회나 공동체와 공유하는 것입니다.

항상 여러분은 수정으로 이루어진 공동체 사회를 동경해 왔고, 삶 속에서 이러한 사회를 실현하고자 노력해 왔습니다. 현 시대에 우리는 인간이 사용하는 통신기기와 컴퓨터 속에도 거주하고 있으며, 우리 수정 에너지체들이 여러분과 접촉할 수 있는 여지가 있는 곳은 여러분이 착용하고 있는 보석이나 장식품을 통해서입니다. 여러분들 중에는 우리를 보다 더 자연스러운 형태로 인식하고 있는 사람들도 많이 있는데, 우리를 자신들의 집이나 사원으로 가져가는 사람들도 있습니다.

에테르계에 존재하는 우리를 볼 수 있는 사람들은 우리가 인간과 많이 닮아 있다고 생각하고 있으며, 마치 사람들끼리 하듯이 우리와도 그렇게 인사를 하기도 합니다. 어떠한 방식으로 여러분이 우리의 에너지체들을 초대한다 하더라도, 우리는 모든 방법을 동원하여 가능한 한 물리적인 형태로 접촉하여 여러분을 돕고자 한다는 것을 이해해주기 바랍니다. 또한 우리는 지구가 물질적인 면에서 가능한 한 최고의 상태에 도달할 수 있도록 돕기 위해 여러분과 함께 여기에 존재하고 있는 것입니다.

내부 세계의 중심태양으로 알려져 있는 이 행성의 거대한 중심 핵은 사실은 하나의 거대한 수정(水晶)으로 되어 있습니다. 이 핵은 5차원의 진동을 지니고 있으며, 지구가 앞으로 진화하게 될 진동을 이 핵(核)을 통해 이 행성전역으로 방사하고 있는 것입니다.

이 행성의 중심 핵(核) 속에 있는 수정으로 된 거대한 중심태양은 역시 같은 수정으로 이루어져 있는 이 우주의 대중심태양과 유사한 진동을 지니고 있으며, 에너지적인 면에서도 우주의 대중심태양에 의해 지탱되고 있습니다. 그리고 이 우주의 대중심태양은 훨씬 더 높은 차원과 에너지적인 구조에 의해 작동되고 있습니다. 위대한 수정의 마스터(Great Crystal Master)로 알려진 존재는 이 우주의 대중심태양의 핵에서 나오는 에너지를 체화(體化)한 존재로서, 이 우주에 존재하고 있는 수정으로 된 기타의 모든 태양들에게 이 에너지를 방출하여 이들을 양육하고 있는 것입니다.

여러분이 이해할 수 있는 단어와 용어를 사용하여 설명하자면, 이 분은 최고의 마스터이며, 이 우주에서 모든 수정의식(水晶意識)의 맨 꼭대기에 계신 분입니다. 알파요 오메가인 그는 이 우주의 어버이 신(神)께 봉사하며 현재 일어나고 있는 이 거대한 변화를 뒷받침하기 위해 자신이 가지고 있는 많은 에너지를 쏟아 붓고 있습니다. 또한 이 지구 행성이 원래의 영광스러운 운명으로 부활하고 회복될 수 있도록 돕고자 지금 이 시간에도 많은 노력을 경주하고 있습니다. 이 분이 가지고 계신 방대한 의식(意識) 중의 중요한 부분이 지금 바로 이곳 지구 내부에 존재하고 있으며, 또한 지구 내부에 존재하는 수정의 중심태양과 기타 수정들을 도우며 자신의 에너지를 여기에 보태주고 있는 것입니다.

행성의 주위에는 대중심태양에서 나오는 에너지를 지니고 있는 다른 5차원의 수정들도 존재하고 있습니다. 지구상에 존재하는 3차원과 4차원의 수정들은 자신에게 적합한 형태의 에너지들을 이 5차원의 수정의 고리로부터 취하게 됩니다. 우리도 에테르계에서는 대중심수정의 형체 안에 있는 의식체입니다. 또한 우리는 행성의 중심에서 나오는 사랑과 빛을 표현하고 있는 많은 대표자들 중의 하나이기도 합니다.

자기 격자가 완성됨에 따라 우리는 이 행성에서 해야 하는 다음 단계의 작업에 착수할 수 있게 되었습니다. 우리는 개인으로 구성된 여러 그룹들과 함께 일하고 있으며, 이들 그룹 중에는 큰 그룹

샤스타 산과 수정의 에너지

도 있고 작은 그룹도 있습니다. 수정의 에너지체인 우리는 이들에게 수정격자를 다루는 법과 폭넓게 이용할 수 있는 치유방법 및 변형기법을 가르치기도 합니다. 머지않아 이들 각각의 그룹들은 그들이 받은 정보를 세계적 차원에서 모든 존재들과 함께 공유하게 될 것입니다.

수정의 에너지들은 어떤 에너지를 두 배로 증폭시키는 기능을 가지고 있습니다. 우리는 물질세계를 초월해있는 에너지의 전달자들이며, 또한 정보의 저장창고이기도 합니다. 그동안 우리가 간직했었고 여러분과 공유하고자 열망했던 각종 정보들에 인류와 지구의 의식이 눈을 뜸에 따라 오늘 우리는 우리가 해야 하는 일들 중에서 현재 가장 중요한 두 번째 작업을 시작합니다.

향후 몇 개월 내에, 여러분은 우리가 여러 가지 이름으로 불리는 것을 듣게 될 것입니다. 많은 그룹들이 우리와 접촉하게 될 것이며, 우리가 가진 여러 가지 사명들이 물질세계에서 실현되어 질 것입니다. 각자 여러분이 수행하고 있는 작업도 이런 거대한 작업의 일환입니다. 우리가 여러분 앞에 모습을 나타날 때는 각종 모임이나 관계되는 개인들에게 가장 잘 어울리는 모습으로 나타나게 될 것입니다. 왜냐하면 여러분과 접촉하기 위해서는 연결이 필요한데, 아직도 여러분 각 개인마다 우리에 대한 고정적인 이미지나 형태를 가지고 있기 때문입니다.

여러분이 스스로 체험을 통해 먼저 확인하지 않고는 자신의 기억 속에다 다른 사람들이 말하는 이미지나 형상 또는 이름을 각인시키지 않길 바랍니다. 이제는 모든 존재들이 자신이 가지고 있는 앎을 그것이 어떠한 형태를 취하고 있건 신뢰해야 할 때입니다. 그리고 이러한 정보들 중에서도 의식적인 마음에서 나오는 어떤 표시나 이미지가 아닌 여러분의 가슴에서 나오는 메시지가 가장 중요한 정보인 것입니다.

인간의 에고(Ego)는 강력하고도 필요한 힘을 가지고 있기는 하지만, 여러분이 따라야 하는 유일한 소리가 아니기 때문에 이 에고는 반드시 전체와 하나로 통합돼야 합니다. 이런 점에서 가장 중요한 작업은 자기 스스로를 아는 것입니다.

우리가 여러분과 의사소통하는 것도 바로 당신들이 지니고 있는 수정센터를 통해서입니다. 물질적인 수정을 한 개 또는 몇 개를 구해서 이것들을 가지고 일을 하며 자신들의 수정센터에서 나오는 진동을 체험해보세요. 이런 수정들에게 그들 스스로 여러분의 중심에서 나오는 진동에다 주파수를 맞추라고 요청해 보십시오. 그리고 개인적으로 자신에게 적합한 장소에서 이런 진동을 확대하고 발전시킬 수 있도록 도와달라고 하십시오. 여러분이 한 세트의 수정들을 가지고 다루는 법을 익히고 나면, 그 다음에는 자신과 여정을 함께 하게 될 새로운 수정 교사를 받아들일 준비를 해야 합니다.

지금은 모든 사람들이 하나의 변형 모델이나 형태를 따라해야 하는 시기가 아닙니다. 이제는 각자가 자신만의 모델을 따라야 하며, 여러분이 하는 이러한 작업은 이 행성에 새로운 모델과 틀을 창조하는 데 있어 전체에 보태진다는 것을 알아야 합니다. 여러분이 개인별로 행하는 작업은 그룹의 작업을 창조하게 되고, 그룹들이 행하는 작업은 사회적 작업을 만들어내게 됩니다. 그리고 더 나아가 사회가 다 함께 일하게 되면 행성도 변하게 되는 것입니다.

나는 수정의 세계에서 온 빌리쿰이며, 여러분에게 가르침을 전할 수 있게 되어 영광스럽게 생각합니다.

인식할 수 있는 모든 것들은 사실 공(空)한 것이다.
그러나 우리의 무명(無明) 때문에
그것들은 스스로 일어나고,
스스로 존재하는 실재처럼 우리에게 나타난다.

- 달라이 라마 -

제11장
아틀란티스인들의 지저도시, 포시드(Posid)에서 온 메시지

– 갈라트릴(Galatril) –

사 랑하는 형제자매 여러분, 안녕하세요! 나는 갈라트릴입니다. 나는 브라질의 마토 그로소(Mato Grosso) 아래에 위치해 있는 포시드(Posid)에 살고 있으며, '포시드 위원회'에서 세 번째 서열에 있습니다. 나는 여러분의 시간으로는 여러 생(生)에 해당하는 기간 동안 이 직책을 맡고 있는데, 지금까지 과거의 에너지를 치유하는 데 많은 시간을 보냈고, 아직도 이러한 치유작업을 계속하고 있습니다.

부활한 도시인 이 포시드는 현재 5차원에 있으며, 훌륭하고 아름다운 빛의 공동체이기도 합니다. 지구 내부에는 이곳 말고도 아틀란티스인들의 에너지가 살아 숨 쉬고 있는 도시들이 다른 곳에도 여러 개가 있습니다. 그런데 이곳에 살고 있는 우리는 지상의 여러분이 우리가 가진 진동에 대해 크게 불신하고 있다는 사실도 잘 알고 있습니다.

여러분 중에 과거의 생(生)에 아틀란티스의 침몰이라는 대격변을 겪었던 많은 사람들은 이러한 기억으로 인해 아직도 감정적인 장애와 육체적인 고통을 안고 살아가고 있습니다.

아틀란티스의 침몰을 초래했던 에너지들, 즉 가슴에서 나오는 조화로운 여성에너지를 억압했던 과도한 정신적인 남성에너지를 겪은 많은 사람들이 어떤 형태로든 우리와의 교신에 흥미를 가질 수 있음에도 불구하고 여전히 이들의 내면에서는 아직도 두려움과 비통한 감정이 생겨나고 있습니다.

이런 이유 때문에, 예전에 여러분의 마음에 담고 있었던 우리와의 낡은 연결고리를 스스로 놓아버리고 여러분에 대한 우리의 깊은 사랑의 에너지를 새로이 다시 한 번 가슴 속으로 가져가 달라고 부탁하는 것입니다. 대륙이 파괴된 후 우리는 의식(意識)을 향상시키기 위해 많은 일을 했으며, 가슴에서 흘러나오는 사랑의 에너지를 받아들이게 되었습니다. 그리고 과거에 너무 경솔하게 남용했던 에너지들을 다시 확고하게 균형 잡기 위해서 우리는 꾸준히 노력했습니다.

나는 오늘 여러분과 접촉하여 여러분의 가슴에다 직접 말을 할 수 있는 기회를 가지게 된 데에 대해 대단히 기쁘게 생각하며, 여러분에게 깊은 감사를 드립니다. 여러분이 허락한다면, 우리가 지상의 대다수의 사람들은 아니라 할지라도 여러분의 영혼을 치유하고 많은 이들이 과거에 받았던 정신적인 충격을 어느 정도 치료할 수도 있습니다.

옛날 아틀란티스 시절에 우리는 스스로 엄청난 자부심을 가지고

제2부 텔로스의 다양한 존재들로부터의 메시지

살았고, 우리의 에고와 기술의 남용으로 이 지구를 격렬하게 흔들어놓았습니다. 하지만 그 이후부터 우리는 지구와 지구의 내부 세계에 봉사하면서 많은 시간을 보냈습니다.

우리는 이 행성에 존재하고 있는 원소의 정령들, 그리고 자연의 영들에게도 봉사하고 있습니다. 또한 카르마, 즉 여러분 모두가 겪었던 상처와 깊은 고통을 청산하기 위해 사랑하는 레무리아의 형제자매들에게도 봉사하고 있습니다. 아울러 영혼이 갈망하고 있는 지식에 대해서도 많은 것들을 배웠고, 이러한 영적인 갈망은 가슴에서 우러나오는 깊은 앎을 통해 반드시 균형이 이루어져야 한다는 것도 알게 되었습니다.

그런데 아틀란티스가 침몰한 이후 자기들이 가진 전문 지식을 자진해서 우리에게 제공해준 것은 다름 아닌 레무리아의 형제자매들이었습니다. 그리고 그들은 우리에게 다음의 진화단계에서 이러한 지식을 우리의 좋은 스승으로 삼아야 한다고 권유해주었습니다. *또한 우리가 진화할 수 있도록 이끌어주었던 연민과 이해, 지혜를 지닌 많은 인도자들과 치유사들, 스승들도 모두 텔로스에서 온 레무리아의 형제자매들이었습니다!* 물론 텔로스 외에 다른 레무리아인의 도시들에서 온 존재들도 많이 있었습니다.

오랜 기간에 걸쳐 그들이 우리에게 보내준 지원과 사랑, 포용심은 나를 포함한 모든 아틀란티스인들에게 우리의 영혼과 아주 어두운 가슴 속 깊은 곳에 비친 한줄기 빛이었습니다. 그리하여 그들과의 연결을 통해 우리는 점점 더 높은 사랑과 진실한 형제애를 깨닫게 되었습니다. 그리고 우리가 예전에 레무리아 형제들로부터 받았던 것처럼, 이제는 우리가 인류에게 똑같이 베풀고자 하는 것입니다.

지리적으로 우리는 브라질의 바로 밑에 거주하고 있는데, 그

이유는 지구에서 이 지역이 수정(水晶)의 성질을 아주 많이 가지고 있기 때문입니다.

이곳에서 우리는 반성하지 않거나 신성한 계획(Divine Plan)을 이해하지 못하는 자들의 손에 의해 또 다시 이런 수정 에너지들이 다시 조종당하지 않도록 이것을 보호하는 파수꾼 역할을 하고 있습니다. 과거에는 우리도 권력을 갖고 지배와 통제를 하기 위해 이 수정 에너지가 지닌 엄청난 힘을 활용해야 한다고 주장했지만, 이제는 이러한 에너지의 보호자가 되어 있습니다. 그리고 지금 우리가 이러한 에너지의 보호자가 되는 것은 매우 적절한 것입니다. 왜냐하면 우리가 이 에너지의 남용으로 인한 역효과를 충분히 체험한 까닭에 이제 이 에너지에 대해서는 누구보다 잘 이해하고 있기 때문입니다. 우리는 천 년 간의 관찰을 통해 발달시켜온 큰 지각력으로 수정 에너지의 흐름을 예측할 수가 있습니다. 우리가 이런 일을 하는 것도 레무리아 형제자매들에게 봉사하기 위해서이며, 우리는 이들을 사랑하는 "한 가족"으로 여기고 있습니다. 레무리아의 형제자매들은 행성의 변형이 일어나는 이 시기에 이러한 에너지들을 합성하고 조율하고 있는 대단한 존재들입니다.

우리의 생활방식도 여러 면에서 텔로스에 사는 사람들의 생활방식과 아주 흡사합니다. 우리는 공동체 내에서 모두 책임 있는 자리를 맡고 있으며, 이 지구 행성과 지상에 육화해 있는 우리의 형제자매들을 위해 봉사하는 일에도 많은 시간을 쓰고 있습니다. 우리가 하는 일의 대부분은 현재 지상에서 모습을 드러내고 있는 수정(水晶)으로 된 많은 도구들을 프로그래밍(Programming)하는 일입니다. 우리는 일찍이 지상에서 사용했던 것보다 훨씬 더 높은 진동 에너지를 방출하는 새로운 형태의 수정을 지저에 존재하는 여러 수준의 유기적인 구조로부터 창조할 수 있는 기술을 보유하고 있습니다.

지금 이러한 수정들이 지상에 나타나고 있으며, 이것들이 적용되면 환경과 상호작용하여 환경 속에 내재된 모든 수준의 독성들을 해독하게 될 것입니다. 그리고 이 수정들은 수정을 다루는 개인들이 지닌 의식적인 의도를 잘 받아들이며, 이 수정을 필요로 하는 사람들과도 잘 협력해나갈 것입니다. 그러나 이 수정을 다루는 사람들은 오직 하나의 의도만을 가져야 하며, 신성한 계획이 가지는 진동의 범위 내에서만 행해야 합니다. 이것은 가까운 장래에 출현하게 될 치유의 도구들을 다루는 데 있어 꼭 지켜야 할 첫 번째 사항입니다. 또한 이러한 수정들은 이것을 다루는 개인이 가진 진동을 색깔로 나타내게 될 것이고, 만약 이 수정이 다른 사람의 손으로 건너가거나 건네질 때에는 그 색상이 바뀔 수도 있습니다.

포시드에 있는 건물들은 수정과 아주 유사한 물질로 지어졌는데, 이 에너지는 지구 자체의 치유뿐만 아니라 우리가 지니고 있는 유해한 감정을 치유하는 데에도 크게 도움을 줍니다. 우리는 적당한 때가 되면 우리가 지상에 사는 사람들에게 도움이 되었으면 좋겠다고 하는 큰 열망을 마음속에 지니고 있습니다. 여러분이 이러한 치유의 물질을 사용하여 빛의 도시를 창조하는 데 우리가 지원하고 기여할 수 있기를 바랍니다. 게다가 이 수정들은 토양을 치유하는 데에도 활용될 수 있으며, 음식과 식수(食水), 그리고 기타 많은 것들을 재활용하는 데에도 사용될 수 있습니다.

다음과 같은 점을 여러분에게 확신시켜 드리고자 합니다. 우리는 모든 노력과 여러분과의 긴밀한 협력을 통해 이 행성에 하나로 통합된 문명을 다시 창조하는 데 긴요한 사랑과 자비를 꼭 이 땅에 실현하고 싶은 크나큰 열망이 있습니다.

이 행성을 위해 이 지구에 존재하는 모든 차원과 영역들을 하나의 통합된 의식으로 실현되도록 돕는 것이 진정으로 우리의 가슴에서 우러난 가장 큰 목표입니다. 우리는 사랑이 가져다줄 최고의 기쁨과 은총을 지상에 살고 있는 여러분과 얼굴을 맞대고 함께 체험하기를 바라고 있습니다.

고차원인 5차원의 내부세계에 존재하는 아틀란티스와 레무리아는 당초 두 대륙에서 꽃피우기로 계획되었던 에너지들을 지금은 충분히 구현해내고 있다고 떳떳하게 말할 수 있습니다. 당초 아틀란티스는 신성한 아버지의 에너지를 상징하고, 레무리아는 신성한 어머니의 에너지를 상징하고 있었습니다. 그리고 이들 두 대륙은 신성한 의식으로 결합하여 함께 작용하도록 돼 있었습니다. 우리 두 대륙에 사는 주민들은 사랑과 통합된 의식으로 서로 도와야했을 뿐만 아니라 이 행성에서 진화하고 있었던 다른 문명들과 경험이 부족했던 젊은 영혼들의 사랑스런 인도자로서, 또 스승으로서 통합의 본보기가 되어야 했었습니다.

여러분 중에 많은 사람들이 그 후 수많은 생을 거듭하면서 아틀란티스의 고유한 진동을 떼어내고자 노력했다는 것을 우리도 잘 알고 있습니다. 이제부터 우리와 함께 간단한 명상연습을 해보자고 요청하는 바입니다. 이 명상연습이 정신적인 충격으로 인해 생성된 낡은 진동을 정화하는데 도움을 줄 것입니다. 그리고 이를 통해서 새로운 진동을 지닌 사랑과 조화의 씨앗을 진화해가고 있는 이 행성의 의식(意識)에다 뿌릴 수 있는 것입니다.

아틀란티스에서 창조되었던 많은 기술들과 기술적인 자원(資源)들이 있는데, 여러분 중에도 이러한 것들을 직접적으로 알고 있는 사람들도 많이 있습니다. 지금은 이러한 기술들이 에고나 권력을 위해서가 아니라 사랑과 봉사를 위해 이 세상에 다시 모습을 드러내야 할 때입니다. 장차 여러분이 옛날에 겪었던 낡은 에너지와 체험들을 정화해감에 따라 아틀란티스에서 좋았던 것들과 경이로웠던 모든 것들이 여러분을 통해 이 지상에 모습을 드러내게 될 것입니다.

아틀란티스뿐만 아니라 레무리아의 대륙도 물리적으로는 다시 융기하지 않습니다

그 대신에 이들 대륙은 현재 인간으로 태어나있는 사람들의 에너지들을 통해서 다시 태어나게 될 것입니다. 이러한 문명들이 누렸던 이기(利器)와 자원들은 오늘날 지상에서 살고 있는 여러분의 손에 의해 새롭고 눈부신 형태로 재창조되고, 다시 구현될 것입니다.

이제 우리와 함께 영혼의 수정 가슴(Crystal Heart) 속으로 여행하시기 바랍니다. 가슴 뒤쪽에 존재하는 불타고 있는 센터를 시각화하고, 온 몸으로, 그리고 지구의 에너지장 속으로 넘실대는 파도처럼 에너지를 보내도록 하세요. 여러분이 지닌 수정센터는 지구의 수정센터와 공명하면서 진동하고 있습니다. 여러분의 가슴에 있는 수정의 중심태양에 초점을 맞추면서 자신이 가진 앎과 사랑을 지구의 핵(중심부)에 위치해 있는 수정의 중심태양으로 확장해가세요.

여러분에게 남겨진 에너지의 흔적을 따라 지구 속으로 여행하면서 이 에너지의 물결에 따라 나타나는 이미지도 잘 살펴보세요. 이러한 이미지들은 색깔로, 또는 소리로도 나타날 수도 있습니다. 이렇게 나타나는 장면들은 아틀란티스 시절에서의 장면들일 수도 있고, 기하학적 형상일 수도 있으며, 여러분이 알고 있는 사람들의 모습일 수도 있습니다. 각각의 경우마다 이러한 이미지를 찾아내 이것들을 깨끗이 씻어내고 정화하여 당신들의 크리스탈 하트, 즉 신성한 가슴에서 방출되는 넘실대는 사랑의 파도로 에워싸세요.

이러한 이미지들을 설명하거나 해석하려고 들지 마십시오. 적당한 때가 되면, 이 이미지가 뜻하는 바를 저절로 알게 될 것입니다. 이러한 이미지들은 아틀란티스 시대로부터 전송된 에너지들인데, 여러분이 이 행성과 인류에 봉사하면서 보여주고 있는 엄청난 사랑으로 지금은 그것들을 그냥 덮어두시기 바랍니다. 이러한 에너지의 잔재들, 즉 따로 떨어진 고아와 같은 에너지들을 여러분의 중심태양과 지구의 중심태양 사이에 존재하는 하나됨(Oneness) 속으로 가져가세요.

신성의 순수한 에너지가 이러한 에너지들을 치유하고 다시 알게 하도록 내버려두시기 바랍니다.

우리 모두를 자신의 사랑스런 손 안에 쥐고 계시는 신의 계획(Divine Plan)을 허용하도록 하고, 여기에 내맡기시기 바랍니다. 우선 첫째로 오랜 세월 간직해온 고통과 슬픔, 죄의식과 수치심을 스스로 떨쳐버리세요. 현재 인간으로 태어난 당신들은 아틀란티스 시대에 있었던 잘못된 판단에 대해서 아무런 책임이 없습니다.

여러분이 이러한 잘못들을 바로잡을 책임도 없습니다. 왜냐하면 사실상 잘못된 것이 없었기 때문입니다. 단지 깨달음을 얻기 위해 특정한 여정을 선택했던 문명으로부터 교훈을 배웠던 것뿐입니다. 그리고 그러한 여정을 가는 데에는 이 행성에서 가장 거대하고도 집단적인 여러 입문식들 가운데 어떤 하나가 필요했습니다. 그리하여 아틀란티스 시대에 살았고 우리와 함께 했었던 여러분 중의 많은 이들이 여러 각도에서 마음과 가슴의 분리가 어떤 것인지 체험하고자 하는 삶을 그렇게 선택했습니다. 우리가 한 것은 이러한 분리를 보다 잘 이해하고자 체험을 한 것뿐이며, 그것도 강요가 아닌 선택에 의해 그렇게 했던 것입니다.

오늘 우리는 보다 큰 앎의 차원에서 우리가 배웠던 모든 것들을 여러분에게 전하기 위해 처음으로 손을 내밉니다. 그리고 우리는 여러분 중에 당시 우리와 함께 했던 사람들은 이러한 시대를 통해 이해하게 된 것을 더욱 확장하여 자신의 주위에 살고 있는 사람들에게도 똑같이 전해달라고 요청드리는 바입니다. 우리는 옛날에 존재했던 아틀란티스의 도시들을 다시 창조하고 싶지는 않습니다. 다만 우리는 여러분과 함께 우리가 나누고 있는 사랑이 더욱 성장하고 발전해가는 새로운 공동사회를 창조하고 싶을 뿐입니다.

우리는 마음과 가슴의 분리를 조장하는 기술들을 여러분에게 절대로 전해주지 않을 것입니다.

여러분이 스스로 사랑과 나눔이라는 흔들림 없는 진동에 도달할 때에만, 우리는 우리가 가진 기술들을 당신들에게 알려줄 것입니다. 그 다음에는 여러분이 자신이 존재하는 4차원이나 5차원에서 이러한 도구들을 창조하게 될 것입니다. 또한 기존에 있는 이러한 도구들에 여러분이 가지고 있는 새롭고도 훌륭한 도구와 기술들이 추가로 보태지게 될 것입니다.

우리는 내적인 시야의 부족으로 멸망에 이르렀던 이전의 문명으로부터 많은 지혜를 얻게 되었습니다. 이렇게 우리가 얻은 지혜들을 우리는 여러분이 살고 있는 지상의 정부 관리들과 함께 나누고자 합니다. 그러므로 동참하고 싶어 하는 모든 사람들을 초대하는 바입니다. 이전에 우리의 대륙에서 육화했던 인연으로 우리와 연결되어 있는 모든 사람들은 가슴의 문을 열고 이곳 포시드에서 살고 있는 우리를 방문해 주십시오. 에테르체로 이곳을 여행하여 우리와 함께 아틀란티스의 몰락과 최후의 파괴를 가져온 의식(意識)이 어떤 것인지에 대해서도 공부해보세요.

이제 우리는 문을 활짝 열어놓고 우리와 다시 연결되고 싶어 하고 대화하고자 하는 모든 사람들을 받아들이기 위해 도시 내에 특별한 거주공간을 마련해놓았습니다. 여러분이 이곳에 오셔서 모든 집착을 버리고 사랑으로 당시에 있었던 결점과 불균형이 무엇이었는지 살펴보시기 바랍니다. 그리하여 이곳에서 여러분이 배운 교훈들을 지상으로 가져가 똑같은 실수를 반복할 가능성이 높은 자들과 지상 세계를 통치하는 자들의 의식 속에다 그것을 각인시켜주시기 바랍니다.

밤이 되면 텔로스에 있는 홀(Hall)과 교실은 방문객들로 넘쳐나고 있으며, 방문객의 숫자는 날로 증가하여 매달 수천 명씩 거의 두 배로 증가하고 있습니다. 또한 새로운 훈련을 받기위해서 뿐만 아니라 이전의 친구와 가족들을 만나 재회를 즐기기 위해 많은 사람들이 찾고 있습니다. 반면에 우리 포시드에 마련된 장소는 거의 텅텅 비어 있는 실정입니다.

여러분이 꿈속에서 이곳에 오셔서 우리가 사는 아틀란티스의 가정을 방문해 주시기를 우리는 큰 기대와 사랑으로 기다리고 있습니다.

이곳 포시드에도 여러분과 함께 하고 싶어 하는 존재들이 많이 있습니다. 여러분이 텔로스에 있는 레무리아 형제자매들로부터 받는 환영만큼 이곳 포시드에서도 즐겁고 진심어린 환영을 받게 될 것이라는 것을 우리도 약속드리는 바입니다. 여러분이 레무리아의 가족들과 다시 연결되고 싶어 하는 것만큼이나 우리도 여러분 모두와 마음으로 다시 연결되기를 바라고 있습니다. 여러분의 거의 대부분이 아틀란티스에 태어나서 삶을 살은 적이 있었으므로 우리는 여러분을 예전의 우리 가족구성원이라고 생각하고 있습니다.

포시드가 옛날에 물질세계에서 보여주었던 아름다움을 우리는 5차원에서 훨씬 더 우아하고 완벽하게 재현해냈습니다. 그러므로 포시드를 방문하게 되면, 여러분이 텔로스나 기타 레무리아의 도시들을 방문하는 것만큼 즐거워하게 될 것입니다. 우리 역시도 마법이나 낙원과 같은 세계에서 살고 있으며, 이러한 삶을 여러분과 함께 나누고 싶습니다.

포시드의 문은 지난날에 맺어졌던 우정의 끈을 다시 연결하고자 하는 모든 사람들에게 항상 열려있습니다.

레무리아인들이 지상에 모습을 나타내는 문제와 관련하여 궁극적으로 우리도 우리의 역할을 하게 될 것이며, 다시 한 번 여러분 사이를 걷게 될 것입니다. 우리는 여러분의 이해와 이러한 책을 통해 우리의 이야기를 전할 수 있는 기회가 주어진 데 대해 감사하게 생각합니다. 아직도 우리를 사랑하고 있는 여러분에게 축복을 보냅니다.

나는 과거 아틀란티스의 형제인 갈라트릴입니다. 포시드에 사는 나의 형제자매들을 대신하여 여러분에게 우리의 사랑과 연민, 그리고 깊은 우정과 지지를 보냅니다.

지혜는 너무나 친절하고 현명하므로
당신이 볼 수 있는 그 어디에서라도
신(神)에 관해 무엇인가를 배울 수가 있습니다.
왜 그 무소부재(無所不在)하신 분께서
길(道)을 가르쳐주지 않으시겠습니까?

-시에나의 성 캐더린 (St. Catherine) -

제12장

텔로스의 아이들

- 텔로스의 원로, 셀레스티아 -

나는 셀레스티아(Celestia)이며, 텔로스에서 인사를 드립니다. 오늘은 초급반 아이들과 중급반 아이들의 수업이 있는데, 이 아이들이 여러분이 가지고 있는 많은 질문에 대해서 답을 해주고 싶어 합니다. 말할 필요도 없이 이 아이들은 이러한 기회를 갖게 된 것에 대하여 아주 흥분되어 있습니다. 이 아이들은 지상의 상황을 배우는 데 많은 시간을 보내고 있으며, 또한 지상에 있는 아이들에 대해서도 알고 싶어 하고 대화도 나누고 싶어 합니다.

이곳의 아이들이 내가 여러분과, 특히 지상에 사는 아이들과 교신하는 것을 좋아하는 첫 번째 이유는 지상에서 벌어지고 있는 경험들을 그들이 여러 면에서 부러워하기 때문입니다. 비록 이러한 선망이 우리가 여기 텔로스에서 지상에 대해 가지고 있는 진정한 감정은 아니지만 말입니다. 지상의 아이들은 육화해 있는 동안 가장 흥분되는 모험의 기회를 부여받고 있습니다. 그들은 지구에서 색다른 변화가 일어나는 이 시기에, 그리고 모든 이들이 가진 에너지가 이와 같은 변화에 중대한 영향을 미치는 이 시기에 인간으로 태어날 것을 선택한 존재들입니다.

현재 우리 모두는 차원 변형이 단지 하나의 소망이나 막연한 목표가 아니라 점점 현실로 구체화되어 가고 있는 상황 속에서 살아가고 있습니다. 이러한 기간 내에 3차원에 육화하여 지상에 살고 있는 각각의 개인들은 (스스로의 성취여부에 따라) 머지않아 4차원과 5차원의 몸으로 바뀌게 될 것이며, 이들 각자는 한 사람의 모험가로서 새로운 세계와 새로운 존재양식을 발견해가고 있는 것입니다.

지구의 자녀들인 여러분은 이번 생에 많은 언어로, 그리고 여러 장소에 함께 모여 지상의 현재 에너지와는 아주 다른 순수한 그룹의 에너지로 그려진 벽화를 만들어 가고 있습니다. 여러분은 다 같이 모여 이와 같은 거대한 창조의 축하연을 함께 나누고 있으며, 이러한 모임에 참석하기 위해 각자 새롭고도 훌륭한 선물들을 가지고 왔습니다. 이 행성이 곧 체험하게 될 소중한 비전의 한 조각을 여러분은 모두 지니고 있습니다. 당신들은 낡은 세계와 신세계를 연결하는 다리를 만들기 위해서 여기에 온 것입니다.

사실상 이러한 변화는 여러 수준에서, 그리고 여러 차원에서 이미 시작되었습니다.

이제 지상에서 삶을 영위하고 있는 모든 사람에게 남아 있는 것은 오로지 이러한 변화를 인지하고 새로운 이 에너지들을 현실 속에서 구현해내는 선택만이 남아있습니다. 이 시기에 육화해 있는 여러분 각자는 새로운 이 현실에 대해 이미 알고 있습니다. 여러분이 지금 이 시기의 시간과 공간에 택해 지상에 육화해있는 것은 여러분의 희생정신에서가 아닙니다. 오히려 여러분의 가슴은 자신이 이러한 변화의 일부가 되고 있다는 것에 대해 감사해하고 있으며, 또한 대단히 즐거워하고 있습니다.

이러한 모험을 준비하기 위해 여러분 중에 많은 존재들이 텔로스에 있는 학교와 교실에서 훈련을 받았습니다. 여러분은 우리와 함께 지상 세계의 문화와 에너지의 패턴에 대해서도 배웠습니다. 여러분은 선발대(先發隊)로서 오랫동안 지상에서 살고 있는 사람들과도 대화를 주고받으며 사귀어 왔는데, 이는 말하자면 당신들이 맞이하게 될 장대한 모험을 준비하고 이 모험을 수용할 공간을 확보하기 위해서입니다. 여러분은 자신이 지상에서 인간으로 태어날 가족을 결정하기 전에 많은 가족들의 영적 지문의 표본을 모아서 면밀하게 조사하였습니다. 그리고 지상에 태어난 많은 존재들이 텔로스에 있는 연구 그룹들(study groups)과 정기적으로 교신을 하고 있습니다. 왜냐하면 이것이 지상과 지구의 내부사회 및 아이들과의 사이에 현재 진행되고 있는 그룹간의 노력에 대한 일종의 성과물이기 때문입니다.

여러분은 지상에서의 활동상황에 대해 규칙적으로 보고서를 보내주고 있는데, 그 중에서도 가장 중요한 것은 여러분이 육화해있는 3차원에서 느끼는 반응과 감정이 어떠한 지에 관한 보고입니다. 밀도가 짙은 지상의 에너지 속에서 일을 하면서 얻게 된 이해와 정신적인 결과물뿐만 아니라 시각적인 이미지도 같이 보내주고 있습니다. 이곳 텔로스에 있는 아이들에게는 이러한 정보들이 대단히 중요한 것들입니다. 이 아이들은 여러분의 모험이 어떻게 진행되고 있는지에 관한 것뿐만이 아니라 여러분이 지상에서 달성하고자 하는 변형을 어떻게 도와야 되는지에 대해서도 알고 싶어 합니다.

루리엘(Luriel)

루리엘은 중급반에 있는 소년들 중의 한 명으로, 여러분에게 다음과 같이 메시지를 전하고 있습니다.

텔로스에 있는 여러분의 형제자매들과 놀이친구 및 반 친구들을 대표해 여러분에게 따뜻한 인사의 말씀을 전합니다! 우리는 여러분과 직접 대화할 수 있게 된 것에 거의 정신이 나갈 정도로 흥분하며 기뻐하고 있습니다. 우리가 여러분과 아주 멀리 떨어져 있는 것처럼 보이지만, 실제로는 바로 곁에서 여러분이 지상에서 체험하고 있는 많은 모험들을 지켜보고 있습니다.

우리는 지상의 어른들이 "초능력 아이들(Psychic Chrildren)"이라고 호칭했던 애들이 이루어낸 업적을 흥미롭게 매우 열심히 배우고 있습니다. "초능력 아이들"은 우리의 친구들인데, 이들은 지상에 사는 모든 연령층의 사람들에게 많은 것을 알려주고 있습니다. 사실 이 아이들은 매우 오래된 영혼들로서 엄청난 기쁨의 상태에 존재하고 있으며, 다만 이런 기회에 그들이 지구 행성에 대해서 알고 있거나 자각하고 있는 것들을 나누고자 하는 것뿐입니다. 그리고 지상에 살고 있는 많은 어른들이 귀찮게 생각하는 책임감이나 부담감을 가지지 않도록, 이들은 단지 어린 아이로 가장하고 있는 것입니다.

이들은 자신들의 사명을 마치 아이들이 놀이하듯이 장난처럼 수행할 수 있으며, 이것은 지상에 사는 모든 사람들에게 아주 훌륭한 하나의 실례(實例)가 됩니다. 텔로스에 있는 우리들이 진리에 따라 살아가듯이, 그들도 모든 일은 연극이며 모든 앎은 시련으로부터가 아니라 순수한 체험으로부터 나온다고 하는 우리와 동일한 진리에 따라 최선을 다해 살아가고 있습니다. 기쁨은 정말로 하나의 순수한 체험이며, 초능력 아이들은 여러분에게 이러한 본보기를 보여주기 위해 지상에 있는 것입니다.

요즈음 지상에 태어나고 있는 모든 아이들은 한층 강화된 진동을 지니고 있으며, 그러한 진동 속에 존재하고 있습니다. 이들의 DNA는 향상돼 있어 높은 수준의 교신과 자각이 가능합니다. 그들은 자신이 누구이며, 왜 이 시기에 맞추어 이 지상에 존재하고 있는지에 대해서도 알고서 인간으로 육화한 것입니다.

이들은 인디고(Indigo) 아이들, 초능력(Psychic) 아이들, 크리스탈(Crystal) 아이들, 보랏빛(Violet) 아이들, 그리고 기타 등등의 많은 이름을 가지고 있습니다. 사실 이런 이름들은 그들이 몸담았던 반의 이름들입니다.

지상에서와 마찬가지로, 이들도 학교에 입학하여 미래에 졸업할 학급의 일원이 됩니다. 가령 2004학년도 학번이라고 하면, 이 아이들은 모두 인간으로 태어나기 전에 해당년도에 학교에 입학했던 반의 구성원들이 되는 것이지요. 각 학급마다 지상에서 해야 하는 서로 다른 임무가 주어지게 되므로 이러한 임무를 수행하는 데에도 서로 다른 진동이 필요하게 됩니다. 마치 우리 모두가 텔로스라는 학교의 일원이듯이, 이와 같은 모든 학급과 임무, 그리고 진동들도 이 학교의 일부인 것입니다.

모든 학급은 하나의 격자(Grid)를 통해 연결되어 있습니다. 이 격자는 초능력 아이들로부터 그토록 많이 들었던 격자로서, 다른 사람들과 서로 연락을 주고받기 위해 이런 아이들도 이 격자를 이용하고 있습니다. 그러나 전체의 격자는 각 개개인들이 가지고 있는 격자보다 훨씬 크며, 이것은 전 우주와 소통하는 통신시스템을 형성하게 됩니다. 이 격자는 신성한 계획(Divine Plan)에 따라 창조된 에너지체로서, 가슴의 에너지를 거쳐 이 격자로 보내지게 됩니다. 지상에 있는 인터넷과 마찬가지로 이 격자도 우주에 있는 모든 존재들과 연결되어 있습니다. 비록 이 격자의 참된 기능과 활용법은 아직까지 밝혀지거나 사용되고 있지는 않지만, 그래도 3차원적인 측면에서는 사실상 인터넷(Internet)이 이러한 격자를 상징적으로 대변하고 있다고 할 수 있습니다. 지상에서의 의식(意識)이 변형됨에 따라서 궁극에는 이 인터넷도 바뀌게 될 것입니다.

초능력 아이들 중에 얼마간은 지상에 태어나기 전에 텔로스나 레무리아 에너지가 존재하는 다른 도시들에서 시간을 보냈습니다. 그리고 그 나머지 상당수는 다른 영혼 그룹이나 다른 행성에서 온 존재들입니다. 그러나 이들도 모두 이곳에 와서 즐거움과 기쁨, 그리고 공동체의식을 키우고 배웠습니다. 샤스타 산 지역에 살고 있는 아이들의 약 1/3 정도는 바로 이곳 텔로스에서 간 아이들입니다. 우리는 샤스타 산 외에 지구상의 다른 도시와 가족들에게도 많은 아이들을 보냈습니다. 여러분도 많은 학교에서 이와 같은 제도를 운영하고 있는 것처럼, 우리도 이러한 제도를 소위 교환학생이나 탐구체험 여행이라고 부르고 있습니다. 우리는 이러한 방법이 배웠던 것들을 실습해보고 상상할 수 없는 색다른 모험을 체험할 수 있는 굉장히 좋은 기회라고 생각합니다.

우리들 중에 많은 존재들이 소위 '사절단'이라 불리고 있으며, 여기 텔로스에서 실제로 수업을 할 때에도 그렇게 부르고 있습니다. 나도 이러한 존재들 중에 한 사람입니다. 우리는 5차원의 에너지체들을 대표하는 사절들이며, 이러한 사랑스런 진동을 창출하고 간직하기 위해 광범위한 지역을 여행을 하기도 합니다. 따라서 지상에 사는 주민들도 이러한 진동을 체험할 수 있으며, 이러한 진동에 익숙해질 수 있을 것입니다. 우리는 며칠에서 몇 년 단위로(지상의 시간 기준으로) 임무를 맡아서 그렇게 하고 있습니다. 또한 그룹단위나 또는 개별적으로 여행을 하기도 하지만, 이런 경우에도 우리는 항상 모든 정보와 관찰한 것들, 그리고 체험한 것들뿐만 아니라 이해하게 된 것들을 모두 전체 학급에 보고하게 됩니다. 또 이를 받은 학급은 받은 모든 사항들을 텔로스의 주민들과 고위 위원회에 보내주게 되지요. 우리가 하고 있는 일도 역시 텔로스가 추진하고 있는 일의 일부인 것입니다.

일반적으로 지상에 있는 학생들은 사회와 분리되어 있는 것 같습니다. 수년간 공부를 하고 난 후, 졸업과 동시에 사회에 진출하게 되지요. 그러나 텔로스의 학생들은 항상 사회의 일원으로 우리의 세계를 운영하는데 필요한 모든 토의와 의사 결정에 참여해서 그들만이 가진 고유하고도 독특한 에너지를 보태줌으로써 사회에 공헌하고 있습니다.

많은 초급반의 아이들이 내가 대신해서 그들의 사랑을 여러분에게 전해주기를 바라며, 모든 아이들의 가슴속에 간직하고 있는 어떤 특정 장소의 모습을 내가 여러분에게 보여주기를 바라고 있습니다. 그리고 그곳은 산 내부에 있는 어느 거대한 공동(空洞)을 가리키는 것입니다. 지상의 기준으로 봐서는 동굴이 너무나 커서 동굴의 양 옆이나 꼭대기를 볼 수 없을 정도입니다. 따라서 동굴의 내부에 있다는 느낌이 전혀 들지 않으며 마치 지상에 있는 것처럼 느껴지게 됩니다. 이 동굴에는 꼭 가봐야 할 특별한 장소가 여러 곳이 있지만, 지금 아이들이 여러분에게 보여주고 싶어 하는 곳은 아주 거대한 호숫가입니다. 이 호수의 주위에는 온통 언덕과 골짜기들뿐이고, 골짜기에는 폭포가 멋있는 색깔을 띠고 물속으로 낙하하고 있습니다. 이 폭포에 의해서 만들어진 무지개들은 호수의 물속으로 연결되어 색깔을 띤 눈부신 작은 물결들을 만들어내고 있으며, 이 물결이 해안가로 밀려와 모래를 다양한 색상으로 장식하고 있습니다. 바로 이 모래 위에 교실이 위치해 있습니다.

모든 학급의 아이들은 지금 소풍을 나와 있으며, 여러분도 함께 참석해주기를 바라고 있습니다. 소풍도 공부와 놀이의 연장이므로 여러분도 여기에 와서 지상에서의 소풍과 무엇이 다른지를 봐주시기 바랍니다. 어린 아이들은 그날 배워야 하는 과제를 스스로 터득하며, 선생님들과 어른들도 모두 아이들 사이에 앉아서 같이 수업을 즐깁니다. 모든 수업은 각각의 학생들이 지어내는 이야기와 노래의 형식으로 진행됩니다.

아이들은 여러분도 이러한 이야기와 노래를 한 번 들어보고 자신들의 이야기와 노래를 만들어서 반의 아이들에게 들려주기를 원하고 있습니다. 그들은 여러분이 짓는 이야기나 노래가 현재 여러분이 태어나 있는 지상에 관한 것이 되기를 바라고 있습니다. 아이들이 지상에서 일어나는 모든 것들을 주시하고는 있지만, 여러분이 체험한 것들은 색다른 것이니까요. 그들은 현재 지상에서 겪고 있는 경이로운 모험들을 여러분으로부터 직접 배워 성장하고 체험하기를 바라고 있습니다.

여러분이 원할 때는 언제라도 오셔서 우리의 소풍에 함께 참여해주시기 바랍니다. 왜냐하면 여러분이 온다는 소식을 들으면 우리들은 언제든지 함께 모일 수가 있기 때문입니다. 여기 텔로스에 있는 우리들은 다차원에 존재하고 있으며, 여러분이 방문하겠다고 하면 우리는 하던 일을 계속하면서도 동시에 여러 장소에, 그리고 여러 모습으로 함께 모여 여러분이 하는 이야기와 노래를 들을 수가 있습니다.

여러분을 축복하며, 여러분이 원할 때는 언제든지 텔로스에서 함께 놀 수 있기를 기다리고 있겠습니다. 그리고 우리가 지상에 모습을 드러낼 수 있을 정도로 인간의 의식이 충분히 상승하게 되면, 머지않아 우리 모두는 지상에서도 함께 놀 수 있게 될 것입니다. 그러나 지금은 지상에 있는 여러분 주위의 아이들과 즐겁게 노는

데에 최선을 다해주기 바랍니다. 그들도 또한 우리나 마찬가지이니까요. 여러분에게 따뜻한 축복을 ....

안젤리나(Angelina)

※안젤리나는 교사들 중의 한 명으로 치유의 마스터이며, 텔로스의 원로이기도 합니다. 그녀는 지상에 있는 아이들의 과잉성 행동장애에 대해서 다음과 같이 답변을 해주고 있습니다.

나는 안젤리나입니다. 나는 오늘 과잉성 행동장애와 이를 "치료하기" 위한 약물에 대해서 어른과 아이들 모두에게 이야기하고자 합니다. 지상에 사는 소위 전문가라는 사람들조차도 과잉성 행동장애에 관해 제대로 이해하지 못하고 있습니다. 오늘날 어린 아이들의 세대에서 나타나는 과잉성 행동장애의 상당부분은 극히 열악한 주거환경에 따른 반응으로 생기는 것입니다. 여러분이 이 행성에서 삶을 영위하며 소비하는 인공 합성제로 인해 소중한 아이들의 신체 감각기관에 과부하가 초래될 뿐만 아니라 뇌하수체와 송과체에도 비정상적인 "과다한 자극"이 주어지게 됩니다.

다이어트(Diet)에 대해서는 텔레비전과 음악, 영화 등의 매개수단을 통해 많은 이야기들이 다루어져 왔으나, 이제는 이러한 과잉성 행동장애에 대해서도 앞으로 많은 관심을 가져야 할 것입니다.

여러분의 에너지체나 육체가 극초단파(microwave)의 기술을 활용한 전자제품이나 텔레비전, 휴대폰 그리고 전자렌지에서 나오는 각종 파장에 노출되어 지속적으로 영향을 받음으로써 모든 아이들이 이 지상에서 구현하기로 되어 있고, 또 현재 진행되고 있는 중요한 DNA 변형작업이 방해를 받고 있습니다. 몇몇 주요 도시들에서는 이러한 혼란이 너무 커서 아이나 어른 할 것 없이 모두가 영향을 받고 있습니다. 여러분의 기본적인 에너지체는 신성의 흐름(Divine Flow)과는 잘 맞지 않는 인간이 만든 에너지들에 의해 매일 매일 새로운 형태의 공격을 받고 있는 것입니다.

이러한 에너지들은 그 속성상 여러분을 둘러싸고 있는 모든 에너지의 근간을 공격하고 파괴하게 됩니다. 이러한 기술이 본질적으로 나쁜 것은 아니지만, 이러한 기술의 사용과 오용으로 인해 많은 어둠이 생겨나고, 현재 여러분과 아이들을 둘러싸고 있는 에너지의 형태를 크게 왜곡시켜 왔습니다. 이와 같이 인간이 만든 에너지가 여러분의 본질적인 에너지를 급격하게 손상시키고 있는 것입니다.

가능한 한 자녀들이 깨끗한 환경 속에서 살아가게 해야 하며, 특히 깨끗한 환경 속에서 잠을 잘 수 있도록 하는 것이 여러분에게 주어진 중요한 책임이라는 점을 인식해야 합니다. 침실에 텔레비전이나 비디오 녹화기(VCR), CD시스템, 휴대폰이나 전기전화, 전자시계, 기타 이와 유사한 제품들은 가급적 "놓아두지 않아야" 합니다.

매일 저녁 아이들은 안정되고 깨끗한 환경 속에서 잠을 자고 원기를 회복할 수 있도록 보살펴 주어야 합니다. 독성을 지닌 음식과 건축자재, 그리고 그러한 환경 속에서 아이들이 살아가는 문제는 시급히 시정되어야 합니다. 이러한 상황은 아이들의 성장과 진화에 도움이 되지 못할뿐더러 이곳에서 실현하고자 하는 목표를 달성하는 데에도 악영향을 끼치게 됩니다.

아이들의 몸속에 중금속이 쌓이는 것도 신경계와 온몸의 건강상태에 악영향을 줄 뿐만 아니라 과잉성 행동장애를 야기하는 주요 요인이 됩니다.

다른 사람들도 마찬가지겠지만, 이러한 아이들에게 매일 깨끗한 물의 제공은 필수적인 것입니다. 여러분과 소중한 아이들이 매일 마시는 음료수는 몸과 영혼에 해로울 뿐만 아니라 점차적으로 몸에 해로운 물질을 축적하게 됩니다. 수도관들은 청결하게 유지되어야 하며, 먹는 물에서 불화물(弗化物)과 같은 화학적 독성물질을 반드시 제거해야 합니다. 도시에 사는 사람들은 물을 마시기 전에 물을 꼭 여과해서 마셔야 하며, 목욕을 할 때에도 화학적 독성을 제거하기 위해 반드시 목욕제를 사용해야 합니다.

독성을 줄여주는 천연적이면서도 효과적인 제품들을 시중에서 쉽게 구할 수 있는데, 가급적이면 최근에 유행하는 제품을 구해 이 제품들을 매일 사용함으로써 가족 구성원들에게 꼭 필요한 생활의 활력과 건강을 유지하도록 해야 합니다. 일상적인 음식처럼 섭취하는데 너무 익숙해져 있는 탄산음료나 인공음료, 커피, 알콜성 음료, 기타 몸에 좋지 않은 물질의 섭취를 줄이거나 완전히 끊어야 합니다. 깨끗한 물은 여전히 주요한 수분 공급원으로 몸을 자연적이고 건강한 상태로 유지할 수 있도록 도와줄 것입니다.

아이들마다의 각각의 사례에 따른 해결책은 "의학적으로 아이들을 치료하는 것"이 아니라 환경으로 인해 아이들의 몸에 생긴 "불균형을 바로잡아주는 것"입니다. 이러한 균형을 잡는 데 필요한 것은 각각의 아이들마다 다릅니다. 치유의 고비마다 각각의 아이들에게 독특한 치유의 도구를 필요로 하는 특성이 있습니다. 이러한 치유의 과정은 부모와 아이들 공동의 의사에 따라 이루어져야 합니다. 많은 경우에 아이들은 과잉성 행동장애라는 진단을 제대로 이해하지 못하고, 단순히 사회와 어른들이 "적절하지 않다고 여기는 방식으로 자신들이 행동하고 있다"라고만 알고 있을 수도 있습니다. 이러한 상황은 아이들에게 죄의식과 수치심을 유발하게 되므로 이러한 상황이 되지 않도록 꼭 피해야만 됩니다.

우리는 모두가 균형을 이루기를 바라는 존재들입니다. 어느 한 아이가 어떻게 균형을 이루게 되었는지 그 방법을 보여주는 본보기가 될 수록에 더욱더 그 아이는 그러한 균형에 자연적으로

마음이 끌리게 될 것입니다.

새로 태어나는 아이들은 현재 이 지상의 에너지를 유지하고 균형을 이루게 하는 것이 무엇인지 인류가 좀 더 잘 이해할 수 있도록 안내하기 위해 여기에 온 것입니다. 그들은 인간이 삶을 보다 차분하게 관리하고 개인적으로나 사회적으로 모든 관계에서 좀 더 가슴 중심적으로 접근할 수 있도록 인도하기 위해 이곳에 왔습니다.

첫 번째로 여러분에게 제안하고 싶은 것은 이러한 아이들을 치유사(治癒士)라고 생각하거나, 또는 지상에서 부르는 것처럼 아이들을 치유 경험이 있는 의학적인 직관을 가진 사람이라고 생각하라는 것입니다. 아이들의 현재의 에너지 상태를 나타내는 스냅 사진을 찍어보세요. *왜냐하면 과잉성 행동장애로 인한 신체적인 증상은 에너지의 불균형에 대해 몸이 단순히 반응을 보이는 것에 불과하다는 사실을 알아야 하기 때문입니다.*

에너지적인 면에서 자녀들의 몸에 균형을 이루게 할 수 있는 자연적인 요법들이 많이 있습니다. 이러한 것에는 허브요법, 꽃 에센스 요법, 명상, 요가, 기공(氣功)과 태극권(太極拳) 같은 것들이 포함됩니다. 이런 아이들은 신선한 과일과 야채, 곡물류 및 건강에 좋은 적당량의 단백질을 곁들여 미네랄이 풍부하고 균형 잡힌 식사를 하게 되면, 이와 같은 증상을 치료하는데 많은 도움을 받을 수 있습니다. 왜냐하면 여러분이 살고 있는 환경에서 자라는 아이들은 아직도 충분한 양의 단백질이 필요하기 때문입니다. 아이들이 먹는 식사도 모든 요소들이 잘 균형을 이루고 있는 식사여야 합니다. 산성/알카리가 혼합된 식품, 정제된 설탕을 함유하지 않은 식품, 동물성 단백질보다는 천연의 식물성 단백질을 사용한 식품, 그리고 정제과정을 거치면서 생명력을 잃은 식품보다는 살아 있는 식품을 충분히 섭취하는 것이 중요합니다.

또한 차크라의 균형요법, 색채요법(Color Therapy), 수정요법(Crystal therapy)을 통해서도 에너지적으로 할 수 있는 것들이 많이 있습니다. 가락을 맞추고 가볍게 두드리는 것도 아이들의 신체 조직에 도움을 줍니다. 음악 치료요법(Music therapy)도 과잉성 행동장애가 있는 아이들의 증상을 완화시키고 균형을 이루게 하며, 기타 일반인들에게도 효과가 있습니다. 단체적으로든 개인적으로든 에너지적인 치유뿐만 아니라 말로 하는 치유법을 포함하여 현재 어떠한 형태의 시술을 받고 있다면, 이러한 치유법들도 아이들이 다시 균형을 되찾게 하는 데 아주 도움이 됩니다. 창의적인 방법, 즉 그림을 그리거나 스케치하기, 글을 쓰는 것도 매우 유익한 방법들입니다. 그러나 비디오 게임이나 과도하게 텔레비전을 오래 시청하는 것은 답이 될 수가 없습니다.

지상에 태어난 아이들은 고차원적인 진동 에너지를 받아들이고 이를 운용하기 위해 지금 자신의 뇌 작용과 내분비계, 몸의 감각들을 다시 조정하고 있는 중입니다. 이러한 아이들은 보다 명확하게 생명력을 느낄 수 있을 뿐만 아니라 여러분과는 다른 대뇌 변연계(邊緣系)를 가지고 태어났습니다.

본질적으로 아이들이 지니고 있는 신성한 본성과 맞지 않는 방식으로 그들에게 어떤 것을 강요하게 되면, 아이들은 그 어떠한 치도에도 반항하게 될 것입니다.

그리고 이러한 아이들을 적절하게 보살펴주거나 평온하게 살아가는데 도움이 되는 환경을 제공해주지 않는다면, 이들의 수명은 이전의 그 어떤 세대보다도 훨씬 짧아지게 될 것입니다. 이들은 공동체, 특히 마음속으로 갈망하고 있는 공동체를 건설하고자 하는 욕구가 아주 강합니다. 텔로스나 기타 도시들로부터 받은 느낌이 이들의 감정체 속에 강하게 살아 있으며, 이러한 아이들은 반드시 적절한 보살핌을 받아야 합니다. 이들은 나이가 비슷한 또래의 아이들끼리 그룹을 형성하고자 하는 것이 아니라 모든 연령층을 망라한 공동체를 건설하고자 하는 것입니다. 이들은 그룹이나 공동체, 시민이나 학교로부터 참여해달라는 요청을 받는 어떤 모든 활동을 통해서도 많은 것들을 얻게 될 것입니다. 그리고 현재 여러분이 자녀들과 하나가 되고자 애쓰는 수준을 뛰어넘어, 이들은 창의적이고 책임 있는 입장에서 이러한 활동에 참여하게 될 것입니다.

나이가 좀 든 아이들은 어린 아이들의 선배로서 같이 일을 하고, 모든 아이들이 가이드나 뮤즈(Muse)[3]로서 어른들과도 함께 일할 수 있다면, 아주 멋진 일이 될 것입니다. 그렇게 되면 사회의 핵심을 변화시키는데도 크게 도움이 될 것입니다.

사실 약품의 도움을 받지 않고도 여러분 주위에는 다른 아이들뿐만 아니라 과잉성 행동장애로 시달리고 있는 아이들을 도와줄 수 있는 것들이 많이 있습니다. 단지 여러분의 환경을 긍정적으로 변화시키기만 해도 많은 도움이 되며, 아이들의 환경 역시 마찬가지입니다. 이런 아이들의 몸에 약물을 투여할 필요는 없습니다. 오직약물은 사회적으로 부적절하다고 생각되는 행동들을 인위적인 방식으로 통제하고자 할 때에만 사용하게 됩니다. 증상은 알고 있지만이면에 있는 근본적인 원인은 인정하려 하지 않고 또한 처리하려고도 하지 않는 것은 오히려 역효과만 낳게 될 뿐입니다. 아이들을 돕는 길은 이미 여러분 주위에 존재하고 있는 기술이나 도구들만 사용해도 해결될 수 있습니다.

아이들이 이곳에 온 이유는 상호 도움과 협력을 실현할 수 있는 기회를 여러분에게 주기 위해서 온 것입니다.

우리는 이곳 텔로스에서 아이들과 여러분을 돕고 있습니다. 우리는 이곳에서 여러분과 아이들의 삶이 얼마나 균형을 이룰 수 있는지 그 본보기를 보여주고 있는 것입니다.

텔로스에 있는 교사들과 치유사들, 그리고 아이들은 지상에 있는

---

3)그리스 신화에서 시·음악 학예를 주관하는 9여신 중의 하나

아이들에게 도움의 손길을 매일 뻗치고 있으며, 우리의 사랑과 축복을 그들에게 보내고 있습니다. 우리는 보다 더 직접적으로 접촉하여 의사소통을 할 수 있게 되기를 손꼽아 기다리고 있습니다. 우리는 지상에 사는 소중한 아이들이 꿈속에서 우리를 방문해주기를 원하고 있고, 평화와 연민, 사랑과 빛의 진동 속에서 함께 뛰어놀 수 있게 되기를 진심으로 바랍니다. 다음에 또 이야기할 기회가 있을 때까지 여러분과 아이들에게 기쁨과 웃음이 넘치기를 기원합니다.

텔로스의 아이들로부터의 메시지

셀레스티아(Celestia), 안젤리나(Angelina), 뮤리엘(Muriel)을 통해서

우리는 폭풍의 아이들입니다; 우리는 불의 아이들입니다. 우리는 비의 아이들입니다. 우리는 꿈속에서 여러분을 만나고 있으며, 우리가 여러분을 사랑하고 있다는 사실을 알아주었으면 합니다. 우리가 다시 한 번 하나로 통합될 그 날이 오기를 기다리며 당신들에게 노래를 불러드리고 싶습니다. 영혼은 그 노래를 기억하고 있습니다. 그러므로 우리는 다시 모두가 기억할 수 있는 노래를 한 곡 만들려 합니다. 우리가 여러분과 합류하기 위해 지금 시공간을 지나 온갖 색상의 무지개 속을 여행하듯이, 여러분도 자신들의 노래와 여러분 자신의 구성 요소들에 대해 알고 있기를 바랍니다. 여러분이 우리를 안내해주기를 바라면서 우리는 여러분의 발밑에 앉아있습니다. 우리는 지구의 모든 나라들의 아이들입니다. 우리는 모든 인종들과 많은 행성들의 아이들입니다. 우리는 앞으로 태어날 은하(銀河)의 아이들이며, 오랫동안 잊고 있는 은하의 아이들이기도 합니다.

우리는 여러분을 반갑게 맞이하는 모든 꽃을 통해, 그리고 여러분의 여정에 함께 하고 있는 모든 새들의 노래 소리를 통해서 우리

의 평화와 이해의 메시지를 띄워 보냅니다. 우리는 신성한 주인과 손에 손을 마주잡고 서서 진동하며 번쩍이는 에너지를 내보내고 있으며, 이 에너지는 지구에 사는 모든 존재들을 용서하고 조건 없이 받아들이는 에너지입니다. 여러분은 단지 자신의 가슴과 내적인 앎을 통해 이렇게 띄어 보낸 에너지의 주파수를 찾아 영적으로 이 에너지를 느끼기만 하면 됩니다.

우리는 여러분의 목소리로도 말을 할 수 있습니다. 그리고 우리가 노래할 때, 여러분은 예전에 자신들도 불렀던 오랫동안 잊고 있는 이야기를 듣고 있는 것입니다. 여러분은 우리가 예전에 함께 불렀던 노래의 멜로디가 자신의 영혼을 어루만지는 것을 느끼고 있으며, 옛날 멜로디에서 새로운 멜로디가 만들어지고 있습니다. 우리모두는 이전에는 한 번도 겪어보지 못한 조화로움 속에서 함께 노래를 부르고 있습니다. 우리가 노래하고 새로운 노래를 만듦에 따라 고래류와 태양풍, 그리고 천사단들도 우리와 함께 하고 있습니다. 날이 갈수록 점점 더 큰 소리로 노래하고 이 소리가 행성을 둘러싸게 되면서 모든 존재들이 일어나 이 새로운 진동을 축하하고 있습니다. 우리는 기쁨으로 축하를 보내며, 이 기쁨을 오랫동안 잊고 있었지만 여러분 한 사람 한 사람 속에서 오늘 다시 태어나고 있는 것입니다.

여러분이 삭막한 시간 속을 헤매는 것 같지만, 사실은 가장 밝음 속에 있는 것입니다. 왜냐하면 노래가 다시 시작되었으며, 일단 시작되면 멈출 수가 없기 때문입니다. 여러분이 그토록 재회하고 싶어 했던 지구 내부나 먼 별나라에서 온 가족과 친구들은 이미 여러분과 함께 노래하기 시작했습니다. 이제 여러분이 다시 그 주파수를 인식하는 일만 남아있습니다.

우리가 보내는 음정(音程)을 들어보세요. 여러분이 이 음정을 듣게 되면, 아마 이 소리가 상상으로 들린다거나 기계에서 나오는 소리라고 생각할지도 모르겠습니다. 그러나 그렇지가 않습니다. 우리는 영적으로 여러분과 접촉하고 있습니다. 일상생활 속에서 여러분이 이 주파수를 인식할 수 있도록 우리가 다시 알려주고 있는 중입니다. 이것이 울림이나 차임벨 소리로 들릴 수도 있습니다. 또는 하프 소리나 부드러운 배경음으로 들릴 수도 있습니다. 부저소리나 그냥 단순한 소리로 들리기도 합니다. 이 소리가 아주 짧게 들릴 수도 있으며, 이 보다 훨씬 더 길게 지속적으로 들릴 수도 있습니다. 이것은 아이들이 여러분과 접촉하려고 시도하는 신호라는 것을 알아야 합니다. 우리 모두가 부르는 노래 소리를 여러분에게 들려주면서, 이 진동을 인식하고 의사소통을 할 수 있도록 다시 한 번 여러분의 귀와 마음을 훈련하고 있는 것입니다.

저녁에 잠자리에 들 때 주변의 인간이 만든 물질세계가 고요해지면, 자신의 가슴에 다가서서 가슴이 말하는 소리를 듣는 연습을 해보세요. 그리고 명확한 의도를 지니고 우리를 불러보세요. 그러면 우리가 대답할 것입니다. 사랑하는 사람들이 모여 있는 고향으로 돌아오라고 손짓하는 노래 소리를 들어보세요. 그러면 더 정확하게 들릴 것입니다. 머지않아 이 노래 소리에 익숙해질 것이며, 또한 깨어있는 시간에도 듣게 될 것입니다.

우리와 함께 노래하고, 우리에게도 노래를 들려주세요. 우리가 여러분에 관한 노래를 하듯이, 당신들도 우리에 관한 노래를 불러주세요. 여러분에 대한 우리의 사랑은 국경이 없으며, 우리의 가슴은 항상 여러분의 가슴과 함께 뛰고 있습니다. 사랑합니다.

어떻게 일찍이 장미가 자신의 가슴을 열어
그 모든 아름다움을 이 세상에 선사했을까?
장미는 존재에 대한 빛의 격려를 느꼈고,
반면에 우리 모두는 지나친 두려움에
사로잡힌 채 있다.

-하피즈-

제13장

푸른 용(龍), 앤싸루스가 이야기하다

- 오릴리아 루이즈를 통해 -

사랑하는 이들이여, 안녕하십니까? 나는 푸른 용(龍), 앤싸루스(Antharus)입니다. 여러분과 나는 아주 오래전부터 서로 알고 있었고, 우리들의 옛 우정은 오랜 시련의 세월을 견디어 왔습니다.

나는 약 1년 전에 플레이아데스(Pleiades)에서 지구로 돌아왔으며, 비록 현재 여러분의 눈으로는 나를 볼 수 없지만 다시 한 번 인간들 곁에서 시간을 보내게 되었습니다. 그렇습니다. 나는 10만 년 전에 여러분이 살고 있는 이 행성을 떠나게 되었는데, 그 때 용들은 공포에 떨었고 사냥당하는 처지였습니다. 그리고 바로 그 무렵에 인류의 대다수는 자신의 신성한 근원과 관계가 단절되게 되었습니다. 그 때가 바로 여러분이 소위 "의식(意識)의 타락"이라고 하는 제2기에 해당되는 시기이며, 그 때 인류는 더 짙은 밀도와 깊은 이원성 속으로 빠져들게 되었던 것입니다.

하지만 여러분과 나는 이 행성에서 아주 오래전부터 좋은 친구사이였다는 것을 알아주시기 바랍니다. 그 당시에 용들은 여러분의 문명과 지구의 수호자이자 보호자로서 존중되었으며, 사랑과 인정도 받았습니다. 이제 나는 우리가 레무리아에서 오랫동안 나누었던 깊은 우정 때문에 다시 돌아왔습니다. 그리고 나의 깊은 우정을 여러분에게 전하며 지금은 당신들이 이해하기 힘든 방식으로 지구 행성의 변형을 돕고 있습니다. 내가 하고자 하는 것은 여러분이 삶속에서 보다 신비로운 것들과 즐거움을 많이 받아들이도록 돕는 일입니다.

사랑하는 이들이여, 여러분은 곧 머지않아 내가 말하고 있는 것이 무엇인지 이해하게 될 것입니다. 여러분이 기억을 더듬어서 우리가 서로 함께 했던 놀라운 시간들과 또한 얼마나 재미있게 지냈었는지를 다시 한번 회상해보시기 바랍니다.

여러분이 상상하는 것처럼, 나는 지금까지 아주 오랜 세월을 5차원의 의식(意識)으로 살고 있는 빛의 존재입니다. 따라서 아직까지 내적인 시야가 열리지 않은 사람들에게는 내가 보이지 않습니다. 내 키는 약 9m(30피트) 정도이며, 날개를 다 펼쳤을 때 한 쪽 끝에서 다른 한 쪽 끝까지의 길이는 22.5m(75피트) 정도가 됩니다.

레무리아 시대에 나는 여러분의 궁전과 훌륭한 신전들을 충성스럽고 품위 있게 지켰던 용들 집단의 리더였습니다.

용으로서 우리는 영광스러운 레무리아 시대에 수십만 년 동안 즐거운 마음으로 생명체들에게 봉사했으며, 당시에는 모든 생명체들이 완벽한 조화 속에서 살았습니다. 우리의 엄청난 덩치에도 불구하고 사람들은 우리를 무서워하지 않았고 아이들도 가까이 다가와 우리와 놀곤 하였습니다. 우리는 자주 아이들을 커다란 양 날개 사이의 안전한 곳에 앉게 하고는 이들을 태우고 땅위를 날아다니곤 하였습니다.

오릴리아 당신도 어린 아이처럼 나의 양 날개 사이의 뼈가 움푹 들어간 곳에 앉아서 모국의 하늘을 함께 솟구쳐 올라 먼 거리를 엄청난 속도로 날아다니곤 하였지요.[4] 오늘날 현 사회의 의식으로는 내가 설사 아주 단단한 3차원의 육체를 지녔다고 하더라도 그와 같은 재미있는 놀이는 너무 위험하며 생각조차 할 수 없는 행동이었을 것입니다. 당시 우리가 살던 시대에는 이 행성에 두려움이라곤 존재하지 않았습니다. 두려움이 없을 때에는 오로지 안전한 것만이 존재합니다. 여러분은 한 장소에서 다른 장소로 이동하는 데, 종종 나의 몸과 날아다니는 능력을 이용하곤 하였습니다. 오늘날의 현재의 언어를 빌려 설명하자면, 당신들은 나를 개인택시처럼 이용한 것입니다. 그러나 그 시절에는 그러한 개념이 존재하지 않았습니다. 나는 여러분이 가고자 하는 곳이면 어디든, 또 언제든 흔쾌히 여러분을 데려다 주었으며, 이것이 나에게는 즐거움이기도 했습니다. 두

---

4)최근에 대단한 흥행을 기록했던 3D 영화인 <아바타(Avatar)>에서도 주인공이 판도라 행성에서 익룡(翼龍)을 타고 하늘을 나는 장면이 나오는데, 그런 것을 연상하면 쉽게 이해가 될 것이다. (편집자 주)

친구가 재미와 즐거움을 함께 나누기 위해 날아올랐듯이, 이러한 행동을 공동 협력의 일종이라고 생각하시기 바랍니다.

의식이 타락하기 전, 영광스러운 그 시절에는 사람들이 오늘날과 같이 짙은 밀도를 가진 세계에 살지 않았습니다. 또한 거의 모든 사람들이 그들이 하고 싶은 행위가 무엇이냐에 따라 3차원에서부터 5차원의 주파수까지 자기들의 진동 레벨을 마음대로 올리고 내릴 수가 있었습니다.

오릴리아 당신이 나와 함께 레무리아의 하늘을 날 때에도 우리 둘은 주파수를 5차원으로 올렸으므로 아주 가벼운 진동을 유지할 수 있었습니다. 이로 인해 우리 둘은 몸을 완전히 제어할 수 있었기 때문에 추락할 위험은 전혀 없었습니다. 현재 인간들의 몸에 정착된 밀도에서 보면 용의 양 날개 사이에 앉아서 하늘을 난다고 하는 것이 위험할 뿐만 아니라 불가능하기도 합니다. 하지만 우리가 살던 시대에는 날아다니거나, 공중에 떠다니고, 원격 이동하는 것같은 행위들은 모든 사람들이 당연시했던 상식적인 것들이었습니다. "이러한 능력이 없었다면 삶이 어떻게 될까?"라고 의문조차 하지 않을 정도로 이러한 능력은 신성의 일부분이었으며, 영원히 만끽해야 하는 타고난 권리이기도 했던 것입니다.

그러나 용들이 다른 차원으로 떠나갈 무렵, 인류는 자신들의 삶에서 편안하고 품위 있게 삶을 영위할 수 있는 많은 능력들을 상실하게 되었습니다. 그 당시에는 당연시 되던 것들이 오늘날에는 마술과 같은 것이 되었으며, 당시의 사람들이 삶을 영위하면서 누렸던 은총은 그 후 점점 줄어들어 한낱 과거의 추억으로만 남게 되었습니다. 만약 우리가 인류에게 이러한 사실들을 다시 떠올려주지 않는다면, 고대의 기억들은 두려움과 망각의 두꺼운 장막 속에 완전히 묻히고 말 것입니다. 오늘날 여러분은 고대에 그랬던 것처럼 삶 속에서 이러한 마법을 다시 구현하는 길을 알기를 열망하고 있습니다. 이번의 삶에서 상승을 통해 완전한 자각과 자아를 실현하고자 하는 사람들에게는 이러한 능력들을 만끽할 수 있도록 다시 마법이 주어지게 될 것입니다. 한 때는 알고 있었던 이러한 능력들을 아주 오랫동안 박탈당해 왔기 때문에, 이러한 마법들을 제대로 즐길 수 있도록 이전보다 더 큰 마법을 되찾게 될 것입니다.

사랑하는 이들이여, 이제는 과거처럼 이러한 능력들을 다시는 당연한 것으로 여기지 않을 것이며, 남용하지도 않게 될 것입니다. 자신의 신성(神性)과 분리된 채 수많은 생(生)을 살면서 체험에서 얻은 깨달음을 통해 여러분은 이 시간 이후부터 올바른 길을 걸어가게 될 것입니다. 고통과 투쟁으로 점철된 삶을 살아오며 얻게 된 이러한 깨달음은 단순히 가르친다고 얻을 수 있는 것이 아닙니다. 결국 체험이 최고의 스승이 되는 셈입니다.

오릴리아, 나는 당신이 생각하는 것을 읽을 수 있습니다. 당신은 지금 내가 물리적인 형태로 나타나서 당신이 하고 싶고 가고 싶은 곳에 데려다 주었으면 마음으로 조급하게 내달리고 있다는 것을 잘 알고 있습니다. 나도 당신의 흥분을 느끼고 있습니다. 적어도 당신만큼은 수많은 다른 사람들이 그러하듯이 우리를 두려워하지 않습니다. 바로 이 점이 내 마음에 듭니다. 사랑하는 이여, 아직은 시기적으로 적당하지가 않지만, 다행스럽게도 일 년 남짓 지나면 실제로 나의 모습을 당신에게 보여줄 수 있는 기회와 허가를 얻을 수 있을 것입니다. 그렇게 되면 당신도 눈을 통해 나를 볼 수 있고, 나를 기억할 수 있을 것입니다.

현재 내가 거처하고 있는 곳은 장엄한 샤스타 산의 남쪽 면에 있는 아주 높은 곳으로, 이곳은 아주 조용하며 방해받지 않고 지낼 수가 있습니다. 내가 사람들의 눈에는 보이지 않기 때문에 모든 것이 아주 편안합니다. 실제로 이곳은 레무리아 시대에 내가 많은 여가 시간을 즐겁게 보냈던 장소와도 아주 가까이 있습니다. 4차원적인 샤스타 산의 모습은 대단히 아름답고 안락한 장소입니다. 언젠가 내면의 시야가 좀 더 크게 열리게 되면, 여러분도 산의 모든 것들을 보고 즐길 수 있게 될 것입니다. 여러분은 2개의 세계에서 살게 될 것이며, 궁극적으로는 3개의 세계, 그리고 그 보다도 훨씬 많은 세계 속에서 살게 될 것입니다.

*질문: 왜 용들이 이 행성을 떠나지 않으면 안 되었나요? 실제로 무슨 일이 있었던 겁니까?

용들인 우리는 원소(지, 수, 화, 풍)의 영역에 대해서는 통달해 있다고 할 수 있습니다. 이 말은 옛날이나 지금이나 우리는 공기 속에서나 땅 위에서, 물속에서, 그리고 불속에서도 편안하게 지낼 수가 있다는 것입니다.

여러분이 지구의 역사를 뒤돌아본다면, 세계의 거의 모든 문화 속에서 적어도 이야기나 신화(神話)의 형태로 용에 대해서 많이 언급하고 있다는 것을 알 수가 있습니다. 여기서 자화자찬(自畵自讚)을 하고 싶지는 않지만, 나는 있는 그대로의 사실을 말하고자 합니다. 용이 너무 아름답고, 힘이 세고, 장엄했기 때문에 그 당시 자신의 사랑과 신성한 근원으로부터 길을 잃은 많은 사람들이 우리를 부러워한 나머지 자신들의 오만한 영혼의 지배하에 두고자 결정했었습니다. 많은 사람들이 우리를 자기들 마음대로 소유하여, 통제하고, 또 이용할 수 있을 것이라고 생각했던 것입니다.

당시에 용이 지닌 지성과 연민, 힘과 아름다움에 견줄만한 존재는 거의 없었으며, 아마 아름다움과 온순함을 갖추고 있었던 유니콘(Unicorn)5) 정도가 유일했을 것입니다.

---

5) 일각수(一角獸): 말과 비슷하고 이마에 뿔이 나 있는 전설적인 동물이다.

용들은 자유를 대단히 신봉하는 존재들이며, 당시에 영적인 면에서도 엄청난 완성의 수준에 도달해 있었습니다. 따라서 우리가 원시적인 인간들의 의지에 굴복하여 그러한 노예와 같은 상태에 있을 수는 없었습니다. 내가 원시적이라고 표현하는 것은 실제로 이러한 일이 우리들에게 일어났었기 때문입니다.

용들은 원소에 대해 통달해 있었기 때문에 사람들은 우리가 어떤 마술 같은 능력을 지니고 있으며, 또 이러한 능력을 다른 존재들에게 전해줄 수도 있다고 믿었습니다. 인간과 용들은 수십만 년 동안 서로 사랑하고 협력해왔으나, 갑자기 하룻밤 사이에 서로가 적이 되는 처지에 놓이게 되었습니다. 물론 모든 사람들이 다 그랬던 것은 아니었습니다.

사랑하는 오릴리아, 당신과 같은 사람들은 최선을 다해 우리 용들을 지켜주려고 애를 썼습니다. 당신은 남들 몰래 우리에게 먹을 것을 가져다주고, 쉴 곳과 은신처를 제공해주었던 사람들 중의 한 사람이었습니다. (일반인들이 신화 속에서 믿고 있는 것과는 달리 용들은 채식주의자들이었습니다.) 용들은 은신처를 제공받는 대가로 은혜를 베푼 사람들과 동료들에게 보호와 이와 유사한 것을 제공해주었습니다. 당시에 오릴리아 당신은 영향력 있는 위치에 있었기 때문에 용들의 대량학살과 노예화를 막아보려고 모든 노력을 다했음에도 불구하고 무지한 사람들을 멈추게 할 수 없었으므로 부득이 사람들의 자유의지를 침해하지 않을 수가 없었습니다. 당시뿐만 아니라 그 이후에도 아주 오랜 세월을 이 문제로 인해 당신이 얼마나 많은 고통을 겪었는지 나는 잘 기억하고 있습니다.

우리가 엄청난 힘을 가지고 있고 장수(長壽)하기 때문에, 인간들은 어느 시점부터 용들의 마법이 용의 피에서 나온다고 믿게 되었습니다. 그 후부터 우리의 피를 얻기 위한 사냥이 시작되었습니다.

사람들이 닥치는 대로 모든 용들을 죽여 버리는 바람에 단순히 적대적이었던 관계가 이제는 실질적인 적(敵)이 되어버렸습니다. 일부의 용들은 세상에서 아주 멀리 떨어진 곳에 은신처를 찾기도 했지만, 많은 용들이 죽어가야만 했습니다. 학살자들로부터 우리를 숨겨주려고 시도했던 일로 인해 우리가 고독하거나 은둔적인 동물이라는 인상이 심어지게 되었지만, 사실 그때에는 우리도 사회적인 존재였습니다. 그런데 우리가 옮겨간 새로운 고향의 극한적인 온도로 말미암아 우리 몸의 피부 색상과 외모도 변하게 되었습니다. 결국 지구에 남아 있던 용들은 은하 영단(Galactic Spiritual Hierarchy)으로부터 플레이아데스로 가라는 권유를 받게 되었는데, 이것이 바로 보다 우호적인 제2의 고향이 될 행성을 찾아 내가 지구를 떠날 수밖에 없었던 계기가 되었습니다. 당시에 살아있던 많은 용들은 플레이아데스로 가고자 했으며, 일부의 용들은 플레이아데스가 아닌 다른 여러 행성으로 떠나기도 하였습니다.

원래 용들의 색깔은 녹회색(greenish-grey color)으로, 코끼리와 비슷한 피부를 가지고 있었습니다. 하지만 원소들을 제어할 수 있는 능력으로 인해 삽화 같은 데에서 볼 수 있듯이 우리는 비늘이 덮인 파충류의 피부 형태로 진화해갔습니다. 우리가 지닌 피부의 색깔은 새 고향의 지리적인 여건과도 관련이 있으며, 푸른색, 녹색, 심지어는 붉은색의 용들을 보았다는 말을 듣게 되는 것도 이상한 일이 아닙니다.

인간들을 더 이상 신뢰할 수 없게 되자 용들은 인간들과 일정한 거리를 유지하게 되었습니다. 그리고 그 많았던 숫자가 점점 줄어들어 얼마 남지 않게 되었지요. 어느 세계에서나 대규모적인 감소가 생기게 되면 모든 왕국들이 이것을 느끼게 되는데, 이와 같은 용들의 감소도 예외는 아니었습니다. 인간들은 자신들이 저지른 행동이 잘못되었다는 것을 뒤늦게 깨달았지만, 이미 때는 너무 늦어 있었습니다. 이 지구에는 큰 기맥(氣脈)의 흐름이 서로 교차하는 장소가 많이 있습니다. 이러한 장소들 중에는 어느 하나의 세계를 다른 세계로 연결시켜주는 곳도 존재하고 있습니다. 여러분도 "베일이나 안개가 걷힌 것과 같다"는 표현을 들어보았을 것입니다. 특정 장소나 특정 시간에 그렇게 시야가 차단 될 수 있으며, 문자 그대로 다른 세계나 유사한 세계로 건너가는 것도 가능합니다. 지구를 떠나지 않은 대부분의 용들은 이러한 교차점의 입구에다 나름대로 자리를 잡았으며, 지금은 지구에서 평화롭게 살고 있습니다. 그러나 여러분과는 다른 세계, 또는 다른 차원에 존재하고 있으므로 3차원의 눈으로는 볼 수가 없습니다.

아직도 소수의 용들이 여러분의 세계에 살고 있습니다.

이러한 용들은 멀리 떨어져 있는 굴이나 큰 동굴, 그리고 큰 웅덩이 속에 살고 있습니다. 지구에 남아있기로 선택한 용들은 인류가 보편타당한 우주의 진리를 깨달아주기를 끈질기게 기다리고 있습니다. 그 진리란 바로 모든 존재들과 모든 종(種)들은 한 형제이자 대형제단의 일원으로 어느 종도 다른 종보다 더 우월하거나 덜하지 않다는 것입니다. 한편 용들이 지닌 에너지는 원소적인 면에서 균형이 아주 잘 잡혀있기 때문에 지구를 치유하는 데에도 도움이 됩니다. 현재 거의 대부분의 사람들이 우리를 볼 수 없고 용들에 관한 많은 이야기가 미신으로 취급되고 있는 것은 용들에게는 아주 다행스러운 일이라 아니 할 수 없습니다.

지금 많은 용들이 이 지구와 인류가 다시 여러 원소의 균형을 회복할 수 있도록 돕기 위해 지구에 돌아와 있습니다. 만약에 이러한 지원과 균형이 이루어지지 않는다면, 이 지구와 인류가 고차원으로 이동해 가는데 이 행성이 지닌 원소적인 힘들이 큰 방해를 받게 될 것입니다. 물론 우리들 중에 많은 용들이 물질적인 모습을 하고 이 곳에 와있지만, 우리가 5차원의 빛의 주파수로 진동하고 있기 때문에 여러분의 눈에는 보이지 않습니다. 이러한 방식으로 우리는 인간들의 주시에 따른 방해를 받지 않고 편안하게 우리의 일을 할 수 있는 것입니다.

우리는 우리가 갑자기 여러분 앞에, 특히 그것도 아주 많은 숫자의 용들이 한꺼번에 나타난다면, 이 행성에 사는 사람들의 99% 이상이 큰 두려움에 빠지게 될 것이라는 것도 잘 알고 있습니다. 그리고 그렇게 되면 우리들은 또 다시 사냥감으로 전락되고 말 것입니다.

또한 어느 때가 도래할 것이며, 그 때가 멀지 않았다는 것도 우리는 잘 알고 있습니다. 그 때란 바로 이 행성에 사는 인류가 자신의 신성한 본질이 지니고 있는 다양한 모습들과 다시 연결되는 것을 일컫는 것입니다. 인류는 지각을 가진 모든 존재들이 창조계 내에서 다양한 모습을 지니고 있으나 서로 동등한 피조물이라는 사실을 다시 한 번 인식하게 될 것입니다. 그리고 이 땅에 살아가고 있는 모든 사람들 사이에 사랑과 진정한 형제애가 널리 퍼지게 되면, 우리는 또 다시 모든 사람들 앞에 보이게 될 것입니다.

앤싸루스와 오릴리아와의 대화

*오릴리아: 나는 마음속으로 지구가 다시 "평화로운 행성"이 되기를 간절히 바라고 있습니다. 자연스러운 삶 속에서 모든 지각 있는 존재들과 진실한 형제애와 사랑을 체험해보고 싶습니다. 또 인류의 고통과 동물에 대한 학대가 종식되기를 바랍니다. 내가 말하고 있는 것처럼, 이 행성 전역에는 몰지각한 사람들에 의해서 버려지고 학대받는 동물들이 수도 없이 많이 있습니다. 이러한 사실을 아는

것 자체가 나에게는 큰 고통입니다.

*엔싸루스: 나는 당신의 사랑을 알고 있으며, 당신의 마음도 이해하고 있습니다. 또한 당신이 모든 지각 있는 존재들과 모든 동물들, 그리고 자연의 왕국과 원소의 왕국에 있는 모든 존재들도 정말로 사랑하고 있다는 것도 잘 알고 있습니다. 또한 설사 당신이 나를 본다 해도 마음이 열려 있으므로 두려워하지 않을 것이라는 것도 잘 압니다. 그렇기 때문에 당신의 내면의 시야가 조금만 더 열리게 되면, 나는 곧 바로 내 모습을 당신에게 보여주고자 합니다. 당신이 나를 볼 때 내가 비록 고차원의 주파수에 있기는 하지만 육체적인 모습을 하고 있을 것이며, 당신도 나를 물질적인 형태로 인식하게 될 것입니다. 내가 진동수를 충분히 낮추면 확실하게 나를 볼 수도 있고 만져볼 수도 있게 될 것입니다.

*오릴리아: 내가 마음속으로 생각해둔 아주 특별한 장소가 있는데, 그곳은 항상 산책하면서 갑작스럽게 당신을 거기서 만나 깜짝 놀라게 되는 장면을 연상하곤 했던 장소입니다. 우리가 만나기에는 아주 안성맞춤인 장소로서 아무도 우리를 보지 못할 것이고, 그런 일이 일어나리라고는 생각지도 못할 곳입니다. 당신은 어떻게 생각하세요?

*엔싸루스: 맞아요. 나도 당신의 마음을 알고 있어요. 그리고 당신이 말하는 장소가 어디인지, 그리고 그곳에 자주 간다는 것도 알고 있습니다. 특히 당신이 혼자 그곳을 갈 때, 나도 종종 동행을 하기도 했었답니다. 비록 내가 같이 있다는 것을 당신이 눈치 채지는 못했지만, 나는 당신에게 사랑을 보내주고 보호도 해주었습니다. 당신이 그곳에 갔을 때, 자주 땅위에 쓰러져 잠이 들었던 것을 기억

하나요?

*오릴리아: 그래요. 기억합니다.

*엔싸루스: 그것은 나의 마법이었습니다. 당신이 쓰러져 잠이 들면, 당신의 영혼은 몸을 떠나 에테르 세계에서 우리 둘은 다시 만나 의식적으로 담소를 나누곤 하였습니다. 아다마와 아나마르도 우리와 자주 자리를 함께 했으며, 당신의 몸이 잠든 사이에 우리 모두는 당신의 몸에 깃들어 있는 에너지장을 정화하곤 하였지요.

*오릴리아: 맞아요. 내가 그곳에서 잠을 깨고 나면 항상 기분이 좋았어요. 아다마와 아나마르가 나와 함께 숲속을 걷는 것은 알았지만, 당신도 같이 있었다는 것은 몰랐습니다. 그런데 당신도 그들을 잘 아나요?

*엔싸루스: 물론입니다. 레무리아 시대에 아다마와 아나마르는 당신의 가족 구성원들이었습니다. 그들은 또한 나의 가까운 친구이기도 했지요. 당신의 자녀들을 포함해서 나는 당신들 모두를 보호해 주었습니다.

*오릴리아: 그들을 만나러 당신이 산 내부에 있는 텔로스로 들어가나요? 아니면 아다마와 아나마르가 당신을 만나러 바깥으로 나옵니까?

*엔싸루스: 둘 다입니다. 약 1년 전 쯤에 처음 내가 산으로 돌아와서 한 장소를 정하고 텔레파시로 아다마와 의사소통을 하게 되었습니다. 그러자 아다마가 아나마르와 다른 몇 명의 존재들을 데리고

이곳으로 왔으며, 서로 인사를 나누었고 나의 귀환을 환영해주었습니다. 물론 이것은 5차원에서 빛의 몸으로 이루어진 일입니다. 우리는 그 전에도 플레이아데스에서 종종 만나곤 하였습니다. 아다마는 아주 자주 플레이아데스에 가는 편입니다. 그리고 아다마는 내가 돌아올 것이라는 것을 미리 알고 있었습니다. 또한 우리가 플레이아데스에서 만났을 때, 아다마는 오릴리아 당신이 다시 산으로 돌아왔고, 지저인들의 가르침을 지상에 실현하기 위해 의식적으로 협력하고 있다고 했습니다. 또 궁극적으로 지저인(地底人)들이 지상에 출현할 초석을 닦고 있다고 내게 말해 주었습니다.

나도 또한 산의 내부로부터 초대를 받았습니다. 인간의 형상을 한 사람들에 비해 나는 키가 훨씬 큰 편입니다. 산 내부에 사는 지저인들에 비해서도 큰 편이며, 지상에 사는 당신과 같은 사람들에 비해서는 엄청나게 큰 편이지요. 산의 내부에는 우리와 같은 빛의 존재들, 심지어 우리보다 더 큰 존재들을 수용할 수 있도록 특별히 계획된 장소가 여러 곳 있습니다. 따라서 우리는 그곳에서 다양한 형상을 지닌 다른 존재들을 만날 수가 있습니다. 지구로 귀환한 많은 용들이 레무리아인들을 비롯하여 다른 몇몇 지저문명의 사람들과도 만났는데, 그들이 우리를 내부로 초대하여 만나게 된 것입니다.

지구로 돌아온 우리들을 환영하기 위해 그들은 마음에서 우러난 연회를 베풀어 주었으며, 그들의 따뜻한 환영을 받고 우리 모두는 가슴이 뭉클하였습니다. 레무리아인들과 우리는 접촉이 아주 잦은 편입니다. 당신이 알고 있듯이, 우주의 모든 빛의 존재들이 이 행성의 지상에 사는 사람들처럼 인간의 형상을 하고 있지는 않습니다. 그리고 지구 내부의 존재들은 이와 같은 여러 형태의 존재들에 대해서 아주 익숙해져 있습니다. 우주의 형제들은 갖가지 형태와 모습을 지니고 있으며 색깔도 가지각색입니다. 어떤 존재들은 곤충과 같은 몸을 지니고 있고, 그들 중의 많은 존재들은 여러분이 온갖 상상을 다 한다고 해도 떠올릴 수 없는 형태의 몸을 지니고 있기도 합니다.

*오릴리아: 그러한 사실은 나도 알고 있습니다. 그와 같은 생명체들에 관한 정보를 접한 적이 있습니다. 내가 거대한 곤충처럼 생긴 빛의 존재를 거리에서 만난다고 해도 무서워할 것 같지는 않지만, 내가 그 존재를 받아들일지 여부는 아직까지는 잘 모르겠습니다. 몇 년 전에 어느 여자 분을 만났는데, 그녀는 별에서 왔다고 하는 어떤 존재를 만났으며 마치 "사마귀"와 흡사한 몸을 가졌었다고 나에게 말해주었습니다. 그 여자는 그 존재를 보고 만나는 것이 무섭기는 했지만, 그 존재로부터 나오는 사랑의 진동이 너무 강렬하여 무서워할 겨를이 없었다고 합니다. 전혀 두려움을 느끼지 않고 그 여자는 그 존재와의 만남을 가질 수 있었다고 하더군요. 그 여자는 그 존재와 다차원적으로 서로 연결되어 있었던 것처럼 보입니다. 그 여자가 비록 말은 하지 않았지만, 그 존재가 그녀의 영혼가족 중의 일원이 아니었나 싶습니다. 그런데 당신은 이 지구에 오랫동안 머물 건가요? 아니면 플레이아데스로 돌아갈 건가요?

*엔싸루스: 그 문제는 아직 결정되지 않았습니다. 최소한 지구가 변형되는 중요한 기간만은 이 지구에 머물고자 하는데, 그러면 그 기간이 약 200년 정도 걸릴 것 같습니다. 그렇게 될 가능성이 높기는 하지만 한편으로는 그보다 훨씬 더 오래 이곳에 머물면서 다시 한 번 이 행성에 사는 생명체들에게 계속 봉사하고 싶은 마음도 가지고 있습니다.

*오릴리아: 내 친구 중에 천리안(千里眼)을 가지고 있는 친구가 한

명 있는데, 그녀는 아주 큰 푸른 용이 엄청난 속도로 아주 우아하게 샤스타 산 주위의 창공을 날아다니는 것을 종종 본다고 나에게 말한 적이 있습니다. 그런데 대천사 라파엘이 "그것은 오릴리아의 용이야."라고 그녀에게 말했다는 겁니다. 이제 보니 그게 바로 당신이었군요. (웃음)

*엔싸루스: 맞아요. 그게 나였습니다. 나도 그녀를 알고 있으며, 그녀가 당신의 친구라는 것도 알고 있습니다. 그녀가 당신의 친구이기 때문에 내가 멋있는 이 지역의 창공을 날면서 이따금씩 나의 모습을 그녀에게 보여주었던 것입니다. 그녀가 나의 존재를 당신에게 확인시켜 줄 수 있어서 정말 기쁩니다. 당신이 내면의 시야가 조금만 더 열리게 되면, 산 주위의 하늘에 몇 개의 물체가 떠다니는 것을 아주 쉽게 볼 수 있을 것입니다. 나는 당신이 앞으로 지각할 수 있게 될 마음을 끄는 많은 것들 중의 하나에 불과합니다. 그 광경을 보게 되면 아주 흥미 있고 환상적일 것입니다.

당신의 신성한 참나(眞我)는 당신의 내적인 시야의 문을 여는 문제에 대해서 현재는 다소 망설이고 있습니다. 왜냐하면 내적인 시야가 열렸을 때, 사명을 수행하는데 지장을 초래할지도 모르는 "새로운 장난감"이나 새로운 환상에 당신이 사로잡히지 않을까하고 우려하고 있기 때문입니다. 당신의 마음속에는 다른 차원들을 즐기려고 하는 갈망이 존재하고 있습니다. 내적인 시야가 일단 열리고 나면, 새롭게 인식하게 되는 대상들과 그것의 장엄함을 즐기느라 온종일 시간을 다 보내게 될 것이며, 일상적인 일이나 사명에는 흥미를 잃지 않을까 염려되기 때문입니다.

*오릴리아: 내 친구 제시카(Jessica)도 물리적으로 당신을 만난다는 생각에 매우 마음이 들떠 있습니다. 나는 그녀에게 내가 당신에 대

해서 알고 있는 것들을 말해주었습니다. 어느 날 우리는 숲속을 함께 걸으며 내가 전에 말한 "특별한 장소"로 가기로 했습니다. 그리고 내가 언젠가 당신을 만나고 싶어 했던 빈 터가 나오기 바로 전 코너를 돌면서 당신이 잔디밭에 누워 마음속으로 웃으며 우리의 반응을 기다리고 있는 모습을 보게 된다면 아마 우리 둘은 깜짝 놀랄 것이라고 생각했었지요.

*엔싸루스: 그렇습니다. 당신은 자신이 그 모든 것을 틀림없이 다 이해하고 있다고 생각하는 것 같군요. 나는 용이며, 따라서 어떠한 방법이나 형태 또는 모습에 제약을 받지 않고 마음대로 바꿀 수가 있지요. 미리 말해두는데, 나는 다른 방법으로 당신을 놀라게 할 수도 있으며, 또 장소도 지금 말한 장소가 아닌 당신이 유니콘을 만났으면 좋겠다고 생각하며 자주 들리곤 하는 장소가 될 수도 있습니다. 당신에게 일러주고 싶은 말은 당신이 유니콘들을 보고 싶어한다는 것을 그들도 알고 있다는 사실입니다. 따라서 다가오는 여름에 유니콘들이 그들의 모습을 당신에게 보여주지 않는다하더라도 나는 놀라지 않을 것입니다.

*오릴리아: 많은 용들이 돌아왔다고 했는데, 이들이 레무리아 시대에 했던 것처럼 이 지구와 인류에게 똑같은 봉사를 하게 되나요? 아니면 다른 일을 하게 됩니까?

*엔싸루스: 당신도 알다시피 최근 10만 년 사이에 이 행성에는 많은 것들이 변했으며, 또 다시 머지않아 많은 것들이 아주 극적으로 바뀌게 될 것입니다. 누구든지 과거로 돌아갈 수는 없으며, 그리고 모든 것들이 끊임없이 변해가듯이 오랜 기간 전혀 변치 않고 그대로 있는 것은 아무 것도 없습니다. 생명체에 대한 우리들의 봉사도

제2부 텔로스의 다양한 존재들로부터의 메시지

서양의 용(龍)은 동양에서 묘사된 용과는 달리 날개가 달려 있는 특징이 있다.

이번에는 바뀌게 될 것이고, 현재의 진화수준에 알맞게 변화될 것입니다. 계속 똑같을 수는 없습니다. 대체적으로 생명에 대해 우리들이 하게 되는 봉사의 대부분은 적어도 상당기간 어머니 지구와 인류가 내면에서 4대 원소(地水火風)에 대한 균형을 되찾도록 돕는 것이 될 것입니다. 그 다음에 다른 원소들에 대해서도 능숙하게 사용할 수 있도록 가르치게 될 것입니다. 한 사람 한 사람이 원소들을 완벽하게 구사할 수 있게 되면, 이것도 또한 지구를 안정시키는 데 도움이 될 것입니다. 어떠한 것도 분리되어 있지 않으며, 여러분의 행성이 다시 완벽한 조화상태를 이루게 하기 위해서 모든 것들은 반드시 함께 움직여가야 합니다.

하나의 인종으로서 인류는 진화의 과정에서 주인 역할을 하고 있는 어머니인 자신들의 행성에 대해 너무도 파괴적이었고 배려할 줄을 몰랐습니다. 여러분의 행성은 이제 커다란 변화의 시점으로 다가서고 있습니다. 그리고 이 지구가 이 변화의 과정을 안전하게 통과해가기 위해서 모든 원소들이 균형을 이루는 것은 필수적인 사항입니다.

　지구 행성과 인류에 대한 우리의 봉사는 이전보다 진보된 방식으로, 또 훨씬 큰 통합의 형태로 이루어질 것입니다. 그리고 다양한 모든 생명체들에 관한 보다 큰 사랑과 이해를 바탕으로 실현될 것이며, 완전한 조화 속에 더불어 살아가면서 함께 움직여가게 될 것입니다. 이러한 생각들을 당신에게 전하고, 이제 당신의 곁을 떠나고자 합니다. 좋은 저녁이 되길 바랍니다. 꿈속에서 당신을 다시 만나게 될 것입니다. 도움이 필요하면, 언제든지 불러주세요. 나는 결코 당신과 멀리 떨어져 있지 않으며, 과거에 그랬던 것처럼 나는 언제나 당신을 도울 준비가 돼있다는 것을 잊지 마세요.

*오릴리아: 사랑하는 친구여, 당신의 귀환을 축하하며 당신의 사랑에 대해 감사함을 전합니다! 당신이 주위에 있다는 것이 나에게는 큰 위안이 됩니다. 사랑합니다.

진정한 인간이라면, 사랑을 위하여

모든 것을 거세요. 그렇지 않다면,

이 모임을 떠나세요.

- 루미(Rumi) -

제14장

뇌하수체와 송과선

셀레스티아(Celestia)와 아나마르(Ahnahmar)

모든 사랑하는 친구들과 가족 여러분, 안녕하세요? 현재 인간의 몸에 많은 변화들이 복합적으로 일어나고 있습니다. 이러한 변화는 인간의 몸을 거의 재구성하는 수준으로 일어나고 있으며, 이는 지금까지 인간의 몸이 보유할 수 있는 것보다 훨씬 큰 에너지를 지탱할 수 있는 에너지적인 기반(matrix)이 인체 내에 필요하다는 것을 나타내는 것이기도 합니다. 많은 은하에서 온 여러 팀들이 인간의 신체구조를 개조하고 재구성하기 위해 함께 일하고 있습니다.

이와 같은 재구성 작업은 의식적으로, 그리고 어떤 경우는 무의식적으로 인간에게 권능이 주어지는 형태로 이루어지고 있습니다. 여러분들이 의식적으로 개인적인 변형을 하고자 하는 의도를 가지게 되면, 훨씬 더 큰 변화가 일어나게 됩니다. 그러나 지구와 마찬가지로 인류도 전반적으로 세계적인 변형을 겪고 있는 중입니다. 현재 태어나고 있거나 미래에 태어날 아이들은 DNA와 신체의 각 기관 및 골격 구조면에서 이미 개조된 상태로 태어나고 있습니다.

이 변형의 기간 중에 모든 기관과 신체적인 과정들이 재구성되고 있는 것입니다. 심지어 피의 구성성분과 혈류의 흐름도 바뀌고 있습니다. 이러한 재구성 작업은 두 가지 요소로 이루어져 있습니다. 첫 번째는 개인적인 세포차원에서 일어나는데, 세포의 핵이 가장 높은 수준의 신성(Divinity), 즉 신적인 자아(神我:GodSelf)와 하나로 통합되는 것입니다. 두 번째는 각 세포의 에너지적인 기반이 고차원적인 수정(水晶)의 형태로 바뀌게 되며, 이 수정체를 통해 순수한 에너지가 점점 더 많이 유입되어 여러분의 몸에 통합되게 되는 것입니다.

첫 번째 것이 이루어지지 않으면 신성을 직접 체험할 수 있을 정도로 신체구조가 발달될 수가 없습니다. 육체적인 3차원의 몸과 신성한 사랑 사이에 오랜 세월에 걸쳐 존재했던 분리는 이제 끝났습니다. 현재 진행되고 있는 변형의 과정에는 이 신성한 측면이 반드시 포함되어야 하며, 그렇지 않으면 신성한 은총을 통한 우주적인 변화는 이루어질 수가 없습니다.

뇌하수체(腦下垂體)와 송과선(松果線)6)은 이러한 권능이 주어지는 최초의 단계에서 중요한 역할을 하게 됩니다. 송과체는 오랫동

---

6)송과체(松果體))라고도 함. 척추동물에서 볼 수 있는 내분비선으로 '멜라토닌'이라는 호르몬의 생성을 조절하는 기관. 송과선은 뇌의 일부는 아니지만, 뇌의 한 부분인 간뇌(肝腦)의 천장에 있다. 송과선은 뇌의 정중선을 따라 제3뇌실(第三腦室) 안에 위치한다. 그 이름은 생김새가 솔방울(라틴어로 pinea)과 비슷한 데서 유래했다. 성인의 경우 길이가 0.64㎝ 정도이며, 분홍빛이 나는 회색이나 흰색을 띤다. 무게는 0.1g을 조금 넘는다. 많은 척추동물의 송과선을 연구한 결과 성(性) 기능의 발달뿐만 아니라 동면, 신진대사 및 계절에 따른 번식에도 중요한 역할을 하는 것으로 밝혀졌다. 그러나 사람에게 있어서는 송과선의 역할이 자세히 밝혀지지 않았다. (편집자 주)

안 분리되어 있었던 인간의 몸에서 직관과 앎을 담당하는 기능을 수행해 왔습니다.

바로 이 송과선을 통해서 에테르의 세계와도 연결이 됩니다.

5차원과 그 이상의 상위 차원계들에서는 송과체가 더욱더 큰 역할을 하게 되며, 정신적인 텔레파시를 통해 의사소통을 하는 기관도 바로 이 송과체입니다. 이것은 마치 3차원인 몸에서 목 차크라가 성대(聲帶)를 통해 그 기능을 수행하는 것과 같은 원리입니다.

3차원에 사는 사람들 중에도 송과체를 아주 크게 활성화시킨 사람들이 적지 않습니다. 이러한 부류의 사람들 속에는 채널링을 하는 사람들뿐만 아니라 예전에 형이상학적인 문헌이나 신비학교(미스터리 스쿨)에 등장하는 심령능력자들도 여기에 포함됩니다. 오늘날 이 지구에는 인간 외에도 지각력을 갖고 있는 다른 종(種)들이 많이 존재하고 있는데, 예를 들면 돌고래와 고래류도 이러한 송과체를 사용하여 의사소통을 합니다.

오늘날 송과체와 관련된 일이 아주 광범위하게 이루어지고 있으며, 지구상의 모든 인간들이 직관력(直觀力)의 증가를 체험하고 있을 뿐만 아니라 말을 사용하지 않고도 다른 사람이나 세계와 접촉하는 사례도 늘어나고 있습니다. 어떤 사람들에게는 이것이 혼란스럽기도 하지만, 또 어떤 사람들에게는 기도에 대한 응답이 될 수도 있습니다. 이러한 변화에서 관심을 가지고 지켜봐야할 가장 중요한 점은 자아에 대한 완전한 접근뿐만 아니라 아카식 레코드(Akashic Record)나 행성의 에테르계에 존재하는 살아 있는 도서관에 소장된 다양한 형태의 기록들에 쉽게 접근할 수 있다는 것입니다. 사실 모든 사람들이 모든 영역의 세계와 연결되거나 의사소통을 할 수 있는 능력을 지니게 될 때, 채널이나 초능력이라는 용어 자체가 무의미해지게 될 것입니다. 이 땅에 빛을 실현하고자 자발적으로 진실한 채널(Channel)로서 봉사하고 있는 사람들은 인류가 영적으로 깨어나게 하는데 크게 공헌하고 있는 것이므로 우리는 이들에 대해 대단히 고마운 마음을 가지고 있습니다.

이러한 봉사는 최근 수십 년 사이에 눈에 띠게 증가해 왔으며, 이는 잠들어 있는 인류에게 길을 밝혀주는 등대에 비유될 수 있습니다. 그러나 우리는 이러한 봉사가 인간이 영적으로 깨어나는 과정에서 일어나는 일시적인 현상이라고 보고 있습니다. 모든 사람들이 자기 스스로의 등댓불을 밝히고 자신의 가슴에 내재되어 있는 기술과 재능들을 펼쳐야 할 때가 멀지 않았습니다. 몇 년 내에 이 행성에 태어나 계속 남아 있을 아이들은 완전한 텔레파시의 능력을 가지게 될 것이며, 또한 지금까지 채널링을 통해 인류를 도왔던 존재들은 다른 방식으로 봉사를 계속하게 될 것입니다.

차크라 내에 존재하고 있는 신성한 가슴의 기능이 증대됨으로써 이러한 송과체 기능의 증가에 따른 균형을 잡아주고 이를 상쇄하게 해줍니다. 이 두 개의 에너지 센터는 서로 함께 작용하게 되는데, 송과체 활동의 증대를 통해 신성한 은총의 진동 속으로 들어가게 되는 것입니다.

사랑과 연민, 그리고 상대방의 신성에 대한 진정한 존중이 없이는 이러한 증가된 정보의 양을 인간의 에고만으로는 처리할 수가 없으며, 진화의 과정은 또 다시 좌절을 맛보게 될 것입니다. 말을 하지 않고도 의사소통을 하게 되는 고도의 문명사회에서는 항상 가장 숭고한 의도를 지님으로써 반드시 전체에 도움이 되어야 합니다. 그리고 전체의 가장 고귀한 선(善)을 달성하는 데 모든 것을 내맡겨야 합니다. 대인(對人)간에는 최고 수준의 보살핌이 있어야 하며, 진실만을 말해야 합니다. 또한 이 정도 수준의 의사소통이 실제로 가능해지고 실행되기 위해서는 개인의 핵심적인 사생활은 반드시 존중되어야 합니다.

송과체에 의해 수신된 정보는 언제나 가슴이 이를 인식함으로써 유효하게 됩니다. 이런 점을 감안하면 마음이 갖는 본질적 기능은 순수한 가슴(True Heart)의 하인(下人)과 같은 것이라 할 수 있습니다. 이 행성에 공동체와 신성한 은총을 실현할 기회가 무르익었습니다.

뇌하수체는 인간의 몸이 진화해 가는데 또 다른 역할을 가지고 있습니다. 이원성과 분리라는 교훈을 배워가는 과정에서 인간의 내분비계는 인류에게 주어진 많은 제약들을 저장하는 구실을 해왔습니다. 자가면역질환(自家免疫疾患)이 증가하고 있는 것도 사실상 많은 개개의 영혼들이 장기간에 걸쳐 분리라는 느낌을 통해 체험해온 슬픔과도 직접적인 상관관계가 있습니다. 그러나 뇌하수체는 지금 이러한 제약으로부터 해방되고 있는 중이며, 물리적인 육신도 또 다시 재생 및 회복되어 최대의 에너지를 가질 수 있게 될 것입니다.

의식적인 의도를 가지는 것이 이러한 변화의 출발점이 됩니다. 개인의 의식을 통해 정보를 전달받으면 한층 강화된 몸의 기관들은 아주 강력하게 반응하게 될 것입니다. 인간의 신체구조는 복합적인 것이므로 이러한 점에서 이 두 기관이 다른 하나와 계속 분리된 채로 있을 수는 없습니다. 개인적인 차원에서 해독(害毒)을 위한 많은 작업들이 이루어져야 하며, 신체의 모든 기관들을 잘 보살펴주어야 합니다.

각 개인별로 어떤 것이 최선의 과정인지를 결정하기 위해 신체의 각 기관들과 대화하는 것도 추천할 만한 하나의 방안입니다. 에너지 전문가, 치유사, 몸으로 일하는 스포츠 및 경락 마사지사와 상담하는 것도 권장할 만한 방법입니다. 지상에서 발전해가고 있는 새로운 에너지 도구들이 많이 있는데, 이러한 도구들은 여러분이 지닌 육체적, 정신적, 감정적 불균형을 해소하는 방법을 바꾸어주게 될 것입니다. 이러한 것들을 찾아서 활용해보세요. 왜냐하면 지금은 인간의 몸이 지닌 참된 선물이 무엇인지를 속속들이 인식해야 할 때이기 때문입니다.

고대의 경전에서, 몸은 "신(神)이 거하는 성전(聖殿)"이라고 언급한 것은 참으로 정확한 말입니다. 몸을 치유하고 변형시키는 데에 여러분이 의식적으로 관여하는 것은 자신이 지니고 살아가야할 몸을 스스로 만드는 것이나 마찬가지입니다.

영혼이 거하는 신성한 장소인 여러분의 몸을 사랑하는 것은 자신의 영혼 전체를 사랑하는 것만큼 중요한 일입니다.

여러분이 바라는 세계적인 식량자원과 치유방식에서의 변화는 이와 같은 사랑이 범세계적인 차원에서 이루어질 때에만 가능해지게 됩니다. 심지어 엄청난 치유와 복구 능력을 지닌 도구와 물질들이 지금도 주류(主流) 시장과 의식 속에 나타나고 있습니다. 여러분 앞에 나타난 새로운 치료 방법들을 신뢰한다고 하는 것은 당신들이 이러한 것들을 계속 지지하고 자신이 가진 능력을 보태주는 행위로서, 결과적으로 이러한 변화가 전 행성에 걸쳐 일어나도록 유도하게 될 것입니다.

회춘(回春)과 치유의 능력을 가진 고대의 경이로운 신전(神殿)들은 사실상 현재 여기에 존재하고 있으며, 이러한 신전들은 여러분이 그토록 바라고 미래에 갖고자 희망해왔던 것들입니다. 이 신전들은 이러한 경이로운 것들을 최초로 설계하고 만든 사람들의 의식(意識) 속에 아직도 살아 있습니다. 즉 이것들은 여러분 중에 또 다른 시대에 그러한 것들을 경험했던 사람들의 에너지적인 기억 속에 아직도 살아 있는 것입니다. 3차원적인 측면에서는 그러한 것들이 비록 파괴되었다 할지라도 고차원에서는 아직도 완전하게 존재하고 있으며, 오히려 가능성적인 측면에서는 당초의 의도와 목적에 비해 몇 배로 증대되어 있습니다.

여러분은 큰 어려움이나 비용도 별로 들이지 않고 언제든지 그러한 에너지들을 끌어당길 수 있습니다. 단지 필요한 것은 여러분이 마음을 가라앉히고 가슴을 여는 것입니다. 그리고 의도적으로 스스로의 치유를 위해 그러한 에너지와 연결하고 체험하면서 그 과정이 일어나도록 허용하기만하면 됩니다. 매일 시간을 들여 이러한 에너지를 충분히 호흡하면서 그러한 에너지를 자신의 몸속으로 주입하는 것으로서 이미 그 과정은 시작된 것입니다. 그리하여 여러분은 특별한 결과를 얻게 되는 것을 목격하게 될 것입니다. 단지 여러분의 의도와 신성한 은총에 내맡기는 정도에 따라 당신들은 이러한 에너지들을 언제든지 자신의 오라장(Auric Field) 안으로 끌어당길 수 있습니다. 그리고 이 에너지로 인해 얻게 되는 혜택들은 지금 당장이라도 다시 만들어낼 수 있습니다. 비록 형태는 처음 것과 다르다 할지라도 에너지는 똑같은 것입니다. 수정을 기반으로 한 컴퓨터가 수정사원(水晶寺院)을 대신할 수도 있겠지만, 그 능력은 동일한 것입니다.

안개 속에 가려져있는 이러한 도구들과 치유사들을 찾아보세요. 그리고 현재 있는 그 상태에서 그들을 도와주십시오. 앞으로 다가오는 시대에 이러한 신전을 다시 건립하고 싶겠지만 오늘날 존재하고 있는 것과 같은 고대의 도구들을 먼저 이해하지 않고, 또한 현재 존재하고 있는 자신이 누구인지를 먼저 가능한 한 최대로 인식하지 않고는 그러한 신전을 구현할 수가 없습니다. 천국(Heaven)은 지금 이 행성위에, 그리고 여러분 주위에 존재하고 있습니다. 비록 그것이 사소하게 보일지라도 이러한 낙원을 창조하고자 노력하고 있는 사람들을 인정해주고 여러분도 낙원의 세계가 만들어질 수 있다는 데에 지지를 보내주시기 바랍니다. 사라져버린 것들에 대해 더 이상 슬퍼하지 말고, 대신 다시 새로이 출현하고 있는 것들을 축복해주세요.

여러분 스스로를 소중하게 생각하세요. 왜냐하면, 여러분보다 더 자신들을 사랑할 수 있는 사람은 아무도 없으니까요.

인간이 영적으로 성장해감에 따라 그 사람의 오라(Aura)의
범위를 결정하는 원인체(Causal Body)의 크기와 밝기,
색깔의 순도가 두드러지게 증대된다.
영적 진보를 높이 성취한 수행자일 수록에 초보자에 비해
그 오라가 훨씬 더 크게 확장돼 있기 마련이다.

- C.W. 리드비터(Leadbeater) -

제15장

공동체사회의 정신

– 셀레스티아 –

※셀레스티아는 텔로스에 사는 원로로서 고위위원회의 자문역을 맡고 있습니다. 또한 그녀는 아다마의 누님이기도 합니다. 그녀는 텔로스의 아이들과 관련된 많은 일을 하고 있으며, 그곳의 원로들과의 교류에서도 가교역할을 하고 있습니다. (아래 내용은 채널링 공개모임에서 언급된 내용이다.)

사 랑하는 이들이여, 여기에 오신 것을 환영합니다. 여러분 모두가 돌아오셨군요. 여러분이 모두 이곳에 모여 있는 것을 보니 기분이 너무 좋으며 눈물이 나려고 합니다. 여러분의 빛의 몸과 3차원인 육신의 몸이 아름답게 빛나고 있는 것을 볼 수가 있습니다.

여러분보다 훨씬 더 많은 존재들이 머지않아 깨어나게 될 것입니다. 그리고 여러분의 본질이며 참자아인 고향으로 돌아오게 될 것입니다. 우리의 에너지들 속에서 개최되고 있는 이러한 모임들은 점점 더 커지게 될 것이며, 숫자적으로도 점점 더 늘어나 마침내 지상세계의 가장 어두운 곳에서도 우리의 빛을 볼 수 있게 될 것입니다.

우리들은 아주 오랫동안 여기 샤스타 산 속에다 머물 공간과 에너지를 마련해놓고 있습니다. 여러분 중의 상당수가 텔로스와 지상을 오가며 이곳에서 여러 생(生)을 살았으며, 이 장소가 그러한 에너지를 갖도록 돕고 있는 것입니다. 말하자면, 오늘 저녁 이 모임에 참석해있는 여러분의 대다수가 자신의 전체적인 대자아를 구성하는 여러 모습들을 지니고 있는데, 이러한 모습들 중의 일부가 산의 내부와 지구 내부의 다른 도시들에 살고 있는 것입니다.

우리에게 있어서 육체적인 모습을 하고 육화해있는 여러분을 보는 것만으로도 상상을 초월할 정도로 멋있는 일입니다. 왜냐하면 여러분은 이 행성에서 없어서는 안 될 커다란 변화를 실현할 존재들이기 때문입니다.

이제 나는 텔로스와 지구 전역의 다른 레무리아 도시들에 살고 있는 아이들에 대해서 소개하고자 합니다. 그 아이들은 여러분이 좀 더 많은 능력을 발휘할 수 있는 방법을 알려주기 위해 의식적으로 좀 더 많이 연결되기만을 간절히 기다리고 있습니다. 이들은 정말로 재미있게 즐기는 방법이 어떤 것인지에 대해 여러분과 함께 나누고 싶어 합니다. 여러분의 여정에서 겪고 있는 많은 부분들이 여러분의 가슴을 다시 열게 하고, 아이처럼 천진한 기쁨을 가져다 주었던 것들을 다시 발견하도록 만들고 있는 것입니다. 이제 여러분은 상상의 나래를 펴고 자기들이 지상세계에다 창조하여 체험하고자 하는 지상천국을 마음속으로 그려보아야 할 시기입니다. 아이들은 이미 가슴이 열려진 상태로 이곳에 있으며, 이들은 당신들이 상상하는 세계를 여러분 주변의 현실 속에다 어떻게 실현하는지를 보여주고자 합니다.

텔로스의 아이들은 여러분이 가고 있는 길을 밝혀 도울 수 있다는 것에 대해서 매우 기쁘게 생각하고 있습니다.

여러분은 지금 당장이라도 이들과 접촉할 수가 있습니다. 이 아이들은 창조의 놀이터에서 놀고 있는 여러분에게 빛의 사절이 되기로 자원한 아이들이며, 당신들이 원하는 한 함께 하게 될 것입니다. 여러분이 할 일이라고는 가슴으로 소통하기만 하면 됩니다. 이들이 여러분이 잠이 든 상태에서 찾아 올 수도 있으며, 당신들도 곧 바로 이들을 인지할 수 있을 것입니다.

여러분 중에 시야가 열린 사람들은 텔로스의 아이들이 지상에 사는 사람들과는 수명이 아주 다르다는 사실을 알게 될 것입니다. 여러분과 함께 놀게 될 아이들의 나이는 지상의 기준으로 약 200살 정도 됩니다.[7] 다정한 친구처럼 보였던 이미지가 기대했던 것과 너무 다르다고 해서 놀라지는 마세요.

여러분의 내면에 나타나는 이미지를 믿으시고, 텔로스의 아이들로부터 듣게 되는 메시지도 신뢰하시기 바랍니다. 그들은 여러분이 이미 문을 닫아버린 자아의 여러 부분들을 다시 인류에게 알려주고, 또 상상을 통해 원하는 모든 것들을 실현할 수 있는 기상천외한 마법이 실제로 가능하다는 것을 알려주기 위해 여기에 있는 것입니다.

상상은 창조의 도구이며, 지상의 많은 사람들이 말하는 것처럼 비현실적인 것이 아닙니다. 여러분은 지금 자신이 품고 있는 생각과 감정에 따라 상상하고 있는 것들이 얼마나 현실화될 수 있고, 또한 상상이 어느 정도까지 여러분의 삶에 경이로움이나 고통스러

---

7)평균수명이 보통 몇 천세인 지저인들의 입장에서는 나이 200살이 아이일지 모르나, 우리의 기준으로 볼 때 실제로 이들은 아이들이 아닌 것이다. 오히려 오래 살아봐야 100세를 넘기기 힘들고 보통 70~80대에 대다수가 사망하는 우리 지상의 인간들이 아마도 그들의 눈에는 모두 유치한 아이들로 보일 것이다. (편집자 註)

운 과제를 창조할 수 있는지를 다시 알아가고 있는 중입니다.

텔로스에 사는 우리들은 다음과 같은 순서로 창조하고 있습니다. 먼저 원하는 것을 상상하고, 그 다음에 상상했던 것들을 명확하게 드러나게 위해 에너지가 담겨진 말로서 그것을 언명(言明)하는 것입니다.

어떤 것을 실현하는 데 있어서 상상은 중요한 열쇠입니다. 우리는 남성적인 신성한 영감에다가 이러한 영감적인 상상들이 떠오를 때 그것을 실현될 때까지 지속적으로 잘 배양하고 유지하는 여성적인 에너지를 융합함으로써 현실 속에서 뭔가를 구현하게 됩니다. 지상에 육화해있는 존재들의 의식(意識)이 신성한 여성성(Divine Feminine)을 점점 더 많이 받아들이게 됨에 따라서 이러한 구현의 원리는 다시 명확하게 드러나게 될 것입니다. 어머니 지구 영혼의 보살핌이 재인식되고 그녀의 재건이 자연과 사회 속에 이루어지게 될 때, 신성한 참된 영감이 공동체의 건설을 통해 하나가 된 여러분의 일상적 삶 속에서 저절로 번뜩이게 될 것입니다.

여러분은 텔로스에 있는 여러분의 가족인 우리와 다시 연결되고 스스로의 탐구를 통해 진정한 공동체가 무엇인지 이제 다시 깨달아가고 있습니다. 여러분 가운데 누구든 함께 더불어 일하고 놀고 배우고 명상을 하면, 그리고 그 장소가 샤스타 산이든, 아니면 행성의 다른 곳이든 여러분은 공동체의 정신을 형성하고 있는 것입니다. 이러한 공동체가 일시적으로 나타나는 형태라고 보일 수도 있으나, 사실은 그렇지가 않습니다.

각각의 모임을 통해 형성된 에너지는 다른 유사한 모임들의 에너지와 연결돼 있으며, 에너지적인 면에서 시공간을 초월하여 보다 큰 공동체가 형성되고 있습니다. 여기에 참여한 영혼들 사이에 이러한 연결 관계가 형성되고 있는 것입니다. 그리고 이와 같은 공동체의 에너지는 그 후 보다 많은 사람들이 참여할 수 있도록 길을 밝히게 될 것입니다.

텔로스에서 내부적으로 운영하고 있는 체제는 하나가 되어 함께 협력하고 자원을 공동으로 분배하는 방식입니다. 이렇게 하기 위해 모든 사람들이 시간과 에너지를 함께 분담하는 것처럼, 모든 구성원들은 공동으로 보살핌을 받게 됩니다. 이것이 앞으로 지상에 존재하게 될 사회나 국가들이 언젠가는 채택해야 할 중요한 원리가 될 것입니다. 여러 에너지가 모여서 하나의 조화로운 무리를 이루듯이, 여러분도 텔로스인들이 운영하는 공동체의 모델을 증명해 보이고 실제로 이 모델에 따라 살아갈 수 있을 것입니다.

사회적으로 이 샤스타 산 부근에는 이미 새로운 형태의 삶의 방식이 전개되고 있으며, 많은 사람들이 자신들이 했던 진실한 약속과 이상적인 공동체에 대해 눈을 떠가고 있는 중입니다. 그리고 보다 많은 사람들의 의식 속에서 삶에 대한 새로운 개념과 방식이 싹트고 있습니다. 그리고 이러한 의식(意識)을 이 땅에 최초로 파종(播種)하고 있다는 것을 느끼기 시작했습니다. 이러한 것들은 지상에 공동체를 실현하고 이 행성이 한층 더 높은 수준으로 발전해 가는 데 없어서는 안 될 중요한 단계들 중의 하나입니다.

텔로스에 살고 있는 우리를 지탱하고 있는 5차원의 진동은 가슴으로 이루어진 공동체를 유지시켜 주는 에너지입니다.

우리는 우리가 살아갈 세계를 창조하기 위해 여러 조치들을 취해왔으며, 이제는 여러분의 길잡이가 되어 그 길을 보여주고 있습니다. 가슴으로 이루어진 공동체는 모든 사람들이 완전히 하나가 되어 조화롭게 공명하는 곳입니다. 모든 욕구나 필요한 것들은 텔레파시로 전달되고 이러한 욕구들은 하나의 전체로서의 공동체에 의해 충족됩니다. 공동체사회에서는 공동의 가슴 에너지와 연민, 그리고 보살피는 진동이 항상 존재하기 때문에 결핍이나 고통이라는 것은 존재할 수가 없습니다. 여러분과 함께 나누고자 하는 개념들이 바로 이러한 것들입니다. 샤스타 산 부근에 사는 사람들은 이러한 것들을 이미 어느 정도 체험하고 있고, 이곳에서는 많은 개개인들이 여러 수준에서 자신이 가진 것들을 주위의 사람들과 함께 나누고 있습니다. 큰 수요가 생기고 많은 사람들이 필요할 때, 여러분 가운데서도 짐을 함께 나눠 가지고자 하는 이들이 많이 나오게 될 것입니다.

여러분의 자아가 지닌 모든 모습 속에서, 그리고 가슴의 모든 측면에서 여러분은 의식을 보다 크게 확장하여 참다운 공동체 개념을 수용해가고 있습니다. 또한 여러분은 자신들을 사랑하는 존재들에 의해 둘러싸여 있다는 것을 잊어서는 안 됩니다. 아직까지는 그러한 존재들의 전부를 의식적으로 알 수는 없겠지만, 이제 이들의 존재를 서서히 인식해가고 있는 중입니다. 현재는 여러분이 접촉하고 있는 존재들의 수준에서 거기에 어울리는 공동체를 형성하고 있는 것입니다.

텔로스에서 잠재적인 가능성을 다루는 일도 내가 하고 있는 역할의 일부입니다. 이제 이러한 일들을 여러분과 함께 추진하고 싶습니다. 몇 년 내에 샤스타 산 주변에 몇 개의 공동체가 형성될 것입니다. 그리고 이 공동체에 함께 하게 될 사람들이 이 행성에 존재하는 다른 공동체들에게 하나의 본보기(롤 모델)가 되어줄 것입니다. 여기에 모인 사람들이 자비와 협력의 정신으로 진정한 형제애 속에서 살아가면, 인간의 삶이 어떻게 변모해갈 수 있는지를 보여주는 단적인 사례들이 될 것입니다.

우리가 지구 내부세계에서 밖으로 나와 여러분과 조화를 이루어 함께 살 수 있는 길을 닦기 위한 준비 작업은 이미 시작되었습니다. 최근 몇 개월 전에 하나의 포탈(Portal)이 개통되었는데, 이 포탈은 샤스타 산을 포함하여 미국의 넓은 서부지역을 포함하고 있습니다. 지구 내부의 존재들이 이미 지상에 출현하기 시작했으며, 이러한 출현이 최초로 이루어진 곳도 바로 이 포탈을 통해서입니다.

이들은 자신들의 진동을 통해 통로를 개척하고 있고, 나중에는 이 통로를 이용해 나머지 다른 존재들도 지상에 모습을 드러내게 될 것입니다.

샤스타 산에는 텔로스와 직접 연결되어 있는 여러 개의 통로가 존재하고 있습니다. 산 주위에는 이미 가동되고 있는 몇 개의 스타게이트(Stargate)가 있으며, 또 몇몇 스타게이트들은 재가동을 위한 첫 번째 준비단계에 돌입해 있습니다. 에테르적인 면에서 이러한 게이트의 에너지를 관장하고 있는 수문장(守門將)들도 이제 깨어나서 자신들의 역할을 깨닫기 시작했는데, 3차원에서도 이러한 존재들의 숫자가 크게 늘어나고 있습니다.

이러한 작업들은 여러 차원에서 이루어지고 있지만, 여러분의 지각으로는 알 수가 없습니다. 머지않아 전 세계적으로 모든 사람들이 이러한 작업에 대해 알게 될 것이며, 그동안 이러한 영적 작업에 대해 무관심했던 사람들도 지금은 여러분이 상상할 수 없는 역할들을 수행하게 될 것입니다.

우리가 여러분과 이러한 정보를 함께 나누는 것은 여러분이 앞으로 여정을 계속해나가는 데 있어 용기를 북돋아주기 위해서입니다. 우리는 이러한 경이로운 일들을 이야기해주는 것이 당신들에게 큰 희망이 된다는 것을 잘 알고 있습니다. 여러분 주위에는 기적이 일어날 가능성이 언제나 존재하고 있기 때문에 이러한 새로운 자각을 가지고 삶을 살아가기 바랍니다. 그리고 그러한 희망을 안고, 그러한 가슴을 지니고 자신의 진화과정을 체험해가기를 기대합니다.

이러한 것들에 대해 마음의 문을 여는 것은 오직 여러분에게 달려 있습니다. 당신들이 우리에게 대하듯이, 여러분 개개인이 알지 못하는 사람에게 말을 걸면서 그들에게도 똑같은 식으로 가슴을 연다면, 이 지상에서도 공동체 사회가 그만큼 빨리 탄생하게 될 것입니다. 가슴으로부터의 이러한 나눔은 행성에 사는 시민들과 이웃들 사이에서 이루어지는 가슴의 접촉이 하나씩 보태지면서 확장하게 될 것입니다. 그러니 이 얼마나 경이로운 일이겠습니까!

정말로 친밀한 관계는 두 영혼이 서로 신뢰하면서 자연스럽게 진실만을 말하며 상대방을 서로 보살펴줄 때 생겨나는 것입니다.

타인들에게 여러분의 마음을 여는 것을 두려워하지 마세요. 커다란 각성과 변형이 일어나는 시기에는 어떤 것도 피할 수가 없습니다. 여러분이 진화해가는 여정에서 숨을 곳은 아무데도 없으며, 다만 제약만이 있을 뿐입니다. 망설이지 말고 영혼의 깊숙한 곳까지 문을 열어 자신의 체험과 감정들을 최대로 탐구해가세요. 그리고 망설이지 말고 다정스럽고 보탬이 되는 방식으로 상대방을 배려하시기 바랍니다. 많은 것들이 청소되고 정화돼야만 여러분이 그토록 바라는 고차원의 진동 속으로 들어갈 수 있고, 마음에서 우러난 공동체를 만들 수 있습니다.

두 사람 사이의 공동체를 만드는 것에서부터 시작하세요. 이전에는 신뢰하지 않았던 여러 방식으로 상대방에게 손길을 내밀어보세요. 여러분 각자가 여행하고 있는 놀라운 영혼의 여정에 대해 서로가 증인이 되세요. 이러한 방식으로 서로에게 마음을 열 수 있게 될 때, 비로소 공동체 내에서 마음과 영혼의 결속이 점점 더 커지게 되는 것입니다.

언제든지 우리를 부르십시오. 우리는 어떠한 판단이나 조건을 달지 않고 여러분의 말을 들을 것입니다. 마음을 정하고 가슴을 활짝 열어 우리가 살고 있는 세계의 이러한 진동을 함께 느껴보세요. 그래야 여러분도 이러한 진동을 매일 체험할 수가 있습니다. 여러분이 이러한 진동을 일상의 활동 속에서 더 많이 인식하고 실현해갈수록 지상의 진동수도 그만큼 더 빨리 상승하게 되는 것입니다. 우리는 여러분을 위해서 항상 거기에 있습니다. 여러분 옆에 있을 수 있도록 우리를 불러주세요. 이러한 권고를 우리가 너무 무리하게 할 수는 없습니다. 무엇보다 중요한 것은 날마다 여러분의 영혼과 행성을 변형시키고 있는 새로운 에너지와 새로운 진동을 즐기는 것입니다. 여러분이 지금 다시 발견해가고 있는 신비한 마법과 함께 하는 즐거움은 이러한 과정에 탄력을 주어 더욱 속도를 내게 할 것 입니다.

텔로스의 아이들을 불러서 같이 놀아보세요. 그들을 불러 함께 하면서 그들이 지닌 본질적인 기쁨과 단순히 존재하고 있다는 즐거움도 같이 나누어보세요. 여러분이 가장 우울한 상태에 있을 때, 그리고 견딜 수 없을 정도로 힘이 들 때, 바로 이럴 때가 그들이 가장 필요한 때입니다. 그들이 지닌 기쁨과 천연덕스러움, 그들과 여러분 주위에 존재하는 창의적이고 상상력이 풍부한 개념들이 여러분의 마음을 열어젖혀 자신들의 내면에 존재하고 있는 마법의 아이와 다시 연결하게 될 것입니다.

아이들과 함께 웃고, 낄낄거리고, 농담도 해보세요. 아이들의 눈을 통해서 바라보고, 여러분의 마음 한 구석에 남아 있는 절망의 찌꺼기들을 치워버리세요. 아이들은 단지 여러분이 기운을 낼 수 있도록 도와줄 뿐, 그 외에 어떤 것도 바라지 않습니다. 그들이 많은 아이들을 데려와서 여러분의 집에서 파티도 열 것입니다.

아이들은 여러분을 방문하고 싶어 하는데, 그 이유는 그들이 당신들이 3차원인 지상에서의 여정에서 무엇을 체험하고 있는지 좀더 잘 이해하고 싶어 하기 때문입니다. 이것도 그들에게는 교육의 일환으로 수업에 꼭 필요한 부분이므로 그들도 자발적으로 여러분을 쾌히 만나고자 하는 것입니다.

우리는 표현할 수 없을 정도로 여러분을 사랑하고 있습니다. 사랑하는 친구들이여, 집으로 돌아온 것을 다시 한 번 진심으로 환영합니다.

어머니 지구의 사랑과

우리의 고통을 기꺼이 감싸 안으려는

그녀의 마음은

날마다 우리 각자에게 영적여정을

계속할 힘을 줍니다.

-안젤리나 -

제16장

레무리아의 사절들, 여러분이 지닌 고대의 기억을 일깨
우다

- 하이르햄, 텔로스 과학계의 일원 -

사랑하는 친구들이여, 안녕하세요? 나는 하이르햄(Hyrham)입니다. 이글을 읽고 있는 모든 사람들은 텔로스와 연결되어 있습니다.

여러분은 모두 과거에 레무리아에서의 생(生)을 살았으며, 당시에 삶을 같이 했던 형제자매들과 지금 함께 하고 있는 것입니다. 가능한 한, 여러분끼리 함께 모여 옛날의 그러한 기억을 되살리도록 애쓰시기 바랍니다. 지난 고대의 기억을 일깨워주는 정보들도 직접 찾아보고 수집해볼 것을 권고합니다. 그리고 여러분의 에너지를 우리뿐만 아니라 여러분 상호간에도 교환해서 과거와 현재의 연결 관계를 찾아보세요. 내적인 의식의 문을 열고 보다 고양된 마음으로 우리에게 말도 걸어보십시오. 그리고 여러분의 가슴속 깊은 곳에 자리 잡고 있는 답도 들어보시기 바랍니다.

마음의 문을 열어 그 당시와 현재의 자기 자신에 대한 느낌을 신뢰하게 될 때마다 여러분은 다차원에 존재하고 있는 자아의 문을 점점 더 많이 열어가고 있는 것입니다. 이러한 신뢰가 쌓여감에 따라 우리는 점점 더 깊고 다양한 수준에서 여러분과 대화할 수 있게 됩니다. 그렇게 되면 우리는 더 많은 기억과 이해를 탐구할 수 있게 되고, 그러한 것들을 여러분과 함께 공유하게 될 것입니다. 여러분은 모두 자신의 참 자아와 신성한 본질에 대해 자각해가고 있는 중입니다. 그리고 이러한 자각에 따라 받아들여야 할 것들이 훨씬 더 많이 존재한다는 사실도 알게 될 것입니다.

여러분 모두는 사절들입니다.

여러분은 레무리아의 사절들이며, 또한 우리가 전혀 가능하리라고 생각하지 않았던 방법으로 이 행성의 서막을 열고 있는 진동의 사절들입니다. 또한 여러분은 이 행성에서 수많은 환생을 통해 진화해온 자신의 전체성이 지닌 여러 모습들을 표현하고 있는 사절들이기도 합니다. 그리고 사랑하는 이들이여, 지금은 여러분 스스로가 지니고 있는 이러한 여러 모습들을 이번의 삶속에서 자신의 육체와 다시 하나로 통합해야 할 시기입니다.

여러분이 마음의 문을 열어 자신의 이러한 모습들을 더 많이 받아들일수록, 영혼의 진화과정에서 각각의 환생을 통해 얻은 체험과 지혜를 그 만큼 더 많이 활용할 수 있게 되는 것입니다. 당신들의 전체성(완전성)이 드러나지 못하도록 가로막고 있는 정체된 에너지들을 정화하고 변형해갈 때마다, 여러분은 영혼의 기쁨을 체험할 뿐만 아니라 이 행성이 다시 회귀하고 있는 천국에 대한 이해를 그

만큼 더 많이 체험하게 될 것입니다.

여러분이 여행을 해가면서 만나게 되는 모든 사람들과 이러한 에너지를 함께 공유하세요. 거리를 걸어가면서 여러분을 보고 미소를 짓는 사람들도 다 형제자매들입니다. 우리가 이 행성에서 함께 해온 많은 삶들 속에는 궁극적인 하나됨(oneness)이라는 원리가 존재하는데, 우리 모두는 이것을 다시 이해하고 받아들이고 있는 중입니다.

샤스타 산은 이 행성에 사는 모든 사람들과 모든 것들에게 사랑의 빛을 방사하고 있는 일종의 거대한 심장입니다.

샤스타 산은 문자 그대로 근원의 에너지가 물리적인 형태로 나타나 있는 것입니다. 이 신성한 산은 지구 어머니의 심장에 해당되며, 우리 모두에 대해서 사랑을 느끼고 있습니다. 당신들이 어디에 있든 샤스타 산과 연결될 수 있고 사랑을 느낄 수 있으며, 자신들을 통해 그 사랑이 다른 사람들에게 흘러가게 할 수도 있습니다. 산 가까이에 있게 되면, 산의 에너지로 인해 여러분 스스로가 활성화될 것이며, 그러한 결속관계는 환생할 때마다 계속 유지될 것이라는 것을 느끼게 될 것입니다. 여러분은 이전의 생애에서도 그러한 결속관계를 체험했기 때문에 샤스타 산으로 여행하는 여러분 모두는 이곳으로 다시 돌아온 것입니다. 이러한 결속관계로 인해 레무리아가 멸망할 때에 샤스타 산은 자신의 에너지 속에 텔로스(Telos)라는 도시를 창조하고자 하는 뜻을 가지게 된 것입니다. 우리는 여러분이 이곳에서 시간을 보내고 난 후 이러한 에너지를 가지고 돌아가서 행성에 남아있는 나머지 인류에게 전해주기를 바랍니다.

나는 하이르햄(Hyrham)이며, 텔로스에 살고 있는 과학자입니다.

나는 현재 과학자들로 구성된 팀의 일원으로서 샤스타 산 주위의 에너지를 측정하는 프로그램에 참여하고 있으며, 그 소요기간은 3~5년 정도 걸립니다. 우리가 측정하는 것은 산의 내부에 있는 우리 텔로스인들이 산의 밖에서 여러분과 함께 만날 수 있는 진동수의 접합점이 어디인지를 찾는 일입니다.

나는 팀의 일원으로 2001년도부터 이러한 에너지를 점검하고 있고, 측정하는 범위가 계속 넓어져 샤스타 산으로부터 점차 확장되고 있습니다. 현재의 측정범위는 둘레가 약 9km~11km인 샤스타 산으로부터 둘레가 32km에 달하는 두 번째 원으로 확대되어 있습니다. 대체적으로 우리가 측정하는 대상은 개개인으로서의 여러분 각자의 진동과 하나의 전체로서의 지구의 진동입니다. 또한 여러분 뿐만 아니라 모든 존재들의 의도(意圖)도 측정하고 있는데, 이는 다시 레무리아의 진동으로 움직여가고 있는지 확인하기 위해서입니다. 우리는 다소 설레는 마음으로 측정 작업을 하고 있으며, 이는 우리도 여러분만큼은 아니라 하더라도 당신들처럼 우리가 함께 만날 수 있는 진동수에 이르고 싶은 마음이 간절하기 때문입니다.

우리가 여러분의 에너지를 이해하는 것은 지상 인간들이 우리의 에너지를 이해하는 것과는 다소 차이가 있습니다. 보다 큰 범위에서 우리는 당신들을 이해하고 있습니다. 우리는 여러분이 지닌 육체적인 몸뿐만 아니라 에너지장도 볼 수 있습니다. 다차원적인 여러분의 "빛의 몸"과 "미래"의 모습까지도 볼 수가 있는 것입니다. 즉, 현재 여러분이 우리를 볼 수 있는 것보다 훨씬 더 많은 당신들의 모습을 우리가 볼 수 있다는 뜻입니다.

이러한 측정 프로그램에 참여하고 있고 측정결과를 최종적으로 예측하는 일에도 깊이 관여하고 있는 텔로스의 사람들은 여러분이 자신이 지닌 의도와 모든 복합적인 일정을 인식하는 것이 대단히 중요하다는 사실을 이해하길 바랍니다. 이 행성과 샤스타 산을 위

제2부 텔로스의 다양한 존재들로부터의 메시지

해서 뿐만 아니라 여러분의 고등한 자아와 소통하는 데 있어서도 이러한 시간일정에서 오래전의 정신적인 상처를 인식하고 정화하는 것이 대단히 중요한 일이기 때문입니다. 이러한 영적인 열림을 통해 여러분은 자아의 모든 측면들을 하나로 통합하게 되며, 당신들도 우리처럼 그것들을 인식할 수 있게 되는 것입니다. 심지어 여러분은 실제로 자신의 미래의 모습들도 인식할 수 있게 될 것인데, 그것은 사실 지금 여기에 함께 하고 있습니다.

우리가 미래라는 용어로 표현하고 있는 것들은 모두 이미 일어난 일들을 말하는 것이며, 여러분 자아의 이러한 다차원적인 측면들은 이미 자신이 해야 할 역할을 다 끝마쳤습니다. 지금의 목표는 진동적인 면에서 이 모든 일정들을 하나로 통합하여 이미 창조되어 존재하고 있는 재결합의 기쁨을 체험하는 일만 남아 있는 것입니다.

여러분이 레무리아나 기타 형이상학적인 주제들에 대해 관심을 가지고 있는 사람들의 모임에 참석해달라는 요청을 받을 수도 있습니다. 크거나 작은 이런 각 그룹들이 지상에서 모임으로써 그들이 과거 레무리아에서 함께 했든, 아니면 아틀란티스와 함께 했든 상관없이 비록 잠시만일지라도 그들은 그 당시의 시간과 공간에서 함께 나눴던 진동을 재인식하고 다시 체험하고 있는 것입니다. 이러한 재인식을 통해서 그들은 많은 것을 이해하게 될 것입니다. 머지않아 이러한 그룹들은 하나로 합쳐지게 될 것이며, 서로 조화되어 보다 큰 이해에 이르게 될 것입니다. 각각의 그룹들이 새로운 지혜에 눈을 뜨게 되면서 모든 그룹들 사이에 조화로운 목적과 협력을 이끌어내게 될 것이고, 이와 같은 애정 어린 에너지로 인해 새로운 레무리아와 새로운 지구가 탄생하게 될 것입니다.

과거에 협력이 이루어지지 않던 시대도 있었으며, 이를 통해 우리 모두는 고통스러운 교훈을 배우기도 했습니다. 우리와 여러분 모두는 빛과 어둠이라는 이원성(二元性)과 분리, 그리고 부조화라

부를 만한 온갖 체험들을 인간으로서 겪어왔습니다. 이제는 조화의 진동을 기억해내고 다시 체험할 때이며, 이러한 통합된 의도가 불러올 순수한 창조 에너지에 의해 실현될 무한한 가능성들을 새롭게 이해해야 합니다. 지금은 이 행성과 다양한 차원들 속에 살고 있는 모든 존재들이 조건 없는 사랑과 조화의 에너지를 통해 스스로를 재창조하고, 이러한 진동이 이 행성에서 얼마나 멀리까지 확장될 수 있는지도 탐구할 시간입니다.

하지만 새로운 수준의 사랑의 에너지가 다시 유입될 때 이와 같은 조화 속으로 복귀하기 위해서는 필연적으로 여러분의 육체와 감정체는 근본적인 해독과정을 거쳐야만 합니다. 그리고 여러분 각자가 자신의 신성한 본질과 재통합되고 신성한 근원과 다시 연결되는 만큼 여러분의 정신적, 육체적, 감정적인 구조에 커다란 변화를 체험하게 될 것입니다. 그리고 이러한 것들은 여러분이 세포차원에서 아주 낡은 에너지를 변형시킴에 따라 나타나는 것이지요. 이러한 과정을 통해 우리도 여러분을 도울 수 있도록 나름대로 최선을 다하게 될 것입니다.

레무리아가 몰락한 이후 텔로스의 주민들이 이 지구 내부에 새로운 세계를 건설하고자 했을 때 스스로 선택했던 행로를 살펴봄으로써 여러분이 가야할 여정이 어떤 것인지를 미루어 알 수가 있습니다. 그리고 이 사실을 여러분이 이해해 주기를 텔로스의 주민들은 바라고 있습니다. 우리가 직면했던 대격변으로 인해 우리의 삶이 크게 변화되었듯이, 여러분도 지금 이러한 변화를 똑같이 요구받고 있습니다.

텔로스의 아이들은 어른들보다도 더 위험을 무릅쓰고 산 바깥으로 나가 모험하기를 동경합니다. 그리고 지상의 형제자매들에 대해서도 배우고 그토록 많이 들어왔던 외부 세상도 체험해보고 싶어합니다. 지금은 에너지의 통합이 이루어져야 합니다. 앞으로 통로가 열리면 육체적인 모습을 하고 우리가 여러분의 차원 속으로 여행하게 되겠지만, 현재의 여러분의 모습과 똑같지는 않을 것입니다. 아마도 다소 진동이 다를 것입니다. 이렇게 되기 위해서는 우리가 진동을 낮추어 여러분에게 좀 더 가까이 다가가는 것과 동시에 당신들도 자신들의 진동수를 우리 쪽으로 좀 더 높여야만 합니다.

머지않아 우리 모두가 지니고 있는 여러 진동들은 새로운 차원으로 통합될 것입니다. 이 행성너머 뿐만 아니라 행성 내부에서까지도 모든 에너지와 목표들은 이 일을 이루는데 초점이 맞추어져 있습니다. 이 일이 이루어지도록 여러분도 똑같은 생각을 가져주시기 바랍니다. 여러분이 누구였는지를 인식하거나 기억해낼 때마다, 또 우리가 누구였고 함께 하게 될 것이라는 것을 기억해낼 때마다 여러분은 자신의 의도를 나타내고 있는 셈입니다. 또한 여러분이 마음의 문을 열어 샤스타 산과 여러 원소들, 우리가 여러분을 위해 창공에 수놓는 그림들, 그리고 여러분을 찾아가서 볼록 렌즈형태의 구름을 통해 사랑과 에너지를 보내는 우주선들을 받아들일 때마다 여러분은 자신의 의도를 보여주고 있는 것입니다. 여러분과 우리들의 목표를 말로 표현하고 그것들을 그냥 신뢰하시기 바랍니다!

측정 기간은 2005년 무렵에 최고조에 달하기 시작할 것이며, 그때에 가서 차원들에 대한 개방계획이 세워질 것입니다. 어떤 곳에서는 지구 내부에서 밖으로 나가게 되고, 또 여러분 중의 일부는 지구의 내부로 들어오게 될 것입니다. 여러분의 달력으로 2005 - 2006년경에 많은 포탈들이 개방될 것이며, 차원간의 여행을 가장 쉽게 할 수 있는 사람들부터 첫 번째 방문이 이루어지게 될 것입니다. 그리고 이들은 나중에 방문하게 될 사람들을 위해 에너지 통로를 만드는 초석을 다지게 될 것입니다. 여러분 중에도 많은 분들이 에너지적인 면에서 이러한 포탈들의 활동과 관련되어 있습니다. 많은 사람들이 다차원적인 모습들을 지니고 있는데, 자신들의 또 다른 모습인 이러한 존재들은 현재 텔로스나 기타 레무리아의 도시들에 거주하며 이러한 활동에 열성적으로 참여하고 있는 것입니다. 스스로 마음의 문을 열어 이 에너지를 받아들이세요. 그리고 이 에너지들을 지상에 육화해 있는 여러분의 몸과 하나로 통합하세요. 여러분이 받은 메시지들을 감사히 받아들이고 이것들을 다른 사람들과 함께 나누세요. 이러한 행위도 또한 앞으로 다가올 일에 대한 희망과 신뢰의 새로운 에너지를 쌓는 일이 될 것입니다. 이제 행성의 변화는 대규모로 가속화되고 있으며, 3년이 지날 무렵이면 보다 많은 사람들이 지구 내부의 몇 개 도시들을 출입할 수 있게 될 것입니다. 우리를 부르십시오. 그리고 질문도 해보세요. 우리는 여러분을 안내하기 위해서 여기에 존재하고 있는 것입니다.

샤스타 산 지역에 사는 독자들로부터의 질문

*텔로스라는 도시와 마찬가지로 텔로스에 사는 사람들도 다차원적인 존재들입니다. 1,700년대에 샤스타 산에서 마지막으로 화산이 폭발했을 때 샤스타 산의 내부에 사는 텔로스인들도 도시 전체에서 위상의 변화를 겪었습니까?

오늘날 샤스타 산 내부의 도시는 마지막 화산이 폭발하기 이전에 샤스타 산 안에 존재하고 있던 도시와는 똑같지가 않습니다. 그 때에 차원변화가 있었습니다. 폭발 에너지로 인해 우리가 소통과 여행을 할 때 사용하던 주요한 입구들(Portals)과 기타 에너지적인 장소들에 변화가 생기게 되었습니다. 에테르적인 에너지들은 영향을 받지 않았지만, 지구의 필요에 의해서, 그리고 기맥(氣脈)의 속성상 이와 같은 지구의 물리적인 변화 때문에 텔로스인들은 산을 관통하거나 산의 주위에 존재하고 있던 다양한 에너지의 통로와 포탈들을

눈 덮인 샤스타 산의 멋진 설경

재건하고, 방향을 바꿔야만 했습니다.

텔로스라는 도시의 중심부는 산의 내부의 아주 깊숙한 곳에 위치해 있으며, 차원적인 면에서도 보호 장치가 되어 있어서 화산폭발에 의해 큰 영향을 받지 않도록 돼있었습니다. 그러나 산의 주위에 존재하고 있던 상당수의 에너지적인 구조물들이 심하게 영향을 입었으며, 산의 내부로 진입하는데 어려움을 겪게 되기도 하였습니다. 상당수의 포탈들이 폐쇄되었으며, 새로운 포탈들을 다른 장소에 만들어야 했습니다. 어떤 포탈들은 에너지적인 면에서 보수가 필요하기도 했으나, 원래 있던 장소에 아직까지도 그대로 존재하고 있는 것들도 있습니다. 이러한 화산폭발이 앞으로 다시 일어날 것이라고는 보지 않습니다. 우리는 지구의 에너지를 잘 이해하고 있으며, 화산폭발이 일어나야 했던 이유도 잘 알고 있습니다. 우리는 화산폭발이 있기 전에 미리 경고를 받았기 때문에 사전에 지각 변동에 따른 계획을 세울 수가 있었습니다.

*질문: 텔로스인들이 산의 밖으로 나오고 우리가 지구의 내부로 들어갈 수 있도록 개방되는 데에 우리가 어떻게 도와야 하나요?

먼저 가장 시급한 것은 여러분의 의지입니다. 이러한 일이 생길 것이라는 것을 미리 알고 날마다 이러한 에너지 속에 완전히 몰입해 살아가면서 여러분뿐만 아니라 주위의 다른 사람들의 일상생활 속에도 이러한 진동을 실행하도록 하는 것입니다. 이러한 변화는 지구에서 계속 증가할 것이며, 이러한 변화로 인해 여러분이 갖고 자 하는 진동으로부터 벗어나 있다고 느낄 수도 있습니다. 심지어 다른 방식으로 대응하기 위해서 이러한 에너지를 뛰어넘고자 할 수 도 있습니다. 머지않아 지상에 살고 있는 인류와 지구 어머니의 감정체 내부를 정화함으로써 나타나게 되는 많은 결과들을 목격하고 체험하게 될 것입니다. 즉 여러분은 새로운 수준의 분노와 폭력에 직면하게 될 것입니다. 이것은 여러분 모두가 겪고 있는 치유의 고비단계에서 나타나는 현상의 일부입니다. 새로운 진동이 유입되기 위해서는 반드시 많은 낡은 것들이 제거되고 해독되어야 합니다.

여러분 가슴의 앎과 사랑 속에 존재하고 있는 에너지들을 꼭 붙잡으세요. 존재의 모든 측면을 다 동원하여 새로운 빛의 에너지가 이 시간 이 행성에 흘러넘칠 수 있도록 최선을 다해 노력하시기 바랍니다. 당신들의 육체와 감정체가 정신적인 장애나 슬픔을 체험하거나 당황해할 수도 있지만, 여러분의 완전무결한 전체성은 여전히 사랑과 자비의 진동 속에 있다는 것을 알아야 합니다. 그러므로 언제든지 사랑과 연민의 진동과 다시 연결될 수 있다는 사실을 결코 잊어서는 안 됩니다.

영적 가이드나 천사들, 텔로스에 있는 가족들, 그리고 별의 형

쩨들에게 도움을 요청하세요. 이들은 여러분을 돕기 위해서 이 곳에 존재하고 있습니다.

우리 모두가 이곳에 존재하고 있는 이유는 우리의 사랑으로 여러분을 포용하고 또 어떠한 조건이나 판단도 하지 않고 여러분이 지니고 있는 모든 감정들을 해소할 수 있도록 돕기 위해서입니다. 여러분의 에너지가 다시 움직여서 신성한 은총과 함께 흘러갈 수 있도록 허용하고 이를 허가해 주세요. 지금 이 시간 이 행성에서 여러분의 참자아를 인식하지 못하도록 가로막고 있는 모든 정체된 에너지들이 방출될 수 있도록 매일 매일 요청하세요.

이 행성이 3차원에서 5차원으로 변형되고 있는 이때에 여러분이 육체적인 형상을 하고 지구에서 살고 있다는 사실은 육체와 감정을 가진 인간으로서 자신의 참자아에 따라 온전한 삶을 살아야한다는 것을 뜻합니다. 그 목표는 마치 삶이 살아 움직이는 명상이듯이, 높아지고 있는 진동수준에 맞추어 항상 깨어있는 삶을 사는 법을 배우는 것입니다. 여러분의 의도나 계획을 알 수 있도록 명확히 말로 표현하고, 전체적으로 자신에 관한 모든 것뿐만 아니라 자기가 일상 속에서 선택한 행위 하나하나를 지속적으로 자각하고 있어야 합니다.

만약 여러분이 우리를 통해서, 즉 우리가 제공하는 거울을 통해서 단지 자신의 참모습을 온전히 보고 들을 수만 있다면, 당신들이 환멸이나 단절, 또는 혼란에 빠졌을 때라도 항상 갈 곳이 존재하게 됩니다. 여러분이 신뢰를 가지고 자신을 명확하게 볼 수 있을 때까지 우리를 여러분의 거울로 활용하세요. 우리가 여러분의 여정을 도울 수도 있다는 것을 잊지 마십시오. 다시 말해 우리는 여러분에게 맞는 진동을 보유할 수가 있으며, 여러분이 의도를 나타내어 우리에게 요청할 때마다 그 진동을 보내줄 수도 있습니다.

아다마와 아나마르, 그리고 기타의 많은 사람들이 매일 밤 텔로스에서 수업을 실시하고 있습니다. 잠자리에 들기 전에, 그리고 꿈의 상태에서 여러분들이 이곳에 와서 가르침이나 치유를 받을 수도 있으며, 자신의 지난 추억들과 연결될 수 있도록 요청할 수도 있습니다. 그리고 정상적인 의식 상태로 돌아가면서 이곳에서 체험한 모든 것들을 기억하겠다고 마음을 정하세요. 그러면 텔로스에서 있었던 모든 일들을 정신이 든 상태에서도 기억할 수 있을 것입니다.

무엇보다 중요한 것은 어떠한 판단이나 비판적인 분석도 하지 않고 여러분 스스로가 체험하고, 기억하고, 배울 수 있도록 허용하는 것입니다.

텔로스로 여행할 때에 여러분은 고차원의 진동인 신뢰와 조화의 진동으로 들어가게 됩니다. 그리고 여러분이 원하는 정보들은 이러한 에너지장을 통해서만이 저절로 공유될 수가 있습니다. 그러기 위해서는 우리의 가슴으로부터 여러분에게로 연결되는 하나의 채널이 반드시 열려져야 하는데, 이러한 통로는 신뢰와 조건 없는 사랑의 진동 속에서만 열리게 됩니다. 또한 우리가 우리의 진동 주파수를 반드시 여러분의 주파수와 동조시켜야 하며, 우리는 오직 사랑이 존재하고 열려있는 장소에서만 이것을 할 것입니다. 이러한 만남에서 무슨 일이 일어날 것이라고 미리 예단하거나 기대해서는 안됩니다. 여러분은 스스로 마음의 문을 열어 오직 신의 은총과 우리가 주는 모든 것들을 받아들이는 통로로서의 역할만 해야 합니다.

여러분은 언제든지 우리들 중의 그 어떤 이에게도 이야기를 할 수가 있습니다. 질문을 하고 답도 들어보세요. 그 대답은 음성으로, 음악으로, 목소리로, 아니면 단순한 자각으로 올 수도 있습니다. 여러분의 마음으로 그 대답을 분석하려고 하지 마세요. 그냥 인지하

제2부 텔로스의 다양한 존재들로부터의 메시지

고 그러한 자각이 커지도록만 하세요. 여러분의 자각이 점점 커지게 되면, 여러분이 육체적인 형제자매들과 자연스럽게 대화하듯이 마침내 우리와의 대화도 일상적인 일처럼 자연스럽게 이루어지게 될 것입니다. 그렇게 되도록 지금 스스로 허용하세요.

*질문: 앞으로 우리가 텔로스에서 배우게 될 어떤 도구나 치유 방법들에는 어떤 것들이 있습니까?

샤스타 산 주위에 치유와 젊음을 되찾게 하는 신전들이 존재하게 될 것이며, 이 신전들이 다시 활성화되고 그러한 목적으로 다시 봉헌될 것입니다. 그리고 원소들(지,수,화,풍)뿐만 아니라 지구 자체의 에너지도 이 신전으로 다시 흐르게 될 것입니다.

치유와 젊음을 되찾게 하는 새로운 기법들이 이 세상에 출현하게 될 것이며, 이러한 기법들은 두 가지 요소로 구성되어 나타나게 될 것입니다. 첫째는 개인의 에너지로 완벽한 자가치유를 할 수 있도록 기원하는 의식(儀式)들이 전수될 것입니다. 두 번째 요소는 빛과 소리를 활용하는 도구들입니다. 현재 인간의 신체가 실제로 수정(水晶)의 속성을 기반으로 한 구조로 바뀌고 있기 때문에 이러한 도구들도 자연에 있는 수정을 소재로 하여 만들어지게 될 것입니다. 이런 도구들 중에 어떤 것들은 고대 이집트의 석관(石棺)과 같은 넓직한 침실이나 헬멧과 같은 형태가 될 것이며, 이것들은 수정체로 만들어져 빛을 강하게 방사하게 될 것입니다.

소리는 치유와 재활 에너지를 실어 나르는 통로입니다. 우리가 방출하는 다양한 모든 주파수들은 빛으로 나타나게 됩니다. 소리는 차원의 층들에 침투하여 다른 몸체들, 즉 육체와 감정체, 에테르체, 그리고 정신체들을 통해 치유에 필요한 빛과 주파수를 운반하는 역할을 수행하게 됩니다.

수정(水晶)은 소리와 빛, 두 가지를 한꺼번에 전달하는 정교한 기능을 가지고 있습니다. 치유사들은 때로는 치유를 받고 있는 환자들과 서로의 목소리를 합쳐 수정으로 된 플룻(Flute)이나 큰 잔과 같은 악기를 통해서 치료를 하거나, 천사와 원소의 에너지들을 조합함으로써 다차원의 음(音)을 만들고 이를 활용함으로써 치유하게 될 것입니다. 이러한 모든 음들은 "수정으로 만들어진 소리 확성기"를 통해 전달되며, 소리 확성기는 다양한 음들을 하나의 음으로 만들어내는데, 이 하나의 음은 다양한 소리를 지니고 있을 뿐만 아니라 동시에 "의식을 깨우는 소리"로 활용할 수도 있습니다. 이 의식적인 소리는 주위의 사방으로 퍼져서 인간이 볼 수 없는 색상들을 통해 치유의 빛을 지닌 주파수가 전달되게 하는 통로의 역할을 하게 됩니다. 이러한 방법으로 신체의 모든 부위가 동시에 치유될 것입니다.

이것들보다 작은 도구들도 나타나게 될 것입니다. 어떤 것들은 몸에 입고 다니는 것들이고, 또 어떤 것들은 지니고 다니는 것들이 될 것입니다. 매일 명상을 할 때 사용하거나 단순히 개인적으로 집에 놓아두고 사용하는 제품들도 있을 것입니다. 오늘날 이러한 형태의 도구들을 이미 사용하고 있는 사람들도 많이 있습니다. 이러한 제품들은 기존의 제품들보다도 사용하기 편리하도록 세련되게 새로이 만들어지게 될 것입니다. 어떤 도구들은 아이들이 세상에 태어나면서 가지고 나오는 경우도 있는데, 이런 경우는 이 도구들을 일생동안 지니고 살게 됩니다. 또 어떤 도구들은 가족 전체의 고조파를 유지하기 위해 가족 구성원들끼리 공동으로 사용하게 되는 경우도 있습니다.

아이들은 학교교육의 첫 단계에서부터 수정(水晶)과 소리 및 빛의 주파수에 관한 전반적인 이해와 상관성에 대해 배우게 될 것입니다. 대부분의 빌딩과 주택, 그리고 사원(寺院)들은 순수한 수정

물질을 사용하여 짓게 되며, 이러한 수정 물질들은 신성한 음조(音調)를 지니고 있어서 건물 그 자체가 일정한 치유와 조화의 진동을 지니게 됩니다.

*질문: 나의 진동을 높이기 위해서 개인적으로 할 수 있는 일들 에는 어떤 것들이 있나요?

진동수를 높이고자 원하는 각 개개인은 자신에게 배정된 텔로스 에 있는 한 명의 가이드를 가질 수가 있습니다. 그 존재에게 그냥 요청하고 가슴을 통해 연결하기만 하면 됩니다. 여러분의 가이드를 만나 정기적으로 대화도 나누어보십시오. 자신과 잘 어울리는 진동 을 얻기 위해 여러분의 가이드를 일종의 소리굽쇠(tuning fork)로 활용해보세요.

자기정화라는 측면에서 또한 여러분 각자는 개인적인 책임이 있 습니다. 여러분 모두는 육화한 삶 속에서 어떤 수준의 진동과 기쁨 에 이르지 못하도록 가로막고 있는 에너지들을 정화하기 위해 이곳 에 옵니다. 여러분이 낡은 에너지를 정화하거나 감정적으로 오래된 패턴들을 치유할 때마다 새롭고 확장된 에너지들이 유입될 수 있도 록 문을 열고 있는 것입니다. 거기에 덧붙여, 이러한 정화작용은 이 행성에 사는 모든 사람들에게 낡은 에너지들을 해소할 수 있는 길 도 열어주고 있습니다.

여러분은 각자가 집단의식의 서로 다른 일면들을 지니고 있는데, 당신은 인류와 지구를 위해 스스로 자원하여 이러한 것들은 정화하 기로 한 것입니다. 이것은 아주 중요한 임무입니다. 그리고 이제는 이것을 인식하고, 또한 우리가 이러한 과업을 성취할 여러분에게 가지고 있는 마음의 신뢰를 인정해야 할 때입니다. 이것이 바로 지 금 여러분이 텔로스에 있지 않고, 이곳에 존재하고 있는 명백한 이

유 중에 하나가 될 것입니다.[8]

여러분이 육체적인 모습을 하고 여기에 존재하는 것은 스스로 자원한 것이며, 행성을 치유하고 인류로 하여금 고통과 분리의식으로부터 자유롭게 하기 위해서입니다. 바로 이것이 여러분이 해야 할 일이며 자신들이 행성에다 스스로 실현하기로 약속한 진동은 바로 이곳에서 체험되어져야만 합니다.

여러분의 뒤를 이을 세대들은 자신들을 위해 여러분이 길을 정화했다고 생각할 것입니다. 태초부터 여러분의 감정체에 누적되어온 슬픔과 정신적인 장애들을 정화할 때마다, 결과적으로는 이는 곧 지구 어머니의 감정체에 누적된 그러한 슬픔과 장애들을 정화하는 것입니다. 우리는 이 여정에 수반되는 시간과 에너지를 존중하므로 다른 차원에 있는 우리들은 모두 이곳에서 여러분의 여정을 돕고 있습니다. 이와 같이 여러분이 중요한 일을 하는 동안 우리가 사랑으로 당신들을 흠뻑 적셔줄 수 있게 되어 대단히 기쁘게 생각합니다.

아득한 과거에는 우리가 우주 내에서 존재하는 방법에 대해 지금보다도 더 잘 이해하고 있었습니다. 여러분은 또한 우주의 근원인 신(God Source)의 흐름과 연결되는 법과 이를 다루는 법에 대해서도 이해하고 있었지요. 게다가 여러분은 우리가 지구내부에서 관리하고 있는 에너지의 격자들뿐만 아니라 몸 그 자체와 모든 몸(여러 영적인 복체들)의 기반들에 대해서도 잘 알고 있었습니다. 지금은 이러한 지식을 되찾고 있는 중입니다. 그리고 여러분이 마음을 열어 이러한 지식을 더 많이 이해하고 체험할수록, 또 이러한 지식을 현재 여러분이 살아가고 있는 지구의 존재계에 더 많이 접목할수록 당신들은 지금 이 시간 참된 신성을 그 만큼 회복하고 있는 것입니

---

8) 이 말은 원래 텔로스인이었다가 현재 인간으로 태어나 현재 샤스타 산 인근지역에 살고 있는 사람들에게 하는 이야기이다.(편집자 주)

다. 지금은 거대한 깨어남의 시간이며, 우리는 여러분에게 진실로 축하를 보내는 바입니다.

우리는 진심으로 여러분을 사랑하고 있습니다. 우리의 사랑을 조화와 협력을 통해, 색채로 이루어진 빛으로, 그리고 소리와 노래 속에 실어서 보내드립니다. 여러분의 애정 어린 관심에 감사드립니다.

우리 앞에 왔던 모든 사람들과
여전히 오게 될 모든 이들에게,
우리는 우리의 가슴과 신성의 사랑을 드립니다.
여러분의 영적 여정이 즐거운 여행이 되길
기원합니다!

제17장

텔로스인들에게 경의를 표하며 보내는 마지막 메시지

- 성 저메인 -

사랑하는 친구들이여! 안녕하십니까? 나는 성 저메인(St. Germain)입니다. 나는 보라색 화염의 수호자이며, 여러분이 승리하기를 바라마지 않는 존재들 중의 한 명입니다. 아주 오래 전에 이 지구 행성을 위한 상승 에너지를 개시하고 점화시킨 것은 바로 이 소중한 보라색 화염의 주파수였습니다.

현재 나는 이곳 텔로스에서 아다마와 텔로스의 레무리아 위원회 위원들, 그리고 레무리아 가족과 빛의 세계에서 온 다른 존재들과 함께 큰 모임에 참석하고 있습니다. 사랑하는 이들이여, 지금은 여러분의 형제자매들이기도 한 텔로스의 레무리아 형제자매들에게 경의를 표하고 이들이 그토록 오랜 세월 이 행성을 위해 이룩한 업적

성 저메인 대사

에 대해 공로를 인정해야 할 때입니다. 이들은 지상에 사는 사람들이 서로 싸우느라 여념이 없는 동안에도 다른 존재들과 더불어 지난 12,000년 동안 부지런히 상승의 화염에 초점을 맞추고 살아 왔습니다.

만약 샤스타 산의 내부와 아갈타 (Agartha)의 다른 도시들에 살고 있는 레무리아 가족들이 지상의 주민들을 대신해 믿을 수 없을 만큼 헌신적으로 상승의 화염을 보살피지 않았다면, 여러분이 현재 실현할 기회를 맞이하고 있는 여러 가능성들은 일어나지 않았을 수도 있었습니다.

주는 것과 받는 것 사이의 균형의 법칙에 따라서 우주의 근원으로부터 엄청난 사랑과 빛에너지를 받게 되면, 이를 인정하고 감사의 표시로서 어느 정도의 빛 에너지를 생성하여 이 행성과 행성에 사는 주민들이 이 에너지를 받게 함으로써 창조주에게 다시 되돌려 주어야 합니다. 이것은 바로 우주의 법칙입니다. 지금까지 근원으로부터 모든 빛과 사랑을 받은 덕에 이 행성이 3차원을 계속 유지할 수가 있었고, 또한 그것에 의해 행성에 사는 인류도 진화를 계속해 갈 수 있었습니다. 그럼에도 불구하고 수천 년 동안 지상에 사는 인류는 그 보답으로 아버지/어머니 신(神)께 빛을 거의 되돌려 주지 않았습니다.

사랑하는 이들이여, 상승의 화염과 보라색 화염은 다른 주파수를 지니고 있기는 하지만, 두 화염은 모두 똑같이 여러분을 상승으로 인도하며 아주 효율적인 보완관계를 유지하고 있습니다. 두 화염은 서로 연결되어 있으며, 이 둘은 주파수 자체에 자유(freedom)의 불꽃을 공통으로 지니고 있습니다. 그리고 신성한 사랑으로 나타나지 않은 어떤 에너지는 이 보라색 화염에 의해 변형될 수가 있습니다.

조만간 진화여정의 다음 단계로서 이번에 상승을 하고자 선택하는 모든 사람들은 자신의 신성(神性)에게, 그리고 미륵부처님(彌勒佛)과 마스터 사난다(예수)가 주관하고 있는 영단의 그리스도라는 부서에 스스로 자신들을 (상승의 후보자로) 소개할 수 있는 기회를 가지게 될 것입니다. 그리고 지구와 인류의 상승이라는 이 신성한 사건에 당신들을 준비시키기 위해 필요한 비전입문(Initiation) 과정들은 그 다음에 일상적 삶 속에서 받게 될 것입니다.

그런데 상승할 때에 여러분의 전체의식과 생명의 흐름은 말 그대로 상승의 불꽃으로 흠뻑 적셔지게 될 것이며, 여러분이 지닌 에너지들 중에서 순수한 사랑이 아닌 모든 에너지들은 그 화염에 의해 완전히 연소될 것입니다. 이후에는 오로지 순수한 빛만이 남게 될 것입니다. 친구들이여, 이것이 바로 순수한 빛과 사랑의 존재로서 자신의 삶을 살아갈 수 있는 타고난 영원한 권리를 받아들이는 것이고, 영원한 평화와 축복 속에서 불멸의 무한한 생명을 즐길 수 있는 방법인 것입니다.

만약 여러분의 원인체(Causal Body)9)와 모든 정묘한 몸들(복체들) 속에 적절한 수준의 빛과 사랑을 통합하게 되면, 이러한 과정을 통해 여러분은 상승한 마스터(Ascended Master)로 완벽히 변형될 것입니다. 그리고 그러한 진화과정에 도달하지 못한 사람들에게는 다시 인간으로 태어날 기회가 주어질 것입니다. 그들은 이러한 육화의 과정을 통해 다시 사랑을 배우는 길을 걷게 될 것이며, 언젠가 궁극에는 자신이 바라는 상승할 수 있는 수준에 도달하게 될 것

---

9)원인체(The Causal Body): 모든 영계에서 물질계의 개체를 이루는 가장 핵심적인 영체이다. 물론 코절계가 영계의 가장 핵심은 아니다. 코절계 이상의 영계가 또한 존재하기 때문이다. 코절계 이상의 영계는 너무나 거대하기 때문에 인간의 의식으로는 느끼기 어렵다. 다만, 물질계에 있는 생명체들의 근본이 되기 때문에 물질계에 있는 모든 개체들의 핵심이 원인체라는 것이다.(역주)

입니다.

*질문: 자신의 원인체에 충분한 사랑과 빛을 축적하지 못한 상
태에서 상승의 불꽃이 불어넣어지게 되면, 그 영혼은 어떻게 될
까요?

　친구들이여, 그러한 과정을 받아들일 준비가 돼있지 않은 영혼은
최종적으로 영혼의 해체를 맞이하게 될 수도 있습니다. 상승의 화
염은 그 자체의 성질상 빛과 사랑이 아닌 모든 것들을 태워버리는
속성을 가지고 있기 때문입니다. 영혼 속에 지니고 있는 것들은 전
부 깨달아서 받아들여져야 하며, 깨달음의 진동 속으로 흡수돼야
합니다. 즉, 이 마지막 단계에 이르기 전에 모든 것들이 수용되고,
인식되고, 허용돼야 합니다. 만약 조건 없는 사랑과 빛의 길로 가는
비전입문 과정에 들어가기 이전에 이러한 일을 겪게 놔두었다면,
그 영혼에게는 아무 것도 남아 있지 않게 될 것입니다.

　지금과 같이 모든 사람들에게 상승의 기회가 주어지는 것도 결코
쉽게 이루어지는 것이 아닙니다. 지상의 여러분을 대신해서 레무리
아인들이 그토록 오랜 세월을 "철야(徹夜)로" 노력하며 길을 닦아
놓았기 때문에 여러분이 쉽게 진입할 수 있게 된 것입니다.

　*인류를 대신하여 수천 년 동안 신(神)께 매일같이 빛을 되돌려준
존재들이 바로 우리의 소중한 영혼들인 레무리아 친구들입니다. 이
런 이유 때문에 상승 화염의 중심지, 즉 차원 상승의 본부가 지금
이 텔로스에 있는 것입니다.* 이집트의 기자(Giza)에 있는 대피라미
드도 이 행성에서 오랫동안 상승화염의 중심지로서의 역할을 해왔
습니다. 비록 아직까지도 기자가 상승의 중요한 중심지 역할을 하
고는 있지만, *이 거대한 프로젝트의 책임을 맡고 있는 것은 바로
텔로스인들이며, 또 이 행성에 대한 최고의 권한을 가지고 있는 존*

재들도 텔로스인들입니다. 텔로스인들은 상승 화염의 초한(chohan)인 세라피스 베이(Serapis Bey) 대사와도 아주 긴밀하게 협력하고 있고, 그들이 함께 하는 작업은 인류에게 봉사하는 공동창조의 작업인 것입니다. 그러나 오늘날까지도 인류를 대신해서 상승의 불꽃이 밝게 불타오르도록 유지해온 데에는 숫자상으로 레무리아인들만으로도 충분했습니다.

수천 년 전에는 우리들 중에서도 많은 사람들이 상승을 하지 못했었습니다. 나, 성 저메인도 그 때까지 상승하지 못한 상태였습니다. 그러나 우리 모두를 위해서 레무리아인들이 길잡이 역할을 떠맡았습니다. 빛의 세계에서 우리는 그들을 손위의 형제자매로서 머리 숙여 감사하고 있으며, 그들이 이 행성을 위해 베푼 사랑과 용기, 그리고 훌륭한 봉사에 대해 깊은 경의를 표하고 있습니다. 또한 빛의 세계의 여러 형제단들을 대신해 나는 아다마와 텔로스에 있는 아다마의 신성한 반쪽인 갤라티아(Galatia)에게도 깊은 경의를 표합니다.

갤라티아는 이 지상에 오릴리아라는 이름으로 육화하여 오랫동안 인류와 이 행성을 위해 봉사하고 있습니다. 그들은 원래 "인류의 아버지와 어머니"로서 여러분들의 성경에 아담(Adam)과 이브(Eve)로 묘사되어 있습니다.10) 여러분들이 잘 알고 있는 아담과 이브의

---

10)아다마 대사가 아담(Adam)이었다는 이 내용이 사실이라면, 그는 예수 그리스도와 동일한 영혼 에너지체라는 말이 된다. 왜냐하면 에드가 케이시의 아카식 리딩과 막달라 마리아의 채널링 메시지에서도 예수 역시 전생(前生)에 아담이었다고 언급되고 있기 때문이다. 그리고 이런 경우에는 한 영혼이 둘로 나누어진 분령(分靈) 상태라고 해석될 수가 있다.
물론 이런 내용들은 독자들에게 생소하거나 혼란스럽고 잘 납득되지 않을 수도 있다. 하지만 영혼이라는 것은 어떤 특별한 사명이나 목적을 위해서 얼마든지 둘, 또는 그 이상으로 나누어져 태어날 수가 있다고 한다. 아울러 위의 성 저메인 대사의 설명은 이 책의 저자인 오릴리아 역시도 아다마의 부인인 갤라티아와 분령 관계라는 이야기이다. 그리고 과거 우리나라의 심령과학자였던 고(故) 안동민(安東民) 선생도 생전에 이런 영혼의 분령과 복합령 개념을 언급한 적이 있었다. 또한 비교(秘敎) 문헌이나 마스터들의 가르침에 따르면, 인간은 누구에게나 하나의 '고등한 자아(Higher Self)'로부터 분화된 12명의 동일한 영혼그룹이 존재하고 있다고까지 언급되고 있다.
그런데 필자가 몇년 전 저작권 계약 문제로 이 책의 저자인 오릴리아 루이즈 존스와 이

이야기는 오랜 레무리아 역사의 첫 장(章)을 열었던 경이로운 이야기인데, 성경에 그 진실이 약간 언급되어 있긴 하지만 실제의 진실을 거의 나타내지 못하고 있습니다. 아마도 이에 관한 내용이 앞으로 책으로 출간될 것이며, 아담과 이브의 진실한 이야기는 이 행성의 역사가와 학자들로부터 배운 것과는 다른 방식으로 인류를 계몽시키게 될 것입니다.

"아다마와 갤라티아-오릴리아, 우리 모두는 당신들을 정말로 사랑하며, 빛의 세계에 있는 모든 존재들을 대신해서 지상과 지구 내부에서 수백만 년 동안 인류에게 행한 여러분의 봉사에 대해 깊은 감사를 드립니다."

이 행성에 존재했던 모든 깨달은 문명들의 발상지인 레무리아는 지상에 살고 있는 대다수의 사람들에게는 자신들이 진화해온 모국

메일(E-mail)을 통해 문답을 주고받을 당시, 그녀는 다음과 같은 흥미로운 말을 내게 해준 적이 있다. 그 말인즉, 그녀 자신과 동일한 영혼인 사람, 즉 분령체(分靈體) 5명이 현재 세계 전역에 태어나 살고 있다는 것이다. 그들의 국적은 다양한데, 그것은 스페인, 프랑스, 러시아, 에콰도르, 그리고 한국(韓國)이라고 하였다. 오릴리아는 그 5명 가운데 스페인과 프랑스 사람은 직접 만나본 적도 있다고 말했는데, 그 느낌은 참으로 이상하고도 미묘한 것이었다고 술회했다. 그 두 사람은 당시 자기들 나라에서 오릴리아의 사명수행과 활동을 펼치는 일을 돕고 있다고 하였다. 그리고 나머지 세 나라의 사람들은 아직 자신이 누구인지 모르고 있다고 언급한 바가 있다.

그런데 최근에 세계적으로 3D 영화의 열풍을 몰고 왔던 화제의 영화 "아바타(Avatar)"의 영향으로 인해 〈아바타〉라는 말이 자기의 '분신(分身)'이라는 개념으로 대중들에게 유행처럼 확산되었다. 바로 이런 사회적 현상도 어찌 보면 이와 같은 '분령(分靈)' 또는 '분신'으로서 '어딘가에 존재하는 또 다른 나'라는 개념의 이해와 연관된 시대적 징표라고 볼 수 있다.

앞서 언급한대로 우리의 3차원적인 마음으로는 이런 내용들이 매우 복잡해 보이기도 하고 잘 이해되지 않을 수가 있다. 그러나 궁극적으로 본래 우리 모두의 영혼 자체가 물질우주를 체험하기 위해 창조주라는 거대의식(巨大意識)으로부터 몇 단계에 걸쳐 분화돼 나온 일종의 분광체(分光體)와 같은 존재들이다. 그러므로 창조주 속성을 그대로 지닌 영혼의 다차원성(多次元性)이라는 측면에서 볼 때 참된 "나(我)"라는 영혼이 다수로 분리되어 동시에 다른 차원이나 행성, 또는 국가에 나의 분신 또는 분령체가 얼마든지 존재할 수가 있는 것이다. 그리고 이런 영혼의 분화상태를 거꾸로 계속 거슬러 올라갔을 때는 결국 모든 존재가 하나 또는 일체(一體)라는 궁극의 단계에 도달할 수밖에 없는 것이다. 따라서 깨달은 마스터들은 우리에게 타인(他人)이란 곧 나의 또 다른 모습이며, 종국에 남이란 없다고 "자타일여(自他一如)"의 우주이치를 가르치고 있는 것이다.

(감수자(監修者) - 光率)

(母國)입니다. 여러분이 하나의 집단으로서 분리와 이원성을 체험하기로 선택하기 전까지, 당신들은 수십만 년 동안 낙원과 같은 축복 속에서 진화해 왔습니다. 이제 화려하고 영광스러운 레무리아의 의식(意識)이 여러분에게 자신의 가슴을 열어 보이고 있으며, 여러분의 땅이자 가슴의 사랑인 "고향"으로 여러분을 데려가려 하고 있습니다. 레무리아와 레무리아 사람들, 그리고 예전의 가족들의 에너지는 여러분의 기억세포인 바로 DNA 구조 속에 각인돼 있습니다. 오늘날 지구 내부에 존재하고 있는 레무리아는 여러분이 생(生)을 거듭하면서 찾아 왔던 바로 그 유산인 것입니다.

나, 성 저메인은 여러분에게 촉구하건대, 레무리아 에너지의 진동에 도달하도록 하십시오. 그리고 여러분의 내면에 존재하는 잃어버린 천국을 찾기 바랍니다. 고향으로 돌아가는 모든 열쇠는 여러분의 가슴 속에 있습니다. 이러한 열쇠들은 절대로 당신들로부터 제거되지 않았습니다. 자신의 내면에 있는 이러한 보물들을 다시 활성화하세요. 그러면 여러분이 돌아오기만을 기다리고 있고 중간 지점에서 여러분을 만날 준비가 돼 있는 레무리아의 가족들을 발견하게 될 것입니다.

나, 성 저메인은 항상 여러분 곁에 있으며, 여러분을 너무나 사랑하고 있습니다. 상승이 완료될 때까지 여러분이 승리하기를 바라마지 않습니다. 비록 내가 다른 것들에도 관심을 기울이고는 있지만, 나는 샤스타 산과 여러분이 〈신(新) 레무리아〉라고 부르는 텔로스(Telos)에서 많은 시간을 보내고 있습니다. 그리고 "신성한 은총"으로 이 행성과 인류를 상승케 하고 부활시키고자 하는 레무리아인들의 사명이 완수될 수 있도록 최대한 지원하고자 합니다. 내가 비록 과거에 여러 번 아틀란티스에서 태어나 지도자의 역할을 수행하기는 했으나, 나 역시도 본래는 레무리아인입니다! 사랑과 조화가 함께 하는 그곳에서 만나도록 합시다!

고차원의 세계에서의 교육과정과 신성한 질서

- 엘 모리야 대사 -

사랑하는 이들이여, 여러분은 이제 4차원과 5차원에서 어떻게 활동해야 하는지 그 역학관계를 배울 준비가 되었습니다. 그런데 고차원에 있는 우리는 더 이상 분리된 한 개인으로서 맡은 바 직분을 수행하지는 않습니다. 다시 말하면, 그룹차원에서 더 많은 일을 하게 된다는 뜻입니다. "나는 이런 저런 일을 했어."와 같은 표현은 더 이상 존재하지 않습니다. 오히려 "우리는 이 일을 했고, 저 일도 했어."와 같이 하나의 그룹이 되어서 다 함께 일하는 것입니다. 이것이 바로 다음 단계에서 여러분이 밟아가야 할 작업이며, 하나의 영혼으로서 개체성은 유지하되, 사랑과 조화 속에 완전한 하나가 되어 집단의식으로 활동하는 법을 배우게 되는 것입니다.

5차원에서는 생각만으로도 즉시 그것이 창조됩니다. 따라서 여러분이 지닌 사고(思考)와 느낌이 항상 사랑과 조화 속에 있지 않다면, 당신들은 그러한 차원 속에서 대혼란을 창조하게 될 것입니다. 그리고 이것은 관대하게 넘어갈 수 있는 단순한 성질의 것도 아니라는 것을 알아야 합니다. 만약 이런 상태에 있다면 어떠한 경우이든 3차원이나 4차원으로 다시 보내져서 사고와 느낌을 통제하는 법을 배우고, 그 차원에서 이수해야 할 교육과정을 충분히 익혀야 할 것입니다. 여러분 중에 많은 사람들이 여기 이 3차원에 존재하는 실마리를 이것을 통해 얻을 수도 있을 것입니다. 여러분 중에는 현재 육체적으로 지구에 존재하는 이유가 스스로 자원하여 지구의 변형을 돕기 위해 온 존재들도 있지만, 그 외의 사람들은 다음 단계로 넘어갈 만큼 충분히 지구에서의 교과과정을 이수하지 못했기 때문에 여기에 존재하고 있는 것입니다.

이러한 과정을 최종적으로 완성하는 장소가 바로 4차원이며, 앞으로 10년~12년 내에 여러분 가운데 많은 사람들이 이러한 현실에 부딪치게 될 것입니다. 자신들의 생각과 감정을 통제하고 가슴의 문을 열어 조건 없는 사랑을 빨리 받아들이면 들일수록, 여러분이 고차원의 세계로 옮겨가고자 열망하는 것만큼 개인적으로 빨리 영적 사다리를 타고 올라갈 수 있게 될 것입니다. 각각의 고차원의 세계들마다 7단계의 배움과 비전입문(秘傳入門)이라는 7단계의 과정이 존재하며, 다음 단계로 옮겨가기 이전에 하나하나의 모든 단계들을 통달해 나가야만 합니다. 이 말은 영혼으로서 여러분 중에 어떤 이는 5차원에 보다 빨리 도달하는 사람도 있는 반면, 오랜 시간 동안을 질질 끄는 사람들도 있다는 뜻입니다. 그리고 이것은 당신들이 일상적 삶 속에서 매순간마다 무엇을 선택하느냐 하는 선택의 문제인 것입니다.

이곳 3차원에서 집단역학(group dynamics)을 배우고 정해진 목표들을 완전한 조화와 협력을 통해 그룹의 일로 완성해가는 법을 배우게 되면, 여러분은 가까운 우주적 미래에 그 만큼 유리한 입장에 서게 될 것입니다. 하지만 옳든 그르든, 의견들 때문에 분리를 조장하고 있는 사람들은 정상으로 올라가는 과정에서 적어도 일시적이라 하더라도 스스로 퇴보의 길을 걷게 되는 상황을 만들고 있을 수도 있습니다. 이러한 원리는 비단 영적인 그룹에서 뿐만 아니라 모든 일반인들에게도 똑같이 적용되는 것입니다.

사랑하는 이들이여, 이러한 말을 통해 나는 여러분이 4차원의 변형을 이루는 동안 5차원으로 가는 과정에서 배우고 통달해야 하는 교과과정이 어떤 것인지를 살짝 엿보게 해주고 있는 것입니다. 지구는 여러분의 시간으로 2012년까지 5차원으로 상승하도록 되어 있지만, 이보다 더 빨리 실현될 수도 있습니다. 그렇다고 이 말이 모든 인류가 즉각적으로, 그리고 자동적으로 이에 따라야 한다는 것은 아닙니다. 3차원과 4차원의 모든 교과과정을 이수하지 못한 사람들은 그것을 이수할 때까지 5차원으로의 상승이 유보되든지, 아니면 유사한 우주에 있는 또 다른 3차원의 행성에서 환생해야 할 것입니다. 현 시기에 상위차원으로 옮겨가고자 하지 않거나 나선형의 상승궤도로 들어갈 자격을 갖추지 못한 영혼들이 갈 수 있는 몇 개의 장소들이 있습니다. 지난 20년 동안 이미 그러한 장소에 지구의 많은 영혼들이 환생하고 있는 중입니다.

많은 사람들이 지구 행성이 5차원으로 상승할 때, 모든 인류가 "무조건적으로" 지구와 함께 상승하게 될 것이라고 오해를 하고 있습니다. 또한 많은 이들이 충분한 준비나 정신적, 감정적 문제를 청산하지 않고도, 그리고 모든 이들이 통과해야 되는 입문의 과정을 거치고 않고 자동항법장치에 따라 어머니 지구와 함께 상승의 파도를 타게 될 것이라고 잘못 알고 있습니다. 비록 현재 지구에 사는 모든 사람들에게 상승의 기회는 주어지지만, 어떠한 사람도 목적지에 도달하는 데 거쳐야 되는 여러 단계를 건너뛸 수는 없는 것입니다. 어느 누구도 인간적인 짐을 내려놓지 않고, 또 이 영광스런 목적을 달성하는 데 필요한 각 단계별 입문 과정을 거치지 않고는 정상에 도달할 수 없을 것입니다.

영적 상승을 향한 입문의 과정이 그렇게 쉽게 이루어지지는 않는다 하더라도 상승의 문이 이토록 많이 열려진 적이 없었으며, 행성 지구도 이렇게 많은 지원을 받은 적도 없었습니다. 더군다나 사랑하는 여러분이 이토록 많은 은총을 받은 적은 한 번도 없었습니다. 이번에 여러분에게 주어지는 은총은 너무나 지대한 것이기 때문에 당신들은 자신의 우주적 미래에서만 그 영향을 온전히 이해할 수 있게 될 것입니다.

그러나 이 시기에 인류가 이와 같은 엄청난 자비의 은총을 받았다고 해서 입문의 과정을 피해갈 수는 없습니다. 이러한 상승의 문에 이르는 다른 지름길은 없습니다. 반드시 모든 입문(통과)과정을 차례로 하나씩 통달해야만 합니다.

하지만 지금 이 행성에 주어지고 있고, 또한 앞으로 몇 달 몇 년 동안 주어질 하늘의 은총은 여러분의 여정을 부드럽게 해줄 뿐만 아니라 가야할 길을 단축시켜 줄 것입니다. 얼마나 많이 단축될까요? 여러분의 능력에 따라서, 그리고 조건 없는 사랑을 얼마나 가슴으로 받아들이고 삶의 법칙을 실제생활 속에서 얼마나 열심히 적용해 가느냐에 따라 단축기간은 개개인마다 다를 것입니다.

정부에 의한 권력의 남용과 종교지도자들에 의한 신성한 원리의 왜곡이 특히 삶의 모든 영역 속에 너무나 만연해 있습니다. 그런 까닭에 많은 사람들이 통제나 조종을 받지 않고 왜곡된 위계구조로부터 벗어나 자유를 체험하고자 오랫동안 열렬히 갈망하며 살아갑니다. 대다수의 사람들은 이제 어떠한 형태의 권력집단에 대해서도, 또 심지어는 영적인 집단에 대해서도 완전히 생각을 끊고 살아가고 있습니다. 우리의 관점에서 보더라도 오랜 기간에 걸친 이러한 남용으로 인해 여러분의 마음은 아직도 고통 속에 있기 때문에 이것은 충분히 이해할만 합니다.

그럼에도 불구하고 고차원의 세계에는 신성한 "영단(spiritual hierarchy)"이라고 하는 조직이 존재하고 있으며, 바로 이 영적인 위계조직을 통해서 우주와 신이 창조한 모든 피조물들이 신성한 질서에 따라 움직여가고 있는 것입니다. 여러분이 고차원의 세계에 이런 영적인 위계조직이 존재하지 않는다고 부정한다고 해서 그것이 달라지지는 않을 것입니다. 고차원의 세계에서 위계조직이 작용하는 시스템은 "오직 순수한 사랑"에 근거하고 있으며, "모든 존재들의 가장 고귀한 선(善)을 이루기 위해서"라는 것을 상기시켜 드리고자 합니다. 사랑하는 이들이여, 이것은 참으로 놀라운 것입니다.

앞으로 이 지구상에서도 이러한 영적 위계조직이 생기게 될 것이며, 절대로 달리 될 수는 없을 것입니다. 이 위계조직은 자애로우며, 사랑과 신성한 원리(Divine principles)를 근간으로 존재하게 될 것입니다. 장차 지구를 관리하게 될 존재들은 오로지 신성한 통치권에 의거해서만 지배하게 될 뿐입니다. 그리고 이러한 권한은 영적인 도달상태, 즉 어느 정도의 사랑과 완성이 이루어졌느냐에 따라서 주어지게 될 것입니다. 신성한 원리에 근거한 이러한 위계구조가 결코 여러분의 권한을 빼앗기 위해 만들어진 것이 아닙니다. 그와는 반대로, 이 조직으로 인해 여러분의 신성과 권능은 오히려 더 강화될 것입니다.

영단에 대해 여러분이 오해와 두려움을 가지고 있다면, 부디 이러한 생각을 버리시기를 부탁드립니다. 모종의 영적인 위계조직이 어떠한 형태의 권한을 갖는 것에 관해 많은 빛의 일꾼들이 결단코 반대하고 있다는 것을 우리도 잘 알고 있습니다.

하지만 고차원에서는 여러분과 장막의 저편에 존재하는 또 다른 여러분 모두를 포함하여 작은 미물에서부터 신의 높은 경지에 이르기까지 모든 창조계가 이러한 영적인 위계질서에 따라 움직여가고 있습니다. 여러분이 다음 단계로 이동해가면, 자신들이 그룹 속에서 일하며 배우고 있다는 사실을 알게 될 것입니다. 각 그룹은 항상 진화의 사다리의 위에 있는 고차원의 존재가 주관하게 됩니다. 이 말이 어떤 존재가 다른 존재보다 우월하다는 뜻은 아닙니다. 궁극적인 면에서는 모두가 하나이며, 누구도 다른 존재보다 뛰어나지 않습니다. 다만 이러한 고차원의 존재는 당신들이 구하고자 하는 것을 단지 좀 더 빨리 얻은 것뿐이며, 여러분이 빨리 목적을 달성할 수 있도록 돕는 교사가 되고자 스스로 기꺼이 자청한 것입니다.

여러분이 자신들보다 먼저 도달한 존재들의 지도하에 가르침을 받고 일을 해나가듯이, 마찬가지로 여러분 역시도 자신과 동등한 단계에 이르지 못한 어떤 영혼그룹들을 위해 영적위계 조직에서 어떤 직책을 맡거나 스승이 되어야 할 책임이 있습니다. 그리고 그들과 함께 협력해감으로써 커다란 기쁨과 충만감을 느끼게 될 것입니다. 진화의 사다리에서의 위치와 달성도는 생명에 대한 봉사를 통해서 얻게 됩니다. 이것은 생명의 거대한 사슬이 지니고 있는 수수께끼 중의 하나입니다. 이런 이유 때문에 우리가 항상 여러분 모두를 자발적이고 기쁜 마음으로 돕고자 하는 것입니다.

고차원에는 "자유의지"라고 부르는 것이 있습니다. 지구에서는 경험할 수 없는 더 큰 자유로운 느낌이 존재합니다. 그렇습니다. 그러나 그토록 오랫동안 지구에서 창조하고 체험해왔던 것처럼 부정성을 지닌 에너지를 오용하게 되면, 자유의지와 자유가 없어진다는 것을 알아야 합니다. 사랑하는 이들이여, 여러분의 완성을 이루는 데 필요한 것들을 지금 바로 실천하기를 요청하는 바입니다. 그것은 그 만한 가치가 있는 것입니다.

나는 엘 모리야(El Morya)이며, 신의 의지인 다이아몬드 하트의 수호자입니다.

레무리아인의 관점에서 본 지저생활의 이점

- 샤스타 산에서 살고 있는 오릴리아 루이즈 존스 -

얼마 전 나는 지구 내부에 사는 사람들, 또는 수백 개의 지저 도시에서 살고 있는 여러 문명인들이 왜 지구 내부에서 살고자 선택했고, 또 오늘날까지도 지구 내부에서 살고 있는 이유에 대해 설명해달라는 부탁을 받았습니다.

12,000년 전, 레무리아 대륙이 태평양의 파도 밑으로 가라앉았을 때, 이 재난을 피해 가까스로 살아남은 약 25,000여명의 레무리아인들은 샤스타 산의 내부로 들어가 지저에서 살게 되었고, 그 도시의 이름을 텔로스라고 부르게 되었습니다.

그런데 이 대륙이 가라앉기 전, 수 세기 전부터 지저도시의 건설은 시작되었습니다. 레무리아인들과 아틀란티스인들은 이 두 대륙이 가라앉을 것이라는 것을 수천 년 전에 이미 알고 있었으며, 이에 대비해 그들은 힘들게 준비를 해야 했습니다. 텔로스는 당초 20만 명 정도를 수용할 수 있는 규모로 지어졌으나, 대륙이 바다 밑으로 가라앉기 전에 실제로 이곳에 제때 도착한 인원은 고작 25,000명에 불과했습니다.

당시에 이 방법은 자신들의 목숨을 부지하고 대부분의 고대 기록과 보물들을 보존하여 지상세계와 주민들을 파멸로 몰아넣었던 엄청난 부정성과 전쟁에 따른 부담을 덜고 평화스럽게 진화를 계속해 갈 수 있는 고육책(苦肉策)이었던 것입니다.

그런데 레무리아가 가라앉은 후 수백 년 뒤에는 아틀란티스도 침몰하게 되었으며, 이 행성에 가해진 충격이 너무 커서 지구는 거의 2,000년 동안 심하게 흔들렸습니다. 게다가 그 후 300년간 행성 주위에 아주 조밀하게 떠다니던 파편들로 인해 태양빛이 거의 차단되어 지구의 날씨가 아주 추워지게 되었습니다. 살아남은 동물과 식물이 희귀할 정도였으며, 작물의 성장도 아주 힘들어지게 되었습니다. 지구에 존재했던 거의 대부분의 생명체들은 이 오랜 기간을 견딜 수가 없게 되었고, 지상에 살고 있던 많은 사람들도 죽어가야 했습니다.

그 후 약 200년 동안 맹렬한 지진이 계속되었으며, 지표의 큰 땅덩어리들은 점토처럼 녹아 진흙바다를 이루었고, 이것이 하룻밤 사이에 행성의 전 도시들을 집어삼켜버렸습니다. 커다란 해일이 일어나 1,600킬로(1,000마일)나 뻗어나갔으며, 스치고 지나간 자리에는 모든 것들이 파괴되어 버렸습니다. 그리고 진흙 바다와 해일에 휩쓸리지 않은 도시들도 수백 년 간 계속된 흔들림으로 인해 결국 산산 조각나고 말았습니다. 또한 세계 곳곳에서 굶주림과 질병이 만연하게 되었습니다. 그렇습니다. 하지만 이 와중에서도 이집트와 같은 곳은 살아남았으며, 그들은 대재앙이 일어날 것을 미리 알았던 까닭에 이러한 사태가 발생하기 전에 자신들이 거주할 도시를 건설할 만큼 현명함을 지니고 있었습니다. 그러나 행성의 대부분의 지역들이 거의 파괴되어 황폐화되었습니다. 따라서 그 당시에는 지표면에서 살아가는 것보다 지하에서 사는 것이 좀 더 편안한 방법이었습니다.

이와 같은 대재앙으로부터 살아남아 지하로 들어간 사람들은 지하에서의 삶의 방식을 조금씩, 그리고 서서히 발전시켜 나갔으며, 마침내 지상에 사람들보다 삶의 방식이 더 우수하고 경이로운 것이 되었습니다. 그런데 당시에 약탈을 일삼던 여러 외계인 무리들이 지구에 와서 가능한 평화롭게 살고자 애를 쓰던 지구의 인간들을 지배하고 착취하고자 하였습니다. 하지만 이 행성에 많은 부정을 야기한 존재들은 비단 이들 외계인들만이 아니었습니다. 지구에 살던 대다수의 사람들이 아주 낮은 영적단계로 스스로 추락하여 영성(靈性)을 부정하기에 이르렀습니다. 그리고 이들은 악의적으로 자기들끼리 서로 싸우고 착취를 일삼았습니다. 지구에 사는 대부분의 사람들에게 사랑과 연민, 그리고 진정한 형제애는 먼 옛날의 이야기가 되었으며, 완전히 망각되게 되었습니다. 결국 많은 지역에서 인류는 동굴에 사는 혈거인(穴居人)내지는 서로 싸우는 야만인 수준으로 퇴보하고 말았던 것입니다.

그 이후, 지구에 사는 사람들은 서로 간의 싸움을 완전히 멈춘적이 단 한 번도 없었습니다. 비록 사랑과 평화의 시대도 있기는 했으나, 그리 오래 가지는 못했습니다. 항상 이를 방해하는 자들이 있었으며, 그들은 침략과 파괴를 통해 이를 종식시키곤 하였습니다. 심지어 이 행성의 영원한 새로운 황금기를 맞이하고 있는 오늘날에도 두려움과 폭력, 적대감, 타인에 대한 지배, 조종, 전쟁, 편협함, 과세(課稅), 기만, 사기(詐欺), 탐욕 등의 의식 속에서 살아가고 있는 사람들이 많이 있습니다. 이러한 것들은 관련된 신문을 읽거나, 뉴스만 봐도 쉽게 알 수 있을 것입니다.

영적인 진화에 전념해왔고 자신들의 소중한 유산인 평화와 사랑, 형제애를 지키고자 노력했던 레무리아인들은 지상에 살면서 고통을 받기보다는 지저에서 사는 편이 보다 수월하다는 것을 알게 되었습니다. 이유는 간단합니다. 그것은 지상에서는 삶을 어렵게 만드는 거친 날씨로 인한 혹독함이 있을 뿐만 아니라 사람들이 서로 상대방을 애정이 없이 너무 냉정하게 대하기 때문입니다.

지저(地底)로 들어간 사람들에게는 긴 적응기간이 필요했을 것입니다. 이는 즐거운 마음으로 선택을 했다기보다는 필요에 의한 것이었으며, 레무리아인들과 다른 지하의 거주자들도 처음에는 어쩔 수 없이 지구의 내부에서 살 수밖에 없었습니다. 그렇게 함으로써 서로 합류하여 그들보다 훨씬 오래 전에 지구 내부에서 살아 왔던 존재들로부터 지원을 받을 수 있었습니다. 왜냐하면 지구 역사에 있어서 그들과는 다른 시대에 비슷한 이유로 지상을 떠나 지저에서 수십만 년 동안 살고 있던 존재들이 있었기 때문입니다.

두 대륙이 침몰한 후, 지구상에 살던 인류는 습득해야 할 교훈을 제대로 배우지 못했으며, 많은 사람들이 제 나름대로 어둠과 탐욕, 지배와 투쟁을 계속해 나갔습니다. 아틀란티스 대륙이 대서양의 바다 속으로 침몰할 때, 이로 인해 지구의 몸체에 가해진 충격은 레무리아의 침몰 때보다도 더 컸다는 것이 나의 견해입니다. 우리가 알고 있기로는 성경에서 말하는 "대홍수"의 이야기는 실제로 아틀란티스 침몰의 한 단면을 묘사한 것입니다.

지저에서의 삶은 지상보다도 더 안전하고 안정적이며, 또한 평화롭습니다. 이러한 사실은 오늘날까지도 변함이 없습니다. 지상에 살고 있는 우리는 아직도 이원성(二元性) 속에서 살고 있지만, 지구 내부의 사람들은 우리가 거의 상상할 수도 없을 정도의 발전을 이룩했습니다. 일반적으로 지저에 살고 있는 사람들은 영적으로 아주 높은 수준의 진화 상태인 상승한 마스터의 경지에 도달했으며, 그들에게는 우리가 살고 있는 삶의 방식이 전혀 매력적이지 못합니다. 나는 그들이 우리의 삶의 방식에 전혀 관심이 없다는 것을 감히 말할 수 있습니다. 그들에게는 우리의 삶의 방식이 너무 원시적일 뿐입니다!

생활의 모든 면에서 그들은 에너지를 다루는 데에 완전히 숙달되어 있습니다. 자신들이 가진 육체를 영원히 지닐 수 있게 됨으로써 그들은 질병과 죽음의 문제도 정복했습니다. 지저인들은 젊은 육체를 유지한 채 노화의 흔적도 없이 수천 년 동안 살 수가 있습니다. 또한 그들은 조화로운 사고(思考)를 통해 날씨도 제어하고 있습니다. 이상 기후와 같이 지상에서 발생하는 모든 기상이변은 지상에 사는 사람들이 변덕스러운 감정 상태를 지니고 있기 때문에 생기게 됩니다. 과학자들이 무엇이라 말하든 나는 개의치 않으며, 날씨의 패턴을 나타내는 자연의 요소들은 그것이 좋은 것이든 아니든 인간이 에너지를 적절하게 사용하고 있는지, 아니면 오용하는지를 보여주는 삶의 또다른 측면이라고 생각합니다.

만일 우리에게 도움이 되도록 날씨를 제어하고 싶다면, 한 가지 방법이 있습니다! 하나의 종(種)으로서 우리의 생각과 감정을 통제하는 법을 배워서 이 행성에 존재하는 티끌만한 생명체라 하더라도 모든 존재들에게 무조건적인 사랑을 실천하면 됩니다. 사랑과 빛, 기쁨과 형제애의 진동 속에서 우리의 생각과 감정을 유지할 수 있게 되는 날, 세상을 교묘히 조종하는 세계 비밀정부의 개입도 불필요하게 될 것이며, 우리는 스스로 완벽한 날씨를 구현할 수 있게 될 것입니다.

"지저"에 살고 있는 사람들은 아주 오래 전부터 이러한 원리를 이해하고 있었습니다. 지저 도시들에 살고 있는 모든 사람들이 완벽한 사랑과 참된 형제애에 따라 삶을 영위하기 시작한 이후부터 그들은 날마다 완벽한 날씨를 즐기게 되었습니다. 날씨는 늘 봄날과 같은 날씨가 계속되며, 또한 기온도 일 년 내내 섭씨 21도에서 24도 사이입니다.

우리가 이 행성에서 겪고 있는 날씨는 집단의식(集團意識)이 지닌 생각과 감정이 어떠한 지를 나타내는 지표(指標)라는 것을 이해할 필요가 있습니다. 날씨가 극도로 춥거나 덥다고 하는 것은 일반적으로 인류가 극도의 부정적인 생각과 감정을 가지고 있다는 것을 뜻합니다. 모든 인류가 사랑의 길로 되돌아갈 때, 우리가 원하는 잘 조화된 날씨를 창조할 수 있게 될 것입니다. 자연의 요소에 의해 통제되는 이 행성의 날씨는 이곳에 살고 있는 사람들이 어떠한 형태의 감정과 생각을 지니고 있는지를 비춰주는 하나의 거대한 거울이라 할 수 있습니다.

지저의 도시들에서는 우리가 지상에서 지금도 겪고 있는 인간적인 한계로부터 완전히 자유로울뿐더러 불멸의 몸을 지닌 채 5차원 또는 4차원의 의식(意識)으로 진화한 존재들이 많이 있습니다. 그들 모두는 수천 년에 걸쳐 지저에서 살면서 스스로 만들어낸 경이로운 낙원

제2부 텔로스의 다양한 존재들로부터의 메시지

속에서 살고 있는 것입니다. 현재 이곳 지상에 살고 있는 우리의 삶의 방식은 그들과는 거리가 아주 멉니다. 그들은 우리의 삶의 형태, 즉 사회구조와 정부형태, 법률구조, 교육제도, 치유방식 등을 일종의 자르고, 태우고, 독을 주입하는 것과 같은 아주 미개한 것이라고 여기고 있습니다.

그들과 비교하자면, 지상에 살고 있는 우리는 기저귀를 차고 아장 아장 걷는 아이나 정글 속에 사는 미개인에 불과합니다. 그들은 우리에 대해 어떠한 판단도 하지 않고 아직도 자신들의 형제자매로 보고 있지만, 우리의 삶의 방식에 함께 참여하는 문제에 대해서는 전혀 관심을 가지고 있지 않습니다. 우리가 그들이 하는 말을 귀담아 들을 준비가 되었다면, 그들을 해하려 하지 말고 우리의 스승으로 받아들여야 할 것입니다. 또한 우리가 그들의 삶의 방식을 우리의 삶에 접목할 준비가 된다면, 그들이 스스로 밖으로 나와 지구 내부에다 만들어놓은 놀라운 삶의 방식을 우리가 지상에 건설할 수 있도록 돕게 될 것입니다.

"그들이 지상에 출현하는 날, 우리는 해방을 맞이하게 될 것입니다."

그들은 오래 전에 자기들이 지저의 낙원 속에 구현한 사랑과 모두의 번영, 영생, 진정한 형제애의 정신으로 이루어진 황금시대를 어떻게 창조하게 되었는지 그 방법을 우리에게 가르쳐줄 것입니다. 그러나 그들은 지구에 존재하는 모든 생명 왕국들에 대해 우리가 자발적으로 해를 끼치지 않을 때까지는 나타나지 않을 것입니다.

지구의 내부와 지저에 살고 있는 사람들은 지상의 우리와 비교할 때 아주 고급스러워 보이는 궁전과 같은 큰 저택에서 살고 있습니다. 모든 사람들은 부(富)를 제한 없이 얼마든지 소유할 수가 있습니다. 화폐제도는 없으나, 효율적인 물물교환 형태는 존재합니다. 어떠한 형태의 세금도 없으며, 소득세, 금융제도, 신용카드, 부동산업자, 부동산 신탁회사, 병원도 없으며, 또한 누구도 아프지 않기 때문에 의사도 필요 없습니다. 또 변호사나 법률 집행관, 노동조합, 교도소는 물론 정신병원도 존재하지 않습니다. 아무도 늙지 않기 때문에 노인을 위한 전용 주택도 없으며, 모든 사람이 완벽한 건강상태를 유지할 수 있으므로 그들이 다음의 소명(召命)을 수행하기 위해 어디엔가 옮겨 가기로 선택하지 않는 한, 수천 년간 젊음과 활력을 유지할 수가 있습니다.

모든 사람은 성인이 되거나 또는 새로운 가정을 꾸리게 되면, 대저택들 중에서 하나를 제공받게 됩니다. 누구도 어떤 것을 돈을 주고 사야 할 필요가 없습니다. 원하는 것은 무엇이든지 단지 유통센터에 가서 요청만 하면 구할 수가 있습니다. 신선하고 건강에 좋은 식품이 매일 다양한 유통센터를 통해 공급되며, 누구든지 필요한 것은 가져갈 수 있습니다. 식품은 "무료"이지만, 신선할 뿐만 아니라 미네랄과 비타민, 효소 및 산소 등이 고농축된 유기농(有機農)으로 재배된 것으로 그들의 몸 상태를 건강하게 유지시켜 줍니다.

그들은 지상에서와 같이 작물의 재배를 촉진하기 위해서나, 또는 갖가지 이유로 먹는 식품에다 독성이 있는 수많은 화학물질을 사용하는 것 같은 행위들은 상상조차 할 수 없습니다. 그들은 우리가 토양을 망가뜨리고 수질을 오염시키는 행위와 식품업계가 식품을 보기 좋게 하거나 장기보존을 위해 10,000가지가 넘는 다양한 형태의 화학물질을 사용하고 있는 것에 대해 어리석거나 머리가 둔해서 고통받고 있다고 생각하고 있습니다. 우리가 먹는 음식이 틀림없이 그들에게는 마치 쥐약처럼 보일 것이며, 그들은 이것을 먹을 엄두조차 나지 않는다고 내게 말한 바가 있습니다. 우리 지상 사람들의 대다수는 한 종류의 질병이나 그 밖의 다른 종류의 질병들로부터 고통 받고 있다는 것은 의심의 여지가 없습니다.

지저에 있는 도시들에서는 누구나 모든 사람들의 이익을 위해 한 주(週)에 약 20시간 정도 일을 합니다. 대부분의 경우, 그러한 일들은 지역사회나 도시의 기능이 제대로 발휘되도록 하는 공동체의 프로젝트들입니다. 모든 일은 "평등"하고 "신성"하다고 생각합니다. 마찬가지로 원하거나 필요한 것을 얻는 데 돈을 내지도 않습니다. 모든 것은 무료입니다. 그들의 삶에 스트레스란 있을 수 없으며, 자신의 일을 스스로 선택하므로 모든 사람들이 자신이 하는 일을 즐기게 됩니다. 모든 노동은 사랑의 마음으로, 그리고 탁월한 수준으로 수행됩니다. 그들이 하는 대부분의 프로젝트들은 여러 개의 팀으로 나뉘어 함께 일을 하게 되며, 구성원들 간에 조화가 아주 잘 이루어지므로 일하는 시간이 재미있고 보람을 느끼게 됩니다. 모든 사람들이 자신의 재능과 취미를 계발할 수도 있으며, 개인적으로 관심 있는 분야를 배우거나 즐겁게 시간을 보낼 수도 있습니다.

지저 도시에 사는 사람들의 대부분은 채식주의자들입니다. 현재 샤스타 산 밑에 사는 레무리아인들 역시도 모두가 채식주의자들입니다. 어느 누구도 동물을 포함하여 그 외의 것들을 먹지 않습니다. 또한 사자, 호랑이, 팬더 등을 포함한 모든 동물들도 고기를 먹지 않고 채식을 합니다. 지하에 있는 동물의 왕국에는 살생과 같은 폭력행위가 존재하지 않으므로 그들의 대지(大地)는 순수하고 아주 축복받은 곳입니다. 텔로스에서는 150만 명의 텔로스인들을 먹여 살리는데, 고작 7에이커(약8,570평)이 토지만 있으면 됩니다.

지저에 살고 있는 사람들이 왜 지상에 살고 싶어 하지 않는지에 대해서 나는 얼마든지 계속 설명할 수가 있습니다. 우리의 의식(意識)이 보다 긍정적인 방향으로 진화될 때까지, 또는 우리가 "기저귀"를 벗고 성숙된 인간으로 행동하고 지구와 지구에 존재하는 많은 생명 왕국들을 존중할 때까지, 그리고 진화의 무대인 이 신성한 지구에서 좀 더 책임 있는 관리자가 되고 지구의 몸을 더 이상 파괴하지 않을 때까지, 또한 서로를 죽이는 살인행위와 동물의 도축을 멈출 때까지 우리 인간들은 비단 지저의 여러 문명인들뿐만 아니라 수많은 다른 은하(銀河)의 문명인들에게도 원시적이고 신뢰할 수 없으며, 예측할 수도 없고, 주위에 머무는 것조차도 안전하지 않다고 보이게 될 것입니다.

더 이야기할 필요가 있을까요? 만일 오늘 내가 지구 내부로 들어가 그들이 즐기는 삶의 형태에 참여할 수만 있다면, 나는 후회하거나 망설이지도 않고 지금 당장이라도 기꺼이 그렇게 할 것 입니다. 머지 않아 많은 사람들이 나와 뜻을 함께 하게 될 것이며, 우리는 이토록 평화와 진실한 형제애를 열망하고 있는 것입니다.

지상의 인간들이여! 이제 깨어나세요. 우리 모두 서로 손을 맞잡고 우리 자신을 위해 모든 이들이 그토록 오랫동안 기다려온 이 경이로운 낙원을 함께 창조합시다. 우리 모두 다 같이 오늘부터라도 서로에게 해를 끼치지 말고 친절과 사랑, 동정심, 형제애를 나눕시다. 또한 서로를 용서하고 동물왕국의 모든 존재들뿐만이 아니라 지구에 있는 다른 생명 왕국의 모든 존재들도 기꺼이 받아들이도록 합시다. 그리고 이러한 것들을 지금 이 시간 이후부터 매순간마다 실천토록 합시다. 새로운 출발과 함께 우리가 가치 있는 존재임을 스스로 증명해 보이고, "지저"의 우리 형제자매들로부터 배운 것들을 실제로 적용해 갑시다. 영적으로 매일 매일의 기도 속에서, 그리고 물질적으로도 그들과 함께 하도록 하세요. 그러면 이 행성 위에 살고 있는 인류도 지저의 우리 형제자매들이 성취하고 완성한 것과 같은 새로운 문명을 만들어낼 수 있을 것입니다. 지금 당장이라도 이렇게 하시기 바랍니다. 만약 우리 모두가 단결하여 이렇게 할 수만 있다면, 사랑과 빛의 거대한 축복 속에 우리 두 문명은 아주 빠른 시간 내에 "물리적"으로도 하나로 결합할 수 있게 될 것입니다.

제2부 텔로스의 다양한 존재들로부터의 메시지

지구 내부의 문명인들에 대한 단신(短信)

오릴리아 루이즈 존스

지저의 도시들과 지구 내부에 살고 있는 사람들에 대해 아직까지도 두려움을 갖고 있는 사람들이 많이 있습니다. 나는 지구 내부의 사람들이 언제든지 적(敵)이 될 수 있다고 오해하고 있는 사람들이 많이 있다는 사실도 알게 되었습니다. 하지만 이것은 사실과는 거리가 먼 이야기입니다.

한 가지 꼭 알아두어야 할 사항은 지구 내부에 사는 사람들은 위대한 빛의 존재들로서 지구 역사의 오랜 진화과정에서 지상에서 발발했던 부정성과 전쟁을 피해 서로 다른 여러 시기에 걸쳐 지저(地底)로 들어간 존재들이라는 것입니다. 그들은 부정성이라는 무거운 짐을 벗고 자신들의 진화를 계속하기로 선택했으며, 그곳에서 수천년간 사랑과 형제애로 가득 찬 삶을 살아오면서 우리가 그토록 갈망하고 있는 영원한 깨달음의 황금시대를 그들 스스로 만들어냈습니다. 그들은 "형제애"가 지닌 참뜻을 오래 전부터 이해하고 있으며, 그들이 생각하는 형제애란 동물왕국의 모든 존재들까지도 아우르는 확대된 개념인 것입니다. 또한 그들은 "어머니 지구"에 대해서도 아주 깊은 존경심을 가지고 있습니다.

그들은 지상에 살고 있는 우리들에 대해 아주 잘 알고 있고, 우리를 대신하여 빛과 사랑의 거대한 균형을 유지하고 있습니다. 믿든 안 믿든 만일 우리의 문명을 그들의 것과 비교한다면, 우리가 살아가는 방식과 서로를 대하는 방식을 통해 그들은 우리가 폭력과 싸움에 빠져 있는 아주 미개한 존재라는 것을 쉽게 알 수 있을 것입니다. 지상에서는 통제와 조종을 위해, 그리고 금전적 이득과 탐욕 때문에, 아니면 여러 가지 견해의 차이나 종교적인 이유로, 또는 단순히 피부색이 다르다는 이유로 아직도 많은 곳에서 사람들이 죽어가고 있습니다. 여전히 식량으로 쓰기 위해 동물들을 도축하며, 섭취하기도 전에 먹을 식품에다 독을 주입하고, 토양을 오염시키며, 숲을 파괴하고 있습니다. 또 지구의 소중한 석유(石油)를 고갈시키고, 공기와 강, 그리고 대양을 오염시키고 있습니다. 하나의 종(種)으로서 우리는 너무도 이기적이며, 제자리에 채워놓는 것보다 언제나 더 많이 소유하려고 하고 있습니다. 게다가 이러한 인간의 오만함에 더하여 지구 내부에 사는 빛과 사랑의 존재들을 잠재적인 "적(敵)"으로 오해하고 있는 사람들도 많습니다.

우리는 아직도 동물의 왕국이 이곳에서 인간과 "동등하게" 지구를 공유하고 있다는 것, 즉 동물들이 우리들에게 지배당하지 않고 그들도 우리처럼 평화롭게 살아갈 권리를 가지고 있다는 것을 이해하지 못하고 있습니다. 특별한 이유들로 인해 그 이유의 대부분은 인간의 위한 것이긴 하지만, 동물들은 "창조주"께서 이곳에 존재하도록 정한 것입니다. 지구는 서로 협력하면서 형제와 같이 그들(동물의 왕국)과 함께 공유하는 것이지 인간만이 소유하게 되어있는 것이 아닙니다. 수백만 년의 진화를 거쳤음에도 우리는 아직도 이 행성에서 누가 진정 동물이고, 그리고 동물이 무엇인지에 대해서도 모르고 있습니다. 여전히 우리는 동물을 식용(食用) 및 "수익"을 가져다주는 것 외에는 다른 존재 이유가 없다고 생각하고 있습니다. 우리는 동물이 진화의 사다리에 있는 우리의 동생과 누이라는 개념을 갖고 있지 못하며, 아직까지도 이러한 개념은 마음이 편협한 사람들의 기분을 상하게 만들기도 합니다.

동물 역시도 창조주의 또 다른 표현의 하나이고, 신(神)의 사랑을 나타내는 동거인(同居人)으로서 지구를 "동등하게" 공유할 권리를 가지고 있습니다. 그들도 또한 "지구 어머니"의 사랑스러운 "자녀들"입니다; 그들은 지구의 많은 생명 왕국들 중의 하나이며, 그들도 궁극적으로는 지구에 소속되어 있는 존재들인 것입니다. 그들도 지구로부터 동등한 사랑을 받고 있으며, 또한 양육되고 있는 것입니다. 아직까지도 인간은 그들이 우리를 필요로 하는 것처럼, 우리도 그들을 필요로 한다는 것을 이해하지 못하고 있습니다. 그들은 우리의 친구이지 노예가 아닙니다. 단지 다르다고 해서 그들이 우리보다 못하거나 덜 중요하다는 뜻이 아닙니다. 우리는 과연 동물의 왕국에 대해서 얼마나 고압적인 자세를 취하고 있나요! 이기적인 목적으로 우리가 그들을 "소유"할 권리가 없으며, 그리고 그들의 봉사에 대해 감사한 마음을 갖지 않고는 그들을 처분할 권한도 없는 것입니다.

동물을 어떻게 대하는지 그 태도를 보면, 그 문명의 진화정도를 알수가 있습니다. 지상에 사는 인간인 우리들이 지금까지 이 행성에서 동물들에게 대해온 태도를 보게 되면, 결코 잘 했다고 칭찬을 할 수는 없지 않겠습니까? 우리는 양식(糧食)으로 쓰기 위해 그들을 도살했으며, 노예로 만들고, 우리 안에 가두고, 쇠사슬로 묶고, 실험용으로 사용했습니다. 또한 보다 많은 주택과 쇼핑센터, 그리고 보다 많은 이런 저런 것들을 짓기 위해 그들의 서식지를 파괴하고 있습니다. 우리는 자기 자신들을 위해 항상 점점 더 많은 것을 요구하고 있습니다. 이렇게 되는 이유는 아직도 우리가 참된 충만감을 "우리의 외부"에서 찾고 있기 때문이며, "필요한 것들"을 손에 쥐어야만 충족하기 때문입니다. 우리는 그리스도가 말한 "왕국"이라는 말을 제대로 이해하지도 못했고, 믿지도 않았습니다. 하지만 존재하는 모든 것(All That Is), 즉 만유(萬有)와 통하는 문은 우리 안에 존재하고 있습니다.

지구 내부에 있는 존재들은 우리가 지상에서 무엇을 하고 있는지 속속들이 알고 있습니다. 그들은 우리가 상상할 수도 없는 기술을 가지고 우리를 아주 조심스럽게 관찰하고 있습니다. 그리고 그들은 지상으로 나와 가르침을 전하기 전에 우리가 "성숙"해지기를 기다리고 있습니다. 우리가 현재 지니고 있는 부정성과 삶의 방식으로는 그들의 마음을 끌 수가 없습니다. 그들도 우리와 다시 하나로 통합될 수 있기를 고대하고 있습니다만, 그들은 우리가 보다 "깨달은" 존재가 되고 지구와 지구 어머니의 생태계도 더 많이 존중해주기를 바라고 있습니다.

사실, 지구 내부의 사람들은 위대한 존재들이며, 또한 사랑이 넘치는 존재들이기도 합니다. 영적으로나 기타 모든 면에서 우리보다 그들이 훨씬 앞서 있으며, 그들에 비하면 우리는 "아장아장 걷는 아이"에 지나지 않습니다.

그럼에도 만약 지금 그들이 공개적으로 이곳에 와서 도움을 주고 형제애에 대한 가르침을 주고자 한다면, 그들은 "권력가들"의 손에 쥐도 새도 모르게 죽게 될 것입니다. 예전에도 이러한 일이 발생한 적이 있었습니다. 1947년 경, 날짜는 확실하지 않지만, 미국의 군대가 샤스타 산 밑의 텔로스를 기관총을 들고 군사 장비로 무장한 채 침략을 시도한 적이 있었습니다. 그들이 무슨 의도로 그렇게 했다고 생각하십니까? 그 후부터 지금까지 텔로스인들은 우리 지상의 사람들과 융합해도 된다는 허락을 은하연합의 12인위원회로부터 받지 못하고 있으므로 이러한 원칙에 따라 텔로스인들은 그곳 지구의 내부에 머물러 있어야 합니다. 금세기 초까지는 샤스타 산 부근에서 그들이 가끔 목격되곤 했으나, 지금은 더 이상 그들을 목격할 수가 없습니다. 그들은 예외적인 경우가 거의 없기 때문에 무슨 정당한 사유가 있을 것이라고 생각하고 있습니다. 만일 우리가 그들이 가져다주는 사랑의 혜택을 누리고 그들을 동료로 받아들이고자 한다면, 거기에 맞도록 우리가 스스로 성장하고 성숙해져서 그들이 나타날만한 "가치"와 "자격"을 갖춘 존재가 되어야 합니다. 그리고 그것은 전적으로 우리에게 달려있는 문제입니다.

재차 언급하지만, 비유하자면 그들은 대학교수이고, 우리는 그들로부터 이제 걸음마을 배우고자 하는 "어린 아기"의 수준이라고 할 수 있습니다. 그러므로 우리가 진정으로 삶의 방식을 터득하고 지구와 생명체의 신성함을 존중할 때까지 우리는 그들의 삶의 방식을 이해할 수 없을 것입니다. 아직까지 우리는 그들을 하나의 종(種)으로 받아들일 준비가 되어있지 않으며, 그들도 또한 이것을 알고 있습니다. 물론 우리들 중에도 예외인 사람들도 많으며, 그리움과 큰 기대를 가지고 이들이 우리들 가운데에 나타나기를 갈망하는 사람들도 있습니다.

그럼에도 이곳 지구 행성의 대중 의식은 아직도 두려움과 "적대의식(敵對意識)" 속에서 살아가고 있고, 현 시점에서는 그들을 받아들일 수도 없을 것입니다. 우리들 중에 준비가 돼있는 사람은 극소수에 불과하며, 단지 우리는 그들이 나타날 수 있도록 길을 닦고 있는 존재들에 불과합니다. 우리는 길을 안내하는 자들입니다. 우리가 모든 생명체들에게 "폭력"을 중단하고 해를 끼치지 않고 살 수 있을 때까지, 그들은 우리를 "폭력적인" 존재들이라고 생각할 것이며, 또한 나타나지도 않을 것입니다.

우리는 필요에 의해서가 아닌 하나의 "레저"로 여전히 낚시와 사냥을 엄청나게 즐기고 있습니다. 그리스도가 사랑과 폭력이 없는 신(神)의 길을 가르치기 위해 이 땅에 온지 벌써 2,000년이 지나고 21세기가 되었는데도, 어떻게 인류가 아직까지도 이러한 것들을 깨닫지 못하고 오히려 퇴보할 수가 있을까요? 여전히 수많은 동물들이 단지 "오락거리"로 인해 많은 죽음을 당하고 있으며, 그들의 삶과 운명, 그리고 존재의 이유에 대해서는 조그마한 생각이나 고려도 전혀 하지 않습니다. 우리 인간은 정부당국으로부터 '사냥허가증'이나 '낚시면허증'을 돈을 주고 사는데, 이것은 지구 어머니의 자녀들인 다른 생명체들을 "죽이는" 면허를 사는 꼴입니다. 우리는 지구 어머니가 이 행성에서 오직 "인간형(人間形)의 생명"만이 진화하도록 돕고 있지는 않다는 사실을 애써 외면하고 있는 것입니다. 동물들은 어머니 지구가 참으로 소중하게 생각하는 존재들이며, 또한 어머니 지구의 사랑하는 자녀들입니다. 어머니 지구가 존재하지 않는다면, 우리가 진화하고 있는 이 무대도 없어질 것입니다. 그리고 어머니 지구가 주인이 되어 우리를 관리하듯이, 동물들도 우리와 "동등하게" 관리되고 있는 것입니다.

어머니 지구는 수십만 년 동안 사랑과 끝없는 인내로 자신의 "몸"과 다른 생명의 "왕국들"이 학대당하는 것을 참아왔습니다. 우리는 이곳의 모든 것을 "소유"하되 책임질 일은 아무 것도 없고, 내일이 존재하지 않는 것처럼 단지 이것을 사용하고 난 후 폐기하면 된다고 생각하고 있습니다. 그러나 실제로 우리는 지구의 "관리인"이며, 이 관리를 어떻게 했느냐에 따라 평가를 받고 이에 전적으로 책임을 지게 되는 것입니다. 이것은 우리가 반드시 통과해야 하는 의례(儀禮)입니다!

우리가 "지구"와 지구에 서식하는 존재들에게 상처를 주지 않고 폭력을 중단하여 "해를 주지 않는" 쪽으로 옮겨갈 때, 비로소 지구 내부의 사람들이 밖으로 나와 우리를 사랑으로 맞을 것이고 보다 나은 삶의 형태를 알려줄 것입니다. 그들은 모든 존재들을 위해, 그리고 영원한 평화를 위해 우리가 번영과 사랑으로 충만한 황금시대를 어떻게 건설해야 하는지를 가르쳐줄 것입니다. 그들이 나타날 수 있도록 길을 준비하고 여는 것은 우리에게 달려있습니다. 그들은 우리가 "기저귀"를 집어던지기를 기다려 왔습니다. 말하자면 너무 오래 기다려온 것입니다.

그런데 지구 내부의 존재들, 또는 지저의 도시들의 거의 대부분은 거대한 빛의 도시들이지만, 불행히도 지구 내부의 몇몇은 어둠의 장소와 도시들에 해당됩니다. 그리고 이곳에는 사악한 세력과 어쨌든 바람직스럽지 않은 거주자들이 살고 있습니다. 하지만 이러한 자들은 "진정한 지구 내부인(Inner Earth people)"이라고 할 수가 없습니다. 이들 중의 다수가 세계비밀정부(Secret World Government) 소속이거나 군사 기지들, 어둠의 다른 문명으로부터 온 자들이며, 이들은 최근 100년 또는 그 이전에 그곳으로 도망쳤습니다. 그 이유는 그들이 지구를 "안전하게" 탈출하려는 모든 시도가 실패했기 때문입니다.

제2부 텔로스의 다양한 존재들로부터의 메시지

그들은 자신들이 지닌 어둠 때문에 머지않아 갈 곳이 어디에도 없게 될 것이고, 또 스스로 저지른 일에 대해 책임을 져야 하는 상황에 직면하게 되리라는 사실을 알고는 크게 절망했습니다. 과거 달로 옮겨 가려는 그들의 시도는 실패하고 말았습니다. 그들은 달에도 다른 문명이 존재하고 있고, 그 존재들이 자신들을 환영하지 않는다는 것을 알게 된 것이지요. 하지만 그들이 그것을 우리에게 사실대로 말한 적이라도 있었나요? 이것은 앞으로 서서히 밝혀질 비밀 정보입니다. 이 세계 비밀 정부는 지하 도시와 식민지들을 건설해왔고, 지금도 하고 있는데, 이러한 지하 도시들과 식민지들은 대개 출입이 용이하도록 지표에서 그리 멀리 떨어져 있지 않은 곳에 있습니다.

그림자 정부의 "대안 3"에 대해서 들어보셨나요? 첫 번째 대안은 실패했습니다. 두 번째와 세 번째의 대안도 실패했습니다. 비밀 정부의 구성원들이 탈출 계획을 세우는 것이 너무나 무섭고 어려운 일이라, 그들이 수백 년간 준비했으나 세 번이나 실패했으며, 지금은 "지하"에서 "노아의 방주 프로젝트"를 진행하고 있습니다. 부디 부탁드리건대, 그들을 찾거나, 다가가려 하지 마시기 바랍니다. 왜냐하면, 여러분이 목숨을 오래 보전할 수도 없거니와 그들의 추잡한 일을 하기 위한 노예가 아니면 죄수처럼 취급 될 테니까요. 그러나 이러한 사람들은 우리가 지금 이야기하고 있는 "지구 내부 사람들"이 아니며, 전능한 신의 빛이 이 행성에 비칠 때가 두려워 탈출계획을 획책하고 있는 자들인 것입니다. 이 자들은 하나의 세계정부와 군사동맹, 즉 세계 비밀정부를 꿈꾸고 있는 "지상의 인간들"인 것입니다. 그들도 이미 어디에도 갈 곳이 없으며 도망칠 곳이 없다는 것을 알고 있습니다. 그리고 여러분 역시도 "지금" 모든 생명체들에게 해를 끼치지 않고 사랑으로 살아가는 법을 실천하지 않는다면, 여러분도 또한 그렇게 될 것입니다. 지구 어머니는 채널 메시지를 통해 그러한 날들이 올 것이며, 그러한 자들을 떠나보낼 방법을 찾게 될 것이라고 밝혔습니다. 그러므로 앞으로는 전능한 신(神)의 빛에 따르지 않는 자들은 더 이상 이 행성에서 살아갈 수 없게 될 것입니다.

그렇습니다, 진정한 "지구 내부"사람들은 우리가 신뢰할 수 있으며, 지극히 우리를 사랑할 뿐만 아니라 참된 형제애의 빛으로 우리를 보고 있습니다. 그러나 다른 형태의 사악한 무리들에 대해서는 경계를 소홀히 해서는 안 됩니다. 이러한 것을 인식하는 것은 중요합니다. 마음을 편히 가지세요. 이 사악한 무리들이 지하에서 거주할 날이 얼마 남지 않았습니다.

앞으로 10년 이내, 아마 그 보다 더 빠를 수도 있지만, 우리는 수천 명에 달하는 지구 내부의 형제자매들이 지상에 출현하여 많은 고통을 안고 있는 변형기에 우리를 도와주기를 진정으로 나는 소망하고 있습니다. 또한 나는 이 책을 읽고 있는 모든 분들이 그러한 날을 맞이할 수 있기를 바라며, 여러분의 가슴으로, 그리고 여러분의 가정에서 그들을 환영해 주시기를 부탁합니다. 이 행성에 거주하는 주요 두 문명이 하나는 내부 중심에서, 그리고 또 하나는 지상에서 수십만 년 동안 분리돼 있다가 사랑과 형제애로 재결합하는 엄청난 환희의 이 축제를 상상이나 하실 수 있겠습니까? 이 믿을 수 없는 경이로운 "파티"를 상상하실 수 있겠는지요? 그토록 이것은 신성한 것이며, 전 우주가 이것을 지켜볼 것입니다. 그리고 우리는 자유를 얻게 될 것입니다!

- 오릴리아 -

제2부 텔로스의 다양한 존재들로부터의 메시지

아다마가 전하는 마지막 메시지

　이 책을 통해 "지상"에 사는 여러분에게 이러한 정보를 전하게 되어 영광스럽고 기쁘게 생각하며, 독자 여러분에게 다음과 같은 말을 전하면서 우리의 메시지를 마치고자 합니다. 나는 자신의 사명을 완수하기 위해 끊임없이 헌신해온 오릴리아 루이즈에게 깊은 감사를 표하며, 그녀의 책 속에 들어있는 우리의 에너지와 가르침을 통해 이 행성에 사는 모든 국가의 사람들이 큰 축복을 받게 될 것이라 믿고 있습니다. 엄청나게 많은 사랑하는 영혼들이 도처에서 가슴의 문을 열고 자신들의 레무리아의 유산을 받아들일 준비가 되어 있습니다. 이 책이 그러한 영혼들에게 거대하고 깊은 자각을 불러일으키게 하는 데 필요한 기억들을 되살려 주게 될 것입니다.

　우리의 가르침이 멀고도 넓게 퍼져나가 우리와 연결된 전 세계의 모든 사람들에게 닿게 될 것이며, 영적인 자유를 찾아 여정을 계속하고 있는 수십만 명의 사람들을 돕게 될 것이라고 생각합니다. 여러분이 어디에 있든 우리가 보낸 메시지를 읽게 되면, 우리는 여러분 곁에 함께 할 것입니다. 또한 우리의 사랑을 보내서 여러분의 가슴과 의식을 더 크게 열고 더 높은 자각에 이를 수 있도록 격려하게 될 것이라는 것을 다시 한 번 확신시켜 드리고자 합니다.

　이러한 글을 통해, 그리고 여러분과 마음으로 연결된 고리를 통해 전달된 에너지는 여러분이 현재 체험하고 있는 삶을 바라보는 시각을 영원히 바꿔 놓게 될 것입니다. 이 책 전체에 들어 있는 우리의 취지를 파악함으로써 여러분은 깨달은 문명이 어떠한 것인지를 맛보게 될 것이며, 이러한 원리를 자신들의 일상생활에서 가능한 만큼 적용시켜 나가도록 촉구받게 될 것입니다. 여러분이 그렇게 실천해감으로써 여러분의 삶이 더 편안해지고 은총이 샘솟는 것을 알게 될 것입니다. 그리하여 빛의 세계에 있는 우리와 더불어 여러분 모두는 이 지구를 치유하게 될 것입니다. 우주의 법칙에 따라 우리가 할 수 있는 일이라고는 여러분이 노력한 만큼 거기에 맞도록 도와주는 것뿐입니다. 지금부터 몇 년 내에 우리가 얼마나 놀라운 빛의 공동체를 이룩했고, 이 행성에 영원한 황금시대를 새롭게 맞이하기 위해 얼마나 많은 초석을 다져놓았는지를 우리 중의 많은 존재들이 보다 실체적인 모습을 통해 보여주게 될 것입니다.

여러분 한 가운데에 우리가 출현하는 것은 우리의 귀환을 기다리고 있는 모든 사람들에게는 가장 놀라운 체험이 될 것입니다. 우리가 "지상"에 나타나 여러분과 다시 뒤섞여 하나의 문명이 되는 이것이 바로 대다수의 여러분이 그토록 동경해온 이른바 재결합인 것입니다. 그러니 여러분도 우리가 여러분 앞에 나타날 수 있도록 길을 닦아 주기를 촉구합니다. 우리는 지금 당장이라도 여러분과 함께 할 준비가 돼있지만, 여러분 쪽에서 준비가 더 이루어져야 합니다. 현재의 상태로는 우리가 직접적으로 출현하는 것을 받아들일 준비가 돼있지 않습니다. 개인적으로, 또는 집단적으로 나는 여러분 모두에게 자신부터 먼저 준비하고, 그 다음에 이 말을 가까이 있는 사람들 중에서 이러한 가능성을 받아들일 준비가 돼 있는 이들에게 전달해주기 바랍니다.

여러분의 사랑을 방사하십시오. 그리고 우리가 첫 번째로 접촉할 사람들의 "명단"에 포함될 수 있도록 요청하세요. 여러분이 어디에 살고 있는지, 또는 얼마나 멀리 떨어져 있는지는 별로 관계가 없습니다. 우리는 때가 되면 이 행성의 어디에서든 원하는 사람들을 접촉할 방법들을 가지고 있습니다. 우리가 지닌 "접촉자 명단"에 포함되기 위해서는 우선 여러분이 접촉을 갈망해야 하며, 자신들의 신성을 받아들일 수 있도록 의식(意識)의 문을 열어야 합니다. 그 다음에는 우리가 출현할 수 있도록 도우며 자신과 인류에게 봉사해야 합니다. 그리고 기억해야 할 점은 여러분의 현재 의식수준으로는 우리가 여러분을 만날 수가 없다는 사실입니다. 여러분은 진동을 더 높여야 하며, 우리의 차원에서 우리를 인식할 수 있어야 합니다. 아니면 우리의 수준은 아니라 하더라도 최소한 2/3정도 수준은 되어야 합니다.

이러한 메시지와 더불어 텔로스에 있는 우리 모두는 여러분에게 사랑과 치유, 풍요와 지혜, 그리고 신성한 은총이라는 축복을 보내고 있습니다. 우리는 여러분의 안내자로서 여러분의 요청이 있을 때 매 단계마다 지원을 해줄 수 있고, 사랑과 연민의 진동에 여러분의 가슴이 맞춰지도록 도와줄 수 있다는 것을 잊지 마시기 바랍니다.

나는 여러분의 레무리아 형제이며, 친구인 아다마입니다.

아다마의 채널링에 관해

- 허위 채널링 정보에 대해 주의할 점들 -

오릴리아 루이즈 존스

현재 아다마 대사와 채널링을 하고 있다고 주장하는 사람들의 숫자가 부쩍 늘어나고 있습니다. 인터넷상에는 아다마라는 이름으로 갖가지 형태의 채널링 메시지가 떠다니고 있습니다. 이들 중에는 믿을 만한 것도 있지만, 그렇지 않은 것들도 많이 있습니다.

이러한 정보들이 사실이든 아니든, 다른 사람들이 아다마 또는 아나마르라는 이름으로 발표한 어떠한 정보들에 대해서도 나는 책임이 전혀 없음을 이 자리를 통해 밝혀두고자 합니다.

텔로스에 관한 시리즈 서적 제1권과 2권이 불어(佛語)로 출간된 이후, 갑자기 자신들이 아다마나 아나마르와 새로이 채널링을 하게 되었다고 주장하는 사람들이 늘어나고 있습니다. 심지어는 자신이 나(오릴리아)와 교체되었다고 주장하는 사람들도 있습니다. 인터넷 상에는, 특히 인터넷 토론 그룹인 뉴스 그룹(newsgroups)에는 아다 마라는 이름으로 발표된 온갖 종류의 채널링 정보들이 떠돌고 있습니다. 어떤 정보들은 달콤하고 가슴으로부터 나온 것처럼 보이기도 하며, 또 어떤 것들은 단순한 착오로 레무리아의 에너지와 거리가 먼 것들도 있습니다. 불행히도 이러한 것들이 진리를 찾고자 하는 사람들과 이런 정보들에 대한 진실여부를 구별할 수 있는 식별능력 이 없는 사람들을 혼란스럽게 만들고 있습니다.

아다마는 자신의 이름으로 쓰인 채널링 정보들에 대해 진위여부를 구별하는 법을 알고자 하는 사람들로부터 자주 질문을 받고 있습니다. 이런 사람들은 누구의 말을 믿어야 되는지와 실재로 아다마와 채널링하는 사람과 단순히 자기 내면과 채널링을 하거나 아다마를 가장한 낮은 진동을 가진 실체들과 채널링하는 사람들을 구별하는 법을 알고자 합니다.

누가 진실한 사람이고 누가 그렇지 않은 지를 구별하는 것과 다른 사람들의 의도를 판단하는 것이 나에게는 항상 쉽지만은 않습니다. 판단이라고 하는 것이 항상 함정에 빠질 수가 있기 때문입니다. 각 개개인들은 반드시 자신의 분별력을 시험해야 하며, 이를 통해서 자신이 어느 정도의 영적인 완성도가 이루어졌는지를 알 수 있는 것입니다.

이에 관하여 아다마는 다음과 같이 말하고 있습니다.

"여러분에게 밝힐 수 없는 여러 가지 이유로 인해 현 시점에서는 다만 다음과 같은 사실만을 알려드리고자 합니다. 내가 공식적으로 책을 출간하거나, 나의 이름으로 개최되는 공개 시연회에 참석할

　　　　　제2부 텔로스의 다양한 존재들로부터의 메시지

목적으로 채널링을 하는 존재는 오로지 오릴리아 루이즈뿐이며, 그 이외에 그 누구에게도 채널링을 허락하고 있지 않음을 밝혀두고자 합니다. 만약 이러한 것들이 무계획적으로 허용된다면, 영적으로 어떤 정보가 정확한 정보이고 진실한 것인지, 또 어떤 정보가 그렇지 못한지에 대해서 분간할 능력이 없는 사람들에게는 큰 어려움을 가져다 줄 것입니다.

우리의 정보를 전달할 만한 올바른 의도나 내적인 훈련이 돼있지 않은 사람들의 손에 의해 우리의 가르침이 또 다시 왜곡되거나 잘못 전달될 위험이 점차 높아지고 있습니다. 과거에도 의식적으로 그랬던 것처럼, 이러한 사람들은 우리의 가르침을 말살하기 위해 우리의 정보가 거짓된 것이라고 몰아갈 사람들을 불러 모으게 될 것입니다. 바로 이러한 이유 때문에 우리의 원래 가르침이 더 이상 존재하지 않고 있는 것이기도 합니다. 즉 이러한 가르침을 받는 데 꼭 필요한 명확하고도 결백한 마음을 지니고 있지 못한 사람들의 손에 의해 그동안 우리의 가르침은 계속 반복해서 변질되고 말았던 것입니다. 우리는 또 다시 이러한 일이 일어나게 되는 것을 원치 않습니다.

우리의 가르침은 레무리아의 의식(意識)을 지니고 있으며, 레무리아의 의식은 원래 신성한 근원에서부터 유래된 것입니다. 따라서 만약 너무 많은 사람들이 이러한 정보를 펴내게 되면, 이러한 가르침은 또 다시 왜곡될 수도 있습니다. 특히 이러한 주제들이 대중의 관심을 끌게 되면 이를 통해 이익을 챙기고자 하는 사람들이 생겨날 가능성도 높습니다. 이렇게 되면 우리가 접촉하고자 하는 사람들의 가슴과 영혼에, 그리고 진실로 우리에게 닿고자 애쓰고 있는 사람들에게 큰 혼란을 불러일으키게 될 것입니다. 이 때문에 기한을 정하지 않고 계속하여 오릴리아에게만 가르침을 전하고 있는 것이며, 오릴리아는 인간으로 태어나기 이전부터 우리와 함께 이 일을 함께 하기로 약속했었습니다.

내가 소규모 그룹에서 메시지나 도움을 필요로 하는 사람들에게 위안을 주기 위해 통상적인 범위 내에서 일시적으로 전하는 메시지 외(外)에 적절한 준비과정도 없이 채널링을 하는 사람들, 우리가 초대하지도 않았는데도 그렇게 하는 사람들, 나와 채널을 하고 있다고 주장하는 사람들은 아마도 그들이 환상을 보고 그렇게 말하고 있을 수도 있습니다. 왜냐하면 내가 그 사람과 함께 하고 있지 않기 때문입니다. 또한 내가 함께 한다고 해서 내가 항상 메시지를 주는 것도 아닙니다. 우리는 채널을 받고자 하는 사람들이 가장 숭고하게 통합된 레무리아 에너지 외에 다른 어떤 존재들과 연결되고 싶어하는 사람들을 원치 않습니다. 또한 다른 존재들이 사실이 아님에도 불구하고 텔로스에 있는 아나마르나 기타의 사람들, 그리고 나를 가장하여 연결되는 것도 원치 않습니다.

사람들 중에는 나의 사진을 사용하고, 자기들의 제품을 판매하는 데 홍보 문구에 나의 이름을 넣어 "사기(詐欺)"를 치는 사람들도 있습니다. 사랑하는 이들이여, 나는 세일즈맨도 아니며 그러한 일에 관여하지도 않습니다. 더군다나 그러한 불완전한 사람들을 위해 그와 같은 일에 관련될 이유도 없다는 것을 이해해 주시기 바랍니다.

진실하지 못한 모든 채널링은 개인적인 목적을 나타내는 진동을 띠고 있으며, 영적인 함정이 될 수도 있습니다. 친구들이여, 아틀란티스와 레무리아의 파괴에 관여했던 많은 존재들이 이 시간에도 인간으로 환생해 있으며, 이들 중에 많은 존재들이 더 이상 빛이 들어오지 못하도록 막기로 결정했다는 사실을 깨닫기 바랍니다. 이들은 온갖 수단을 다 동원하여 레무리아인들이 이 지상에 출현하지 못하도록 막고자 합니다. 이들은 자신들이 여러분을 구원하러 온 빛의 천사인 것처럼 위장하기도 하고, 갖가지 제안을 하여 여러분들을 유혹하기도 합니다. 나는 여러분이 이러한 사람들에게 속아

넘어가지 않기를 바라며, 여러분의 가슴에 나오는 분별력으로 항상 점검해보기 바랍니다.

친구들이여, 지금 이 시간은 이 행성과 여러분 자신들의 개인적인 진화에 있어서 너무 중요한 시기입니다. 여러분 모두는 한 가지 이상의 방법으로 분별력을 시험받게 된다는 것을 알고 있어야 합니다. 부디 희생의 제물이 되지 않기를 바랍니다. 마스터로서 신성한 힘을 지닌 주권자가 되도록 하십시오.

여러분의 가슴과 직접 연결하여 대화를 나누는 것이 나에게는 가장 큰 즐거움이라는 것을 알아주시기 바랍니다. 개인적으로 가끔 여러분에게 메시지를 전하고, 그리고 소규모 모임에서 여러분을 만나 그룹 속에 있는 사람들이 나에게 파장을 맞추어 어떤 내용을 전달하고자 애쓰는 모습을 보는 것도 또한 나에게는 큰 기쁨입니다. 내가 여러분의 모임에 가끔 참석하여 여러분 모두에게 나의 에너지와 사랑을 보내주기는 하지만, 나는 사람들 눈에 띠지 않게 조용히 머물러 있는 편입니다.

여러분이 변형을 하는 데 있어서 우리가 여러분에게 가져다주는 에너지가 말을 하는 것보다도 더 중요한 역할을 하는 경우가 많이 있습니다. 대개의 경우, 말은 제한적이기 때문입니다. 나는 여러분이 이 귀중한 순간들을 받아들이고 소중히 여기어 우리가 함께 나눈 것들을 가슴 속 깊이 간직하시기 바랍니다. 우리로부터 직접 받은 이 모든 것들을 인터넷이나 다른 매체에 올려서 세상에 알릴 필요는 없습니다. 대개의 경우, 필요한 전달사항이 있으면 직접 당사자에게 전달되며, 당시의 상황에 따라서 그 전달내용들은 오직 그 사람들에게만 해당되는 것으로 모든 사람들에게 알리기 위한 것이 아니기 때문입니다. 또한 텔로스에 있는 나는 스스로 자원하여 일반인들이 알아볼 수 있도록 모습을 드러내기로 한 존재라는 것을 덧붙이고자 합니다. 때가 아직 되지 않았기 때문에 다른 존재들, 특히 아나마르와 같은 경우는 나처럼 대중들 앞에 나서는 것을 아직까지도 선택하지 않고 있습니다. 현재 아나마르는 자신의 사진이 상업적으로 사용되는 것을 원치 않고 있으며, 그가 가슴으로 사랑하는 오릴리아를 위해서 일시적으로 일부 채널링을 하고 책을 쓰는 경우를 제외하고는 대중들 앞에 나타나는 것을 원치 않고 있습니다.

아나마르와 나는 삶 속에서 투명하고 진실하게 레무리아의 진동을 실천하지 못하는 사람들을 통해 우리의 메시지를 전하고 싶지가 않습니다. 명상을 할 때에 여러분이 우리의 가슴에 파장을 맞추면, 우리는 기쁜 마음으로 여러분에게 개인적으로 필요한 메시지들을 전해줄 것입니다. 이러한 메시지들을 다른 사람과 함께 공유해야 할지, 아니면 공유하지 말아야 할지를 분간하는 것은 중요한 일입니다.

주저하지 말고, 마음속으로 우리에게 부르세요. 우리가 항상 답해줄 것입니다. 나는 인류의 교사인 아다마입니다."

제2부 텔로스의 다양한 존재들로부터의 메시지

◇역자(譯者) 약력:

1954년 경상북도 김천 출생, 한국외국어대학교 졸업, 연세대 경영대학원 수료, 해외건설협회 및 한국가스공사 근무, 〈숲속나라〉 대표 역임. 오랫동안 정신세계에 깊은 관심을 가져 왔으며, 또 다양한 영성분야를 편력하고 체험한 바 있다. 현재는 생업에 종사하며 이 분야 관계 도서의 번역 작업을 하고 있다.

텔로스(Ⅱ): 변형과정에 있는 인류의 깨어남을 위해서

초판 1쇄 발행 / 2022년 8월 10일

저자 / 오릴리아 루이즈 존스
옮긴이 / 목현(睦呟)
발행인 / 朴仁鎬
발행처 / 도서출판 은하문명
등록 / 2002년 12월 05일 (제2020-000063호)
주소 / 서울특별시 서초구 서운로 160
전화 / (02)737-8436
팩스 / (02)6209-7238
인터넷 홈페이지 (www.ufogalaxy.co.kr)
한국어 판권 ⓒ 도서출판 은하문명

파본은 서점에서 교환해 드립니다
가격 20,000원

ISBN 978-89-94287-27-0 (03840)